1

Drei Monate später …

Sie hatte erneut dieses komische

Dieses seltsame, unheimliche Prickeln im Nacken, bei dem sie ihre Schultern reflexartig in Abwehrhaltung zusammenzog.

Sie wurde beobachtet.

Ali Morgan ging schneller. Ihre schwarzen Lackballerinas klapperten auf dem heißen Asphalt, während sie einen schnellen Blick über die Straße warf.

Nichts.

Nicht, dass das ungewöhnlich wäre. Sie sah ihn nur selten, den Mann, den sie langsam als ihren schwer fassbaren Schatten ansah. Aber irgendwie spürte sie, dass er da war … irgendwo …

Sie sah über die Schulter und musterte rasch die Gesichter der Passanten hinter sich. Nein. Dort war er auch nicht. Zwar war es ihr bisher nie möglich gewesen, ihn gründlich in Augenschein zu nehmen, aber die kurzen Blicke, die sie auf ihren flüchtigen Schatten erhascht hatte, entsprachen weder dem Mann mittleren Alters mit dem in braunes Papier gewickelten Baguette noch dem Typen im schwarz-gelben Rugbytrikot, der …

Himmel, wer hatte den denn heute Morgen so vor die Tür gehen lassen? Er sah aus wie eine riesige Hummel, und die Tatsache, dass er gerade ins Schaufenster eines Blumenladens sah, ließ sie ihre aufkeimende Angst für einen Augenblick vergessen. Sie unterdrückte ein Kichern. Dann stellten sich jedoch die feinen Härchen in ihrem Nacken wieder auf und warnten sie erneut, sodass ihr das Lachen in der Kehle erstarb, als hätte sie einen Klumpen Trockeneis geschluckt.

Unsinn. Vielleicht wurde sie ja wirklich verrückt.

In den letzten drei Monaten hatte sie das schon einige Male vermutet, denn Jacksonville war ja nicht gerade riesig, und so war es doch möglich, häufiger dieselben Gesichter zu sehen.

»Aber das ist doch gar nicht das wahre Problem, oder?«, murmelte sie leise.

Sie hatte das Gesicht ihres flüchtigen Schattens eigentlich nie richtig gesehen. Wenn ihr das gelungen wäre, wenn sie die Gelegenheit bekommen hätte, dem Mann tatsächlich in die Augen zu sehen, vielleicht würde sie sich dann nicht auf so unangenehme Weise verfolgt fühlen.

Auf einmal lief es ihr eiskalt den Rücken herunter, und sie bekam feuchte Handflächen. Die Griffe der Plastiktüten, in denen sie ihren Einkauf nach Hause trug, rutschten ihr langsam aus der Hand, und während sie fester zufasste, schob sie sich gleichzeitig die Handtasche etwas weiter die Schulter hinauf.

Nur noch zwei Blocks …

»Nur noch zwei Blocks, dann bin ich zu Hause und frei«, murmelte sie leise und bemerkte an dem fragenden Blick, den ihr ein Paar, das rechts an ihr vorbeiging, zuwarf, dass sie schon wieder Selbstgespräche führte. Das war noch so eine Marotte, die sie sich seit Griggs Tod angewöhnt hatte. Die Wahrscheinlichkeit, dass sie wirklich verrückt wurde, wurde immer größer.

Sie richtete den Blick auf die rosafarbenen Blüten der Begonienbüsche, die in großen Töpfen vor ihrem Apartmenthaus standen – und die die freundliche Mrs Alexander aus 3C erst letzte Woche gepflanzt hatte.

Nur noch einen Block. Nur noch einen Block, dann konnte sie die Kette vor ihre Wohnungstür legen, den Riegel vorschieben und endlich wieder Luft holen.

Sie konzentrierte sich so sehr auf die Topfpflanzen und ihre dahinterliegende Zuflucht, dass sie den riesigen Schatten gar nicht bemerkte, der aus der tiefen, dunklen Gasse auf sie zustürzte.

Erst als er brutal an dem Riemen ihrer Handtasche riss, den sie sich um ihre Schulter geschlungen hatte, merkte sie, dass sie in ernsthaften Schwierigkeiten steckte. Er riss ein zweites Mal an ihrer Tasche, und sie wirbelte herum, sodass ihre Einkaufstüten durch die Luft flogen und sich der Inhalt wie essbares Konfetti auf der Straße verteilte.

Eine braune Limousine fuhr über einen Beutel voller Pecannüsse, deren Schalen mit lautem Klackern zerplatzten, dass es beinahe so klang, als würde geschossen.

»Hey!«, schrie jemand. »Er will sie ausrauben!«

Das reichte aus, um sie aus ihrer kurzfristigen Erstarrung zu befreien, und sie packte den zentimeterbreiten Riemen ihrer Tasche und hielt ihn so fest, wie sie nur konnte. Laut jedem Selbstverteidigungsguru der Welt hätte sie eigentlich loslassen sollen. Eine Handtasche war es nicht wert, dafür sein Leben zu riskieren. Aber diese ganz besondere Tasche war ein Geschenk von Grigg gewesen …

Der Mann, der ihre Tasche mit seiner fleischigen Faust umklammerte, war ein richtiges Tier, ein Berg aus Muskeln, und unter seinem hinter einer Skimaske verborgenen Gesicht war kein Hals zu erkennen. Er hätte ihr problemlos die kleine Tasche aus den Händen reißen können, hätte er sich nicht gleichzeitig auch gegen den ungewöhnlich heldenhaften Mann verteidigen müssen, der ihn mit seinem harten Baguette auf den Kopf und die Schultern schlug.

»Ruft die Polizei!«, brüllte der Baguettemann, der weiterhin zuschlug, bis sich das Brot langsam in seine Bestandteile auflöste und der Duft nach frischem Gebäck in der Luft hing.

Das reichte an Motivation aus, um die erstarrten Zuschauer, die sie mit offenem Mund anglotzten, in Aktion zu versetzen. Während Ali und Mr Baguette mit dem Straßenräuber rangen, zogen immer mehr Menschen ihr Handy aus der Tasche und kamen auf sie zugelaufen.

Der Typ in dem Rugbytrikot war als Erster bei ihnen, und er sprang dem Angreifer auf den breiten Rücken, legte ihm einen Arm um die fleischige Kehle und drückte zu, bis dem Mann die Augen – das Einzige, was unter der angsteinflößenden Maske zu erkennen war – aus den Höhlen traten wie bei einer Cartoonfigur. Jetzt tat es Ali leid, dass sie den Typen mit dem Rugbytrikot zuvor mit einer riesigen Hummel verglichen hatte.

»Ergreift seine Beine!«, rief der Rugbykerl, und Mr Baguette tauchte ab, packte die Knie des Angreifers und warf ihn und gleichzeitig auch alle anderen um, sodass sie in einem Gewirr aus zappelnden Armen und Beinen auf dem Bürgersteig landeten.

Irgendwie gelang es ihrem Angreifer, sich aus dem Gemenge zu befreien. Er stieß seine beachtliche Körpermasse vom Asphalt ab und rannte über die Straße, wobei er dem Verkehr auswich und dabei beinahe von einem beschleunigenden UPS-Wagen getroffen wurde. Für so einen großen Mann war er überraschend beweglich. Der UPS-Fahrer trat auf die Bremse und kam mit quietschenden Reifen zum Stehen, um sich dann aus dem Fenster zu lehnen und dem Mann mit wedelnder Faust etwas hinterherzurufen.

Ali schnappte nach Luft und versuchte, ihren Angreifer im Auge zu behalten, der im Zickzack um Passanten und geparkte Wagen herumlief. Dann blieb ihr ganz die Luft weg, und sie war erstaunter, als wenn sie ein Blitz getroffen hätte, als auf einmal ihr flüchtiger Schatten aus Swanson's Schnellrestaurant kam und über die Straße ging.

Zumindest glaubte sie, dass er es war. Sie konnte es nicht mit Sicherheit sagen, weil er immer eine Baseballkappe trug, die sein Gesicht sehr effektiv verdeckte. Dennoch … dieser Mann hatte denselben robusten Körperbau, das eckige Kinn …

Okay, jetzt wurde es aber wirklich zu abgefahren.

»Hey!«, schrie sie den Mann an, während sich Mr Baguette und das Rugbytrikot langsam vom Boden aufrappelten.

Der Mann mit der Baseballkappe schien sie nicht gehört zu haben.

»Hey, Sie!«, rief sie erneut und lief auf die Straße. Sie war es unendlich leid, jeden Tag diese *Paranoia* zu spüren. Wenn sie ihn doch nur einmal richtig sehen könnte, dann würde sie …

Der geheimnisvolle Mann rannte wie von der Tarantel gestochen los.

Was? Lief er etwa vor ihr weg?

Als er in einen riesigen, solide aussehenden SUV stieg und augenblicklich den Motor anließ, hatte sie ihre Antwort.

Er flüchtete tatsächlich vor ihr.

Was zum Henker war hier eigentlich los?

Gerade als sie ihm nachrennen wollte, wurde sie von Mr Baguette wieder zurück auf den Bürgersteig gezogen. »Hey, junge Frau«, sagte der Mann, der noch immer nach Luft schnappte. »Der Kerl ist längst weg. Wenn Sie ihm jetzt nachlaufen, werden Sie womöglich noch überfahren.«

Mr Baguette gab den Versuch auf, gelassen zu wirken, und beugte sich vor, stützte die Hände auf die Knie, ließ den Kopf zwischen die Schultern sinken und keuchte wie ein Hund in der Sommerhitze.

Er glaubte, sie wollte ihrem Angreifer hinterherjagen, was vermutlich auch mehr Sinn ergab, als einen fliehenden Mann zu verfolgen, von dem sie glaubte, dass er sie in den letzten drei Monaten auf Schritt und Tritt beschattet hatte.

Sie legte ihrem Retter beruhigend eine Hand auf die schweißbedeckte Schulter, griff in ihre Handtasche – die ihr der Räuber nicht hatte entreißen können, ein Punkt für Alisa Morgan und ihre beiden ungewöhnlichen Helden – und holte ihr BlackBerry heraus. Sie zoomte das Nummernschild des SUVs heran und schoss ein Foto, bevor der Wagen um die nächste Ecke bog. Dann beugte sie sich vor und sah Mr Baguette in das rote, erhitzte Gesicht.

»Ich weiß nicht, wie ich Ihnen danken soll«, sagte sie und blickte dann zu dem Typen im Rugbytrikot hoch, um ihn in ihren Dank mit einzuschließen. Der Mann keuchte ebenfalls wie ein ausgelaugtes Rennpferd und lehnte sich geschwächt gegen das Schaufenster der Eisenwarenhandlung. Offensichtlich waren beide Männer nicht an derartige körperliche Aktivitäten gewöhnt, was ihre Tat nur umso heroischer machte. »Sie haben beide sehr viel riskiert …«

Rugbytrikot wedelte abwehrend mit der Hand und schnitt ihr das Wort ab. »Einer Jungfrau in Nöten kommt man doch zu Hilfe«, meinte er kichernd und hielt sich die Seite.

Na super. Das war absolut nicht das, was sie sich immer erträumt hatte …

»Sind Sie verletzt?«, erkundigte sie sich und war erschrocken, als ihr klar wurde, dass er vielleicht verletzt worden war, nur weil er sich bemüht hatte, etwas so Unbedeutendes wie eine Handtasche zu retten.

»Nein. Ich glaube, ich habe nur ein paar blaue Flecken.«

Sie machte den Mund auf und wollte ihm schon erneut danken, als das durchdringende Kreischen einer Sirene sie unterbrach.

»Offenbar ist die Kavallerie gleich hier«, meinte Mr Baguette.

Hauptquartier von Black Knights Inc. auf Goose Island
Chicago, Illinois
Am nächsten Tag …

»Ja, genau. Dies ist ein Motorradgeschäft. Nur ein kleiner Laden, in dem nach Kundenwunsch Maschinen gebaut werden … und ich bin die Königin von England«, murmelte Ali leise, als sie durch die Windschutzscheibe ihres Wagens zu dem »Komplex« hinübersah, denn anders ließ sich das, was da vor ihr lag, nicht beschreiben.

Jetzt war ihr klar, warum Grigg immer darauf bestanden hatte, dass sie in einem Hotel abstieg, wenn sie ihn in Chicago besuchte. Er hatte behauptet, das Loft, in dem er über dem »Laden« wohnte – den sie von jetzt an nur noch als »Fort Knox« bezeichnen würde –, wäre zu klein, als dass sie bequem darin unterkommen konnte. Schon damals hatte sie das für eine Lüge gehalten. Und jetzt?

Jetzt *wusste* sie, dass er gelogen hatte.

Die meisten Menschen würden die um ein riesiges Fabrikgebäude gruppierten kleinen Ziegelsteingebäude hinter den mächtigen Eisentoren als das ansehen, als was sie auf der Webseite bezeichnet wurden: als hervorragende Motorradwerkstatt. Die meisten würden auch die drei Meter hohe Ziegelsteinmauer, auf der sich riesige Stacheldrahtrollen befanden, und die um 360 Grad drehbaren Kameras als notwendige Sicherheitsmaßnahme vorsichtiger Geschäftsleute ansehen, die ein kleines Vermögen in Werkzeuge, Motorräder und andere Ausrüstungsgegenstände gesteckt hatten und wussten, dass dies nicht gerade das beste Viertel von Chicago war.

Ja, das würden die meisten Leute tun.

Sie jedoch nicht.

Sie hatte einen älteren Bruder gehabt, der bei den Marines

gewesen war und ihr einiges über Sicherheitsmaßnahmen beigebracht hatte, und Black Knights Incorporated war damit vollgestopft.

Unwillkürlich stiegen ihr die Tränen in die Augen, weil ihr klar wurde, dass sie den Beweis dafür vor sich hatte, dass Grigg ihr nicht getraut hatte. Er war gestorben, und sie hatte nie die Gelegenheit bekommen, ihm …

»Sie müssen den Wagen am Tor stehen lassen, Ma'am«, instruierte sie der rothaarige Riese, der im Wachhäuschen saß. Er hatte einen deutlichen Chicagoer Akzent. »Wir erlauben keine ungesicherten Fahrzeuge auf dem Gelände«, erklärte er ihr. »Gleich kommt jemand, der Sie zum Geschäft führen wird.«

»Äh … okay«, erwiderte sie, fuhr mit ihrem lindgrünen Prius an den Straßenrand, wo sie kopfschüttelnd parkte. Sie sah in den Rückspiegel und wischte sich die Tränen weg, die noch immer in ihren Wimpern klebten, bevor sie die Autoschlüssel einsteckte und sich ihre geliebte Handtasche über die Schulter hängte. Dann ging sie zurück zum Wachhäuschen und dem Riesen darin.

»Und«, meinte sie, legte einen Ellenbogen auf den Fensterrahmen und beäugte den Rothaarigen, »arbeiten Sie schon lange für die Black Knights?«

»Lange genug«, knurrte er, wobei er den Blick nicht einmal von den Bildschirmen abwandte, auf denen das Gelände rings um den Komplex aus verschiedenen Blickwinkeln zu sehen war.

Na, der war ja sehr gesprächig. War das ein Wunder?

Was tat sie hier eigentlich?

Nate Weller würde sich bestimmt nicht über ihren Besuch freuen. Großer Gott, er *mochte* sie ja nicht einmal. Er sah sie immer so kalt und berechnend an. Seine unergründlichen schwarzen Augen musterten sie, als ob sie ein seltsamer Käfer wäre und er der leidenschaftslose Wissenschaftler, der ihre Aktivitäten beobachten musste.

Verdammt.

Gut, sie neigte möglicherweise dazu, zu viel zu reden. Aber das war auch zum Teil seine Schuld, weil er *nie* etwas sagte, sondern immer seine beharrliche und irritierende Zurückhaltung beibehielt, die ihr so fremd war, dass sie im Gegenzug plapperte, als hätte man ihr einen Motor in den Mund eingebaut.

Das war ja alles ganz großartig.

Na gut. Er mochte sie nicht. Soweit es sie betraf, konnte er seine Meinung für sich behalten und sie sich dahin stecken, wo die Sonne niemals hinschien. Er musste sie auch nicht mögen, um ihr zu helfen.

Und warum sie überhaupt über seinen unfassbaren Mangel an Interesse nachdachte, war ihr ein Rätsel, denn ehrlich gesagt mochte sie ihn auch nicht besonders.

Er war zu ernst, zu distanziert, zu … *irgendwas.*

Sie wusste nie genau, was dieses Irgendwas eigentlich war, und das nervte sie ungemein. Aber sie musste damit klarkommen oder es zumindest ignorieren, denn sie hatte ihre Entscheidung getroffen. Sie war hier.

Apropos, wo blieb eigentlich ihre Eskorte? Sie tippte mit den Fingern auf das Holz und sah sich ungeduldig um. »Gehört Ihnen auch eines der hier gefertigten Motorräder?«, fragte sie, nur um etwas zu sagen, denn das Warten auf Nate machte sie ganz verrückt.

Der Rothaarige machte ein Geräusch, das vage an das Brüllen eines leicht erregten Grizzlybären erinnerte, und sie wusste nicht, ob sie das jetzt als Ja oder als Nein auffassen sollte.

Na super. Das läuft ja sogar noch schlimmer, als ich es mir vorgestellt habe.

»Und so kamen wir zu unserem eigenen Hubschrauber. Offenbar brauchen wir jetzt auch einen eigenen Hubschrauberpiloten«, sagte Frank »Boss« Knight, der Chef von Black Knights Inc., und sah über seinen riesigen, unaufgeräumten Schreibtisch zu Nate »Ghost« Weller hinüber.

Er konnte nicht anders, als im gleichgültigen Gesicht des Mannes nach Hinweisen auf eine posttraumatische Belastungsstörung Ausschau zu halten. Das hatte Frank in den letzten drei Monaten sehr oft getan, aber sosehr er sich auch anstrengte …

Nichts.

Keine zuckenden Finger, unruhigen Blicke oder wackelnden Zehen.

Doch nur weil der Mann keines der offensichtlicheren Symptome zeigte, hieß das noch lange nicht, dass er nicht an posttraumatischem Stress litt. Nate wurde »Ghost« genannt, weil er im Einsatz so verdammt heimlich vorgehen konnte. Aber seit Grigg Morgan, Nates ältester und bester Freund und engster Partner, gestorben war – und insbesondere in Anbetracht der Art und Weise, wie er ums Leben gekommen war, woran Frank eigentlich gar nicht mehr denken wollte –, konnte man ihn auch »Ghost« nennen, weil er herumlief wie ein Toter. Er zeigte keine Emotionen. Gut, der Offenherzigste war er früher auch nicht gerade gewesen, aber jetzt? *Verdammt* …

»Was ist mit Colby Ventura?«, erkundigte sich Ghost. »Er ist nicht mehr bei der Army.«

»Wirklich?« Frank zog eine Augenbraue hoch und notierte sich etwas auf seinem Block, da ihn diese Information freute. »Ja, Mann, Ace wäre ein *super* Ersatz.«

Kaum, dass er diese Worte ausgesprochen hatte, zuckte er zusammen. Jetzt wirkte der Mann, der ihm gegenüberstand, gar nicht mehr so distanziert. Seine Augen schimmerten hell und er spannte den Kiefer so fest an, dass Frank sich fragte, ob er überhaupt noch Zähne haben würde, wenn er den Mund wieder aufmachte.

Grigg hatte Hubschrauber fliegen können, und das war nur eine weitere unangenehme Erinnerung daran, dass er tot war. Er wünschte sich mehr als alles andere, dass sie ihn nicht verloren hätten, aber so war es nun mal. Denn trotz aller Vorkehrungen, die sie trafen, bestand die Möglichkeit, dass man bei diesem Job umkam; sie gehörte einfach dazu.

Dennoch machte dieses Wissen den Verlust nicht erträglicher. Für keinen von ihnen, aber vor allem nicht für Ghost. Die beiden Männer waren seit ihrem Abschluss an der Marine Scout Sniper School in Quantico unzertrennlich gewesen. Das dynamische Duo, oder in gewissen Kreisen auch das *tödliche* Duo.

Ghost hatte sich kaum Zeit gegeben, um seine Wunden, die er durch die Folter der libanesischen Kämpfer davongetragen hatte, heilen zu lassen, bevor er wieder zurückgekehrt war und versucht hatte, jeden einzelnen Mann aufzuspüren, der es gewagt hatte, Hand an ihn oder Grigg zu legen … und danach hatte Frank eine ziemliche Sauerei aufzuräumen gehabt.

Er erschauderte, als er sich daran erinnerte, mit wem er alles hatte reden müssen.

Es war nicht gerade seine starke Seite, anderen in den Arsch zu kriechen, und er hatte danach immer einen schlechten Geschmack im Mund, aber er hatte es für Ghost getan, dem besten Scharfschützen auf dem ganzen Planeten.

Zum Glück war Ghosts Suche umsonst gewesen, da ihn jemand zu Brei geschlagen hatte. Diese Hisbollah-Typen waren allesamt tot gewesen, was eigentlich niemanden überraschte, wenn man bedachte, was die Syrer davon hielten, dass libanesische Kämpfer auf ihrem Grund und Boden operierten. Die Tatsache, dass die Schweinehunde ein gewaltsames Ende gefunden hatten, konnte Franks verhärtetes Herz kein bisschen erweichen, und das lag nicht nur daran, dass sie es für das, was sie Grigg und Ghost angetan hatten, verdient hatten, sondern auch daran, dass es Ghost vor dem vielleicht größten Fehler seines Lebens bewahrt hatte.

Die Knights brachen, beugten und ignorierten oftmals auch schamlos die meisten Gesetze, doch es gab eine Ausnahme, und die war durch und durch simpel: Rache hatte bei ihren Operationen nichts zu suchen. Sollten sie jemals außerhalb einer sanktionierten Mission jemanden töten, dann wären sie nicht besser als die Menschen, hinter denen sie her waren. »Wir sollten vielleicht auch mit der Suche nach einem Kommunikationsspezialisten anfangen«, fügte Frank rasch hinzu und hoffte, diesen mörderischen Blick aus Ghosts Gesicht verbannen zu können. So erschreckend wie sein versteinertes Benehmen auch sein mochte, das hier war noch viel schlimmer. »Der letzte Job in Brasilien wäre sehr viel glatter gelaufen, wenn einer von uns Portugiesisch gesprochen hätte.«

»Was ist mit dem Ex-Mossad-Agenten?«, erkundigte sich Ghost.

Der Mossad-Agent … Na, super. Noch eine Sache, um die sich Frank heute kümmern musste. Normalerweise standen sie stramm und salutierten, wenn General Fuller ihn und seine Männer um etwas bat, aber um diesen Israeli verstecken zu können, hatte er einige Verhandlungen führen müssen. Im Großen und Ganzen war es kein schlechter Deal gewesen, schließlich waren sie jetzt die stolzen Besitzer eines kaum gebrauchten UH-60 Black Hawk.

Okay, vielleicht sah er die Sache etwas zu rosig.

Der Hubschrauber war ziemlich ramponiert. Er hatte 1989 ordentlich was abbekommen, als die USA in Panama einmarschiert waren, und seitdem in einem Lagerhaus Staub angesetzt. Doch wenn jemand das über zwanzig Jahre alte Ding wieder zum Laufen bringen konnte, dann war das Rebecca »The Rebell« Reichert, ihre hauseigene begnadete Mechanikerin und *seine* persönliche Schwäche.

Natürlich würde er sich jetzt nicht die perverse Freude gestatten und an sie denken …

»Der Neue hat nicht gerade viele Sprachkenntnisse«, erwiderte er und sah unauffällig auf seine Titaniumarmbanduhr, als ihm wieder einfiel, warum er Ghost eigentlich zu sich gerufen hatte. »Hast du den Psychologen aufgesucht, von dem ich dir erzählt habe?«

Er beugte sich vor. Das körpersprachliche Äquivalent zu *Ich mache mir Sorgen um dich, Kumpel.*

Auch wenn er nicht gerade ein treuer Anhänger dieser gefühlsbetonten Psychoanalyse-Sache war, sondern vielmehr fand, dass ein Mann mit seinen Problemen selbst und wann immer er es für richtig hielt fertigwerden sollte, war er der Überzeugung, dass Nate nach allem, was er durchgemacht hatte, Hilfe brauchte.

Scheiße. Der Mann brauchte definitiv jemanden, mit dem er reden konnte.

»Wir sollten Dan Man und Ozzie fragen, wen sie als Kommunikationsexperten vorschlagen«, sagte Ghost, und Franks geringe Hoffnung, dass Ghost den Arzt aufgesucht hatte, verpuffte auf einen Schlag.

Tja, damit war das Thema »Psychologe« wohl ein für alle Mal vom Tisch.

»Dann lass sie uns doch gleich mal fragen«, erwiderte er und nahm sich vor, später noch einmal genauer über Ghosts Geisteszustand nachzudenken.

Er stand von seinem Schreibtischstuhl auf, als Patti, Dans Frau und die Büroleiterin von Black Knights Inc., sein Büro betrat.

»Entschuldigt die Störung, Jungs«, sagte sie, »aber Geralt meldet, dass eine Besucherin am Tor wartet. Alisa Morgan. Sie möchte Ghost sprechen.«

Auf einmal war das schwarze Feuer, das nach Franks bescheuerter Bemerkung darüber, dass Ace ein *super Ersatz* wäre, aus Ghosts Augen verschwunden. Das Gesicht des Mannes wurde erneut zu der üblichen starren, leidenschaftslosen Maske.

Na, das ist doch wirklich interessant!

»Was machst du denn hier, Ali?«

Ali zuckte zusammen, als ihre sinnlose Fragerei – hätte ihr der Rothaarige nicht verraten, wo sie ihren Wagen parken sollte, wäre sie glatt auf den Gedanken gekommen, er wäre stumm – durch Nates tiefe Stimme unterbrochen wurde.

Himmel noch eins! Nate hatte diese Anschleicherei zweifellos von seinem Cherokee-Großvater geerbt, ebenso wie seine Adlernase, diese pechschwarzen Augen und das rabenschwarze Haar. Der Mann hatte die lästige Angewohnheit, sich einfach plötzlich irgendwo zu materialisieren.

»Nate, e… entschuldige, dass ich dich einfach so überfalle.« Ihr Herz und ihr Mund schienen gleichzeitig kurz ins Stottern zu geraten, wie sie es immer taten, wenn er sie überraschte. Irgendwie gelang es ihm, sie von der gefassten, selbstsicheren Frau in eine stotternde, zögerliche Idiotin zu verwandeln. *Das ist ja ein richtig toller Anfang, Ali.* »Vielleicht hätte ich vorher anrufen sollen …«

Aber sie war besorgt gewesen, dass sie ihre Meinung ändern würde, wenn sie vorher anrief und seine Stimme hörte. Und dieses Mal war sie sich sicher, überaus sicher sogar, dass sie seine Hilfe brauchte.

Seine einzige Reaktion war ein tiefes Knurren, das sich anhörte, als würde es von ganz tief unten aufsteigen. Offenbar hatte er ebenso wie der Rothaarige einige Kurse an der Schule für Schweigsamkeit und ausbleibende Antworten besucht.

Das war ja wieder typisch und entsprach genau der Reaktion, die sie erwartet hatte.

Sie musste den Drang unterdrücken, die Augen zu verdrehen. Stattdessen beschloss sie, ihren Blick lieber über seinen ganzen Körper wandern zu lassen und den Anblick zu genießen, während Nate zwischen den beiden Flügeln des Eisentors stand und die Öffnung fast völlig ausfüllte.

Seit ihrem letzten Treffen hatte er ein wenig zugenommen, aber das war nicht wirklich schlimm. Er war ohnehin viel zu dünn gewesen. Nun bestand sein deutlich über einen Meter achtzig großer Körper aus nichts als festen, wohlgeformten Muskeln und gebräunter Haut. Sein dichtes, schwarzes Haar war ein wenig länger, sodass es ihm auf den Kragen fiel und sich rings um seine Ohren verlockend wellte. Tja … was eine naive Frau als verlockend ansehen würde. Nach zehn Minuten in seiner Gegenwart wäre ihr allerdings schnell klar, dass es an Nathan Weller nichts Verlockendes gab mit Ausnahme seines lächerlich hübschen Gesichts.

Und es sah in der Tat lächerlich gut aus.

Zu schade, dass er die Persönlichkeit und das Benehmen eines Stinktiers besaß.

»Willst du mich nicht hereinbitten?«, fragte sie widerstrebend, als ihr klar wurde, dass er offenbar zufrieden damit war, in der heißen Sommersonne zu stehen und sie zu beäugen, als wäre sie etwas schlecht Riechendes, das er unter seiner Schuhsohle entdeckt hatte.

Er legte den Kopf ein wenig schief und verschränkte die Arme vor der Brust, sodass sein beeindruckender Bizeps noch mehr hervortrat und die Ärmel seines grauen T-Shirts ausbeulte. Sie erschauderte trotz der Hitze, als sie sich daran erinnerte, wie es sich angefühlt hatte, in diesen unfassbar starken Armen zu liegen …

Verdammt, Ali, vergiss das bloß wieder!

Das Problem war nur, dass sie es einfach nicht vergessen konnte und sich jede Nacht wieder daran erinnerte. In den letzten drei Monaten hatten sie Träume geplagt, in denen …

»Was machst du hier?«, fragte er erneut. Der Mann hatte eine seltsame Art, so viel stand fest.

»Ich muss mit dir reden.«

Er zuckte mit den Achseln. »Dann rede.«

»Nicht hier.« Sie schenkte ihm ihren patentierten »Bist du denn völlig verblödet?«-Blick. »Unter vier Augen. Du wohnst doch hier auf dem Gelände, oder nicht? Wie Grigg es auch getan hat. Warum gehen wir nicht in deine Wohnung? Vielleicht könntest du mir da ja auch was zu trinken anbieten.«

Er verengte die Augen und wartete.

Sie hob das Kinn ein Stück höher, stellte sich aufrecht hin und sah ihn entschlossen an. »Ich dachte mir, dass du das so sehen würdest.« Noch ein Grund dafür, warum sie nicht angerufen und ihn auf ihr Kommen vorbereitet hatte. Er hatte sich keine Ausrede einfallen lassen sollen, um sie abzuwimmeln.

Sie wirbelte auf dem Absatz herum und ging zu ihrem Wagen zurück. Während sie den Kofferraum öffnete und ihren Koffer herausholte, bedachte sie ihn innerlich mit jedem nur denkbaren Schimpfwort und verfluchte sowohl ihn als auch die gnadenlos auf sie herabscheinende Sonne. Sie stellte den Rollkoffer auf den Boden, zog den Teleskopgriff heraus, schob sich den Riemen ihrer Handtasche etwas weiter auf die Schulter und marschierte zu Nate zurück, während ihr einige Schweißtropfen zwischen den Schulterblättern herunterrannen.

Sie war sich nicht sicher, ob ihre schlechte Laune an der sengenden Hitze lag oder daran, dass sie sich in Nates Nähe aufhielt. Vielleicht war es auch beides. Oder sie war einfach nur sauer, dass sie diese Reise überhaupt hatte machen müssen.

Grigg hatte es schon zu Lebzeiten geschafft, sie in mehr unangenehme Situationen zu bringen, als ihr lieb war, auch wenn er sie stets wieder daraus befreit hatte. Doch es war unerträglich, dass ihr heiß geliebter, idiotischer großer Bruder sie selbst aus dem Grab heraus noch in seine zweifelhaften Angelegenheiten mit hineinzog.

Das größte Problem dabei war, dass er ihr dieses Mal unmöglich zu Hilfe eilen konnte.

Aus genau diesem Grund war sie jetzt hier, schmolz in den Hitzewellen, die vom Chicagoer Straßenpflaster aufstiegen, und verharrte mit zum Zerreißen gespannten Nerven in der Stille, während sie darauf wartete, dass Nate etwas sagte … *irgendetwas*.

Natürlich war diese Hoffnung ebenso konstruktiv, als würde sie gegen den Wind pinkeln, denn er stand weiterhin einfach nur da, starrte sie an und bewegte nicht einen Finger, um ihr mit ihrem Gepäck zu helfen, dieser elende, einzigartige Schweinehund.

»Und, wo machen wir's?«, fragte sie schließlich, weil sie das drückende Schweigen nicht länger ertragen konnte.

Eine Sekunde lang loderte etwas in seinen Augen auf, ein kurzes Flackern, das seinen teilnahmslosen finsteren Blick aufhellte. Dann war es, was immer es auch gewesen war, so schnell wieder verschwunden, dass sie sich schon fragte, ob es wirklich da gewesen war.

Nein, beschloss sie, ganz bestimmt nicht, denn das würde bedeuten, dass sie irgendeine Emotion in ihm hervorgerufen hätte, und soweit sie es beurteilen konnte, war dieser Mann nichts als ein Cyborg.

»Und?«, hakte sie ungeduldig nach, als der Riesentrottel einfach nur reglos dastand. Nate hatte eine Art zu schweigen, bei der er auf sie immer wie ein Raubtier wirkte und die sie verwirrte. Selbst der Rothaarige wandte den Blick von den Monitoren ab und sah sich das kleine Drama an, das sich direkt vor seinen Augen abspielte.

Na super.

»Du willst hierbleiben? Bei mir?«

Warum klang das so, als würde sie ihr Leben aufs Spiel setzen?

»Ja, das habe ich vor. Ich habe die letzten zwanzig Stunden im Wagen verbracht und habe jetzt nicht die Geduld, weitere zwanzig Stunden wieder nach Hause zu fahren. Vom Essen in den schäbigen Raststätten bekomme ich nur Blähungen, und durch das viele Koffein drehen sich meine Augen mittlerweile wie Flipperkugeln. Ich bin hundemüde. Ich habe Durst. Ich werde auf keinen Fall in ein Hotel gehen. Die Gründe dafür erkläre ich dir, sobald du mich reingebeten hast, und ich wäre dir sehr dankbar, wenn du das bald tun würdest, da ich keine Lust mehr habe, noch länger in dieser Hitze rumzustehen. Ich dachte, der Sommer in Chicago wäre angenehmer, aber hier ist es ja wie in einem gottverdammten Glutofen. Wenn ich mich nicht täusche, hat mein Deo längst versagt, und diese riesengroße Limo, die ich an der Grenze zu Indiana gekauft habe, will irgendwann auch mal wieder raus. Also ja, ich habe vor, hier bei dir zu bleiben.«

Sie hatte es schon wieder getan. Das verräterische Pochen in seinem Kiefer sagte ihr, dass er der Ansicht war, sie habe ihn erneut mit einer Riesenladung verbalen Durchfalls überschüttet.

Aber sie sagte sich, dass sie wenigstens die erste Hürde genommen und ihn über ihre Absichten informiert hatte, selbst wenn sie es umständlich und überaus wortreich getan hatte.

»Wie lange?«, erkundigte er sich mit grimmiger Miene.

»So lange es dauert.« Sie reckte ihr Kinn und sah ihn dreist an, damit er es gar nicht erst wagen konnte, ihr zu widersprechen.

Stille.

Was musste sie denn noch tun?

»Hör mal, das ist doch das Mindeste, was du für die kleine Schwester deines besten Freundes tun kannst«, fügte sie hinzu. Ja, sie wusste, dass das ein Schlag in die Magengrube sein musste, aber Himmel noch mal, er zwang sie ja förmlich dazu, die harten Geschütze auszupacken.

»Na gut«, kapitulierte er, auch wenn ihm ins Gesicht geschrieben stand, dass es tausend andere Dinge gab, die er lieber getan hätte. »Aber wir gehen lieber erst mal in den Laden.« Er drehte sich um und ging durch das Tor.

»Okay.« Sie schob den Riemen ihrer Handtasche hoch, und ihr Blick wanderte zu seinem knackigen Hintern, der in seinen khakifarbenen Cargoshorts gut zur Geltung kam. Wow, das war mal ein wohlgeformter Gluteus Maximus. Obwohl Nate ein Schwachkopf war, fand sie den Anblick sehr erregend.

Ihrer Meinung nach war es völlige Verschwendung, dass der Kerl so ein Griesgram war. Oder vielleicht war es auch unglaubliches Glück. Denn wenn er auch nur ein Quäntchen Charme besessen hätte, dann wäre es vom ersten Tag an um sie geschehen gewesen.

Mit siebzehn war sie von Hormonen überwältigt und neugierig gewesen, sie hatte sich danach gesehnt, sich wild und leidenschaftlich in einen Jungen zu verlieben, der den Boden unter ihren Füßen verehrte. Damals war sie überzeugt davon gewesen, dass dieser hypothetische Junge gut aussehend und witzig sein und ein umwerfendes Lächeln haben würde.

Das Kriterium »gut aussehend« hatte Nate auf jeden Fall erfüllt. Puh! Als sie ihn das erste Mal gesehen hatte, hätten beinahe ihre Beine nachgegeben und sie wäre auf ihrem Hintern gelandet.

Sie erinnerte sich noch daran, als wäre es erst gestern gewesen …

Es war ihr vorletztes Highschool-Jahr. Sie trug ihre Lieblings-Jeansshorts und das T-Shirt, das sie am Wochenende zuvor auf dem Bon-Jovi-Konzert gekauft hatte. Sie war in Gedanken an die Matheprüfung vertieft, die sie in der ersten Stunde schrieb und für die sie zu wenig gelernt hatte, als sie in die Küche ihrer Eltern hüpfte und *peng!*

Es war Liebe auf den ersten Blick.

Sie dauerte ganze fünf Minuten.

Denn es wurde rasch offensichtlich, dass PFC Nathan Weller jeglicher Sinn für Humor fehlte, und schon bald vermutete sie, dass der Mann nicht einmal *wusste*, wie man lächelte. Dazu kam, dass er jedes Mal ein schmerzverzerrtes Gesicht machte, wenn sie versuchte, ihn in eine Unterhaltung zu verwickeln, was ihre ganzen Wunschträume buchstäblich im Keim erstickte.

Daher war es vermutlich wirklich gut, dass Nate so griesgrämig war, denn sonst hätte sie schon vor Jahren ihr Herz an ihn verloren.

Er drehte sich um und merkte, dass sie ihn anstarrte. »Kommst du?«, fragte er lakonisch, als wäre ihm ihre Antwort eigentlich völlig egal.

»Natürlich.« Sie reckte die Nase in die Luft und folgte ihm auf das Gelände des verdammten Fort Knox.

Als sie schließlich vor den riesigen Stahltüren der Fabrik standen, holte er einen seltsam aussehenden Schlüssel aus der Tasche und schob ihn in ein noch merkwürdigeres Loch in der Tür, das ihr zuvor nicht einmal aufgefallen war, weil es sich hinter einer Niete verbarg. Dann klickte und piepte es einige Male, gefolgt von einem lauten Klacken.

Die riesige Metalltür ging fast geräuschlos auf.

Nur eine Motorradwerkstatt. *Schon klar.*

2

Washington, DC

Senator Alan Aldus saß in seiner langen, schwarzen Limousine, die auf dem dreckigen Parkplatz eines 7-Eleven parkte, und beobachtete einen jungen farbigen Mann in einem löchrigen Muskelshirt, der einen Zigarettenstummel über seine magere Schulter schnippte, um dann auf einen neben der außen angebrachten Klimaanlage parkenden silbernen Mercedes zuzuschleudern. Die Hose des Mannes saß so tief, dass man seine Unterhose deutlich sehen konnte, und seine Schuhe hatten den Trottel vermutlich mehr gekostet, als er in einem Monat verdiente.

Treter sagten die Kinder neuerdings dazu. Diese Idioten.

Aldus beobachtete, wie das Fenster des Mercedes heruntergelassen wurde, sah den schnellen Austausch und den goldenden Manschettenknopf am Handgelenk des Fahrers. Dieses dezente Schmuckstück stand für Reichtum und Wohlstand, und Aldus vermutete, dass er gerade einem Angestellten der amerikanischen Regierung dabei zusah, wie er seine tägliche Ration selbst verschriebener Beruhigungsmittel erwarb.

Das überraschte ihn nicht. Nicht hier im sündigen Washington DC. In der Hauptstadt der USA gab es mehr Geheimnisse und geheime Obsessionen als irgendwo sonst auf der Welt. Und die Möglichkeit, dass eines seiner Geheimnisse auffliegen konnte, bewog ihn dazu, sein klingelndes Handy aufzuklappen. »Was ist?«

»Sie hat in Chicago haltgemacht.«

»Hmm.« Er strich sich mit einer Hand über das Gesicht und sah dann schnell in den Rückspiegel, um sich zu vergewissern, dass er seine Frisur nicht durcheinandergebracht hatte.

Gut. Jedes Haar lag an seinem Platz. Die beiden grauen Streifen an seinen Schläfen waren so makellos wie immer. Natürlich färbte er sie. Mit fünfundfünfzig würden die meisten Männer eine Menge dafür geben, noch einen Schopf dicker dunkelbrauner Haare zu haben, doch in seiner Position bewirkte das Silber, dass er ernst genommen wurde. Es ließ die Leute glauben, er würde über mehr Weisheit verfügen als viele andere.

Er hatte nicht vor, ihnen diese Illusion zu nehmen.

Er besaß die unheimliche Fähigkeit, zu erkennen, was getan werden musste, und es dann auch zu tun, und zwar ohne zu zögern oder zu schwanken. Daher sah er sich als Mann der Tat, der es den Zweiflern dieser Welt überließ, sich um jeden Kleinkram zu kümmern. Ganze Länder konnten an die Macht kommen oder untergehen, bevor einige der Führer der Welt überhaupt erst mit der Rechtschreibprüfung ihrer Dossiers fertig waren.

Ihm war klar geworden, dass sich das schneckenartige Tempo der US-Regierung niemals ändern würde, daher hatte er beschlossen, den einzig möglichen Weg einzuschlagen und sich abseits davon zu bewegen.

Die Ironie seiner Einstellung angesichts seiner Position blieb ihm nicht verborgen, doch sie konnten ruhig weiter debattieren, Reden halten, sich schlau machen und erneut debattieren. Während sich die Räder im Zeitlupentempo drehten, übernahm er es, für Lösungen zu sorgen.

Natürlich gab es auch jene, die das nicht verstehen, und viele, die das gewiss nicht gutheißen würden. Aber wer waren die schon, dass sie über ihn richten wollten? Selbstzufriedene Narren, die gesund und munter in ihren hübschen kleinen Häusern lebten, geschützt vor dem Gestank des Bösen, der wie eine schleimige, dunkle Wolke über einem Großteil der Welt schwebte.

Das waren alles Idioten.

Allerdings mächtige Idioten, die in der Lage waren, das makellose Image, das er sich im Laufe der Jahre skrupellos und mit Bedacht aufgebaut hatte, ins Wanken zu bringen. Wenn alles nach seinen Wünschen lief, würde er jedoch irgendwann im Weißen Haus sitzen.

Er schloss seine Manschetten mit den Manschettenknöpfen aus Elfenbein und Platin und tippte ungeduldig mit einem Finger auf das Lenkrad.

Alisa Morgan erwies sich als Problem. Sie hatte die Dateien; die Frage war nur, ob sie es wusste oder nicht. Grigg Morgan hatte sie ihr gemailt, so viel hatten sie bald nach Morgans Tod herausfinden können. Aber bei der Durchsuchung von Ms Morgans Wohnung und Arbeitsstätte hatte man nichts gefunden, und dies ließ nur noch zwei Möglichkeiten offen: Entweder hatte sie die Dateien bei sich oder sie hatte sie irgendwo versteckt. Die Lösung war für beide Szenarien denkbar einfach, man musste sich die Frau einfach nur schnappen. Sie entführen, durchschütteln und die Dateien an sich bringen. Ein Kinderspiel.

Zumindest hätte es das sein sollen. Dummerweise hatte der Mann, den er darauf angesetzt hatte, ein kleines Problem mit diesem Szenario.

Aldus konnte durch und durch moralische Menschen nicht ausstehen, und der Ex-CIA-Agent Dagan Zoelner hatte sich als genau das herausgestellt. Dummerweise war Zoelner aber auch der Beste in dem, was er tat. Daher hatte Aldus Zoelners Plan genehmigt, Ms Morgan einfach so lange zu beobachten, bis Zoelner einen Weg gefunden hatte, ihr die Informationen abzunehmen, ohne Gewalt anwenden zu müssen.

Zumindest hatte er bei Zoelners Plan eine Zeit lang mitgespielt. Dann war er jedoch ungeduldig geworden …

Jetzt bereute er seine Entscheidung, die Sache ein für alle Mal beenden zu wollen.

Der schiefgelaufene Überfall hatte bewirkt, dass sie nach Chicago geflohen war, was ihn überaus nervte.

Nicht, dass er glaubte, Nathan Weller würde irgendetwas wissen. In diesem Fall wäre Weller bestimmt unter der höllischen Folter dieser Hisbollah-Kämpfer zusammengebrochen, schließlich wusste niemand besser als diese verdammten Libanesen, wie man einen Mann dazu bringt, die Wahrheit zu sagen.

Allerdings war es diesen Hisbollah-Typen auch nicht gelungen, von Grigg Morgan zu erfahren, wo sich die Dateien befanden, dachte er mit nagender Unruhe, und sie hatten ihn immerhin drei ganze Tage lang in ihren Klauen gehabt. Vielleicht waren sie also doch nicht so gut darin, Informationen zu beschaffen, wie sie immer behaupteten.

Dieser Gedanke war überaus ärgerlich. Er hatte es Weller aus einem einzigen Grund gestattet zu überleben, nachdem er dem grausamen Tod, den Aldus für ihn geplant hatte, entronnen war: weil er davon ausging, dass Weller absolut nichts wusste.

Hatte er sich vielleicht geirrt?

Aber nein. Wenn Weller eingeweiht gewesen wäre, dann wäre er mit seinen Informationen zu den Behörden gegangen.

Niemand weiß etwas über den Deal, versicherte er sich und atmete zur Beruhigung einmal tief durch. Diejenigen, die davon gewusst hatten, waren alle tot … Was ihn wieder zu seiner aktuellen Misere führte. Er musste diese gottverdammten Dateien von Alisa Morgan bekommen.

»Ich bin es leid, darauf zu warten, dass Sie sich mit dieser Frau anfreunden, Z. Jetzt machen wir es auf *meine* Weise«, instruierte er seinen Untergebenen mit entschlossener Stimme. »Warten Sie, bis sie wieder geht, und dann schnappen Sie sie sich. Finden Sie diese Dateien.«

Himmel, das wurde ja mit jedem Tag zu einem größeren Schlamassel, und er hatte zunehmend genug davon, sich darum kümmern zu müssen.

Es wäre vermutlich deutlich einfacher und definitiv zweckmäßiger, sie einfach zu beseitigen, dachte er und ließ das Wagenfenster wieder hochfahren, um den Gestank von der Tankstelle auszusperren. Anstatt Johnny und seine Leute anzuheuern, hätte er die Sache lieber seinen tollpatschigen Leuten aus Las Vegas überlassen sollen, die sich um seine … gewalttätigeren Aufträge kümmerten. Sie hätten beispielsweise einen tödlichen Autounfall inszenieren können, um Ms Morgan auszurauben, wie damals bei dem FBI-Agenten, der zu neugierig geworden war.

Das war auf jeden Fall sehr verlockend …

Doch in Situationen wie dieser zahlte es sich nie aus, zu voreilig zu sein. Die Ermordung von Amerikanern auf amerikanischem Boden war riskant, insbesondere wenn er sich nicht sicher sein konnte, dass der Tod von Ms Morgan auch zur Zerstörung der Dateien führte.

Daher behielt er diese Möglichkeit lieber noch in der Hinterhand.

Vorerst.

»Sir.« Zoelner klang beunruhigt. »Ich habe eine Frage.«

»Worum geht's?«, knurrte er, da er mit jedem Tag, der ergebnislos verstrich, mehr die Geduld mit Zoelner verlor.

»Haben Sie den Überfall von gestern autorisiert?«

»Was?«, ereiferte er sich und spielte den Unschuldigen. »Ich kann nicht glauben, dass Sie denken, ich wäre zu so etwas fähig. Ich heiße Gewalt nicht gut, und das wissen Sie.«

»Und wie würden Sie Ihren Vorschlag, Ms Morgan zu entführen, dann nennen?«

»Das ist eine Notwendigkeit, Z. Ich vertraue darauf, dass Sie sie mit Samthandschuhen anfassen.«

Das Schweigen am anderen Ende der Leitung war vielsagend. Zoelner war nicht mit dem Plan einverstanden, dieser widerlich aufrichtige Bastard.

Tja, Pech für ihn. Er hatte genug davon, darauf zu warten, dass Zoelner endlich mit seiner Denkweise einverstanden war.

»Passen Sie auf, Z«, fauchte er ins Telefon, während ihm das Blut ins Gesicht stieg und seine Ohren und seine Wangen prickelten, weil er dermaßen wütend war. »Ich zahle Ihnen nicht gerade wenig Geld dafür, dass Sie Ihren verdammten Job machen. Da sollte ich doch davon ausgehen können, dass diese Summe Sie auch dazu bringt, Ihre Bedenken zu vergessen. Habe ich mich da geirrt? Soll ich mir jemand anderen suchen, der etwas mehr Grips und auch ein wenig mehr Mumm in den Knochen hat?«

»Nein, Sir.«

Zoelner antwortete sofort, aber sein Tonfall klang nicht gerade sehr versöhnlich, und Aldus' ohnehin schon angespannten Nerven standen kurz vor dem Zerreißen. Er war einer der mächtigsten Männer des gottverdammten Landes, und niemand sprach in diesem Tonfall mit ihm. Am liebsten hätte er durch das Telefon gegriffen und diesen impertinenten kleinen Wichser stranguliert.

Vielleicht würde er, wenn all das vorbei und er endlich Präsident war, diesen Idioten eliminieren lassen. Der Gedanke war so beruhigend, dass sein Blutdruck sogleich wieder deutlich sank.

»Gut«, schnaubte er und richtete seine seidene Brioni-Krawatte. »Halten Sie mich auf dem Laufenden.«

»*... But I know the neighborhoooood, and talk is cheap when the story is goooood ...*«

Das war ja ein Irrenhaus.

Anders ließ sich das, was sich um Ali herum abspielte, nicht beschreiben. Sie stand am Geländer im ersten Stock des Lagerhauses und nahm die Kakofonie aus Anblicken, Geräuschen und Gerüchen in sich auf.

Von dem gut aussehenden Mann, der gerade mit einem seltsamen schwarzen, zauberstabartigen Ding ihr Gepäck durchging, während er den Song von REO Speedwagon mitsang, hatte sie erfahren, dass sich hier früher eine Fabrik für Menthol-Zigaretten befunden hatte. Was den kaum merklichen Duft nach Pfefferminze und Alkohol erklärte, der noch in der Luft hing, auch wenn er beinahe von den weitaus stärkeren Gerüchen nach Öl, Schmiere und Kaffee überdeckt wurde, die einem beinahe die Nasenhaare versengten.

Zumindest von dem Kaffee konnte sie sich selbst ein Bild machen, da sie von einer freundlichen, matronenhaften Frau namens Patti sofort eine Tasse dieses Gebräus in die Hand gedrückt bekommen hatte.

In seinen Briefen und E-Mails hatte Grigg Patti immer als die außergewöhnliche Rezeptionistin und Sekretärin von Black Knights Inc. bezeichnet. Mit dem Kaffee war sie jedenfalls schnell wie Superwoman gewesen, als sie aus dem Nichts aufgetaucht und ihn Ali serviert hatte, bevor diese überhaupt dazu gekommen war, auch nur ihre Handtasche abzustellen. Dummerweise schien Patti das, was sie an Gastfreundschaft im Übermaß besaß, an kulinarischen Fähigkeiten zu fehlen, denn nach einem Schluck des Gifts, das bei Black Knights Inc. als

Kaffee bezeichnet wurde, musste Ali die Tasse beiseitestellen, um sich darauf zu konzentrieren, die Tränen aus den Augen zu blinzeln.

Bevor Patti es bemerken konnte, schrie zum Glück jemand: »Patti! KP ist alle!«, und Patti verschwand im Flur, vermutlich um »KP«, andernorts auch Klopapier oder in der zivilisierteren Welt Toilettenpapier genannt, zu holen.

Das gehörte zu den Dingen, die Ali dank ihres großen Bruders Grigg gelernt hatte …

»Take it on the run, baby!« Der Mann, der ihre Sachen durchging und sich ihr als Ethan Sykes vorgestellt hatte, von dem sie jedoch dank Grigg wusste, dass er nur Ozzie genannt wurde, sang mit einer erstaunlich reinen Tenorstimme. *»If that's the way you want it, baby, then I don't want you around!«*

Er trug ein T-Shirt, auf dem Mr Spocks Vulkanier-Gruß abgebildet war und der Slogan »100% Trekkie« stand und das irgendwie nicht ganz zu seinem Schulterholster und der gefährlich aussehenden mattschwarzen Waffe an seiner Seite zu passen schien. Irgendwie wirkte er wie eine seltsame Kombination aus Geek und Krieger. Jemand wie ihn würde man rufen, wenn man in ein kleines Land einfallen oder eine in Klingonisch geschriebene Nachricht entschlüsseln lassen wollte.

Während sie ihn beobachtete, was er nicht zu bemerken schien, ging er weiterhin methodisch ihre Kleidung durch und hielt nur hin und wieder kurz inne, um Luftgitarre oder -schlagzeug zu spielen.

Die ganze Szene war verrückt und surreal, und sie rechnete schon fast damit, dass gleich Ashton Kutcher hinter der Reihe an Computern auftauchen und ihr mitteilen würde, dass sie mit der versteckten Kamera aufgezeichnet wurde.

Das war noch so eine Sache … diese Computer. Hier sah alles so aus, als wäre man darauf vorbereitet, als behelfsmäßige

NORAD-Basis einzuspringen, falls die Stützpunkte am Cheyenne Mountain und in der Peterson Air Force Base gleichzeitig von der Karte verschwanden.

Völlig surreal.

Aber dann machte sich Ethan daran, die separate kleine Tasche zu öffnen, in der sie ihre Unterwäsche transportierte, und auf einmal wurde ihr überdeutlich bewusst, wie real ihre Umgebung tatsächlich war. Oh ja. Das war die perfekte Gelegenheit, sich aus dieser seltsamen Lage zu befreien.

»Mist«, murmelte sie.

»Was ist?«, erkundigte sich Nate. Er stand da, die starken Arme vor der Brust verschränkt, seine Füße in den festen Stiefeln schulterbreit gespreizt, und sah sich jedes einzelne Detail genau an, um es in seinem unergründlichen Gehirn abzuspeichern.

»Nichts«, erwiderte sie und zwang sich zu etwas, das als entspanntes Grinsen durchging, zumindest hoffte sie das. Sie war bereits ziemlich nervös, nachdem sie beim Betreten des Gebäudes offensichtlich irgendeinen Alarm ausgelöst hatte, was dazu führte, dass Nate sich umdrehte und sie finster anstarrte. Ihr war daraufhin nichts Besseres eingefallen, als unkontrolliert dummes Zeug über den Mangel an Richtlinien hinsichtlich von Bohrungen vor der Küste vor sich hin zu plappern.

Im Ernst?

Bohrungen vor der Küste? Hatte sie wirklich darüber geredet?

Sie stöhnte beinahe auf, als sie sich an die unsinnige, einseitige Unterhaltung erinnerte, die allerdings überaus typisch war, wenn es um Nate und sie ging. Einseitige Unterhaltungen, mehr gab es da nicht. Typisch war auch, dass ihre Fähigkeit, augenblicklich die linguistische Version von Durchfall aktivieren zu können, dafür sorgte, dass jegliche Emotion aus seinem

Blick verschwand, seine Augen glasig wurden und es in seinem Kiefer zu zucken begann.

Doch in etwa zwei Sekunden, wenn Ozzie/Ethan ihre Höschen herausholte, würden Nates Augen vermutlich alles andere als glasig sein.

Verdammter Mist.

Hätte sie ihre Entscheidung, diese Reise anzutreten, nicht schon längst bereut, dann würde sie es spätestens nach dieser ihr bevorstehenden unfassbaren Erniedrigung tun. Um einen von Griggs Lieblingsaussprüchen zu bemühen: *Entweder Pest oder Cholera.*

Da beides keine besonders angenehme Option darstellte, kam es ihr am klügsten vor, einfach aufzustehen, dem Ganzen den Rücken zuzudrehen, einige Schritte den Gang hinunterzugehen und zu versuchen, mit der Wand zu verschmelzen.

»Du bist erwachsen. Die beiden sind erwachsen. Es ist bestimmt nicht das erste Mal, dass sie in Kontakt mit Frauenunterwäsche kommen. Tu einfach so, als wäre es keine große Sache«, sagte sie sich leise und rückte ein Stück entlang des Geländers von den beiden Männern ab.

»Was hast du gesagt?«, wollte Nate wissen, und sie wirbelte herum, nur um festzustellen, dass er sie anstarrte, als würde ihr gleich ein zweiter Kopf wachsen.

Sie musste diese Sache mit den Selbstgesprächen *wirklich* unter Kontrolle bekommen.

»Nichts«, versicherte sie ihm und erkannte an seinem finsteren Blick sofort, dass sie dieses Mal nicht damit durchkommen würde. »Okay, ihr seid gerade dabei, die Tasche zu untersuchen, in der ich meine Dessous aufbewahre, und es macht mich schon ein bisschen nervös, wenn ein Fremder in meiner Unterwäsche herumwühlt. Daher werde ich währenddessen da rübergehen.« Sie deutete mit einem Daumen über die Schulter, um in die Ecke zu deuten, an der das Geländer in der Wand verschwand.

Nates Gesicht verhärtete sich noch mehr, falls das überhaupt möglich war, und er fragte Ethan/Ozzie: »Ist das wirklich nötig?«

Der Mann schwenkte das schwarze zauberstabähnliche Ding über ihrer Dessoustasche, und es summte wie eine riesige wütende Biene.

Nate seufzte resigniert und drehte sich wieder zu ihr um. »Tut mir leid. Es muss leider sein.«

»Ja«, erwiderte sie und versuchte, ihn anzugrinsen, was ihr offenbar nicht gelang, da Nate sie daraufhin besorgt ansah. »Wirklich, es ist schon okay. Ich gehe einfach da rüber und sehe mir an, was unten so los ist.«

Bevor er noch etwas sagen konnte – und was konnte er schon dazu sagen, dass sie ihre Unterwäsche durchsuchen würden? –, setzte sie ihre Entscheidung in die Tat um und entfernte sich aus der Nähe der beiden.

»Himmel, die Frau hat aber eine nette Sammlung«, murmelte der Junge, während er mit seinem Messer die winzige Naht auftrennte, um den papierdünnen Peilsender herauszuholen, der im Saum eines weiteren von Alis Slips verborgen war.

Korrektur: eines weiteren von Alis Strings.

»Mmph«, knurrte Nate, der nicht wusste, ob er lachen oder weinen sollte. Es sah ganz danach aus, als wäre diese Frau die stolze Besitzerin einer ganzen Victoria-Secret-Kollektion.

Außerdem konnte er ganz leicht den Duft von Geißblatt riechen, der von dem Kleiderhaufen aufstieg.

Gut, das war vermutlich nur Weichspüler, Lotion oder etwas in der Art, aber als Reaktion auf den Geruch in Kombination mit dem Gefühl der Seide und des Satins in seiner Faust wurde sein eigensinniger Penis hart. Erinnerungen an den Tag am Strand stiegen wieder in ihm auf. Er wusste noch genau, wie seine suchenden Finger über das zarte Höschen gestrichen hatten und wie sich das warme, weiche Fleisch darunter angefühlt hatte …

Nein, verdammt! Daran würde er jetzt nicht denken. Das durfte er nicht. Nicht, wenn sie ganz in der Nähe war. Er war sich nicht sicher, ob er nicht zum Höhlenmenschen mutieren und …

Nein!

Irgendwie gelang es ihm mit übermenschlicher Anstrengung, seine widerstrebenden Finger zu öffnen und alles wieder zurück auf den Tisch zu werfen.

»Wusstest du, dass Grigg eine so heiße Schwester hat?«, wollte Ozzie wissen.

Äh, *ja*.

Ali spielte seit etwa einem Dutzend Jahre die Hauptrolle in seinen feuchten Träumen, und was sollte er nach diesem Tag am Strand noch sagen? Nachdem er aus eigener Erfahrung wusste, wie es sich anfühlte, wenn ihre zarten Arme um seinen Hals lagen, ihre weichen Brüste sich fest und eng an seine Brust drückten und ihre bewegliche Zunge sich in seinen Mund schob?

Ja, er hätte ihm einiges darüber sagen können, wie heiß diese Frau wirklich war.

Sie war der Hammer.

»Ich meine, sie ist wirklich *heiß*«, beharrte Ozzie. »Sie bringt mein Blut echt in Wallung, wenn du verstehst, was ich meine. Natürlich kriege ich von knapper Frauenunterwäsche einen Ständer, seitdem ich mit zwölf den Dessous-Katalog der älteren Schwester meines besten Freundes entdeckt habe, daher bin ich vielleicht ein wenig vorbelastet. Außerdem stand ich schon immer auf rote Spitze.« Der Junge hielt einen roten Spitzen-BH in die Luft und wackelte mit den Augenbrauen.

Großer Gott. Solche Details wollte Nate gar nicht über ihn wissen.

Außerdem bewirkte der Anblick von Alis Unterwäsche in den Händen eines anderen Mannes, dass er ihn am liebsten zu Brei schlagen wollte, insbesondere da er jetzt wusste, wie sehr das den kleinen Pisser antörnte.

Da er jedoch nicht gewalttätig werden wollte, sagte er etwas, von dem er nicht geglaubt hätte, dass er es in seinem ganzen traurigen Leben jemals sagen würde: »Mann, halt einfach die Klappe und sing weiter.«

Worüber redeten sie da?

Ali sah zu den beiden Männern, die gerade in ihrer Unterwäsche herumkramten, hinüber und …

Ganz dumme Idee.

Ozzie/Ethan hielt ihren roten BH hoch und wackelte dabei mit den Augenbrauen.

Super. Einfach großartig. Dieser Tag wurde ja von Minute zu Minute besser.

Um sich abzulenken, lehnte sie sich über das schwere Geländer und sah nach unten.

Die Entfernung zum unteren Stockwerk war so groß, dass ihr schwindlig wurde. Die viereinhalb Meter hohen Karikaturen, die in bunten Farben an die Ziegelsteinwände gemalt worden waren und so lebendig und kraftvoll wirkten, dass sie nur einem unglaublich kreativen Kopf entsprungen sein konnten, dem sie sich nicht gewachsen fühlte, verstärkten dieses Gefühl nur noch mehr. Die Bilder ließen das riesige Gebäude wie eine Mischung aus einer Kirmesattraktion und einer Werkstatt wirken. Jede der cartoonhaft übertriebenen Gestalten entsprach offensichtlich einem der Angestellten von Black Knights Inc. Mit ihren dicken Muskeln und hervorstehenden Sehnen sahen sie alle aus, als wären sie einem Comic entsprungen.

Der Betonboden glich einer faszinierenden Landschaft aus Flecken, die von uralten bis hin zu frischen Öllachen stammten und wie ein riesiger Rorschachtest auf Speed wirkten. An den bunt bemalten Wänden standen riesige Werkzeugschränke auf Rollen, und überall in dem großen Raum waren sehr technisch aussehende Maschinen in diversen Formen und Größen aufgebaut. Sie hätte beim besten Willen nicht eine einzige davon identifizieren können.

Was sie jedoch eindeutig zuordnen konnte, waren die in einer Reihe aufgestellten handgefertigten Motorräder, die in allen möglichen Farben von dunkel bis leuchtend bunt bemalt waren und so entweder düster oder verspielt wirkten. Sie bildeten eine beeindruckende Reihe aus glänzendem Chrom und funkelnder Farbe und bezeugten, dass hier tatsächlich zumindest einige Motorräder gebaut wurden.

Beinahe hätte sie sich täuschen lassen und wirklich geglaubt, dass Black Knights Inc. nichts anderes als das war, was man nach außen vorgab, hätte in einem Teil der »Werkstatt« nicht ein … Ja, da stand ohne Zweifel ein Hubschrauber!

Ein Hubschrauber, auf dessen Rotor eine kleine blonde Frau saß, während ein Mann, der unten stand, ihr über die Musik von REO Speedwagon hinweg Anweisungen zurief. »Wenn du den Bolzen lockerst, wird das ganze Scheißteil runterfallen!«

Ali nahm an, dass es sich bei der Blondine um die brillante Mechanikerin von Black Knights Inc. handelte, deren Namen ihr jedoch beim besten Willen nicht einfallen wollte.

War es Renegade? Irgendetwas in der Art, aber sie wusste es einfach nicht mehr.

»Aber darum geht es doch!«, brüllte Renegade alias die Hubschrauberfrau oder wie auch immer ihr Name war zurück, und man konnte ihrer Stimme anhören, dass sie genervt war.

Alis Zweifel an dem, was hier eigentlich gemacht wurde, wurden noch dadurch verstärkt, dass es sich bei dem schwarzen Ungetüm da unten nicht um einen typischen zivilen Hubschrauber handelte. Dagegen sprachen schon allein die bedrohlichen Maschinengewehre, die an beiden Seiten montiert waren. Allerdings musste sie zugeben, dass der Helikopter im Moment nicht gerade gefährlich aussah, da man einen Großteil seiner Bestandteile ausgebaut und auf dem Boden in diversen Haufen verteilt hatte.

Es war offensichtlich, dass der Vogel in nächster Zeit nicht fliegen würde.

Wenn sie Ozzies/Ethans Waffe und der Raum hinter ihr, bei dessen Anblick die Besucher jeder Hackerkonferenz einen Computergeek-Orgasmus bekommen hätten, noch nicht davon überzeugt hätten, dass ihre Vermutung über Black Knights Inc. durchaus angebracht war, dann stellte der tödliche Militärhubschrauber das Tüpfelchen auf dem i dar und beseitigte ihre letzten Zweifel.

Sie fand es auf jeden Fall sehr befriedigend, endlich zu wissen, dass sie die ganze Zeit recht gehabt hatte. Grigg hatte weitaus mehr getan, als in einer Motorradwerkstatt zu arbeiten. Dummerweise wurde diese zufriedenstellende Erkenntnis von einer tiefen Traurigkeit begleitet, die sie auch schon gespürt hatte, als sie vor dem Eisentor von Black Knights Inc. gehalten hatte. Sie war frustriert und traurig, weil Grigg geglaubt hatte, ihr die Wahrheit nicht anvertrauen zu können.

Warum nicht, Grigg?

Sie hätte ihm diese Frage stellen sollen, als er noch am Leben war. Sie hätte ihn dazu bringen sollen, diesen Teil seines Lebens mit ihr zu teilen. Sie hätte darauf bestehen sollen, ihn *richtig* kennenzulernen, anstatt sich ständig auf die Zunge zu beißen und auf den Tag zu warten, an dem er ihr endlich so weit vertraute, dass er ihr alles erzählte.

Jetzt war es zu spät.

Ihre Trauer war seit dem Moment, in dem Nate das Haus ihrer Eltern betreten und ihnen gesagt hatte, dass sie Grigg nie wiedersehen würden, immer stärker geworden, bis sie sie zu ersticken drohte. Sie blinzelte mehrmals schnell hintereinander und versuchte, die Gefühle herunterzuschlucken.

Was nie funktionierte.

Mist.

Nicht weinen. Nicht weinen.

Sie war noch nie ein sehr stoischer Mensch gewesen, eher das Gegenteil davon. Einmal hatte sie während eines Flugs nach London bei dem Film *Marley und ich* so heftig weinen müssen, dass der Mann, der neben ihr saß, zweimal aufgestanden, zur Toilette gegangen und mit einer Handvoll Toilettenpapier wiedergekommen war, damit sie der Tränenflut Herr werden konnte. Aber seit Neuestem konnte sie offenbar sogar ohne die geringste Vorwarnung in Tränen ausbrechen. Sie hoffte, dass das nur eine vorübergehende Phase war, glaubte allerdings selbst nicht wirklich daran. Der Verlust von Grigg war einfach noch viel zu frisch … zu unerträglich …

»Heard it from a friend whooo … heard it from a friend whooo … heard it from another you been messin' arounnnddd«, sang Ozzie/Ethan mit dramatischer Stimme.

Die plötzliche Stille nach dem Ende des Liedes wurde erst unterbrochen, als die ersten Töne von Rick Springfields »Jessie's Girl« aus den Lautsprechern dröhnten. Offensichtlich war Ethan/Ozzie ein großer Fan der Achtziger, auch wenn er so aussah, als hätte er diese Dekade nicht wirklich bewusst miterlebt, weil er einfach noch zu jung gewesen war.

»Miaaaau!« Ali erschrak heftig, als etwas Warmes und Felliges um ihre Unterschenkel strich, was ihre angespannten Nerven und das Gefühl, in der Falle zu sitzen, nicht gerade beruhigte, aber es half, ihre dummen Tränen in Zaum zu halten.

»Oh, hallo«, murmelte sie und sah auf die wohl größte und hässlichste Katze des Planeten hinab.

Sie hockte sich hin, um das fleckige, graue Fell des Tiers zu streicheln. Der Kater war so groß wie ein kleines Pferd und hatte so viele Narben im Gesicht und Kerben im Ohr, dass er aussah wie ein angeschlagener Krieger. Als er sie mit seinen großen, gelben Augen voller sorgenvollem, kätzischem Mitgefühl ansah, schien er ihr mitteilen zu wollen: »Ich verstehe dich. Ich habe auch schon viele unschöne Seiten des Lebens gesehen.« Und schon wieder war sie kurz davor, in Tränen auszubrechen.

Ach, verdammt.

Um sich zu trösten, nahm sie den riesigen Kater auf den Arm und stand auf.

Oder versuchte es zumindest …

Das war gar nicht so leicht, da er so viel zu wiegen schien wie ein Bernhardiner. Schließlich schaffte sie es doch, sich am Geländer hochzuziehen, musste sich dann aber aufgrund ihrer pelzigen Last breitbeinig hinstellen, um nicht umzufallen.

Sie hörte ein tiefes Brummen und glaubte schon, jemand hätte unten eine der Harleys angelassen. Doch dann musste sie kichern, als ihr klar wurde, dass es von dem äußerst zufriedenen und unglaublich unansehnlichen grauen Bündel in ihren Armen ausging.

»Da hast du ja was angestellt! Jetzt will Peanut bestimmt von jedem herumgetragen werden, und dafür bin ich einfach nicht stark genug!«, rief Frank Knight, ein Riese von einem Mann, der im Gegensatz zu seinen Worten so kräftig aussah, dass er vermutlich sogar ein Auto stemmen konnte, über die laute Musik hinweg. Er war aus einer der Türen an der Seite des Raums gekommen und hatte sich neben ihr ans Geländer gelehnt.

»Peanut?« Befremdet sah sie in das pelzbedeckte, graue Gesicht, das vermutlich nur eine Mutter lieben konnte. Der Kater hatte seine goldenen Augen vor lauter Zufriedenheit halb geschlossen, und Ali wurde die zweifelhafte Ehre zuteil, dass er seine Krallen durch den dünnen Stoff ihres T-Shirts in ihre Haut bohrte. »Er sieht eher aus wie ein Goliath oder ein Brutus. Aber Peanut? Heißt er wirklich so?«

»Ja.« Frank lachte und strich sich mit einer Hand durch seine zerzausten braunen Locken, während er dem Geschehen im Erdgeschoss zusah. Doch sein Lächeln verblasste schnell, als er die Frau sah, die einen Rodeoreiter nachzuahmen versuchte, nur, dass ihr Ross aus Stahl und nicht aus Fleisch und Blut war.

Ali glaubte, ihn »Heilige Scheiße« murmeln zu hören, doch dann zwang er sich, den Blick abzuwenden. »Als wir dieses Gebäude bezogen haben, wimmelte es hier nur so von Ratten, und dieses Kerlchen«, er streckte eine riesige Hand aus und kraulte das Kinn des Katers, woraufhin er noch lauter schnurrte, sodass es in Alis Brust vibrierte, »hatte sein Lager auf einem Haufen alter Erdnusssäcke aufgeschlagen, daher hat er diesen Namen bekommen. Wir sind alle Ratten losgeworden und brachten Peanut dann bei einer netten Dame aus der Nachbarschaft unter, die streunende Katzen aufnimmt, doch nach zwei Tagen stand er wieder bei uns vor der Tür. Ich bin übrigens Frank Knight. Ich würde Ihnen ja die Hand schütteln, aber Sie scheinen ja beide Hände voll zu haben.« Er zwinkerte ihr zu, sodass man die vielen Fältchen in seinen Augenwinkeln sehen konnte.

»Ich weiß, wer du bist. Grigg hat oft von dir erzählt. Er hatte eine sehr hohe Meinung von dir und respektierte dich sehr.«

Der große Mann verzog das Gesicht. »Ich habe ihn ebenfalls

sehr respektiert. Grigg war … nun ja …« Er strich sich erneut mit seiner riesigen Hand über das Gesicht und schnitt eine Grimasse, während er seine Schultern zusammenzog, als würde ihm diese Bewegung Schmerzen verursachen. »Ich kann es einfach nicht in Worte fassen. Er war der Beste. Ihr Verlust tut mir außerordentlich leid. Wir waren alle am Boden zerstört.«

Und … so ein Mist! Erneut standen ihr die Tränen in den Augen.

Gerade als sie glaubte, sie müsse sich abwenden, um nicht vor seinen Augen die Fassung zu verlieren und wie ein kleines Mädchen zu heulen anzufangen, brach um sie herum die Hölle los.

3

»Ich hab's!«, brüllte Becky Reichert, als der letzte Bolzen endlich gelockert war und der verbogene Rotor mit lautem Knall auf den Boden fiel. Das Geräusch hallte von den Wänden wider und klang in dem Lagerhaus, als wäre eine Kanone losgegangen.

Danach herrschte Stille, und ihr fiel auf, dass der ohrenbetäubende Lärm auch Rick Springfield zum Schweigen gebracht hatte, was ihr durchaus recht war. Ozzie hatte einen furchtbaren Musikgeschmack. Sie versuchte immer wieder, ihm nahezubringen, dass in den letzten zwanzig Jahren jede Menge hervorragende Musikstücke geschrieben worden waren, aber er schien immun gegen ihre Bekehrungsversuche zu sein. Dass er ihr gelegentlich gestattete, The Killers zu spielen, stellte bisher ihren einzigen Sieg dar, und so hatte sie sich angewöhnt, fast immer die Kopfhörer ihres iPods zu tragen und sich mit ihrer eigenen Musik zu beschallen, um Ozzies Musik auszublenden.

Gestern hatte sie jedoch vergessen, den MP3-Player aufzuladen, sodass sie den ganzen Morgen mit Achtziger-Rockballaden gefoltert worden war. Da sie die Kopfhörer nicht trug, konnte sie das schreckliche Kreischen hören, das dem lautstarken Klappern des heruntergefallenen Rotors folgte.

Sie sah nach oben und erblickte am Geländer eine Frau, die einen grauen Katzenhut zu tragen schien. Da sie jedoch mit den Armen herumwedelte und Peanut wild fauchte, schien diese modische Extravaganz nicht ganz freiwillig zu sein.

Gleich kommt's. Gleich kommt's …

»Rebecca! Verdammt!«

Ah ja, da war es ja.

Frank »Boss« Knight hatte eine ganz besondere Art, ihren Namen und das Wort »Verdammt« danach zu brüllen, wenn er wütend war. Dabei zuckte sie immer zusammen, musste gleichzeitig aber auch grinsen.

Es amüsierte sie, weil die Knights sich bereits darüber lustig machten, dass Frank bestimmt irrtümlich glaubte, sie hieße mit Nachnamen »Verdammt«. Sie zuckte zusammen, weil Frank abgesehen von ihrem Vater der Einzige war, der sie Rebecca nannte, woraufhin sie sich stets fühlte, als wäre sie wieder sechs Jahre alt, und sie hatte sich schon öfter gefragt, ob Frank es absichtlich tat, um auf ihren Altersunterschied hinzuweisen.

Dieses eine Wort schien sie förmlich anzuschreien: »Ja, ich habe bemerkt, wie du mich ansiehst, aber ich bin alt genug, um dein Vater zu sein.«

Was nicht wirklich stimmte, denn dann hätte er schon mit dreizehn sexuell aktiv sein müssen, aber wenn sie genauer darüber nachdachte, hielt sie selbst das für möglich. Sie hatte Bilder von ihm gesehen. Schon mit dreizehn war offensichtlich gewesen, dass Frank zu einem äußerst gut aussehenden Mann heranwachsen würde.

Natürlich würde er nie zugeben, dass er gut aussah. Sie hatte ihn ganz im Gegenteil schon mehr als einmal sagen hören: »In Bezug auf die Anzahl unserer Narben steht es zwischen Peanut und mir unentschieden.«

Becky vermutete, dass er damit sogar recht hatte. Die breite Narbe, die Franks linke Augenbraue teilte, ließ ihn immer ein wenig skeptisch wirken, während die dünne weiße Linie, die sich von einem Mundwinkel nach oben erstreckte, seinen vollen Lippen eine sehr eigene Note verlieh. Beides passte nicht recht zusammen.

Okay, vielleicht war »gut aussehend« nicht die beste Beschreibung für ihn. Sein Gesicht war viel zu einzigartig, um mit einem derart oberflächlichen Begriff beschrieben zu werden. Dummerweise konnte sie es jedoch nur aus der Ferne bewundern, da er sie nie nahe an sich heranließ. Was auch nicht weiter überraschend war, wenn man bedachte, dass sie ihm offenbar ständig auf den Geist zu gehen schien.

»Ja, Frank?«, erwiderte sie mit unschuldiger Miene, als hätte er ihren Namen nicht gerade aus Leibeskräften herausgebrüllt.

Frank. Alle anderen nannten ihn Boss, sie jedoch nicht. Oh nein. Nicht wenn seine Augenlider so herrlich zuckten, weil sie ihn mit dem Vornamen ansprach.

»Willst du dich umbringen«, schrie er zu ihr herunter, »oder soll ich bloß einen Herzinfarkt kriegen?«

Als ob er jemals einen Herzinfarkt kriegen könnte. Der Mann hatte einen Ruhepuls von sechzig Schlägen pro Sekunde und einen Cholesterinwert, bei dem jeder Triathlet vor Neid erblassen würde. Die Wahrscheinlichkeit, dass er von einem Blitz getroffen wurde, war sehr viel höher als die, dass er an einem Herzinfarkt starb.

Daher ging sie davon aus, dass er ihr eine rhetorische Frage gestellt hatte, und machte sich gar nicht erst die Mühe, darauf zu antworten. Doch dann brüllte er: »Komm sofort da runter!«, und sie kam seiner Aufforderung nach, auch wenn sie es sich nicht verkneifen konnte, kurz die Augen zu verdrehen.

»Das hab ich gesehen«, knurrte er, als sie sicher auf dem Boden stand.

»Das konntest du von da oben nie im Leben sehen«, rief sie zurück, stemmte die Hände in die Hüften und kaute energisch auf ihrem Kirschlolli herum, den sie sich in den Mund gesteckt hatte, bevor sie sich darangemacht hatte, den letzten Bolzen zu lösen. Dummerweise hatte sie drei Jahre zuvor damit angefangen, sich diese Dinger zu kaufen, als sie mit dem Rauchen aufgehört hatte, und hatte letzten Endes nur eine Sucht gegen eine andere ausgetauscht.

»Du hast recht, das konnte ich nicht. Aber du hast meine kleine Theorie gerade bestätigt.« Das implizierte Triumphgefühl war selbst auf die Entfernung nicht zu überhören.

Sie fluchte und bedachte ihn leise mit einem Schimpfnamen.

»Das hab ich ebenfalls gehört«, rief er, und sie hielt lieber den Mund, falls er dieses Mal tatsächlich die Wahrheit gesagt hatte.

Als die Explosion das Lagerhaus erschütterte, stürzte Nate instinktiv auf Ali zu, während er gleichzeitig nach seiner 45er griff, die er in den Bund seiner Shorts gesteckt hatte. Zu seinem Glück bemerkte er jedoch noch rechtzeitig, bevor er Ali zu Boden werfen und sie mit seinem Körper schützen konnte, dass Rebecca »The Rebel« Reichert nur das machte, was sie am besten konnte: einen Heidenlärm.

So gelang es ihm gerade noch, sich zurückzuhalten, sich auf sie zu stürzen.

Das war auch ganz gut so, da sich Peanut auf Alis Kopf festklammerte, als wäre er eine Katzenversion von Daniel Boones Waschbärhut.

»Oh mein Gott, holt ihn da runter«, flüsterte sie, während ihr das Blut aus einer Wunde an der linken Schläfe lief, wo sich Peanut mit einer scharfen Kralle festhielt.

Der Anblick des purpurroten Blutes, das an ihrer blassen, makellosen Wange herunterlief, bewirkte, dass Nate am liebsten jemanden umgebracht hätte. In diesem Augenblick war er kurz davor, gleich mit Peanut anzufangen und sich dann über

Becky zu seinem Boss vorzuarbeiten, der die dumme Katze nicht gerade beruhigte, indem er Becky anschrie.

Aber das war typisch, schließlich schrie er Becky eigentlich immer an.

Mann. Die Liste der Freunde, die er ermorden wollte, wurde erstaunlich schnell länger, seitdem Ali ihren süßen Hintern in die Werkstatt bewegt hatte. Direkt vor dem Aufruhr war er kurz davor gewesen, Ozzie einen Kopf kürzer zu machen, weil er sich so für ihre Unterwäsche interessierte.

»Halt still«, flüsterte er und griff nach der Katze. Das Tier war so töricht, die Ohren anzulegen und ihn anzufauchen.

»Ähm, ja«, erwiderte sie leise und verstärkte ihren Griff um das Geländer. »Stillhalten klingt nach einem guten Plan, da eine Bewegung nur zwei Dinge bewirken kann. Entweder dreht der gute Peanut dann richtig durch und ich breche mir den Hals oder er skalpiert mich. Ich habe zwar schon darüber nachgedacht, mir die Haare abzuschneiden, aber die Wurzeln wollte ich eigentlich schon behalten.«

»Halt auch lieber den Mund«, wies er sie an und versuchte erneut, nach Peanut zu greifen. Es fiel ihm unglaublich schwer, sich zu konzentrieren, wenn er ihr so nahe war, insbesondere wenn sie auf diese niedliche Weise vor sich hin plapperte.

Er warf einen schnellen Blick in ihr angespanntes Gesicht und wusste sofort, dass das ein Fehler gewesen war.

Augenblicklich war er wie gefesselt, denn … Mann, aus zwei Metern Entfernung war sie hübsch.

Aber aus nächster Nähe sah sie atemberaubend aus.

Natürlich war es auch nicht gerade hilfreich, dass er ihre Dessous gesehen hatte.

Mist, er wollte jetzt nicht an ihre Unterwäsche denken. Wobei er sich schon fragte, welche Farbe sie gerade unter dieser engen, ausgewaschenen Jeans und dem dünnen T-Shirt trug.

Pink? Ihr T-Shirt war pink. Frauen trugen häufig Unterwäsche, die farblich zu ihrer restlichen Kleidung passte. Zumindest nach seiner Erfahrung. Daher war sie vermutlich pink.

Heilige Scheiße! Er würde jetzt *nicht* an ihre Unterwäsche denken!

»Ich werde es definitiv nicht schaffen, den Mund zu halten.« Sie leckte sich nervös über die Lippen, was ihm natürlich sofort ins Auge stach. »W... Weißt du, wenn ich nervös bin oder Schmerzen habe, dann rede ich immer wie ein Wasserfall. Das hilft mir, mich davon abzulenken, dass ich ... naja, dass ich n... nervös bin oder Schmerzen habe. So wie jetzt. Jetzt trifft beides auf einmal zu. Daher sollte ich lieber einfach weiterreden. Das ist doch okay für dich, oder?«

Er sah, wie ihr leicht panischer Blick zum Tisch glitt, der aussah, als wäre dort eine Unterwäschebombe explodiert. Ozzie stand mit aufgerissenen Augen da und hielt einen BH in der einen und ein Taschenmesser in der anderen Hand. »Wenn ich das richtig sehe, war tatsächlich etwas in meinen Klamotten versteckt. Oder hat Ethan, äh, Ozzie etwa eine Abneigung gegen lilafarbenen Satin?«

»Ja«, antwortete er und streckte vorsichtig eine Hand nach Peanut aus, während er versuchte, nicht an pinkfarbene Seide oder lila Satin zu denken. »Du bist verwanzt. In deiner ganzen Unterwäsche sind Peilsender.«

»In meiner Unterwäsche? Das ist doch echt krank ...«

»Eigentlich ist es nicht krank«, unterbrach er sie. Gerade war es ihm gelungen, einen Arm um Peanuts beachtlichen Bauch zu schlingen. »Das ist clever. Du trägst immer Unterwäsche, daher bist du auch immer verwanzt. Wer dir die Dinger auch untergejubelt hat, wusste, was er tat. Außerdem hatte er einige Geräte zur Hand, die echt Hightech sind und an die man nur schwer rankommen kann.«

Sie warf ihm einen seltsamen Blick zu.

»Was ist?«, wollte er wissen.

»Wo ist mein Tagebuch? Das muss ich unbedingt für die Nachwelt festhalten.«

Hä?

Er zog verwirrt die Augenbrauen hoch, und sie grinste, wobei es in ihren bernsteinfarbenen Augen frech glitzerte.

»Du hast gerade – wie viel? – ich würde sagen, vier ganze Sätze am Stück gesagt. Und darin waren sogar einige Adjektive enthalten. Das muss ein neuer Rekord sein, und den sollte man doch entsprechend festhalten, findest du nicht?« Sie klimperte mit den Wimpern.

Himmel, diese Frau war einfach zu viel für ihn.

Sie verdrehte die Augen, als er sie finster anstarrte. Doch dann packte er die verdammte Katze, und sie erstarrte.

»Oh, aaaaah!« Sie kreischte, als er Peanut schnell von ihrem Kopf nahm und das riesige Fellbündel ohne weitere Umschweife auf den Boden fallen ließ.

Wow, jemand musste mal mit Becky darüber reden, was sie diesem Tier zu fressen gab. Nate war ziemlich sicher, dass der Boden tatsächlich gebebt hatte, als es aufgekommen war.

»Hier.« Er griff in seine Gesäßtasche und reichte ihr das Bandana, das er dort immer bei sich trug. »Du hast da ein wenig Blut.« Er deutete auf seine Wange.

»Danke«, sagte sie und drückte sich das Stück Stoff an die Schläfe.

»Wir, äh, müssen auch die Unterwäsche untersuchen, die du gerade trägst«, murmelte er und versuchte, nicht zu dem Haufen bunter Dessous hinüberzusehen, der sich auf dem Konferenztisch stapelten. Wenn er dorthin sähe, würde er sich nur wieder vorstellen, wie sie in jedem einzelnen Teil aussah, und das war für sein bereits jetzt ziemlich steifes Glied nicht gerade hilfreich, das bei der kleinsten Ermutigung zu einem handfesten Ständer werden würde.

Gab es einen speziellen Namen für die Reaktionen, die diese Frau bei ihm auslöste? Zwanghafte Fixierung wäre ein guter Anfang, unvernünftige Geilheit traf es aber auch wie die Faust aufs Auge.

Allein die Vorstellung, sie könnte ihm ihr Höschen reichen, das noch ihre Körperwärme ausstrahlte – und die Erinnerungen, die dadurch ausgelöst wurden –, bewirkte, dass ihn brennend heiße Lust durchfuhr.

Doch sogleich folgte ein ganz anderes Bild: seine zitternde Hand am Griff seines blutigen KA-BAR, seines Outdoormessers, und Griggs schlaffer, lebloser Körper, der in seinen Armen kalt wurde.

Sofort überkamen ihn heftige Schuldgefühle.

Nun ja, das umschrieb ziemlich gut, was seine Beziehung oder vielmehr Nicht-Beziehung zu Ali Morgan ausmachte. Lust und Schuld. Die beiden Emotionen waren so sehr ineinander verwoben, dass er die eine nie ohne die andere spürte.

Was für eine verdammte Scheiße.

Und jetzt stand sie hier, dicht vor ihm, trug vermutlich pinkfarbene Unterwäsche und sah ihn halb verängstigt und halb amüsiert mit ihren mandelförmigen Augen an, die funkelten wie Goldbarren.

Verdammt. Augen, die funkelten wie Goldbarren? Sie machte ihn noch zu einem gottverdammten Poeten, aber leider keinem besonders guten.

»Okay, dann werde ich mich mal um dieses Unterwäscheproblem kümmern.« Sie sammelte sich, richtete sich auf und versuchte recht erfolglos, ihre starke Müdigkeit abzuschütteln. Schließlich war sie seit über vierundzwanzig Stunden auf den Beinen. Er wusste, dass sie einknicken würde, sobald der Adrenalinschub nachließ, was ihrem glasigen Blick zufolge nicht mehr lange dauern konnte, und dann würde er so lange auf Antworten warten müssen, bis sie sich ausgeschlafen hatte.

Und das wollte er nicht.

Je eher er herausfand, was zum Teufel hier eigentlich los war, desto eher konnte er die Sache wieder in Ordnung bringen und desto schneller war Ali wieder auf dem Weg nach Hause.

Ihrem Zuhause auf der anderen Seite des Landes.

Was ihm manchmal noch viel zu nahe vorkam. Insbesondere wenn er sich an den Tag am Strand erinnerte, als sie …

»Wo finde ich denn eine Toilette?«, erkundige sie sich.

Er deutete mit dem Daumen über die Schulter. »Den Flur entlang. Die zweite Tür rechts.« Als sie in die Richtung losmarschierte, fügte er hinzu: »Hey, Ali?«

Sie warf ihm einen Blick zu.

»Du arbeitest doch im Kindergarten?« Er hatte es ausgesprochen, ohne überhaupt richtig darüber nachzudenken.

»Ja.« Sie legte den Kopf ein wenig schief. »Und?«

Er sah sie einfach nur an. Ja, und? Was sollte die blöde Frage? Himmel, er war so ein Idiot. »Wofür brauchst du das ganze Zeug dann?« Wer A sagt, muss auch B sagen …

Obwohl er sich noch Minuten zuvor vorgenommen hatte, nicht mehr über ihre Unterwäsche nachzudenken, setzte ihm diese ganze heiße Seide und durchsichtige Spitze mächtig zu.

Gab es einen Mann in ihrem Leben? Irgendeinen glücklichen Scheißkerl, für den sie diese verlockenden Stofffetzen trug? Einen unwürdigen Bastard, der die Ehre hatte, ihre warme, weiche Haut zu berühren? All diese süßen, empfindlichen Stellen zu küssen? Dieses heiße, leise, sehnsuchtsvolle Stöhnen tief aus ihrer Kehle zu hören?

Bei diesem Gedanken hätte er am liebsten jemanden erschossen. Der gesichtslose Arsch, für den sie all diese Dessous gekauft hatte, wäre ein guter Anfang. Danach konnte er ja mit seinen Freunden weitermachen.

Großer Gott, in ihrer Nähe wurde er richtig blutdürstig.

»Welches Zeug?«

Er senkte das Kinn, bis er sie tatsächlich unter den Augenbrauen hinweg finster anstarrte. Sie wusste doch genau, was er meinte.

Ihre Lippen zuckten, und ihm fiel wieder ein, wie weich sie waren, wie süß sie schmeckte ...

Nein.

Er eleminierte diese Gedanken so effektiv, wie es Grigg mit all diesen orangefarbenen Kakerlaken getan hatte, von denen es in ihrer Behausung in Kolumbien nur so gewimmelt hatte.

»Willst du mir tatsächlich sagen, dass jemand, der im Kindergarten arbeitet, keinen Bedarf an heißen Dessous hat?«, fragte sie und warf Ozzie dabei einen vorsichtigen Blick zu. Der junge Mann spielte momentan jedoch äußerst effektiv den Taubstummen.

Nate verschränkte die Arme, wartete und beobachtete sie. Er musste ihr einfach Zeit geben. Schon bald würde sie das Schweigen nicht mehr ertragen können und jeden Gedanken, der ihr durch den hübschen Kopf schoss, mit ihrem wunderbaren, pfirsichfarbenen Mund aussprechen. Einem Mund, der ...

Verdammt noch mal, seine Fantasie gab einfach keine Ruhe. Das war unter normalen Umständen schon ein Problem, aber jetzt, wo sie nur eine Armlänge von ihm entfernt stand, artete es in ausgemachte Besessenheit aus.

Er hätte beinahe gegrinst, als sie trotzig auf ihn losging.

»Pass mal auf, ich verbringe den ganzen Tag mit Fünfjährigen. Ich singe dämliche Lieder. Ich male mit Buntstiften und bastele Bauernhoftiere aus Lehm und allerhand andere Dinge.

Ich spiele Kinderspiele. Ich wische Hintern ab und putze Nasen. Ich trage T-Shirts, auf die das ABC gestickt ist, und Röcke, die ein Dutzend schmutzige kleine Hände am Tag abkönnen. Aus diesem Grund«, sie machte ein Gesicht, als solle er es ja nicht wagen, darauf noch einen Kommentar abzugeben, »ist es sehr hilfreich zu wissen, dass sich unter all dem noch das Herz und der Körper einer Frau befinden.«

»Hmmm.« Mehr brachte er nicht heraus, da ihn das herausfordernde Glänzen in ihren Augen beinahe um den Verstand brachte.

»Hmmm?«, wiederholte sie ungläubig. Dann schob sie herausfordernd das Kinn vor und schürzte die Lippen. »Okay, pass mal auf, Kumpel. Angesichts der Menge an elektronischen Geräten, die ich an mir hatte, als ich hier reingekommen bin, ist es ziemlich offensichtlich, dass wir die Gegenwart des anderen erst mal ertragen müssen, zumindest für einige Tage. Und wenn wir miteinander auskommen wollen, dann solltest du lernen, dich verständlich auszudrücken. Großer Gott, die Kinder im Kindergarten haben ja einen größeren Wortschatz als du.«

»Kohäsion.«

»Was?« Sie blinzelte und sah ihn misstrauisch an.

»Juxtaposition.«

»Was?«

»Plausibilität.«

»Was in aller Welt tust du?«, wollte sie wissen.

Er zuckte mit den Achseln und genoss es, das Wechselspiel der Gefühle auf ihrem Gesicht zu beobachten. »Ich beweise dir nur, dass ich mehr Wörter kenne als ein Fünfjähriger.«

Ali blinzelte.

Hatte Nate Weller gerade einen Witz gemacht?

Nein. Das konnte nicht sein. Das würde ja bedeuten, dass er Sinn für Humor hätte, dabei war sie felsenfest davon überzeugt, dass ihm dieser völlig abging.

»Warum *benutzt* du diese Worte dann nie?«, erkundigte sie sich, stemmte die Hände in die Hüften, sah ihn an und versuchte, seine breiten Schultern zu ignorieren, die sich deutlich unter seinem T-Shirt abzeichneten. »Manchmal ist eine Unterhaltung mit dir nicht viel anders, als würde man mit einem Baum reden.« Einem sehr großen, gut gebauten, *männlichen* Baum.

Er verzog das Gesicht, als läge die Antwort auf der Hand. »Je weniger ich sage, desto mehr redest du.«

»Mann«, sie verdrehte die Augen, weil dieser Mann offenbar gar nichts begriff. »Das ist doch das Problem. Du igelst dich ein, und *puff!*«, sie schnippte mit den Fingern, »plappere ich umso mehr. Es ist fast so, als könnte ich gar nicht anders, als in einer Tour zu reden.«

Nate grinste, und Alis Herz setzte einen Schlag aus.

Dieser Kerl sah einfach umwerfend gut aus. Sein Lächeln veränderte sein Gesicht so stark, als würde die Sonne aufgehen.

Gut, dass er das nicht allzu oft tat. Dieses Lächeln war eine tödliche Waffe, die für das anfällige Herz einer Frau weitaus gefährlicher war als das Gewehr, mit dem er während seiner Zeit beim Marine Corps als Scharfschütze geschossen hatte.

»Ich mag die Art, wie du redest«, meinte er nur.

Wieso musste sie jetzt an Billy Bob Thornton in *Sling Blade – Auf Messers Schneide* denken? Sie unterdrückte ein Grinsen.

Dann realisierte sie auf einmal, was er da gesagt hatte, und sie starrte ihn an. »Wirklich?«

»Ja.« Er nickte, wobei ihm eine glänzende schwarze Locke in die Stirn fiel. Aus irgendeinem unerklärlichen Grund hätte sie sie am liebsten gestreichelt. Um zu sehen, ob sie so kühl und seidig war, wie sie sie in Erinnerung hatte. Was eigentlich merkwürdig war, da sie ihn doch nicht leiden konnte. Ihr war es doch viel lieber, wenn er so weit wie möglich von ihr entfernt war.

Tja … mit Ausnahme dieses Tags am Strand …

Die Trauer. Das war die Trauer gewesen, nichts weiter … oder?

Ja, höchstwahrscheinlich. Alles andere war zu bizarr, um auch nur darüber nachzudenken.

Sie schüttelte den Kopf. »Aber … aber immer wenn ich ins Plappern komme, siehst du mich an, als wäre ich eine Art seltsamer Käfer, der dir gerade über den Schuh krabbelt.«

Ethan/Ozzie kicherte, was er mit einem Hustenanfall zu übertönen versuchte, und ihr fiel wieder ein, dass sie nicht allein waren. Sie blickte zu dem jungen Mann hinüber, der gerade äußerst beschäftigt wirkte und mit dem schwarzen zauberstabähnlichen Ding über ihrem leeren Koffer herumwedelte.

Ach, auch egal. Diese Unterhaltung war viel zu faszinierend, um sich wegen etwas so Unbedeutendem wie weiteren Zuhörern Gedanken zu machen.

Als sie Nate abermals ansah, hatte er wieder diesen Blick drauf. »Da, siehst du?«, meinte sie und zeigte auf sein Gesicht. »Du tust es schon wieder.«

Er seufzte schwer und begann mit einer ausgiebigen Musterung seiner Stiefel. »Ich mache das nicht mit Absicht, und ich halte dich auch nicht für einen Käfer. Ich denke, du bist …« Er schüttelte den Kopf und warf Ethan/Ozzie einen Blick zu, der inzwischen aufgegeben hatte, so zu tun, als würde er ihnen nicht zuhören. Jetzt starrte er sie fast schon mit offenem Mund staunend an.

Nate schnitt eine Grimasse, bevor er fortfuhr, wobei er die richtigen Worte zu suchen schien. »Wenn du redest, klingst du immer so glücklich, so unbeschwert.«

Ali war wie erstarrt. Ihr Herz raste, und sie konnte keinen klaren Gedanken fassen.

Das wurde immer merkwürdiger. Als hätte der ganze Tag, nein, die letzten drei Monate ihre Welt nicht längst auf den Kopf gestellt, jetzt war Nathan »Ghost« Weller auf einmal auch richtig … nett zu ihr. »Ich denke … das ist wohl das Netteste, das je jemand zu mir gesagt hat«, gestand sie ihm.

Er zuckte erneut mit den Achseln, und sie glaubte, dass sich auf seinen Wangen eine leichte Rotfärbung abzeichnete.

Nate wurde rot? Er bildete ganze Sätze? Er lächelte tatsächlich? Hatte sie irgendwo die Warnsignale übersehen und war in eine Parallelwelt versetzt worden? Eine Parallelwelt, in der sich Nathan Weller wie ein menschliches Wesen benahm …

»Grigg hat mir erzählt, dass du nur selten den Mund aufmachst, aber wenn du es tätest, dann hättest du auch was Schlaues zu sagen«, berichtete sie ihm und beobachtete dabei genau, ob er gleich wieder etwas Seltsames tun würde. »Damals habe ich ihm nicht geglaubt. Jetzt tue ich es.«

Sofort verdunkelte sich seine Miene.

Erschrocken über den Stimmungswechsel, zog sie die Augenbrauen hoch. »Möchtest du nicht über ihn reden?«

»Nein.«

Sie schnaufte. Er hatte die Worte mit zusammengebissenen Zähnen herausgebracht. »Dann sind wir also wieder bei deinen einsilbigen Antworten angekommen?«

Er knurrte nur, und ihr wurde klar, dass sie noch einen Schritt weiter und jetzt wieder bei bloßen gutturalen Lauten angekommen waren.

»Großartig. Das ist ja wirklich großartig«, zischte sie und biss ebenfalls die Zähne zusammen. Und sie hatte schon geglaubt, sie würden Fortschritte machen …

Was für ein Witz.

Sie wirbelte herum und marschierte zur Toilette, um ihre Unterwäsche auszuziehen. Dabei wollte sie nicht einmal daran *denken*, wie peinlich es gleich sein würde, ihm ihr *schmutziges* Höschen auszuhändigen.

Was für ein Schlamassel!

4

»Warum fängst du nicht damit an, dass du uns erzählst, warum du hierhergekommen bist, Ali?«, meinte Frank, als sich die drei anwesenden Knights rund um den Konferenztisch versammelt hatten. Sie waren mächtig ausgedünnt, da Steady in Kalifornien auf irgendeiner hochtrabenden Medizinerkonferenz war, während Rock und Wild Bill verdeckt einen wichtigen Politiker im Auge behielten, der unbedingt eine unkluge Reise in die Wüste machen musste. Und an Christian, Mac und diesen gottverdammten Mossad-Agenten wollte er lieber gar nicht erst denken.

Mann, wie er es *hasste*, wenn so viele seiner Männer gleichzeitig unterwegs waren, vor allem, wenn er nicht bei ihnen sein konnte. Das gab ihm immer das Gefühl, ein alter Mann zu sein, da er so sehr daran gewöhnt war, mitten im Geschehen zu sein und sich um eine Aufklärungsmission oder die bösen Jungs zu kümmern. Gemütlich und behaglich an einem Konferenztisch zu sitzen, war dagegen nicht sein Ding.

Doch das war der Preis, den er dafür bezahlen musste, dass er ein eigenes Team leitete, zumindest vermutete er das. Außerdem war es ein kleiner Preis, wenn man in Betracht zog, dass sie sich aussuchen konnten, welche Aufträge sie annahmen, und – noch viel wichtiger – grünes Licht hatten, um Informationen zu sammeln und diese Aufträge auszuführen, wie es ihnen beliebte, ohne dass ihnen irgendein unwissender Sesselpupser aus Washington dazwischenfunkte.

Natürlich bedeutete es auch, dass er sich um die Besucher

kümmern musste, die zu den unpassendsten Zeiten in die Werkstatt gewandert kamen.

Zu diesen gehörte auch Ali Morgan, die gerade in die Kaffeetasse starrte, die Patti vor ihr abgestellt hatte, als handelte es sich um einen instabilen Sprengkörper.

Nun ja. Seine Männer und er bevorzugten es, wenn ihnen das Koffein ohne Tasse serviert wurde, aber das war offenbar nicht jedermanns Geschmack.

Er stand auf, ging zum Kühlschrank, holte eine Coladose heraus, öffnete sie und stellte sie vor Ali hin, nahm die Kaffeetasse mit und setzte sich wieder.

Sie warf ihm einen äußerst dankbaren Blick zu und lächelte ihn an, bevor sie einen großen Schluck aus der Dose trank. Nachdem sie sich den Mund mit dem Handrücken abgewischt hatte, holte sie tief Luft, sammelte sich und stieß hervor: »Jemand ist hinter mir her.«

Ghost zuckte zusammen.

Anders konnte man die kaum merkliche Anspannung jedes einzelnen Muskels im Körper dieses Mannes nicht beschreiben.

Oha, das ist ja mal interessant.

Frank erkannte Ghosts angespannten neutralen Gesichtsausdruck sofort wieder. Es war offensichtlich, dass der Mann seine Reaktionen pedantisch kontrollierte, als hätte er eine Heidenangst davor, etwas zu verraten. Irgendetwas. Frank konnte seine heikle Lage nachempfinden. Er selbst befand sich jedes gottverdammte Mal, wenn Becky ins Zimmer kam, in genau derselben Situation.

Und wenn man vom Teufel spricht …

»Jemand ist hinter dir her? Cool.« Becky ließ sich auf einem Stuhl nieder und brachte eine auf merkwürdige Weise ansprechende Duftwolke aus Acrylfarbe, Motoröl und dem weichen, sauberen Geruch, der von ihrem Körper ausging, mit in den Raum.

Sie wickelte einen Lutscher aus. Dieser hier war grün. Saurer Apfel. Er erkannte jeden Geschmack auf den ersten Blick, denn er war derart pervers, dass er sich jedes Mal, wenn sich Becky einen neuen in den Mund steckte, vorstellte, wie er sie küsste und diesen speziellen Geschmack in Kombination mit ihrer eigenen Essenz schmeckte, wobei sich beides, zumindest in seiner Vorstellung, zu Ambrosia vereinigte.

»Bist du verrückt?« Ali warf Becky einen wütenden Blick zu. »Du würdest es anders sehen, wenn derjenige, der hinter dir her ist, in deine Wohnung eingebrochen wäre, deine komplette Unterwäsche verwanzt und versucht hätte, dich zu überfallen.«

»Du wurdest also auch verwanzt? Ist ja krass.« Becky zog einen Lutscher mit Root-Beer-Geschmack, Franks Lieblingssorte, aus der Hosentasche und schubste ihn in seine Richtung.

Er hielt ihn mit der Hand auf, als er über den Tisch rutschte. Der Lutscher war noch ganz warm von ihrer Körperwärme, was vor seinem inneren Auge eine ganze Reihe wilder, erotischer Bilder aufsteigen ließ.

Ihr nackter Körper. Er streicht ihr mit dem Lolli über die Haut an der Hüfte und leckt die klebrige Spur mit der Zunge ab.

Verdammt!

Am liebsten hätte er den Lutscher ignoriert, aber er wusste genau, dass er ihm nur ein Loch in die Brust brennen würde, wenn er ihn in die Hemdtasche steckte, und dass er dann doch an nichts anderes denken können würde, als ihn sich in den Mund zu schieben. Seine Konzentration könnte er dann vergessen.

Angewidert über seinen Mangel an Selbstkontrolle, was Lollis mit Root-Beer-Geschmack und Becky Reichert betraf, riss er wütend das Papier ab, schob sich den Lutscher in den Mund

und schaffte es, ihr einen wütenden Blick zuzuwerfen. »Wenn du nur geistlose Bemerkungen beisteuern willst, warum machst du dann nicht lieber mit deiner Arbeit weiter?«

»Weil das hier, *Frank*«, sie betonte seinen Namen, und seine Augenlider zuckten, »im Moment sehr viel interessanter ist.«

Ali zog eine Augenbraue hoch und sah zwischen den beiden hin und her. Alle anderen hatten sich bereits so an das ständige Gezanke gewöhnt, dass sie nicht mal mit der Wimper zuckten, was Franks Frustration nur weiter steigerte. Er sollte das leuchtende Beispiel dafür sein, wie sie sich alle zu benehmen hatten, durch sein Verhalten als Vorbild dienen und so weiter, aber er konnte sein Temperament, und nicht zu vergessen seine Libido, einfach nicht im Zaum halten, wenn Becky in der Nähe war. Das war ein Problem. Eines, für das er eine Lösung finden musste.

»Na gut«, knurrte er und war auf unerklärliche Weise wütend auf sie und noch mehr auf sich selbst, weil er sich so wenig unter Kontrolle hatte. »Aber wenn du bleiben willst, dann halt den Mund, wenn du nichts Konstruktives zu sagen hast.«

Becky tat so, als würde sie sich einen Reißverschluss über den Lippen zuziehen, während sie ihm gleichzeitig den so typischen »Du bist ein Arschloch«-Blick zuwarf.

Wenn sie wüsste …

Er wandte seine Aufmerksamkeit wieder Ali zu, denn wenn er Becky den ganzen Tag finster anstarrte, käme diese Unterhaltung keinen Schritt weiter. Außerdem wäre es auch verdammt schlecht für seine Hormone. »Okay, fang am besten ganz von vorn an. Du sagst, jemand wäre bei dir eingebrochen?«

»Gewissermaßen.«

»Wie kann jemand *gewissermaßen* bei dir einbrechen?«, wollte er wissen und tat so, als würde er Beckys übertriebenes Augenverdrehen nicht bemerken.

»Okay, passt mal auf, was ich euch jetzt erzählen werde, mag ein bisschen verrückt und vielleicht sogar paranoid klingen.« Ali rieb sich die Schläfen und setzte sich aufrechter hin. Ghost hatte gesagt, sie hätte jetzt seit fast fünfundzwanzig Stunden nicht geschlafen, und er konnte sehen, wie sie langsam, aber sicher in einen geistigen Dämmerzustand verfiel, in dem sich der Körper zwar noch bewegte und der Mund einige halbwegs zusammenhängende Worte von sich gab, das Gehirn sich jedoch langsam verabschiedete. *Wir sehen uns dann in, sagen wir, vier Stunden wieder.*

Er hatte das selbst auch schon einige Male mitgemacht. Sie musste sich hinlegen, und zwar bald. Aber zuerst brauchten sie einige Antworten, denn sie war derart verdrahtet zu ihnen gekommen, dass er schon fast überrascht war, dass ihre Unterwäsche keine Signale vom Hubble-Weltraumteleskop empfangen konnte.

»Warum versuchst du es nicht einfach?«, schlug er vor. »Mit paranoiden und verrückten Dingen kennen wir uns aus.«

Sie versuchte, aufzulachen, aber aufgrund ihrer Anspannung und des Schlafmangels gelang es ihr nicht. Sie schürzte die Lippen und sah sich am Tisch um, als hätte sie auf einmal der Mut verlassen. »Es begann etwa eine Woche, nachdem wir von Griggs Tod erfahren hatten«, sagte sie dann.

Alle am Tisch, Frank eingeschlossen, rutschten unruhig auf ihrem Stuhl herum.

Sie fuhr unbewusst damit fort, mit dem Daumennagel an der Lasche ihrer Coladose herumzuspielen. Das hohle metallische Geräusch war in der angespannten Stille, die im Konferenzraum herrschte, besonders deutlich zu hören. »Eines Tages kam ich von der Arbeit nach Hause und *wusste* einfach, dass jemand in meiner Wohnung gewesen ist.«

»Hat irgendwas gefehlt? Wurden Möbel verrückt?«, fragte

Ozzie und beugte sich vor, wobei er sich mit der Hand durch seine zerstrubbelte Frisur strich, die an einen verrückten Wissenschaftler erinnerte. Dieser Junge mochte einen schrecklichen Geschmack haben, was Musik und T-Shirts betraf, aber sein IQ stand außer Frage.

»Nein, alles war genau so, wie ich es zurückgelassen hatte, aber da war dieses ... dieses Gefühl. Mir ist klar, dass sich das blöd anhört ...«

»Nicht so blöd, wie du denkst«, versicherte ihr Frank. »Die Intuition ist eine mächtige Waffe. Jeder von uns, der hier am Tisch sitzt, hat gelernt, darauf zu hören. Außerdem würde ich angesichts der Technologie, die du unter deiner Kleidung an dir getragen hast, behaupten, dass deine Paranoia durchaus berechtigt ist.«

Ali lächelte ihn dankbar an.

Ich sammle gerade ordentlich Heldenpunkte bei dir, was, Süße? Wenn sie wüsste, was für wilde Fantasien er in Bezug auf Becky hatte, dann würde sie ihn vermutlich mit einem ganz anderen Blick bedenken. So einem, wie man ihn dem Nachbarn zuwarf, dem man gerade mitten im Juli nur mit einem Trenchcoat bekleidet in der Nähe des Kinderspielplatzes begegnete, denn genauso kam er sich vor, wenn es um Rebecca Reichert ging. Wie ein schmutziger alter Mann.

Scheiße.

»Danke«, sagte Ali und holte ihn damit wieder in die Wirklichkeit zurück. »Jetzt fühle ich mich gleich ein bisschen besser. Eine Zeit lang dachte ich schon, ich würde durchdrehen. Und auch wenn es merkwürdig klingt, bin ich eigentlich ganz froh, dass ihr all die Wanzen bei mir gefunden habt. Jetzt weiß ich wenigstens, dass ich nicht den Verstand verliere.«

»Du kommst also nach Hause und weißt, dass jemand in deiner Wohnung gewesen ist«, wiederholte Ozzie. Wie üblich war der Verstand des jungen Mannes zehn Schritte voraus, sammelte Informationen und sortierte sie zu erkennbaren Mustern. »Was ist danach passiert?«

»Nichts.« Ali hob eine Schulter und rutschte unbewusst ein Stückchen tiefer. Bald würde sie nicht mehr sitzen, sondern liegen. »Einige Tage lang geschah gar nichts. Ich dachte schon, ich wäre paranoid und würde mir das einbilden, weil mein persönliches Radar aufgrund von Griggs Ableben völlig durcheinander war.«

Ableben.

Frank hasste diesen Euphemismus, den manche Menschen benutzten, wenn sie über den Tod sprachen. Was war so falsch an diesem Wort? Tod. Sterben. Tot. Es war direkt, simpel und weitaus einfacher als beispielsweise zu sagen, er habe den Löffel abgegeben, sei über den Jordan gegangen oder sähe sich den Rasen von unten an. Auch wenn Letzteres technisch gesehen am zutreffendsten war, klang es seiner Meinung nach dennoch unpassend. Vielleicht lag das daran, dass er den Großteil seines Lebens als Erwachsener auf die eine oder andere Weise mit dem Tod zu tun gehabt hatte, aber er nannte die Dinge nun mal gern beim Namen.

Grigg war tot. So einfach und so kompliziert sah die Sache aus.

»Aber eine Woche später«, fuhr Ali fort, »kam ich morgens zur Arbeit und … empfand genau dasselbe. Ich hatte das Gefühl, dass irgendjemand dort gewesen war. Aber dieses Mal konnte ich es beweisen. Als ich das Systemprotokoll meines Rechners aufrief, sah ich, dass er gegen Mitternacht eingeschaltet worden war.«

»Konntest du auch erkennen, wonach sie gesucht haben? Auf welche Dateien sie zugegriffen haben?«, wollte Ozzie wissen.

»Nein … Ich, äh, kenne mich dann doch nicht so gut damit

aus. Und im Nachhinein denke ich, dass ich vielleicht einen Spezialisten hätte rufen sollen, damit er herausfindet, was mit meinem PC gemacht wurde, aber dann fingen die Sommerferien an, und ich begann, ihn zu sehen, und vergaß meinen Computer.«

»*Ihn zu sehen?*« Dan »The Man« Currington stellte die Frage, die ihnen allen durch den Kopf ging.

»Ja.« Sie machte eine hilflose Handbewegung. »Gewissermaßen.«

»Kannst du das vielleicht genauer erklären?«, bat Dan sie.

Erneut holte Ali tief Luft und rutschte auf ihrem Stuhl noch ein Stück tiefer. Sie legte den Kopf auf die Rückenlehne, sah zur Decke und blinzelte einige Male schnell, dann richtete sie sich auf einmal wieder auf.

Gutes Mädchen, reiß dich noch ein wenig zusammen.

»Okay, aber auch jetzt solltet ihr im Hinterkopf behalten, dass ich geglaubt habe, ich werde verrückt, weil ich diesen Mann ständig aus dem Augenwinkel gesehen habe. Nie direkt von vorn. Ich konnte nur hier und da einen flüchtigen Blick auf ihn werfen. Auf dem Parkplatz des Einkaufszentrums, an der roten Ampel einige Wagen hinter mir, auf dem Weg zur Eisdiele gegenüber dem Laden, in dem ich mir immer meinen Kaffee hole. Es war immer so, dass ich ihn gerade entdeckt hatte, und dann war er auch schon wieder weg. Aber gestern, direkt nachdem so ein riesiger Kerl versucht hat, mich zu überfallen …« Sie machte eine abwehrende Handbewegung, als alle besorgt aufstöhnten. »Keine Sorge, ich wurde nicht verletzt, und der Typ konnte mir dank einer Monsterhummel und einem Baguette auch nicht die Handtasche stehlen.« Erneut schnitt sie mit der Hand durch die Luft. »Aber das kann ich ein anderes Mal erzählen. Wie dem auch sei, als der Straßenräuber gerade wegrannte, sehe ich den Mann, der mir seit Monaten folgt, gegenüber auf der anderen Straßenseite aus dem Schnellrestaurant kommen. Mein Adrenalinspiegel war aufgrund des Überfalls noch verdammt hoch, also habe ich ihn gerufen, und wisst ihr, was er gemacht hat?«

»Was?«, fragte Becky mit vor Aufregung leuchenden Augen. Die Frau liebte Ärger, lebte dafür und bekam ihn zu Franks Verdruss auch viel zu oft.

»Er ist weggerannt!«, berichtete Ali. »Er sprang einfach in seinen SUV und gab Gas. Er raste in dieselbe Richtung, in der auch der Straßenräuber verschwunden ist. Ich wollte ihm hinterherlaufen …«

Jetzt stießen alle ein Keuchen aus.

»Ja, ja.« Sie verdrehte die Augen und sprach weiter, bevor noch irgendjemand einen Kommentar dazu abgeben konnte, was für eine blödsinnige Idee das gewesen war. »Ich weiß. Dämlich, was? Aber ich war es so leid, ständig das Gefühl zu haben, verrückt zu werden. Aber keine Sorge. Einer der Männer, die mir bei dem Überfall geholfen hatten, hat verhindert, dass ich ihm hinterherlaufe.«

Ozzie klappte einen papierdünnen Laptop auf und hielt die Finger über die Tasten wie eine angriffsbereite Schlange. »Fahrzeugmarke, Farbe, Modell?«

Der junge Einstein hatte seine einnehmende, freundliche Fassade fallen gelassen. Jetzt war er ganz auf seinen Job konzentriert. Das hier war *sein* Fachgebiet. Wenn man ihm einige Informationen gab, setzte er seine verrückten Computerfähigkeiten ein, um den Rest der Puzzleteile zu finden, weil laut Ozzie *alles* in der Welt über das World Wide Web zugänglich war, wenn man die blitzschnellen Finger eines cleveren Hackers hatte. Und einen, der cleverer als Ozzie war, würde man nur schwer finden können.

»Tut mir leid.« Ali schüttelte den Kopf. »Mit Autos kenne ich mich noch weniger aus als mit Computern. Es war schwarz, so viel kann ich dir sagen. Schwarz und groß. Wie ein Ford Explorer oder ein Chevy Tahoe.«

»Dann war es ein in den USA hergestellter SUV?«, fragte Ozzie, dessen Finger schon über die Tastatur tanzten, während sein Blick auf Ali geheftet blieb.

Dieser Verrückte.

Frank gratulierte sich zum etwa eintausendsten Mal zu seiner Entscheidung, Ethan Sykes direkt von der Navy weg zu rekrutieren.

Ali schüttelte wieder den Kopf. »Ich bin mir nicht sicher. Aber ich habe ein Foto vom Nummernschild gemacht.«

Ozzie hörte augenblicklich auf zu tippen. In der Stille, die sich jetzt im Konferenzraum ausbreitete, hätte man buchstäblich eine Stecknadel fallen hören können.

Becky war die Erste, die den Mund aufmachte. *Wer auch sonst?*

»Großartig, Schwester. Du hast echt einen klaren Kopf behalten.«

Ali wurde auf ganz entzückende Weise rot und biss sich auf die Lippe. Aus dem Augenwinkel glaubte Frank zu erkennen, wie es an Ghosts Kiefer zuckte.

»Danke.« Ali lächelte. »Aber bevor ihr mir zu überschwänglich gratuliert, muss ich euch sagen, dass es möglicherweise keine große Hilfe ist. Das Bild ist ziemlich verwackelt.« Sie zog ihren BlackBerry aus der Hosentasche und drückte einige Tasten. »Als ich mein Handy endlich aus der Tasche geholt hatte, war der Wagen schon ziemlich weit weg und ich musste ranzoomen …«

»Hast du das Foto der Polizei in Jacksonville gezeigt?«, erkundigte sich Frank, der gespannt war, was die Polizei zu dem Zwischenfall zu sagen hatte.

»Ja, allerdings.« Sie machte ein angeekeltes Geräusch. »Und als ich ihnen von meiner Theorie erzählte, dass der Mann, der mich verfolgt hat, und der Straßenräuber unter einer Decke stecken, haben alle so getan, als ob sie mir glaubten. Allerdings vermute ich, dass sie mich insgeheim für völlig hysterisch gehalten haben. Natürlich ist mir klar, dass meine Geschichte verrückt klingt, aber ich bin überzeugt davon, dass ich recht habe. Die beiden Männer stehen in irgendeiner Verbindung. Alles, was passiert ist, hängt irgendwie zusammen.«

Sie reichte ihr Handy Ozzie, der einen schnellen Blick auf das Display warf, bevor seine Finger erneut über die Tastatur rasten.

»Das ist ein Kennzeichen aus North Carolina. Das hier am Ende«, sie deutete mit einem Fingernagel auf ihr Handy, »sieht aus wie ein B, ein R … oder auch eine 3.«

»Keine Sorge«, meinte Ozzie. »Ich kann damit was anfangen.«

»Wirklich?« Alis Augen strahlten. »Die Polizei in Jacksonville sagte, es wäre zu verschwommen, als dass sie darauf etwas erkennen könnten.«

»Die haben auch nicht meine Bildverbesserungssoftware«, prahlte Ozzie, dessen Gesicht vor Aufregung wirkte wie das eines Zwölfjährigen, woraufhin sich Franks Schulter schmerzhaft bemerkbar machte.

Mit neununddreißig war er nicht gerade reif für den Schaukelstuhl, aber bei dem Leben, das er geführt hatte, musste er sich nicht wundern, mit fast vierzig hin und wieder Schmerzen zu haben … und ein paar Zipperlein … und dass nicht immer alles einwandfrei funktionierte. Seine Schulter war das nervigste seiner aktuellen Leiden.

Er griff nach den Schmerzmitteln, die er immer in seiner Hosentasche hatte, und schluckte rasch einige Tabletten, ohne sie mit Wasser runterzuspülen, bevor er sich den Lutscher wieder in den Mund steckte.

»Gut gemacht, übrigens«, fügte Ozzie hinzu.

»Danke.« Ali freute sich über sein Kompliment und sah dann erstaunt mit an, wie er – wie ein Kind, das am Weihnachtsmorgen aufgeregt aus dem Bett hüpft – vom Konferenztisch aufsprang. Er schnappte sich seinen Laptop und ihr Handy und eilte in sein Reich. Dort nahm er ein langes Kabel aus einer Schublade, schloss das Handy daran an und steckte es danach in einen der Hauptcomputer.

»Wie dem auch sei«, Ali wandte ihre Aufmerksamkeit wieder der Gruppe am Konferenztisch zu, »der ganze Zwischenfall hat mir Angst gemacht, vor allem, weil mir die Polizei nicht geglaubt hat. Und da ich nicht an einen Rollstuhl gefesselt, mit festgeklebten Augenlidern und mit Drogen vollgepumpt eine Treppe runterfallen wollte, habe ich mich sofort in meinen Wagen gesetzt und bin direkt hierhergefahren.«

»Oh, mein Herz!« Ozzie drehte sich auf seinem Schreibtischstuhl um und griff sich an die Brust. »Heirate mich, Ali. Heirate mich auf der Stelle.«

»Was hab ich verpasst?«, wollte Dan wissen.

»Ach, komm schon, Mann. Mel Gibson? *Fletchers Visionen*? Gehst du denn *nie* ins Kino?«

»Ha!« Dan lachte, legte den Kopf ein wenig schief und strich sich durch den sorgfältig gestutzten Ziegenbart. »Im Gegensatz zu anderen Leuten, die ich kenne, habe ich die letzten zehn Jahre nicht damit verbracht, mich nur mit technischen Geräten zu umgeben. Ich verdiene mein Geld mit harter Arbeit und …«

»Erspar mir deine Reden.« Ozzie wedelte abwehrend mit der Hand durch die Luft. »Die kenne ich alle schon. Und ich weiß sowieso nicht, wieso du immer versuchst, mir den Mund zu verbieten. ›Mein Baby gehört zu mir.‹«

Ozzie wartete einige Sekunden, und als Dan nur skeptisch eine Augenbraue hochzog, warf er die Hände in die Luft. »Das kann doch nicht dein Ernst sein! *Dirty Dancing*? Du musst doch *Dirty Dancing* gesehen haben! Das ist ein Klassiker!«

»Ja«, höhnte Dan. »Ein Klassiker, wenn man auf schlechte Filme steht.«

»Das sehe ich als Kampfansage an, Mister!«, jaulte Ozzie, sprang auf und tänzelte herum wie ein Boxer.

Dan schnaubte so laut, dass Frank schon Angst hatte, er könnte seine Zunge verschluckt haben, was in Anbetracht der Tatsache, dass Dan Ozzie gern provozierte oder beleidigte, vielleicht gar nicht so schlecht wäre.

Die Ex-SEALs des Teams, Ozzie und Dan Man eingeschlossen, hielten sich selbst für die Besten der Besten und waren daher allesamt verdammt eingebildet. Allerdings war jedes Mitglied der Black Knights Inc., ob Ex-SEAL oder nicht, nur ins Team aufgenommen worden, weil es in seinem Bereich zur Elite gehörte.

Zu Black Knights Inc. gehörten neun Männer – bald würden es zwölf sein, wenn man den neuen Mossad-Agenten sowie den anzuwerbenden Hubschrauberpiloten und den Kommunikationsspezialisten hinzuzählte –, die alle losziehen, ihren Job erledigen und wieder verschwinden konnten, ohne dass Uncle Sam damit in Verbindung gebracht wurde.

Die Machthabenden in diesem Monster, das auch als US-Regierung bekannt war, *liebten* all diese ausgeklügelten kleinen Schichten möglicher glaubhafter Abstreitbarkeit. Dabei war es unwichtig, dass jeder, der auf der Gehaltsliste der Black Knights stand, letzten Endes dem großen Boss, *El Jefe*, dem guten alten Oberbefehlshaber Bericht erstatten musste. Wichtig war nur, dass es im Falle einer Entdeckung unmöglich war, ihre Spur zu jemandem innerhalb der US-Regierung zurückzuverfolgen, was für Frank völlig in Ordnung ging. Nach all dem Mist, der dazu geführt hatte, dass er bei den Navy SEALs ausgeschieden war, zog er es vor, sein eigener Chef zu sein.

Aber wenn man sein eigener Chef war und nicht auf die militärische Hierarchie und die damit verbundene geforderte Disziplin zurückgreifen konnte, dann musste man sich häufiger mit solchen Querelen herumschlagen.

Da konnte er nur Danny Glover zitieren, denn er war auch langsam »zu alt für diesen Scheiß«.

»Hört auf, ihr beiden«, knurrte er, woraufhin ihm Ozzie zuzwinkerte und sich wieder hinsetzte.

»Der Heiratsantrag war mein voller Ernst.« Der Junge sah Ali an und wackelte mit den blonden Augenbrauen.

»Ich werde darüber nachdenken«, erwiderte sie mit einem süßen Lächeln, und Frank bemerkte, dass Ghost die Faust ballte. »Aber wie ich bereits sagte, bevor die Unterhaltung diese seltsame Wendung genommen hat, ich bin direkt hierhergefahren. Ich habe nur zum Tanken und Kaffeetrinken angehalten. Aber ich … und jetzt wird es richtig verrückt … ich glaube, dass ich den Mann unterwegs an einer Tankstelle gesehen habe. Nicht den Straßenräuber. Den anderen. Den zwielichtigen.«

»Kommen wir zur wichtigsten Frage des Tages«, sagte Frank. »In was bist du da reingeraten?«

5

»Aber das ist doch das Problem!« Ali warf die Hände in die Luft, und man konnte ihrer Stimme ihre Erschöpfung und ihre Frustration deutlich anhören. »Ich habe überhaupt nichts gemacht. Ich bin Kindergärtnerin, um Himmels willen. Das Aufregendste, was mir in den letzten Monaten passiert ist, abgesehen von meinem Verfolger und dem Überfall natürlich, war der neue Fußboden, den mein Vermieter endlich verlegt hat. Meiner Ansicht nach ist die Frage wohl eher, in was *ihr* oder genauer gesagt *Grigg* verwickelt war, das jemand auf die Idee gebracht haben könnte, ich würde etwas besitzen, das er haben will.«

Auf einmal lag eine Anspannung in der Luft, und es kam ihr vor, als hätten alle Angst, sich zu bewegen. Als wären sie die Rehe, die auf einmal im Scheinwerferlicht standen.

Himmel, sie mussten glauben, dass sie völlig blind oder verblödet war.

Seit dem Augenblick, in dem das Wanzenaufspürgerät am Eingang bei ihrem Eintreten lautstark Alarm gegeben hatte, war ihr zweifelsfrei klar, dass diese Leute nicht einfach bloß Motorradschrauber waren.

Voller Zorn über all das und vor allem über Männer, die sich weigerten zu glauben, dass sie ein Geheimnis für sich behalten konnte, schlug sie mit den Fäusten auf den Konferenztisch und stand auf. Ihr Stuhl rutschte mit einem Kreischen nach hinten, was ihr sehr gut in den Kram passte.

»Jetzt habe ich aber langsam genug, verdammt noch mal!«

Sechs Augenpaare wurden aufgerissen. Vermutlich glaubten sie, es gäbe ein Gesetz, das Kindergärtnerinnen das Fluchen verbietet. »Ich weiß, dass das hier nicht bloß eine Motorradwerkstatt ist. Für wie blöd haltet ihr mich eigentlich?« Sie deutete auf die Reihe hochmoderner Computer und warf ihnen allen einen wütenden Blick zu. »Denkt ihr wirklich, ich würde glauben, es sei an der Tagesordnung, dass Motorradmechaniker Wanzenaufspürgeräte in ihrer Werkstatt haben? Die Tatsache, dass ihr alle bewaffnet seid, will ich gar nicht erst erwähnen.«

Dan rutschte auf seinem Stuhl herum. »Ali …«

»Du hast ein Messer in deinem rechten Stiefel und eine Pistole im Bund deiner Jeans«, schnitt sie ihm das Wort ab. Als sie die erhobenen Augenbrauen aller am Tisch Sitzenden sah, wurde ihr klar, dass sie sie erneut überrascht hatte, dieses Mal mit ihrer guten Beobachtungsgabe. Sie fühlte sich bestätigt und fuhr fort: »Nate hat die gleichen Waffen bei sich, nur, dass er sein Messer unter dem Shirt an einem Clip neben der rechten Hosentasche befestigt hat.« Sie drehte sich zu Frank um. »*Du* trägst keine Schusswaffe, aber du hast mindestens zwei Messer bei dir, eines im Hosenbund und das andere am Unterschenkel. Ich würde vermuten, dass da noch mehr sind, da du dich immer sehr vorsichtig hinsetzt, aber ich bin mir nicht ganz sicher.«

»Mann, verleiht der Kleinen einen Orden.« Becky lachte und zwinkerte ihr amüsiert zu. »Dein großer Bruder hat dir offensichtlich so einiges beigebracht.«

»Du hast ja keine Ahnung«, meinte sie zu Becky und schenkte der jungen Frau ein kameradschaftliches Grinsen. Zumindest eine Person in diesem Raum schien sie ernst zu nehmen. »Wenigstens versucht Ethan, äh, Ozzie da drüben«, sie deutete bei ihren Worten mit dem Daumen über die Schulter auf den jungen Mann, »gar nicht erst, seine Waffen zu verstecken.«

»Nenn mich Ozzie, Süße«, rief er zurück. Er kauerte über

der Tastatur wie ein verhungernder Mann über einem Teller voller Essen. »Außerdem wüsste ich nicht, warum ich meine Waffen verstecken sollte. Meiner Meinung nach kann ruhig jeder sehen, was ihn erwartet, wenn er es wagt, sich mit mir anzulegen.«

»Oh Mann.« Dan stöhnte auf und verdrehte die Augen. »Demnächst kommt er noch ohne Shirt, mit Patronengurten über der Brust und einem roten Bandana um den Kopf zur Arbeit.«

»Aha, du hast also doch schon mal einen Film gesehen.« Ozzie wirbelte auf seinem Stuhl herum, und in seinen Augen lag ein teuflisches Funkeln. »Rambo, was? Von Rambo hab ich auch was auf Lager.« Er senkte die Stimme. »›Gott kennt Gnade, Rambo nicht …‹«

»Was für ein Haufen Sch… äh, Schrott«, spottete Dan.

»Beleidigst du etwa Stallone?«, wollte Ozzie wissen und wirkte, als wäre er bereit, für den »Italian Stallion« geradezustehen.

»Nein, ich beleidige nur *dich*, du dä…«

Wollten sie sich wirklich die ganze Zeit zanken und die Tatsache außer Acht lassen, dass sie kurz vor einem Zusammenbruch nuklearen Ausmaßes stand?

»Passt mal auf…« Sie bohrte mit Nachdruck einen Zeigefinger auf die Tischplatte. »Wenn hier nicht bald jemand mit ein paar Antworten um die Ecke kommt, dann … dann fange ich an zu schreien.«

Vor lauter Angst, Frustration und Müdigkeit war sie kurz davor zu zittern.

Es kam schließlich nicht jeden Tag vor, dass sie überfallen wurde, beinahe ihren Stalker traf, durch das halbe Land fuhr und herausfand, dass ihr Bruder tatsächlich seit Jahren Geheimnisse vor ihr gehabt hatte, die dazu geführt hatten, dass sie selbst ins Visier geriet und verwanzt wurde. Sie hatte das

Gefühl, dass ihr Leben die relativen Dimensionen und die kinetische Energie eines Tsunamis bekommen hatte, und sie hatte nichts als ihre Hände, um sich davor zu schützen. Allerdings konnten Menschenhände gegen eine Monsterwelle überhaupt nichts ausrichten. Sie würde sie einfach überrollen, ohne ihren unbedeutenden, kümmerlichen menschlichen Körper überhaupt zu bemerken.

Überdies saß sie jetzt auch noch mit Griggs engsten Freunden in einem Raum, und diese schienen mehr daran interessiert zu sein, einander auf die Nerven zu gehen, als ihr dabei zu helfen, endlich herauszufinden, was zum Geier hier eigentlich los war.

So eine Scheiße!

Sie war schon wieder kurz davor, in Tränen auszubrechen.

»Wir sind ein sehr kleines Team, das auf Auftragsbasis für das Verteidigungsministerium arbeitet«, sagte Frank mit ruhiger Stimme, indem er Dans und Ozzies andauernde Zankerei völlig ignorierte.

Wie bitte? Die Tränen verschwanden so schnell, wie sie gekommen waren, und sie drehte sich um und starrte Frank staunend an.

Tja … Das war ja … relativ leicht gewesen.

Das leicht amüsierte Funkeln in Franks sturmwolkengrauen Augen versicherte ihr, dass er von Anfang an die Absicht gehabt hatte, ihre Fragen wahrheitsgemäß zu beantworten.

Okay, das war jetzt ziemlich peinlich. Sie hatte sich ohne offensichtlichen Grund zu einem Ausbruch hinreißen lassen. Als hätte sie sich nicht schon genug geschämt, als die beiden Männer ihre Unterwäsche durchwühlt und sie dazu bewegt hatten, ihr auch noch ihr getragenes Höschen auszuhändigen. Für einen Tag war das mehr als genug.

»Oh, okay …« Sie griff nach hinten, zog ihren Stuhl wieder

heran, versuchte, sich wieder zu beruhigen und setzte sich zitternd. Da der Adrenalinschub abebbte, fühlte sie sich plötzlich völlig ermattet, kaputt und müde. Das war es also. Endlich kannte sie die Wahrheit, oder zumindest mehr, als ihr Grigg je hatte sagen wollen. *Ach, verdammt!* Jetzt war ihr wirklich danach, loszuheulen. »Ihr seid … was?«, fragte sie schniefend und riss sich zusammen, um nicht vor den anderen zusammenzubrechen. *»The Expendables?«*

Ozzie fing an zu lachen, beendete sein Wortgefecht mit Dan und klinkte sich wieder in die Unterhaltung ein. »Ich liebe diese Frau. Ich kann dir versichern, dass ich einen ganz großartigen Ehemann abgebe. Und ja, wir sind die *Expendables*. Allerdings sind wir jünger, sehen besser aus, haben coolere Motorräder und *echte* Kugeln.«

Na gut. Der Vergleich mit den *Expendables* war also nicht so gut angekommen. Das hatte sie begriffen.

»Ich komme mal wieder nicht mit«, knurrte Dan.

»Mann, den musst du doch kennen«, meinte Ozzie. »Der Film ist noch keine zwanzig Jahre alt …«

»Dann seid ihr also … Spione?«, unterbrach sie Ozzie, bevor er und Dan wieder richtig loslegen konnten.

Dan verdrehte die Augen und stieß entrüstet die Luft aus. »Warum sind denn alle Leute dermaßen fasziniert von Spionen? Von all unseren Aufträgen sind die, bei denen wir spionieren müssen, die langweiligsten. Man sitzt nur ewig herum und wartet darauf, dass einem die perfekte Information direkt in den Schoß fällt. Nein, vielen Dank. Da bevorzuge ich Rettungsmissionen oder Aufträge, bei denen ich ein Ziel demolieren muss.«

Sie machte sich definitiv keine Freunde, indem sie versuchte, sie in eine Schublade zu stecken. Zu ihrem Glück kam ihr Frank zu Hilfe.

»Gelegentlich machen wir Infiltrationen, um Informationen zu sammeln, also das, was du als typische Spionage ansehen würdest. Meistens kümmern wir uns jedoch um Dinge, die die US-Regierung erledigt haben will, dies aber aus unterschiedlichen Gründen nicht selbst machen kann.«

Okay, okay, so genau musste er es ihr jetzt auch nicht erklären. Sie hatte lange genug mit Grigg zusammengelebt, während er beim Marine Corps war, um zwischen den Zeilen lesen zu können.

»O…kay«, murmelte sie und hob die Coladose an die Lippen, nur um unterwegs innezuhalten und sie wieder abzustellen. »Okay«, sagte sie erneut, dieses Mal etwas lauter. Sie konnte es noch immer kaum fassen, dass man ihr diese Antwort so bereitwillig gegeben hatte. Nachdem sie jahrelang spekuliert und darauf gewartet hatte, dass Grigg ihr reinen Wein einschenkte, saß sie auf einmal hier in diesem Raum und bekam die Wahrheit auf dem Silbertablett serviert.

Warum hatte Grigg es ihr nicht einfach gesagt? Warum hatte er ihr nicht genug vertraut, um …

Nein.

Diese Fragen würden sie nicht weiterbringen. Vor allem aus dem Grund nicht, da der einzige Mensch, der sie beantworten konnte, nicht mehr da war. Sie schluckte den Schmerz herunter und stellte lieber eine Frage, die *wirklich* wichtig war. »Und an was für Aufträgen hat Grigg gearbeitet? Was hat das alles mit mir zu tun?«

»Wer will?« Frank sah sich am Tisch um.

»Wir haben in Brasilien diesen Waffendeal vereitelt, kurz bevor Grigg und Nate nach Syrien aufgebrochen sind«, meinte Dan.

»Stimmt«, bestätigte Ozzie, der schon wieder mit fliegenden Fingern auf seiner Tastatur herumtippte, »aber das war ein sauberer Job. Es besteht nicht die geringste Gefahr, dass jemand herausgefunden hat, wer daran beteiligt war. Es muss etwas anderes sein.«

»Ghost?«, fragte Frank. »Könnte es sein, dass Grigg irgendwie Informationen preisgegeben hat, die … keine Ahnung … die irgendjemanden möglicherweise auf die Idee gebracht haben könnten, dass Ali etwas von Wert besitzen könnte?«

Ali sah zu, wie sich Nates Gesicht verhärtete, bis es fast schon ein Wunder war, dass es nicht einfach in tausend Stücke zersprang.

»Niemals«, stieß er hervor.

»Nein«, schnaufte Dan, »aber du warst ja auch nicht mit ihm in dem Zimmer, und deinem Bericht zufolge muss sich da ein ziemlich kranker Scheiß …«

Dan klappte abrupt den Mund zu und starrte sie an, während er gleichzeitig ein wenig grün anlief.

Aber Ali war nicht dumm.

»Was? In welchem Raum warst du nicht bei ihm?« Sie sah Nate an. Jetzt war *er* derjenige, der aussah, als würde er gleich anfangen zu weinen, und, *oh Gott*, sie bekam eine Heidenangst.

»Nate?«, fragte sie mit erstickter Stimme. »Großer Gott, was ist da passiert?«

Er warf Dan einen eisigen Blick zu, mit dem er ihm offenbar mitteilen wollte, dass er ihm später dafür den Kopf abreißen würde.

Das war übel. Das war sehr, sehr …

Frank sagte ihren Namen, und seine Stimme klang tief und entschlossen.

Zögernd blickte sie noch einmal in Nates versteinertes, ausdrucksloses Gesicht, um dann den Mann am Kopfende des Tisches anzusehen.

»Ich bin derjenige, der das beantworten sollte«, teilte Frank ihr mit. »Und es versteht sich natürlich von selbst, dass das, was ich dir gleich sagen werde, dieses Zimmer nicht verlassen darf. Niemals. Ist dir klar, was das bedeutet?« Sein Blick war mit erschreckender Intensität auf sie gerichtet.

Wenn ich es dir erzähle, muss ich dich vielleicht umbringen. Das war ein Witz, oder? Vielleicht aber auch nicht.

Sie schluckte schwer und nickte, während ihr bewusst wurde, dass das der Wendepunkt war.

»Tu das nicht, Boss«, stieß Nate hervor.

Frank drehte sich zu ihm um, und sein Gesicht wirkte gleichzeitig bedrückt, resigniert und grimmig entschlossen. »Sie hat es verdient, das zu erfahren, Ghost.«

Nate fluchte leise und richtete den Blick dann auf die Tischplatte.

Auf einmal wurde Ali übel. Eine dunkle Vorahnung machte sich wie ein unheilvoller Knoten in ihrer Magengrube breit.

»Nate und Grigg waren auf einer Mission in Syrien«, begann Frank. »Bevor sie ihren Auftrag abschließen konnten, wurden sie von Tangos, äh, Terroristen gefangen genommen und drei Tage lang gefoltert. Nate konnte entkommen, aber Grigg hatte nicht so viel Glück.«

Er hörte einfach auf zu reden.

Sie sah sich hektisch nach einem Mülleimer um. Es war nur noch eine Frage von Sekunden, bis sie sich übergeben musste.

Becky schien ihren Gesichtsausdruck richtig gedeutet zu haben, denn sie sprang auf und hielt Ali, noch bevor sie zu würgen begann, einen Plastikmülleimer unter die Nase.

Der erste Schwall beförderte die Cola wieder zutage, der zweite war blau von der unterwegs getrunkenen Limo.

Während sie auf die herausgewürgte Flüssigkeit hinabstarrte, die zerknüllte Papiere und weggeworfene Haftnotizen durchtränkte, wurde ihr klar, dass sie so heftig reagiert hatte, obwohl ihr Frank zweifellos nur die kurze, bereinigte Version der Ereignisse geschildert hatte. Falls Geschichten über Folter jemals kurz und bereinigt sein konnten.

Heilige Scheiße.

Der Speichel sammelte sich heiß und sauer in ihrem Mund, aber sie musste sich nicht noch einmal übergeben. Ein Glück. Als hätte sie heute nicht schon genug Erniedrigungen ertragen müssen, hatte sie jetzt auch noch ihren Mageninhalt vor den Augen dieser Männer und Frauen, die einen eisernen Willen und vermutlich auch eiserne Mägen besaßen, wieder ausgespuckt. Vermutlich dachten sie gerade, dass ihr Grigg aus gutem Grund niemals die Wahrheit gesagt hatte. *Sie hat das Rückgrat einer Qualle.*

Großartig. Einfach großartig.

Vielleicht hatten sie sogar recht. Möglicherweise hatte Grigg daran gezweifelt, dass sie mit der Wahrheit leben konnte.

Das Bedürfnis zu weinen war wieder da, aber sie wurde dadurch abgelenkt, dass ihr jemand ein Tuch reichte. Sie schluckte ihre Scham und ihren Schreck herunter, wischte sich den Mund ab und stellte den Mülleimer auf den Boden.

Zögernd sah sie die Gruppe am Tisch wieder an und stellte beruhigt und demütig fest, dass in den Gesichtern der anderen weder Missbilligung noch Enttäuschung oder Ernüchterung zu erkennen war. Stattdessen sahen die meisten ebenso zerrissen aus, wie sie sich fühlte, und schon sammelten sich wieder die Tränen in ihren Augen. Sie blinzelte mehrmals und wünschte sich nichts mehr, als einen Augenblick lang allein sein zu können. Doch das war leider nicht möglich, wenn sie herausfinden wollte, was eigentlich los war. Dazu musste sie hier sitzen bleiben und sich den Rest der Geschichte anhören, wie schrecklich er auch sein mochte.

Also holte sie tief Luft, faltete das Stück Stoff ordentlich zusammen und stellte die einzige Frage, auf die sie noch eine Antwort haben wollte: »Warum?«

»Warum sie gefangen genommen und gefoltert wurden?«, wiederholte Frank ruhig, als hätte er nicht die letzten Minuten mit ansehen müssen, wie sie komplett die Fassung verloren hatte.

Sie nickte, auch wenn ein kleiner Teil von ihr sich am liebsten die Finger in die Ohren gesteckt, den Kopf geschüttelt und leise »La la la« gesungen hätte. Manchmal war Unwissenheit wirklich ein Segen, aber sie hatte einen zu weiten Weg hinter sich, um jetzt noch aufzugeben. Sie wollte alles wissen. Sie *musste* alles wissen.

Frank sah auf seine großen Hände hinab, legte sie langsam um seine Kaffeetasse und schüttelte den Kopf. »Das wissen wir nicht. Soweit wir es beurteilen können, waren sie einfach zur falschen Zeit am falschen Ort. Die Terroristen, die sie entführt haben, sollten in dieser Region gar nicht operieren, da Syrien und der Libanon ja nicht gerade freundschaftlich gesinnte Nachbarn sind. All unsere Quellen deuten darauf hin, dass es einfach nur Zufall war. Riesengroßes Pech. Grigg und Nate waren auf dem Weg zu ihrem Ziel, als ihr Fahrzeug von Kämpfern der Hisbollah überfallen wurde.«

Sie fing an zu zittern und richtete ihren tränenschweren Blick erneut auf Nate. Sein eckiges Kinn mahlte, als würde er Granit zerkauen. Dann fiel es ihr wieder ein. »Oh mein Gott, ich habe dich an diesem Tag *geschlagen*. Du wurdest gefoltert, und ich *schlage* dich. Es … es tut mir so leid, Nate. Bitte verzeih mir.«

Sie hickste, und eine einzelne Träne lief ihre Wange herunter. Ihre Brust war so zugeschnürt, dass sie sich fragte, wie ihr Herz in der Enge überhaupt noch schlagen konnte. Sie hatte einen Mann geschlagen, einen Patrioten, der so viel geopfert hatte und erst vor Kurzem gefoltert worden war.

»Da gibt es nichts zu verzeihen«, brachte er heraus. »Ich bin derjenige, dem es leidtun sollte.«

Was?

Sie wischte sich die Träne mit zitternden Fingern weg. »Was denn? Was soll dir denn schon leidtun? Du kannst doch nichts dafür, dass du entkommen konntest und Grigg nicht.«

Becky machte ein ersticktes Geräusch, und Ali sah die junge Frau an. Sie wischte sich mit dem ausgefransten Saum ihres mit Schmiere und Farbe befleckten T-Shirts die dicken Tränen weg, die ihr über die geröteten Wangen liefen.

Was in aller Welt ging hier vor sich?

Der Schreck in den Gesichtern der Männer und das Leid in den Augen der Frauen konnten nicht nur darauf beruhen, dass Grigg tot war und sie zur völlig falschen Zeit Gewalt angewendet hatte.

»So«, sagte Dan leise und legte einen Arm um seine Frau, die ebenfalls weinte. »Wenn es nicht Brasilien und die Gefangennahme durch die Libanesen war, was dann? Vor diesen beiden Aufträgen war Grigg über zwei Monate lang nicht im Einsatz.«

Er wechselte das Thema. Ali begriff, dass man ihr etwas verschweigen wollte, und sie klappte schon den Mund auf, um zu fragen, was genau sie ihr nicht sagen wollten, doch Becky kam ihr zuvor.

»Nein«, verkündete die junge Frau entschlossen, während sich alle Augen auf ihr tränenüberströmtes Gesicht richteten. »Er hatte noch eine andere Mission. Einen kurzen persönlichen Sicherheitsjob für irgendeinen Senator.«

»Wie bitte?« Ozzie wandte sich von seinen Computern ab. »Ich wüsste nicht, dass ich dafür je eine Autorisierung gesehen hätte.«

»Das kam auch nicht über den üblichen Kanal. Es befand sich auf seinem Privatcomputer. Er war nur einen Abend lang weg und kam frühmorgens wieder nach Hause. Ich bin davon ausgegangen, dass er einfach irgendeinen Nebenjob angenommen hat.«

»Und das sagst du erst jetzt?«, brüllte Nate so laut, dass Ali zusammenzuckte. Sie hatte völlig vergessen, dass sie noch herausfinden wollte, welche dunklen Geheimnisse sie ihr vorenthielten, welches schreckliche Wissen dafür gesorgt hatte, dass sie alle so gequält ausgesehen hatten. »Er hat mir nie was davon erzählt«, meinte Nate aufgebracht.

»Du warst gerade mit Mac und Christian in Kolumbien«, erklärte Becky und wischte sich mit den Handrücken die Wangen ab.

»Woher weißt du überhaupt, was in Griggs persönlichen E-Mails steht, Rebecca?«, wollte Frank wissen.

»Äh …« Becky warf Ozzie einen nervösen Blick zu. Der junge Mann sah sie an, als wollte er ihr wortlos sagen: »Dieses Mal sitzt du echt in der Scheiße.«

Frank sah zwischen den beiden hin und her. »Was ist? Was habt ihr beide ausgeheckt?«

»Okay«, sagte Becky und kaute auf dem durchweichten Stiel ihres letzten Lollis herum. »Die Sache ist die, dass Ozzie und ich einen Austausch vereinbart haben. Ich zeige ihm, wie man einen Vergaser ausbaut, reinigt und wieder einsetzt, und er bringt mir das Programmieren bei. Ich erkläre ihm, wie ein Öltank hergestellt wird, und er lehrt mich das Hacken.«

»Und zum Hacken gehört das Knacken privater E-Mail-Konten?«, fragte Frank, dessen Gesicht so finster wie eine Gewitterwolke geworden war. »Rebecca! Verdammt!«

»Hey«, rief sie abwehrend. »Ich dachte, er steckt in Schwierigkeiten! Wir wollten uns an dem Abend eine Pizza kommen lassen und einen Film gucken, aber nachdem er seine E-Mails abgerufen hatte, meinte er auf einmal, er müsse mir absagen.

Er schnappte sich seine Tasche und ein paar Magazine und machte sich aus dem Staub, als wäre ihm ein ganzes Rudel Höllenhunde auf den Fersen. Ich habe mir Sorgen gemacht, daher …« Sie zuckte mit den Achseln und schlang sich die Arme um den Körper. »… habe ich einen Blick riskiert.«

»Du hast *einen Blick riskiert*? In *private* E-Mails? Das ist *nicht* in Ordnung, Rebecca. Deine Nase ständig in Sachen zu stecken, die dich nichts angehen, wird dich eines Tages noch das Leben kosten. Hast du das verstanden? Sag mir bitte, dass du es verstehst«, forderte Frank sie auf, und Becky nickte pflichtbewusst und machte den Mund auf. Bevor sie jedoch etwas sagen konnte, machte Frank eine wütende Handbewegung. »Nein. Es reicht. Das ist das Ende dieser Diskussion.«

Becky klappte den Mund wieder zu und lehnte sich auf ihrem Stuhl zurück, während sich auf ihrem Gesicht Trotz und Kummer abzeichneten. Ali konnte nicht anders, als Mitgefühl mit der jungen Frau zu empfinden. Sie verstand, wie man das Bedürfnis haben konnte, alle, die einem am Herzen lagen, zu kontrollieren, und sie wusste aus erster Hand, wie frustrierend es sein konnte, wenn einem das nicht möglich war. Ihr war außerdem klar, dass sie, wenn sie wie Becky die Möglichkeit gehabt hätte, unauffällig in Griggs Angelegenheiten herumzuschnüffeln, diese genutzt hätte, ohne auch nur zu zögern.

Vielleicht hatte es etwas mit dem zusätzlichen X-Chromosom zu tun. Irgendwie machte sie die Tatsache, dass sie eine Gebärmutter und Eierstöcke besaßen, viel neugieriger als Männer. Woran es auch liegen mochte, jetzt tat sie ihre schwesterliche Pflicht und sah Becky dankbar an, worauf diese ihr unsicher zulächelte.

»Er hat den Job dir gegenüber nie erwähnt?«, fragte Frank Nate.

»Nein, nie.«

»Seltsam.« Der Mann rieb sich über das stoppelige Kinn und warf Becky einen letzten wütenden Blick zu, bevor er sich zu der Mauer aus Computern umdrehte. »Ozzie? Würde es dir etwas ausmachen, in Griggs Mails zu schauen, damit wir herausfinden können, worüber Rebecca redet?«

»Bin schon dabei, Boss«, entgegnete Ozzie.

An diesem ganzen Szenario war irgendetwas ganz offenbar faul.

Alis Magen, der ohnehin nie besonders verlässlich war, rebellierte schon wieder. Sie griff nach der Coladose und trank rasch einen Schluck.

»Ist es ungewöhnlich, dass einer von euch einen Auftrag annimmt, von dem die anderen nichts wissen?«, erkundigte sie sich, auch wenn ihr ihr sechster Sinn sagte, dass ihr die Antwort nicht gefallen würde.

»Ja«, antwortete Frank sehr betont. Sie trank noch einen Schluck. »Normalerweise passiert so was gar nicht. Niemals. Und selbst *wenn* wir zustimmen sollten, einen Job außer der Reihe anzunehmen, würden wir das nie tun, ohne wenigstens einem anderen Teammitglied Bescheid zu sagen. Du ahnst vermutlich, warum: falls man Verstärkung braucht.«

Scheiße.

»Siehst du«, meinte Becky. »Jetzt weißt du, warum ich so besorgt war und warum ich …«

Frank warf der jungen Frau einen so wütenden Blick zu, dass sie die Schultern bis zu den Ohren hochzog, während ihre Stimme versagte und sie pflichtbewusst den Tisch vor sich fixierte.

»Hm«, murmelte Ozzie, und Ali beschloss, diesen Laut ab sofort zu hassen. »Einfach und kurz. Jemand aus dem FBI, ein Special Agent Jordan Delaney, hat Grigg gebeten, bei einer Party, die Senator Aldus für den pakistanischen Botschafter im Vatikan gegeben hat, als Sicherheitsmann einzuspringen. Alter«, grummelte Ozzie, »es gibt doch für wirklich jeden Scheiß einen gottverdammten Beamten.« Er schüttelte seinen zerzausten Blondschopf und fuhr fort: »Laut dieser E-Mail sollte Grigg bei seiner Ankunft in DC genauere Einzelheiten erfahren.«

»Hol mir Special Agent Delaney ans Telefon«, ordnete Frank an. »Finden wir heraus, was zum Henker da genau passiert ist.«

Ali stimmte ihm von ganzem Herzen zu.

»Oh, oh«, meinte Ozzie leise, und sie beschloss, dass das noch ein Laut war, auf den sie verzichten konnte. »Wir können nicht mit Delaney reden. Der Mann ist tot.«

»Tot?«, brüllte Frank. »Wie? Wann?«

»Ein Autounfall. Laut diesem Bericht«, Ozzie deutete auf seinen leuchtenden Computerbildschirm, »geht die Polizei davon aus, dass er am Steuer seines Wagens eingeschlafen ist. Das Auto ist auf dem Highway 1 von einer Überführung gestürzt und in den Potomac gestürzt, und zwar am …« Er beugte sich vor. »Scheiße. Der Unfall geschah in der Nacht, oder genauer gesagt am frühen Morgen des Tages, nachdem Grigg für den Senator gearbeitet hat.«

Oh Mann, das war *gar nicht* gut. Selbst Ali, die sonst von Natur aus optimistisch veranlagt war, glaubte nicht an Zufälle dieses Ausmaßes.

Offenbar ging es Frank genauso.

»Grigg hat also einen Job für das FBI angenommen, ohne einem von uns etwas davon zu erzählen«, sagte er, »und in derselben Nacht stirbt sein FBI-Kontakt. Keine vierundzwanzig Stunden später wird Grigg mitten in der syrischen Wüste von einer Gruppe von Terroristen entführt und gefoltert, die in dieser Region gar nichts zu suchen hatte. Da stinkt doch was ganz gewaltig.«

»Ja«, stimmte ihm Ozzie zu. »Und dieses Mal sind es nicht deine Socken, Dan Man.«

Niemand war in der Stimmung, um Ozzies Versuch ihre Laune aufzuheitern überhaupt zur Kenntnis zu nehmen.

»Okay.« Frank schlug mit seiner großen Handfläche auf den Tisch und übernahm das Kommando. »Ich werde mich mal mit General Fuller unterhalten. Er sollte diese Pisser … äh, entschuldigt meine Ausdrucksweise, werte Ladys … beim FBI kontaktieren. Hoffentlich kann er den Direktor überzeugen, dass er in Erfahrung bringt, woran dieser Agent Delaney gearbeitet hat.«

Dan schnaubte. »Viel Glück dabei, Mann. Diese Typen haben doch dermaßen einen Stock im Ar…« Er sah Ali betreten an und zuckte dann zusammen, als er von Patti einen Klaps auf den Hinterkopf bekam. »Entschuldigung«, murmelte er, küsste seiner Frau die Hand und sah wirklich betreten aus, doch dann wandte er sich wieder Frank zu. »Man könnte auch sagen, sie sind nie besonders glücklich darüber, ihre Geheimnisse teilen zu müssen.«

»Tja, dann sollten sie diese Einstellung lieber schnell ändern, sonst werden wir ihnen nämlich mal richtig Feuer unterm Arsch machen.« Frank zuckte zusammen. »Äh, entschuldigt die Wortwahl, Ladys …«

»Ach, scheiß drauf, Frank«, fuhr ihn Becky an. »Wir fallen nicht gleich in Ohnmacht, nur weil du so ein versautes und schmutziges Mundwerk hast.«

Ali konnte nicht anders, als die Mundwinkel nach oben zu ziehen.

Patti kicherte hinter vorgehaltener Hand, und Dan schnaubte.

Jeder im Raum spürte, dass sich die angespannte Stimmung ein wenig löste, und es fühlte sich an, als hätte man ein zum

Bersten gestrecktes Gummiband endlich gelockert. Es gab doch nichts Besseres, als mit Tränen in den Augen zu lachen.

Anscheinend war Frank der Einzige, der Beckys kleine Rede nicht witzig fand. Er sah sie so grimmig an, dass sich Ali schon fragte, wieso Beckys Haare nicht in Flammen aufgingen. Sie bewunderte die junge Frau dafür, dass sie dem Boss der Black Knights mit einem sehr überzeugenden frechen Grinsen konterte.

Ozzie schaltete sich wieder ein. »Oh, übrigens, das Nummernschild, das Ali fotografiert hat, gehört zu einem mitternachtsblauen Lincoln Navigator, der auf einen gewissen Mr John Robert Godfrey zugelassen ist. Er ist ein fünfundsechzigjähriger Rektor einer Mittelschule, der seit mehr als zweiundzwanzig Jahren im Schulbezirk von Wilmington arbeitet.«

»Nein.« Sie schüttelte bereits den Kopf, als er noch sprach. »Ich kenne den Unterschied zwischen Blau und Schwarz. Dieser Wagen war schwarz, pechschwarz. Und der Mann am Lenkrad war eher fünfunddreißig als fünfundsechzig.«

»Klar«, meinte Dan. »Das wäre auch viel zu einfach gewesen.«

»Was?«, wollte sie wissen.

»Das Erste, was jeder Profi bei einer Aufklärungsmission macht, ist, die Nummernschilder auszutauschen.«

»Oh.« Ihre Schultern sackten in sich zusammen. Sie war so stolz darauf gewesen, dass sie dieses Foto gemacht hatte. Und jetzt war alles umsonst. »Dann war's das also.«

»Nicht unbedingt«, versicherte ihr Frank. »Wir können noch einiges in Bewegung setzen und abwarten, was dabei herauskommt. Ich weiß, dass du müde bist, aber du musst dich noch ein bisschen konzentrieren.«

Sie richtete sich auf und nickte, um dann den letzten Rest Selbstbeherrschung, den sie noch besaß, zusammenzunehmen und weiterhin zu funktionieren. Ihr Bauch tat weh, ihr unter

Schlafmangel leidendes Gehirn schien unter einer dicken Teerschicht zu liegen, und sie musste unbedingt mal allein sein, um sich auszuheulen. Außerdem musste sie von der Cola dringend auf die Toilette.

»Hat dir Grigg was Ungewöhnliches geschickt? Eine Datei? Einen Brief? Vielleicht ein Paket?«

Sie kaute auf ihrer Unterlippe und zermarterte sich das müde Gehirn. »Nein«, erwiderte sie schließlich und schüttelte den Kopf. »Nichts.«

6

»Ich hatte keine Gelegenheit, Sir.«

Der unverschämte Tonfall, der aus dem Hörer kam, bewirkte, dass Senator Aldus' Blutdruck in ungeahnte Höhen schoss.

Sein Arzt hatte ihm geraten, dass er versuchen sollte, Stress zu vermeiden. Doch wie zum Henker sollte er das, wenn er nur von Unfähigen umgeben war? Wenn er jetzt in den Spiegel sähe, wäre sein Gesicht vermutlich ebenso purpurrot wie das Kleid, für das sich seine Frau – nach sehr vielen Änderungen und Anpassungen – entschieden hatte und das sie an diesem Abend beim Wohltätigkeitsball tragen wollte.

Seine Frau …

Er hatte sie vor beinahe zwanzig Jahren wegen ihrer politischen Verbindungen und ihres gesellschaftlichen Status geheiratet, und seitdem hasste er sie von Tag zu Tag mehr.

Wenn er nur an sie dachte, pulsierte die dicke Vene auf seiner Stirn sichtbar.

»Was zum Geier meinen Sie damit, Sie hatten keine Gelegenheit? Sie ist jetzt seit beinahe zwölf Stunden da!« Die Plastikummantelung seines Handys knackte bedrohlich, und er holte tief Luft und zwang sich, seinen eisenharten Griff zu lockern, um das Gerät nicht noch zu zerquetschen.

»Ms Morgan hat das Gelände von Black Knights Inc. nicht wieder verlassen.«

»Na und?« Aldus konnte nicht anders, als das Handy wieder fester zu packen, und er wünschte sich dabei, es wäre der Hals dieses dämlichen Arschlochs. Was hatte er davon, einen ehemaligen Agenten anzuheuern, wenn der es nicht mal draufhatte, eine junge Frau zu entführen? Offenbar war die Ausbildung bei der CIA heutzutage lange nicht mehr so gut wie früher, wenn dabei Agenten dieses Kalibers herauskamen.

»Entschuldigen Sie, dass ich so offen bin, Sir, aber Sie bezahlen mir nicht genug, dass ich bei Black Knights Inc. einbreche. Von außen mag der Laden nur wie eine gut gesicherte Hightech-Werkstatt für handgefertigte Motorräder aussehen, aber ich habe mich hier mal umgesehen, und das ist eine gottverdammte Festung. Wenn die hier nichts weiter tun, als Motorräder zu bauen, dann fresse ich einen Besen.«

Aldus' Frau steckte den Kopf in sein Büro. Ihr eisblondes Haar war perfekt frisiert, und die Diamanten, die er ihr zum zehnten Hochzeitstag geschenkt hatte – er musste schließlich auch ihr gegenüber den Schein wahren –, glänzten an ihren Ohren.

Gott! Was war denn jetzt schon wieder?

»Liebling«, säuselte sie mit ihrem nasalen vornehmen Boston-Akzent, der sich für ihn so anhörte, als würde man mit einem Fingernagel über eine Tafel kratzen, »beeil dich, sonst kommen wir noch zu spät.«

»Nur noch eine Minute, Schatz.« Er zwang sich zu einem Lächeln, obwohl er ihr am liebsten seinen bleiernen Briefbeschwerer in ihr hübsches, langweiliges Gesicht geworfen hätte. Als er sich vorstellte, wie diese zarten Knochen brachen und das Blut hervorquoll, wurde sein gekünsteltes Lächeln zu einem aufrichtigen.

Sie nickte hoheitsvoll und ging wieder hinaus. Er lauschte, bis ihre Schritte in den Prada-Pumps auf dem gefliesten Flur verhallt waren, bevor er ins Telefon zischte: »Es ist mir scheißegal, wie Sie das anstellen. Finden Sie einen Weg, ihrer habhaft zu werden. Und zwar sofort. Noch heute Nacht. Ich will diese verschwundenen Dateien morgen früh auf meinem Schreibtisch liegen haben.«

Er drückte so heftig auf die Auflegetaste, dass ihm der erst an diesem Vormittag manikürte Fingernagel abbrach.

Scheiße!

Was mache ich hier?

Zum zweiten Mal innerhalb von vierundzwanzig Stunden schoss Ali dieser Gedanke durch den Kopf. Nur, dass das »Hier« jetzt das *Red Delilah's* war.

Das war zwar nicht gerade ein typischer Name für eine Bikerbar, aber das war auch die einzige Abweichung von dem Bild, das man von einer Bikerbar im Kopf hatte. Auf dem Boden lagen Erdnüsse und aus den Lautsprechern hallte Metallica, aber trotzdem war im Hintergrund noch das laute Klicken der Billardkugeln zu hören, und in der Luft hing der abgestandene Geruch nach verschüttetem Bier und altem Zigarettenrauch.

Ja, das hier war auf jeden Fall eine typische Bikerbar. Eine, die zufälligerweise von dem einschüchterndsten, klischeehaftesten Pin-up-Girl der Fünfzigerjahre geführt wurde, das man sich nur vorstellen konnte.

Als ob ihr Tag nicht schon schlimm genug gewesen war.

Aber Moment mal. Er war wirklich noch viel schlimmer geworden. Schließlich war sie hier. An diesem schrecklichen Ort, in diesen schrecklichen Klamotten, und sie aß gerade den letzten Rest dieses … Nun ja, das Essen war eigentlich alles andere als schrecklich gewesen.

Nachdem sie aus ihrem Nickerchen erwacht war, wenn man acht Stunden nahezu komatösen Schlafs nach einer regelrechten Heulorgie denn überhaupt so nennen konnte, hatte sie einen Bärenhunger gehabt.

Becky entdeckte sie, als sie gerade die Treppe hinunterkam und sich den Schlaf aus den Augen rieb. Sie hatte direkt und ohne Umschweife von ihr verlangt: »Zieh dich um. Wir gehen alle rüber ins Delilah's. Dann können wir nebenan Hotdogs bestellen.«

Äh, was? »Hotdogs?«

»Ja, klar.« Becky sah sie mit verschlagenem Grinsen an. »Du hast noch nie einen traditionellen Hotdog nach Chicago-Art gegessen, oder?«

»Bäh. Unbekanntes verarbeitetes Fleisch. Nein, danke«, erwiderte Ali, obwohl ihr Magen so laut knurrte, dass es jedermann hören konnte. Doch auf diesen Genuss wollte sie lieber verzichten.

»Oh!« Becky griff sich an die Brust, als wäre sie angeschossen worden. »Pass auf, was du sagst!« Sie legte Ali freundschaftlich einen Arm um die Schulter und führte sie wieder nach oben. »Ein traditioneller Hotdog nach Chicago-Art wird mit einem Frankfurter Würstchen aus reinem Rindfleisch und allen möglichen frischen Zutaten gemacht. Wir nennen ihn einen Hotdog, der einmal durch den Garten geschleift wurde. Du wirst ihn lieben, das verspreche ich dir.«

Ali bezweifelte das zwar, musste sich aber geschlagen geben, als sie sich den letzten Rest Salz von den Fingern leckte. Ihr fiel nur ein einziges Wort ein, mit dem man das Machwerk, das sie eben heruntergeschlungen hatte, beschreiben konnte: köstlich.

Ihr Outfit war da schon eine ganz andere Angelegenheit. Zum bestimmt tausendsten Mal sah sie auf ihren nackten Bauch hinunter.

Wenn das Kollegium und die Schüler der Ridgeline-Grundschule sie jetzt sehen könnten …

Vermutlich würden sie schreiend weglaufen.

Das zerschlissene AC/DC-Top bestand aus so beschämend wenig Stoff, dass man die Spitzenträger ihres roten BHs erkennen konnte, und dazu trug sie eine hautenge, tief sitzende Guess-Jeans von Becky, die mehr Löcher als Stoff aufwies. Sie zog immer wieder am Saum ihres Shirts, um – vergeblich – zu versuchen, ihr Bauchnabelpiercing zu verbergen. Das Schmuckstück schien Becky zu gefallen, denn es war das Einzige, was Ali noch trug, das ihr selbst gehörte.

Pfft, als ob Ali Moderatschläge bräuchte.

Sie musterte die anderen Gäste und runzelte die Stirn. Nein, da gab es ganz andere Kandidaten. Es sei denn, es war jetzt Mode, dass sich ein Mann, der an den Weihnachtsmann erinnerte, in eine Lederhose und ein löchriges weißes T-Shirt mit der Aufschrift »Free Mustache Rides« zwängte.

Igitt. Ihr Hotdog wollte schon den Rückweg antreten, als sie darüber nachdachte, und das ständige Dröhnen der vor- und abfahrenden Motorräder, das sogar die laute Musik übertönte, machte es auch nicht besser. Eine Gruppe von Geschäftsmännern, die Becky als »Wochenendkrieger« bezeichnet hatte, wirkte in dem heruntergekommenen Lokal völlig deplatziert. Dies wurde dadurch verstärkt, dass sie neben einer Handvoll bullig aussehender Männer in Lederjacken standen, auf deren Rücken unter dem Schriftzug »Dark Angels« das Bild eines furchterregenden Engels gestickt war, der in einer Hand eine Zigarre und in der anderen eine Pistole hielt.

Diese Umgebung war surreal. Ach was, seit Griggs Tod war ihr ganzes Leben surreal geworden.

Ihre schlechte Stimmung wurde auch dadurch nicht verbessert, dass die Pumps aus rotem Kunstleder mit den elend hohen Absätzen, die ihr aufgedrängt worden waren, ihre Zehen sogar im Sitzen zu zerquetschen schienen.

Wie war das überhaupt möglich?

Offensichtlich waren diese Schuhe von einem sadistischen Kerl entworfen worden, der Frauen gern verkrüppelte … wahrscheinlich, damit sie nicht weglaufen konnten, wenn er ihnen den Ritt auf dem Schnurrbart verpassen wollte.

»Hör auf, an dir rumzuzupfen. Du siehst super aus«, versicherte ihr Becky, die sich gedankenverloren in der Bar umsah. Patti war auf die Toilette gegangen, und die Männer von Black Knights Inc. standen um die Jukebox in der Ecke herum und schienen sich offenbar die nächsten Musikstücke auszusuchen.

Alles wäre besser als Metallica, dachte Ali.

Oder auch nicht.

Aus den Lautsprechern dröhnte Pantera, und sie stellte fest, dass sie beim nächsten Mal etwas genauer sein musste, wenn sie um ein kleines Wunder bat.

Seltsam, dass die Knights die nächsten Stücke auszuwählen schienen, keiner von ihnen jedoch in der Hosentasche nach Kleingeld suchte. Auch schienen sie alle nicht wirklich zur Jukebox zu sehen.

Sie mussten sie für eine völlige Idiotin halten, wenn sie glaubten, dass sie sie auf diese Weise reinlegen konnten.

Sie standen nicht wegen der Musik da drüben. Oh nein. Sie diskutierten darüber, welche Optionen sie hinsichtlich ihrer »Situation« hatten.

Beim Essen hatte ihr Frank erzählt, dass General Fuller den Direktor des FBI nicht hatte erreichen können. Angeblich war er den ganzen Tag in irgendwelchen Meetings und durfte nicht gestört werden, und somit mussten sie bis zum nächsten Tag warten, um eine Antwort auf die Frage zu bekommen, woran genau Agent Delaney zuletzt gearbeitet hatte.

Frank versuchte, Ali den Eindruck zu vermitteln, dass er es dabei belassen würde, zumindest für diesen Abend. Aber nach einem Blick in sein frustriertes Gesicht ahnte sie bereits, dass er kein Mann war, der darauf wartete, dass ihm die Antworten in den Schoß fielen.

»Ich komme mir vor wie eine Idiotin«, grummelte sie und schlüpfte aus Beckys lächerlichen Schuhen.

Becky warf ihr einen skeptischen Blick zu. »Warum denn? Du siehst fantastisch aus. Sehr geheimnisvoll. Heiß. Hör auf, an dem Shirt rumzufummeln.«

Ali schnaubte.

»Wirklich!«, beharrte Becky. »Hast du Ghosts Gesicht nicht gesehen, als du vorhin in die Werkstatt gekommen bist?«

Doch, sie hatte es gesehen, und sie hatte auch wieder einmal geglaubt, etwas Heißes in seinen Augen aufblitzen zu sehen. Doch dann, als sie alle ihre Harleys anließen – das Geräusch und das Gefühl würde Ali nie im Leben vergessen –, hatte sie sich hinter Nate setzen wollen, doch er schickte sie mit einer Handbewegung weg und murmelte: »Du fährst mit Ozzie.«

Okay, dachte sie. *Ich kenne Ozzie zwar nicht mal richtig, aber … wie du meinst.*

Vermutlich hätte sie nicht überrascht sein sollen. Nate tat immer alles, was er konnte, um sie ja nicht berühren zu müssen. Das machte er nicht bei jedem, nur bei ihr.

»Hör auf, an deinem Shirt rumzuziehen!«, verlangte Becky gerade und sah sie böse an. Die Wirkung ihres Blicks wurde noch dadurch verstärkt, dass sie ihre Augen mit einem dicken schwarzen Lidstrich umrahmt hatte. Alice Cooper saß bestimmt hier irgendwo, applaudierte ihr und biss einem Huhn den Kopf ab. »Du wirst es noch ausleiern, und dann muss ich wieder den Saum abschneiden.«

Den Saum abschneiden? Wenn Becky noch mehr abschnitt, hatte sie nichts weiter als einen Baumwollkragen mit sehr vielen Löchern.

»Ich hätte einfach meine eigene Kleidung tragen sollen«,

meinte Ali und seufzte resigniert, als sie einsah, dass der Saum des Tops nun mal nicht länger werden würde.

»Ja, klar, weil ein leuchtendes pinkfarbenes T-Shirt hier auch so gut reingepasst hätte«, erwiderte Becky trocken.

Gut, da hatte sie natürlich recht.

Im *Red Delilah's* war mehr Leder zu sehen, als man an einer ganzen Herde Texasrinder finden konnte. Schwarz, besetzt mit silbernen Nieten. Sie war davon sehr eingeschüchtert gewesen – und da hatte sie noch nicht einmal die Sprüche auf den T-Shirts gelesen.

Und dann war da noch Delilah, die Besitzerin der Bar.

Neben ihr sah jeder der Gäste aus, als würde er noch viel zu wenig Leder tragen. Ali konnte nicht mal annähernd schätzen, wie alt die Frau wohl sein mochte. Sie wirkte irgendwie alterslos. Wie ein in die Jahre gekommener Filmstar. Genau wie bei diesen Filmstars hätte ihre Figur eine Sanduhr neidisch gemacht. Natürlich trug dazu bei, dass all ihre Kurven in dem schwarzen Catsuit aus Leder gut zur Geltung kamen, dessen Oberteil aussah, als hätte sie es aus einem Spezialkatalog bestellt.

Manchen hat's der Herr halt gegeben, und dann gibt er ihnen noch viel mehr.

Ali sah zu der Frau hinüber, die gerade hinter der Bar hervorstolzierte, anders ließen sich die dramatischen Bewegungen ihrer in Leder gekleideten Hüften nicht beschreiben, und zu den Männer an der Jukebox hinüberging.

Wären die Knights Hunde gewesen, dann hätten sie jetzt gehechelt.

In diesem Moment beschloss sie, dass sie Delilah – falls die Frau überhaupt wirklich so hieß – nicht mochte. Nicht, weil sie so gut aussah. Nein, nein. Ali hatte etwas gegen sie, weil ihr das Unmögliche gelang.

Delilah legte ihre langen Arme um Nates Hals, küsste ihn auf den Mund und beugte sich vor, um ihm etwas ins Ohr zu flüstern.

Da geschah es, das Unmögliche.

Denn da tat Nathan Weller, der ehemalige Sergeant des Marine Corps, momentaner freier Mitarbeiter des Verteidigungsministeriums und ein eiskalter Typ, dessen Herz ebenfalls aus Eis war, etwas, das er nie tat: Er lachte.

Und das war kein höfliches Lachen, um sie zufriedenzustellen.

Oh nein.

Er lachte so laut, dass er damit sogar die donnernde Musik übertönte. Sein ganzer Körper wurde in Mitleidenschaft gezogen. Er warf den Kopf in den Nacken, sein dicker Hals pumpte und seine breiten Schultern bebten.

Das war das Erstaunlichste … Bizarrste, was Ali je gesehen hatte.

Und das sollte schon was heißen, wenn man bedachte, was sie im *Red Delilah's* so alles vor Augen hatte.

Aus irgendeinem Grund, über den sie nicht genauer nachdenken wollte, nagte das an ihr. Sie kannte den Mann seit zwölf Jahren, und sie hatte ihn noch nie so lachen sehen, was nur wieder bewies, dass sie ihn überhaupt nicht kannte. Das hatte sich ja schon früher bewiesen: Sie hatte immer geglaubt, er wäre in seiner Wortwahl sehr eingeschränkt, und plötzlich warf er mit Fremdwörtern wie »Juxtaposition« um sich. Dabei wusste sie selbst nicht mal, was das eigentlich bedeutete.

Es war erschreckend, dass sie sich so sehr in ihm geirrt hatte …

»Habt ihr noch Platz für mich?«, fragte eine tiefe, raue Stimme, die sie zwang, ihren Blick von der Jukebox abzuwenden.

Oh, großer Gott.

Sie war sich nicht sicher, ob der Typ, der sich ihr und Becky gegenüber niedergelassen hatte, eine willkommene Abwechslung war oder nicht. Er hatte mehr Haare als ein Bergmensch und einen so dicken Bauch, dass vermutlich ein ganzes Bierfass hineinpasste.

Er zwinkerte ihr zu und ließ beim Grinsen seine Goldzähne aufblitzen.

Das konnte doch nicht wahr sein.

Seine Schneidezähne waren komplett mit glänzendem, solidem Gold überzogen.

Himmel! Wenigstens stand auf seinem T-Shirt kein dummer Spruch. Sie sah das als positives Zeichen … und stellte dabei auch fest, dass ihre Standards offensichtlich drastisch gesunken waren, seitdem sie das *Red Delilah's* betreten hatte.

Der Mann hatte Flecken vom Kautabak im Bart, und sie war schon bereit, ihm eine gewisse Intelligenz zuzuschreiben, nur weil er beschlossen hatte, heute ein schlichtes T-Shirt zu tragen.

Wow, der Tag hatte wahrlich einen neuen Tiefpunkt erreicht.

»Schwirr ab, Buzzard.« Becky wedelte mit den Händen. »Wir sind nicht interessiert.«

»Ach, Rebel, Süße, lass die Lady doch für sich selbst sprechen.« Erneut richtete der Mann – Buzzard? Im Ernst? – seinen verstörend unzüchtigen Blick auf Ali. »Begleite mich heute nach Hause, Süße. Ich verpasse dir einen so guten Ritt, dass du dich nie mehr nach dem Sitz einer Harley sehnen wirst.«

Großer Gott!

»Ach, wirklich?«, schaltete sich Becky ein. »Shirley hat mir erzählt, dein Ding wäre so schräg wie diese Versicherungsbetrügereien, in die du uns ständig verwickeln willst.«

»Aber schräg in die richtige Richtung.« Buzzard zwinkerte ihr erneut zu und schien kein bisschen besorgt darüber zu sein, dass sich die Frauen über dieses intime Detail ausgetauscht hatten, und er leugnete auch nicht, an derartigen kriminellen Aktivitäten beteiligt zu sein. Er beugte sich vor, und sein Atem roch nach billigem Bier und starken Zigaretten. »Er ist ein bisschen nach oben gebogen, sodass er genau die richtige Stelle trifft.«

Oh Gott.

Was tat sie bloß hier?

Scotch.

Das war genau das, was er brauchte. Einen schönen Single Malt. Lagavulin, wenn er die Wahl hatte. Und wo er schon mal hier war, konnte er auch das Angenehme mit dem Nützlichen verbinden und sich mit der Brünetten in der Ecke anfreunden. Sie hatte ihn bereits mehrmals schüchtern angelächelt. Ihr Lederrock und das Mötley-Crüe-T-Shirt mit V-Ausschnitt brachten perfekt zur Geltung, was ihr Mutter Natur mitgegeben hatte.

Ja, klar. Als ob er die Gelegenheit dazu bekommen würde.

Nicht, dass Ex-CIA-Agent Dagan Zoelner glaubte, er wäre nicht dazu in der Lage, die Brünette zu verführen. Ganz im Gegenteil, er war sich sicher, sie im Handumdrehen dazu bringen zu können, mit ihm in die Kiste zu steigen. Ein paar Komplimente, etwas sinnliche Musik, ein schönes Glas Wein …

Was ihn wieder an den Scotch erinnerte, den er dringend brauchte. Das waren zwei Dinge, die er nie mischte, wenn er arbeitete: Alkohol und Frauen. War das nicht eine gottverdammte Schande?

So ein Mist! Dieser Tag war soeben noch sehr viel schlimmer geworden.

Denn inzwischen war er sich nicht mehr sicher, ob er wirklich für die »Guten« arbeitete.

Tja … Ehrlich gesagt hatte er schon seit Wochen Zweifel daran, seitdem ihm Aldus aufgetragen hatte, Alisa Morgan zu entführen und zu ihm zu bringen.

Dagan war davon überzeugt, dass es keinen Grund für derart drastische Maßnahmen gab.

Nachdem er der Frau beinahe drei Monate lang gefolgt war, jede ihrer Bewegungen überwacht und ihre Korrespondenz gelesen hatte, war er zu der Schlussfolgerung gekommen, dass sie genau das war, was sie zu sein schien: eine Kindergärtnerin, die ein normales, wenngleich ziemlich langweiliges Leben führte. Die Wahrscheinlichkeit, dass sie in Machenschaften verwickelt war, bei denen Regierungsgeheimnisse an den Höchstbietenden verkauft werden sollten, war ebenso groß wie die Chance, dass er anfing, Bücher über Abstinenz zu lesen.

»Kann ich Ihnen noch etwas bringen?«, fragte die Kellnerin mittleren Alters, die neben seinem Tisch stand und deren dürre Beine in weiten, hohen Stiefeln steckten, sodass es aussah, als würde sie in Eimern stehen. An den Falten um ihre Augen und Lippen und der Art, wie sie mühelos ein Tablett voller Getränke trug, erkannte Dagan, dass die Frau schon seit mehreren Dekaden in diesem Job arbeitete.

Er sah auf sein Tonic Water hinab, dann lächelte er sie an. Das hatte den üblichen Effekt. Die Augen der Frau weiteten sich, und die Falten um ihren Mund wurden weicher, als sie als Reaktion darauf grinste. »Danke«, sagte er zu ihr, »aber ich möchte im Moment nichts.«

»Okay, Süßer«, säuselte sie und legte ihm eine dürre Hand mit langen, pinkfarbenen Nägeln aus Fiberglas auf die Schulter. »Aber wenn du deine Meinung änderst, mein Name ist Shirley. Ruf mich einfach.«

»Das mache ich.« Dagan zwinkerte ihr zu, und sie kicherte wie eine halb so alte Frau, bevor sie sich umdrehte und einer

Gruppe ausgelassener Collegekids im hinteren Teil der Bar ihre Getränke brachte.

Dagan trank einen Schluck und sah zu dem Tisch hinüber, an dem Alisa Morgan saß.

Er hatte Aldus davon überzeugt, ihn die Sache regeln zu lassen. Der Senator wollte, dass er sie entführte, er hingegen hatte vor, die Frau zu *ver*führen. Er glaubte, dass er sie ganz unauffällig nach den verschwundenen Dateien fragen konnte, wenn sie im Bett zur Sache gingen. Seiner Erfahrung nach konnte derartiges Bettgeflüster sehr effektiv sein. Aber sie war einfach so verdammt … *süß*, und sie hatte in den letzten drei Monaten keinen Mann in ihrem Leben gehabt, was auch bewies, dass sie nicht der Typ Frau war, der bei der erstbesten Gelegenheit mit einem gut aussehenden Fremden ins Bett hüpfte. Selbst falls er sie irgendwie verführen konnte – okay, er wusste, dass er das konnte –, stellte sich die Frage, ob er es überhaupt wollte. Konnte er das mit seinem Gewissen vereinbaren?

Nein. Ganz gewiss nicht.

Er hatte seine Taktik geändert und war gerade dabei gewesen, sich etwas auszudenken, um ihr beiläufig zu begegnen, sich mit ihr anzufreunden, und dann … dann war sie überfallen worden.

Eigentlich war er sich ziemlich sicher, dass Aldus hinter dem Überfall auf Alisa Morgan steckte, auch wenn ihm der Senator beteuert hatte, dass er nichts damit zu tun hätte. Das gefiel ihm ganz und gar nicht.

Er war überzeugt davon, dass Ms Morgan eine unschuldige Schachfigur war, die nur zufällig in diesen … Schlamassel hineingeraten war, ob sie die Dateien nun tatsächlich hatte oder nicht.

Es hatte ihn nicht überrascht, dass sie nach dem Überfall abgehauen war, ebenso wenig wie die Tatsache, dass sie zum früheren Arbeitsplatz ihres toten Bruders gefahren war. Wo konnte sich eine Frau schon sicherer fühlen als in der Gegenwart von Männern, die früher in diversen Spezialeinheiten gewesen waren?

Oh, er wusste alles über Grigg Morgan, seine Freunde und ihre Motorradwerkstatt. Zumindest hatte er das geglaubt …

Doch ein Blick auf die Pläne des Geländes, auf dem sich Black Knights Inc. befand, hatte ihn davon überzeugt, dass er nicht die leiseste Ahnung hatte, was sie da taten.

Früher an diesem Nachmittag hatte Dagan versucht, seinen Kontaktmann innerhalb der CIA zu erreichen – zum Glück hatte er selbst nach diesem schrecklichen kleinen Zwischenfall im Irak noch einen – und an Informationen zu kommen, nur um letzten Endes mit leeren Händen dazustehen. Was ihn überaus verwunderte, schließlich sollte die CIA doch einfach *alles* wissen.

Offensichtlich wusste sie aber absolut nichts über die Typen bei Black Knights Inc. Laut seinem Informanten waren die Knights genau das, wofür sie sich ausgaben: eine Gruppe von ehemaligen Militärs, die ihre Messer und Kanonen gegen Schraubenschlüssel und Schleifmaschinen eingetauscht hatten.

Ähm, nein.

Diese ganze Motorradgeschichte war nur ihre Tarnung. Jeder mit ein wenig militärischer Ausbildung konnte erkennen, dass diese Typen irgendwie mit der Regierung in Verbindung standen.

Was wiederum bedeutete, dass Grigg Morgan irgendwie mit der Regierung zu tun gehabt hatte. Das ließ allerdings Senator Aldus' Behauptung, Morgan wäre es leid gewesen, von seinem armseligen Gehalt leben zu müssen, hätte daher die Fähigkeiten, die er im Dienst für Uncle Sam erlernt hatte, eingesetzt und einige streng geheime und potenziell gefährliche Regierungsdokumente gestohlen, als ziemlich unglaubwürdig erscheinen. Laut Aldus hatte Morgan vorgehabt, diese Dokumente auf dem Schwarzmarkt zu verkaufen.

Aber klar doch. Und Dagan war die liebe Zahnfee.

So langsam vermutete er, dass der gute Senator eine Menge Dreck am Stecken hatte. Daher wäre es vermutlich das Intelligenteste, diesen immer seltsamer werdenden Auftrag abzubrechen, zurück nach DC zu gehen und zu vergessen, dass er den Namen Senator Alan Aldus jemals gehört hatte.

Doch irgendetwas hielt ihn auf seinem Stuhl am Ecktisch, tief in den schummrigen Schatten des *Red Delilah's* verborgen, fest. Und das war nicht die Brünette, die, von seinem Mangel an Interesse entmutigt, ihren Gin Tonic und ihren sehr hübschen Hintern – *Großer Gott! Er ist herzförmig!* – in den nächsten Raum bewegt hatte.

Beinahe hätte er ob der verschenkten Gelegenheit aufgestöhnt, aber er nahm ihre Verfolgung nicht auf, obwohl seine immer begierige Libido ihn dazu aufforderte.

Denn ob es ihm nun gefiel oder nicht – und es gefiel ihm ganz und gar nicht –, er war offenbar mitten im Zentrum von etwas gelandet, das sich zu einer Katastrophe biblischen Ausmaßes entwickeln konnte.

Und er würde das tun, was er am besten konnte.

Beobachten. Und warten.

Dann richtete auf einmal der ehemalige Sergeant Nathan Weller den Blick aus seinen kalten schwarzen Augen auf ihn, und Dagan warf seinen gesamten Plan für diesen Abend über den Haufen.

Seine CIA-Kontakte hatten ihm die Militärakten der Angestellten von Black Knights Inc. übermitteln können, und trotz der ganzen Schwärzungen, die etwa fünfzig Prozent des Dokuments unlesbar machten, las sich das verdammte Ding noch immer wie eine Lobpreisung der großen amerikanischen Helden.

Mist! Es kam nur selten vor, dass ein Ex-Agent ernsthaft verunsichert war.

Aber jetzt war ihm eines klar. Er hatte sein ganzes Leben Risiken abgewogen und die Chancen berechnet, und in diesem Moment, als er Ghost direkt in die Augen sah, vermutete er, dass alles gegen ihn sprach.

Wie jeder kluge Mann wusste Dagan Zoelner, wann er etwas als Verlust verbuchen und lieber verschwinden sollte.

7

»Wenn ich mich nicht irre, dann stehen Ali und Ghost aufeinander«, flüsterte Ozzie Nate ins Ohr, nachdem Delilah wieder hinter ihre Bar zurückgekehrt war. Nate warf rasch einen unauffälligen Blick zu dem Tisch hinüber, an dem die Ladys saßen.

»Möchtest du sterben?«, fragte er den Jungen voller Ernst, auch wenn er Ozzie nur einen Teil seiner Aufmerksamkeit schenkte, weil Buzzard, der Arsch, gerade über den Tisch nach Alis Hand griff.

»Du stehst auf sie«, ließ Ozzie nicht locker. »Ich hab doch recht, oder? Du magst sie?« Er wartete nicht auf Nates Antwort, sondern verkündete den anderen mit fröhlicher Stimme: »Nate ›Ghost‹ Weller, auch bekannt als Mr Emotionslos, hat Gefühle.«

Großer Gott.

Was war denn nur heute mit allen los? Erst Delilah und jetzt Ozzie. Hatte er etwa ein leuchtendes Neonschild auf der Stirn?

»Halt dich lieber von mir fern«, riet er Ozzie und warf einen weiteren schnellen Blick zu dem Tisch hinüber. Jetzt hatte sich Buzzard, dieser Wichser, schon halb über den Tisch gelehnt und flüsterte Ali etwas ins Ohr, und die Frau war verrückt genug, über das zu lachen, was ihr dieser widerliche alte Penner erzählte.

»Aber, Mann, das ist so süß, so romant…«

Nate packte den Arm des Jungen nicht allzu sanft und zerrte ihn in die Ecke hinter die Jukebox. Boss warf ihnen einen irritierten Blick zu, setzte aber seine Unterhaltung mit Dan fort.

»…isch«, beendete Ozzie seinen Satz und rieb sich den Oberarm an der Stelle, an der ihn Nate festgehalten hatte. »Geh damit vorsichtig um, Mann. Die Ladys lieben meine Muckis.« Der Junge spannte seinen Bizeps an und senkte den Kopf, um seine Muskeln zu küssen.

»Ich weiß nicht, was du dir da einbildest«, knurrte Nate, »aber zwischen mir und Ali läuft nichts. Sie ist nur die kleine Schwester meines besten Freundes. Ende der Geschichte.«

Er wünschte sich wirklich, dass das tatsächlich alles wäre.

»Aber sie klingt so glücklich und unbeschwert«, sagte Ozzie und rief ihm damit die eher unangenehme Situation vom Nachmittag wieder ins Gedächtnis. War Ozzie …? Ja, er besaß tatsächlich die Unverfrorenheit, mit den Wimpern zu klimpern und ihn mit aufgerissenen Augen anzustarren.

Er wollte tatsächlich sterben. Das war jetzt sonnenklar.

Nate starrte Ozzie an und hoffte, dass er begriff, wie kurz er davor war, eine ordentliche Abreibung zu bekommen.

Aber er verstand es nicht.

»Ich finde, du solltest mal mit ihr ausgehen«, erklärte Ozzie und zog vielsagend die Augenbrauen hoch.

»Mir ist scheißegal, was ich deiner Meinung nach tun sollte …«

Er sprach nicht weiter, weil auf einmal alle Haare in seinem Nacken zu Berge standen. Vorsichtig stellte er sein Bier auf die Jukebox und sah sich um.

Da. In der hintersten Ecke. Als er sich an das Dämmerlicht gewöhnt hatte, wurde sein Blick von kalten, grauen Augen erwidert.

Oh, oh. Er erlebte einen Augenblick des … Nein, ein Wiedererkennen war es nicht, weil er den Mann noch nie zuvor gesehen hatte. Aber ihm war auf jeden Fall so, als würden sich zwei verwandte Geister begegnen.

Der geheimnisvolle Mann in der Ecke war definitiv ein Agent, doch er konnte nur Vermutungen anstellen, für wen er arbeitete. Fest stand, dass er ein Profi war. Seine Augen sahen so tot aus, da ihm all sein Idealismus genommen worden war und er nur noch eines kannte: seine Mission.

Nate hob das Kinn in einer Geste, die kurz und knapp ausdrücken sollte: »Komm rüber und stell dich vor, *Arschloch*.« Dann sah er verblüfft mit an, wie der geheimnisvolle Mann eine Hand in seine Jackentasche steckte und den Kopf schüttelte. Ein Mal. Nur eine kurze Bewegung des Kinns von links nach rechts.

Das war ja mal wieder typisch, dass Nate es mit einem Typen zu tun bekam, dessen Mumm größer war als sein Verstand. Glaubte der Typ wirklich, er käme aus der Bar raus?

Das war sehr unwahrscheinlich.

Nicht, wenn vier Black Knights anwesend waren.

»Was ist?«, erkundigte sich Ozzie, der sofort alarmiert war. Der Junge mochte eine unfassbare Nervensäge sein, aber er war ein ebenso guter Kämpfer wie alle anderen, und er wusste instinktiv, wann es ernst wurde.

»Der Typ in der Ecke«, sagte Nate. »Er wird versuchen, abzuhauen. Das dürfen wir nicht zulassen.«

Ozzie drehte sich gerade noch rechtzeitig um, um mit anzusehen, wie der geheimnisvolle Mann im Schatten langsam aufstand. Dabei sah er zu dem Tisch hinüber, an dem Ali, Becky und Buzzard, dieser Wichser, saßen, die nichts von dem kleinen Krieg mit seinen kalkulierten Bewegungen und dem kalten, intensiven Blickkontakt mitbekamen, der hier gerade tobte. Dann bemerkte Nate den eindeutigen hohlen Umriss, der sich hinter dem Stoff der Jackentasche des Fremden abzeichnete, und sein Kopf wäre beinahe explodiert. Der deutlich erkennbare Kreis deutete direkt auf Ali.

Was bildete sich dieses Arschloch eigentlich ein?

Kochend heiße Wut toste durch ihn hindurch wie durch einen Schmelzofen, aber er konnte nichts dagegen unternehmen. Eine falsche Bewegung, und Ali konnte sich eine Kugel einfangen. Das würde er auf keinen Fall riskieren.

Nicht, wenn er es verhindern konnte.

Niemals.

Er stand wie erstarrt da und kochte innerlich vor Zorn. Fast glaubte er schon, dass alle Umstehenden erkennen konnten, wie ihm der Rauch aus der Nase und den Ohren stieg.

Kaum war der geheimnisvolle Mann durch die Hintertür verschwunden, rannten Ozzie und er los und zogen dabei gleichzeitig ihre Waffen. Der kalte Stahl seines 13RTK-Recon-Tanto-Messers fühlte sich in seiner Hand sehr beruhigend an, während er gleichzeitig mit der anderen Hand die 45er aus dem Hosenbund zog. Für den Fall, dass das nicht ausreichen sollte, hatte er noch zwei zusätzliche Magazine mit je sieben Schuss in den Jackentaschen.

Er fühlte sich nie richtig angezogen, wenn er nicht genug Feuerkraft bei sich hatte, um einen kleinen Krieg anzuzetteln, was vermutlich nichts Gutes über seine Psyche aussagte, aber wen interessierte das schon?

Ihn jedenfalls nicht.

Er konnte die Schritte von Dan und Boss hinter sich hören, als die beiden ihnen nachliefen. Die jahrelange instinktive Bereitschaft bewirkte, dass sie im Bruchteil einer Sekunde reagieren konnten.

Lächelnd nahm er das markante *Schnick* zur Kenntnis, das ihm sagte, dass Dan sein Baby, eine Ruger P90, die er von seinem Vater geerbt hatte, einsatzbereit machte.

Die Knights zogen Dan gern damit auf, dass er seine Waffe zärtlicher behandelte als seine Frau.

Meine Frau wird mir auch nicht so schnell das Leben retten, erwiderte Dan dann jedes Mal todernst.

Tja, Nate war jedenfalls sehr froh zu wissen, dass die kleine 45er in Bestzustand war, da sie höchstwahrscheinlich auf jemanden schießen mussten.

Der geheimnisvolle Mann hatte eine äußerst unkluge Entscheidung getroffen, als er die Waffe auf Ali richtete. Die Chancen standen gut, dass er diesen Abend mit einigen Löchern mehr im Körper beenden würde, wenn er keine verdammt gute Erklärung auf Lager hatte.

Die vier Männer rannten durch die Hintertür in die Gasse. Der überquellende Müllcontainer auf der anderen Seite war offenbar schon längere Zeit nicht geleert worden und gab Nates Nase zufolge bereits giftige Gase ab, aber der geheimnisvolle Mann war nirgendwo zu sehen.

Verdammt!

Mit einem Handsignal bedeutete er Boss und Dan, nach links zu gehen, während er mit Ozzie die rechte Seite absuchen wollte.

Heilige Scheiße. Diese ganze Sache mit Ali wurde immer unglaublicher. Sie war überfallen, verwanzt und mit einer Waffe bedroht worden, und das alles innerhalb von weniger als sechsunddreißig Stunden.

Grigg, mein Bruder, in welche Scheiße hast du uns da alle mit reingezogen?

»Die Schnauferei passt nicht zu dir, Frank«, schnaubte Becky, die versuchte, mit Ozzie und dem Programm, das sie parallel zu hacken versuchten, mitzukommen. »Wenn du mir ständig in den Nacken atmest, geht das Ganze hier auch nicht schneller und du machst mich nervös.«

Also rück ein Stück von mir ab, du großer, blöder, blinder, lästiger Affe! Den letzten Teil konnte sie natürlich nicht laut sagen, zumindest nicht, wenn ihr was an ihrem Job lag. Und das tat es. Dummerweise. Drei Mahlzeiten am Tag waren nun mal nicht zu verachten, und ihre Lollisucht war auch nicht gerade billig.

»Hast du mir nicht heute Morgen erst erzählt, dass du das lernen willst, um eine lukrativere Position innerhalb unserer Organisation übernehmen zu können? Tja, dann wirst du auch noch mehr unter Stress stehen, Rebecca. Gewöhn dich schon mal dran.«

Rebecca, Rebecca, Rebecca. Einfach großartig. Himmel, er brachte sie noch dazu, ihren Namen ändern zu lassen.

Und ja, sie hatte ihm an diesem Morgen, nachdem sie ihm gestanden hatte, Griggs privates E-Mail-Konto gehackt zu haben, erzählt, dass sie diese eher zweifelhaften Computerfähigkeiten bei Ozzie lernte, um nützlicher für das Team zu sein. Frank war über diese kleine Enthüllung schon sauer genug, daher war es vermutlich klug, ihn nicht wissen zu lassen, dass Ghost ihr das Schießen beigebracht hatte, Billy ihr Privatunterricht im Umgang mit Sprengstoff gab und Steady ihr einen Grundkurs in Erster Hilfe gab.

Ja, das sollte sie lieber alles für sich behalten. Erst einmal musste er sich an den Gedanken gewöhnen, sie als vollwertiges Teammitglied aufzunehmen, dann konnte sie weitersehen.

Aber zuerst musste sie damit fertigwerden, dass er dicht hinter ihr stand und mit seinen unglaublich breiten Schultern einen Riesenschatten warf, ihren Hintern mit der heimtückischen Hitze seiner festen Oberschenkel erwärmte, nach heißem Leder und kaltem Bier und … nach Frank roch. Damit kam sie klar. Sicher, damit wurde sie fertig. Kein Problem.

Ihre Finger gaben den falschen Befehl ein, und sie fluchte.

»Ich bin drin«, verkündete Ozzie, und sie warf die Hände in die Luft.

Zum Trost wickelte sie einen Lutscher mit Weintraubengeschmack aus und schob ihn sich wütend zwischen die schmollenden Lippen. Beinahe hätte sie sich damit einen Zahn ausgeschlagen, aber Sekunden später half ihr die Zuckerexplosion im Mund, sich auf die bevorstehende Aufgabe anstatt auf Franks verwirrende Nähe zu konzentrieren.

Und die Tatsache auszublenden, dass er ein komplettes Arschloch war, wenn es um sie ging.

Sie rollte ihren Stuhl von ihrem Computer zu Ozzies Monitor und sah mit an, wie der Code über den Bildschirm raste. Sie hatten sich in das Überwachungssystem der Stadt Chicago gehackt. Das war nicht wahnsinnig schwer gewesen, aber Frank, der Computervirtuose hatte sie mal wieder geschlagen.

Egal.

Sie würde weiter üben, und zwar in jedem Bereich.

Denn wenn Frank sie ernst nahm, dann würde er sie vielleicht nicht mehr als notwendiges Übel ansehen, das sich um ihre Maschinen kümmerte. Möglicherweise würde er sie dann als erwachsene Frau und nicht als die mit Schmiere befleckte, Lollis lutschende kleine Schwester seiner Männer sehen. Eventuell …

»Jetzt müssen wir noch den Bildausschnitt, den wir dank der Sicherheitskamera im Delilah's von dem geheimnisvollen Mann haben, in mein Programm hochladen und es mit möglichen Übereinstimmungen im System der Stadt vergleichen. Wenn wir ein besseres Bild vom Gesicht des Mannes haben, lassen wir es durch die Gesichtserkennungssoftware laufen und wissen dann endlich, mit wem wir es zu tun haben«, erklärte Ozzie, während seine Finger rasend schnell über die Tastatur glitten.

»Konntest du den Mann sehen?«, fragte Dan Ali. »War er es, der dir gefolgt ist?«

Ali beugte sich näher zu Ozzies Monitor, auf dem das körnige Foto des geheimnisvollen Mannes flackerte, während es mit den Überwachungsbildern der Stadt verglichen wurde.

»Es sieht ganz danach aus«, murmelte sie. »Die Frisur stimmt. Der Körperbau auch. Das ist auf jeden Fall nicht der Straßenräuber. Der Kerl war riesig. Eher so groß wie Frank, aber …« Sie sah das Foto stirnrunzelnd an. »Ich kann nicht mit Gewissheit sagen, ob es wirklich der ist, der mich beobachtet hat«, musste sie frustriert gestehen.

Ja, sie waren alle frustriert. Doch die Tatsache, dass der Kerl einfach verschwunden war, nachdem er offensichtlich eine Waffe auf Ali gerichtet hatte, war nicht der Grund dafür, dass Becky so schlechte Laune hatte.

Nein, das hatte etwas mit einem gewissen Mann zu tun, dessen *nom de guerre* Boss lautete.

Warum musste er nur so ein Korinthenkacker sein? Warum konnte er nicht einfach zugeben …

Auf einmal flackerte das Bild nicht mehr, und zwei Fotos erschienen nebeneinander auf Ozzies Bildschirm.

»Junge, der Mann ist gut.« Dan stieß einen Pfiff aus, da die beiden Schnappschüsse, die sie aus der Datenbank der Stadt erhalten hatten, noch weniger aussagekräftig waren als das Bild aus dem Delilah's. Das war offensichtlich derselbe Mann, aber er hatte auf beiden Fotos den Kopf abgewandt. »Er scheint zu wissen, wo sich die Kameras befinden, und sich große Mühe zu geben, ihnen aus dem Weg zu gehen.«

»Ich hab's euch doch gesagt«, meinte Ghost. »Dem Typen stand ›Agent‹ ins Gesicht geschrieben.«

»CIA?«, fragte Frank, wobei er sich zum Glück endlich abwandte, sodass seine Körperwärme, sein Geruch und seine

Omnipräsenz verschwanden. Endlich konnte sie wieder Luft holen.

»Würde ich fast vermuten«, erwiderte Ghost.

Ihr fiel auf, dass Ali bei dieser besonders beunruhigenden Neuigkeit die Augen aufriss, und fragte sich, ob ihr bewusst war, dass sie gerade einen Schritt auf Ghost zu gemacht hatte, und ob Ghost realisierte, dass er ihr gerade beruhigend eine Hand auf die Schulter legte.

Das ist doch ein aussichtsloser Kampf, dachte sie. *Sie sollten es sich endlich eingestehen und es hinter sich bringen.*

Haha. Wem wollte sie eigentlich etwas vormachen? Als ob sie irgendwelche Erfahrungen in der Liebe hatte, schließlich war das Einzige, was sie nachts wärmte, ihre Flanelldecke und Mr Blue.

Sie war so ein Loser. Hier saß sie, fünfundzwanzig Jahre alt, nicht gerade hässlich, zumindest behaupteten das die meisten ihrer männlichen Freunde, und trotzdem kam ihre ganze Action im Bett von einem achtzehn Zentimeter langen Stück blauem Gummi, für das sie auch noch Batterien benötigte.

»Scheiße!« Frank strich sich mit der Hand durchs Haar und zuckte zusammen, als er merkte, dass er schon wieder in der Gegenwart der Frauen geflucht hatte. Sie hätte zu gern gewusst, ob er auch dann noch versuchte, sich wie ein Gentleman zu benehmen, wenn er in den Norden fuhr.

Oh ja, Becky wusste alles über seine Besuche im Lincoln Park. Sie wusste nur nicht, wen er da besuchte. Und da sie ihm nicht folgen konnte – schließlich besaß sie noch immer ein bisschen Stolz, selbst wenn es um ihn ging, worüber sie heilfroh war –, hatte sie alle anderen Mittel erschöpft, um herauszufinden, mit wem er sich dort insgeheim traf.

»Zuerst das FBI, und jetzt können wir möglicherweise auch noch die nette CIA in diese unangenehme Buchstabensuppe werfen«, knurrte Frank. Er schüttelte den Kopf und sah auf die Uhr. »Es ist schon ein Uhr. Lasst uns für heute Feierabend machen. Vielleicht können wir morgen ein wenig Licht in diese … diese …«, er schüttelte erneut den Kopf, »diese Sache bringen, was immer sie auch sein mag.«

Ja, und vielleicht brachte Becky morgen auch endlich den Mut auf, ihm zu sagen, was sie wirklich für ihn empfand.

Aber vielleicht lernten morgen auch Schweine fliegen.

Ali konnte nicht schlafen.

Das hatte nichts mit ihrem achtstündigen Nickerchen oder der fremden Umgebung zu tun, denn das Gästezimmer bei Black Knights Inc. hatte die Größe eines Hotelzimmers und besaß sogar eine kleine Küchenzeile sowie ein weiß gekacheltes Badezimmer mit einer Dusche – zumindest in der Hinsicht hatte ihr Grigg die Wahrheit gesagt –, außerdem war es schön eingerichtet und gemütlich.

Die warmen Ziegelsteinmauern verliehen dem Raum trotz der silberfarbenen Lüftungsanlage und der frei liegenden Rohre unter der Decke eine angenehme Atmosphäre. Derjenige, der die Wandbilder in der Werkstatt angefertigt hatte, war offensichtlich auch in anderen künstlerischen Gefilden zu Hause, was sich in einem abstrakten zweiteiligen Gemälde, das über dem Bett hing, widerspiegelte. Die Technik war eine völlig andere, aber die Farbgewalt sprach eine eindeutige Sprache. Es passte wunderbar zu der türkis-grünen Tagesdecke auf dem Bett und dem Teppich, der einen Teil des lackierten Holzfußbodens bedeckte.

Das Zimmer und die bequeme Matratze waren also nicht das Problem. Ihre Schlaflosigkeit lag auch nicht daran, dass Peanut seinen beachtlichen Körper an ihrer Seite zusammengerollt hatte und lautstark schnurrte.

Na gut, er trug vielleicht ein wenig dazu bei. Schließlich kam es ihr so vor, als würde sie neben einem Düsentriebwerk liegen.

Das Hauptproblem war jedoch, dass sie Angst hatte.

Sie hatte geglaubt, sich zu fürchten, als sie in North Carolina in ihren Wagen gestiegen war, um ohne Pause bis nach Chicago durchzufahren. Jetzt wurde ihr klar, dass sie da gerade mal ein wenig verängstigt gewesen war. Denn da hatte sie noch geglaubt, sie würde hier auftauchen, ihr Problem schildern, es an Nate weiterreichen, damit der sich darum kümmern konnte, um dann zurück nach Hause fahren – nachdem sie vielleicht noch eine kleine Shoppingtour in der Stadt gemacht hatte.

Ha, ha. Mann, war sie naiv gewesen. Das alles war natürlich *nicht* so gekommen, und überdies hatte sie noch erfahren, dass man sie verwanzt hatte, dass ihr Bruder auf eigene Faust gehandelt hatte, sein FBI-Kontakt tot war und sie vermutlich von der CIA verfolgt und mit der Waffe bedroht worden war.

Deswegen hatte sie jetzt eine Heidenangst.

Wessen Leben führte sie hier eigentlich gerade?

Nicht das ihre, so viel stand fest. Solche Dinge erlebten Kindergärtnerinnen nicht. Es sei denn, sie hatten einen großen Bruder, der sich auf geheime Operationen für die Regierung spezialisiert hatte. Was bei ihr leider der Fall war.

Verdammt noch mal, Grigg! Was hast du dir nur dabei gedacht, mich in diese Sache mit reinzuziehen?

Kaum war ihr dieser Gedanke gekommen, fühlte sie sich auch schon schlecht. Grigg hätte sie niemals mit Absicht in Gefahr gebracht. Hier ging irgendetwas anderes vor sich, etwas, das an ihrem Verstand nagte wie ein Wurm. Aber immer, wenn sie versuchte, sich darauf zu konzentrieren, rutschte es weiter und immer weiter in die Tiefen ihres Unterbewusstseins ab.

Okay, am besten dachte sie an etwas anderes. Das hatte ihr ihre Mom immer geraten, wenn ihre Gedanken um die Antwort herumschwirrten wie ein Schmetterling um eine Blume.

Sie holte tief Luft und versuchte, einen klaren Kopf zu bekommen. Und was passierte? Das Erste, was ihr in den Sinn kam, war der wunderbar schreckliche Tag am Strand mit Nate. Wie die Sonne ihre nackten Schultern gewärmt hatte. Wie die kühlen Wellen ans Ufer gerollt waren. Wie die Möwen aus vermeintlichem Mitgefühl mit ihrem brechenden Herzen geschrien hatten. Und wie Nate instinktiv die seltsame Sehnsucht tief in ihrem Inneren verstanden hatte. Dieses ungewöhnliche Bedürfnis, das wunderschöne, vibrierende Leben zu spüren, nachdem sie sich mit dem dunklen Gespenst des Todes hatte auseinandersetzen müssen.

Nun ja, das war nicht gerade etwas Neues, auch keine überraschende Reaktion auf einen Verlust. Schon die Höhlenmenschen hatten ihre Partner zweifellos sofort bestiegen, nachdem einer ihrer Horde ins große Unbekannte übergegangen war. Doch dass ihre Reaktion durchaus nicht ungewöhnlich war, hatte sie damals nicht wirklich begriffen.

Es war ihr so vorgekommen, als würde sie im Inneren sterben, und sie hatte … irgendetwas gebraucht. Etwas Echtes und Einfaches. Etwas, das verhindern konnte, dass sie in einen Abgrund voller Trauer stürzte, aus dem sie nie wieder zurückkehren konnte.

Und irgendwie hatte Nate das gewusst. Er hatte es verstanden. Der dunkle, düstere, grüblerische Nathan Weller hatte in sie hineingesehen, an all dem Schmerz und der Verzweiflung vorbei. Er hatte ihr an diesem Tag ein seltenes und wunderschönes Geschenk gemacht.

Zärtlichkeit.

Er war so zärtlich gewesen, als sie ihre verzweifelten Lippen von seinen überraschten gelöst und geflüstert hatte: »Liebe mich.«

Sie erinnerte sich noch genau daran, wie sein Adamsapfel gehüpft war, als er sie so angesehen hatte, wie nur er es konnte. Mit dieser wilden Wachsamkeit, dieser prüfenden Intensität. Schwarze Augen, die ihr direkt in die Seele blickten. Er hatte ihren Mund mit einem Kuss erobert, der ihr noch immer die Röte in die Wangen trieb.

Es war leidenschaftlich, aber auch sehr zärtlich und sanft gewesen. Er hatte ihren Mund geliebt. Es ließ sich nicht anders beschreiben. Und als seine große Hand mit seiner Kriegersammlung an Schwielen und Narben sanft ihre linke Brust umfangen hatte, hatte sie geseufzt. Mit einer zärtlichen Berührung seines großen Daumens hatte er ihre Brustwarze dazu gebracht, sich aufzurichten.

Das Resultat war sofort spürbar gewesen.

Unbändige Lust.

Himmel noch mal!

Jetzt zitterte sie. Bei der Erinnerung an diesen Tag konnte sie einfach nicht still liegen bleiben, und schließlich hob Peanut sein vernarbtes, fellbedecktes Gesicht und warf ihr einen entrüsteten Blick zu.

»Du kannst auch in anderen Betten schlafen, weißt du?«, sagte sie zu ihm.

Daraufhin hob er ein Hinterbein in die Luft, beugte den Kopf nach vorn und begann damit, gründlich seine Hoden zu putzen.

»Tja, das ist wohl eine sehr eindeutige Antwort«, knurrte sie, warf sich auf den Rücken und legte einen Arm über die Augen.

Sie hatte es in den letzten drei Monaten versucht, *wirklich versucht*, diesen Tag zu vergessen. Zu vergessen, wie gut sich sein Mund und seine Hände angefühlt hatten. Zu vergessen, wie sie auf ihn reagiert hatte, sich selbst aufgegeben und sich ihm hingegeben hatte.

Tagsüber gelang ihr das meist relativ gut.

Die Nächte sahen schon ganz anders aus.

Nachts konnte sie die Erinnerung daran einfach nicht verdrängen. Häufig wachte sie auf und hatte die Finger zwischen den Beinen, um die Sehnsucht zu stillen, die sich aufgrund ihrer Träume in ihr aufbaute. Und jetzt lag sie im Bett, während Nate gerade mal zwei Zimmer weiter schlief, und sie konnte die Erinnerungen einfach nicht zurückhalten, sondern sah sie erneut in allen Einzelheiten vor sich. Vor ihrem inneren Auge blieb kein einziges Detail verborgen.

Heiß.

Seine breite Handfläche war so heiß gewesen, als er damit über ihren kühlen Oberschenkel strich, unter ihren kurzen Rock, und nicht ein Mal zögerte, auch nicht, als er die Spitze ihres Strings beiseiteschob. Sein rauer Daumen hatte zielsicher den heißen Punkt gefunden, in dem so viele Nerven zusammenliefen, und ihn langsam umkreist.

Seine von Schwielen bedeckten Finger waren so groß gewesen, als er erst einen, dann noch einen zweiten in sie hineinschob.

Was danach folgte, war eher eine Erinnerung an Gefühle als an das, was tatsächlich passiert war, da ihr Gehirn ab diesem Moment die Arbeit eingestellt hatte. Sie hatte nur noch gespürt. Sie war zu einem Wesen aus flüssigen Knochen und rasendem Blut geworden. Eine Existenz, die nur aus Verlangen, aus *Lust* bestand.

Ihr Mund erinnerte sich an seinen Geschmack, daran, wie seine Zunge immer wieder hineingetaucht war. Ihre Brüste kribbelten, als sie sich an seine breite Brust und die Reibung erinnerten, die er bei seinen Bewegungen erzeugt hatte. Ihre

Finger prickelten, während sie daran dachte, wie sie die harten Sehnen und dicken Muskeln seines Unterarms umklammert hatte, der zwischen ihren Körpern lag.

Da wusste sie schon nicht mehr, ob sie ihn festhielt, damit er aufhörte, oder damit er auf ewig so weitermachte.

Sie erinnerte sich an ihren explosionsartigen Höhepunkt, wie sie seinen Namen geschrien und dann in seinen Armen zusammengebrochen war. Und sie wusste noch, dass sie gestaunt hatte, weil er sie einfach lange festgehalten, ihr leise Worte ins Ohr geraunt und mit der Hand über ihren Rücken gestrichen hatte, bevor er sie hochhob und zurück zum Jeep trug.

Erneut erschauderte sie, und Peanut hörte kurz auf, sich zu putzen, um sie anzustarren und einen genervten Maunzer loszulassen, bevor er sein Streben nach einem sauberen Genitalbereich fortsetzte.

»Wenn du so weitermachst, hast du da bald keine Haare mehr«, meinte sie zu ihm, schlug dann die Bettdecke zur Seite und ging ins Bad. Sie sah ihr Gesicht im Spiegel über dem Waschbecken an und schnitt eine Grimasse.

Verdammt noch mal.

Sie begehrte Nate Weller.

Es ließ sich einfach nicht leugnen.

Auf eine Entfernung von eintausend Meilen war es einfach gewesen, ihr Verhalten an jenem Tag vor drei Monaten nur ihrer tiefgreifenden Trauer zuzuschreiben. Aber jetzt, wo sie hier war und ihn ständig sah, war es schlicht unmöglich, sich noch länger etwas vorzumachen.

Dieses Kribbeln, dieses Zusammenziehen der Kopfhaut, wann immer er sich ihr auf zwei Meter näherte, ihre Unfähigkeit, damit aufzuhören, wie eines ihrer Kindergartenkinder vor sich hin zu plappern? All das war das Resultat ihrer unmöglichen körperlichen Reaktion auf ihn.

Und dieses *Etwas* an ihm, das sie immer unendlich irritierte? Tja, *das* waren nur der Schmerz und die Frustration, die sie empfand, weil er sich nicht mit solchen Problemen herumschlagen musste.

Sie war dumm gewesen, es nicht schon früher zu erkennen, aber vielleicht hatte sie auch einfach nur Angst davor gehabt. Angst vor all dem, was sie seinetwegen empfand. Angst vor dem, was sie an ihm begehrte. Angst vor … der Zurückweisung.

Verdammt, verdammt, verdammt.

Sie stieß den Atem aus und spritzte sich kühles Wasser ins Gesicht. Das alles war zu viel. Es war zu kompliziert.

Sie drehte den Wasserhahn wieder zu und trocknete sich das Gesicht mit einem türkisfarbenen Handtuch ab. Sie würde so bald nicht einschlafen können, daher konnte sie auch genauso gut nach unten gehen. Vielleicht war ja einer der anderen noch wach. Eventuell hatte Becky noch Lust, mit ihr ein Glas Wein zu trinken – ein *großes* Glas Wein – und über den unaufhörlichen Frust zu plaudern, den sie wegen der Männer empfanden.

Sie band den Gürtel des Satinbademantels zu und sah in den stillen Flur hinaus. Alle Lampen waren ausgeschaltet, auch die im Erdgeschoss. Nur unter einer Tür drang noch ein schwaches gelbes Leuchten hervor.

Unter Nates.

War das nicht wieder typisch? Es gab genau einen Menschen, mit dem sie jetzt *keinen* Wein trinken wollte, und erst recht kein *großes* Glas. Wenn sie genügend Alkohol intus hatte, würde sie sich nicht mehr darauf verlassen können, dass sie nicht über ihn herfiel, ihn ans Bett fesselte und sich auf sein Gesicht setzte.

Aber da gab es auch noch eine Sache, die er ihr genauer erklären musste …

8

»Komm schon«, murmelte Nate und sah vom Bildschirm seines Laptops auf, auf den Ozzie Griggs gesamte E-Mail-Korrespondenz der letzten drei Jahre geschaufelt – äh, der Junge bevorzugte den Begriff »übertragen« – hatte. Nate hatte sich freiwillig für die unangenehme Aufgabe gemeldet, herauszufinden, wie oft sein Partner, sein bester Freund, sein einziger Vertrauter ihn und den Rest des Teams angelogen und Jobs für das FBI übernommen hatte.

Und als wäre das noch nicht schlimm genug, um diesem Tag die Krone aufzusetzen, musste er Boss auch noch Rede und Antwort stehen.

Was wollte der Mann denn jetzt noch alles von ihm wissen?

Nachdem alle zu Bett gegangen waren, gingen die beiden Männer jedes kranke, makabre Detail durch, an das sich Nate aus seiner nicht gerade angenehmen Zeit in Syrien erinnern konnte, um herauszufinden, ob es vielleicht irgendeine Verbindungen zu dem gab, was gerade passierte.

Oh Mann, war das nicht ein Riesenspaß gewesen?

Obwohl Monate vergangen waren und er die Geschichte so oft erzählt hatte, dass er sie fast wortwörtlich wiederholen konnte, ließen sich die Bilder, die sein Gedächtnis auf einmal vor seinem inneren Auge aufflackern ließ, nicht aufhalten. Sie kamen jedes Mal, wenn er sich gestattete, an diese Zeit zu denken. Mehr brauchte es dazu nicht, der Gedanke daran reichte, und schon war er wieder da, in diesem schäbigen kleinen Haus mitten im gottverlassenen Syrien.

Die Wachen, drei Männer, die zu grausam waren, um sie noch als Menschen anzusehen, deren Grausamkeit jedoch zu kreativ war, als dass sie Tiere sein konnten, waren irgendwo hingegangen, um sich zu betrinken, wie sie es immer taten, und es war ihm endlich gelungen, das billige Seil durchzubeißen, mit dem sie seine Hände gefesselt hatten. Durch die Tür war er nur dank seines Einfallsreichtums und unter Anwendung von ein wenig Gewalt gekommen, doch er hatte es letzten Endes geschafft, und es hatte ihn auch nur drei gebrochene Rippen gekostet.

Benommen vor Schmerz und Hunger war er durch den Flur getaumelt und endlich bei der Tür zum Nachbarzimmer angelangt.

Er sah es so deutlich vor Augen, als hätte es jemand in High Definition aufgenommen.

Grigg auf dem Tisch. Überall Blut. Zu viel Blut. Und Eingeweide. Und dieser Geruch … *Großer Gott*, diesen Geruch erkannte er sofort. Es war der Geruch eines toten Mannes, der nur noch nicht wusste, dass er tot war.

»Nate?«

Der Anblick von Ali, die in seiner offenen Tür stand, riss ihn augenblicklich wieder in die Gegenwart zurück.

So ein Glück.

Wenn er noch öfter daran dachte, dann musste er tatsächlich den Seelenklempner aufsuchen, wegen dem ihm Boss seit einiger Zeit in den Ohren lag. Wenn er absolut ehrlich zu sich selbst war, musste er einsehen, dass das vielleicht gar keine so dumme Idee war. Damals bei den Marines hatte er viele Soldaten gekannt, die von ihrem befehlshabenden Offizier dazu gezwungen worden waren, irgendeine Therapie zu machen. Und auch wenn die meisten von ihnen nur protestierend und widerstrebend hingegangen waren, hatten sie am Ende ihr Gleichgewicht wiedergefunden und konnten die Schrecken des Krieges besser ertragen. Daher war es vielleicht doch ratsam, aber bei der Vorstellung, einem völlig Fremden zu erzählen, was er getan hatte, brach ihm der kalte Schweiß aus.

Er wischte sich mit einer schweißnassen Hand über die Stirn, stand von seinem Stuhl auf und ging barfuß durch das kleine Zimmer. Sobald er vor der Tür stand, wurde ihm klar, dass er gerade seinen schlimmsten Albtraum hinter sich gelassen hatte und jetzt direkt vor seiner heißesten Fantasie stand.

Na ja, zumindest fast.

Ohne den dünnen, cremefarbenen Morgenrock, der ihr bis zum Oberschenkel reichte, wäre es seine heißeste Fantasie gewesen. Denn er konnte den schwachen Schimmer von … War das Blau? … einem BH und dem Höschen ausmachen, und die Dessous sahen hinreißend aus und bedeckten all das, was er so gern mit den Lippen berühren würde. Ihr Disney-Prinzessinnengesicht wirkte ohne Make-up noch viel unschuldiger, und ihr Haar war vorn feucht, sodass ihr einige Strähnen an den Wangen und dem Kiefer klebten.

Himmel, warum konnte er nicht einfach auf der Stelle tot umfallen?

»Ali? Was ist los?«, konnte er gerade so herausbringen, war aber kurz davor, wie ein Hund zu sabbern. Aus irgendeinem unerklärlichen Grund war es gerade zehn Grad wärmer geworden.

»Kann ich kurz mit dir sprechen?« Sie sah ihn mit einem unglaublich süßen Blick an.

»Klar.« Er wollte auf den Flur hinausgehen, aber sie legte ihm eine Hand auf den Unterarm und hielt ihn auf.

Er wollte jetzt nicht daran denken, wie sie an jenem Tag am Strand ihre Fingernägel in seinen Arm gebohrt hatte, als sie zum Höhepunkt gekommen war. Oh nein. Er würde jetzt *auf gar keinen* Fall daran denken.

Verdammt. Jetzt dachte er an nichts anderes mehr.

»Unter vier Augen?« Sie sah verstohlen den Flur hinunter zu Beckys verschlossener Tür.

Nein, nein, nein, *nein*. Eine sehr schlechte Idee. »Natürlich.« Er machte einen Schritt nach hinten und hielt ihr die Tür auf, während er sich unauffällig in seinem Schlafzimmer umsah, ob auch nichts herumlag, das sie nicht sehen durfte, wie beispielsweise das heiße Foto von ihr, das er normalerweise in seinem Nachttisch aufbewahrte. Grigg hatte es im Sommer vor seinem Tod geschossen. Darauf wurde Alis goldenes Haar von der sanften Meeresbrise herumgewirbelt und sie hatte den Kopf lachend in den Nacken gelegt. Nate sah es sich so oft an, dass es an den Rändern schon ganz ausgefranst war.

Zum Glück lag es noch immer in der obersten Schublade des Nachttischs, vergraben unter Hustenbonbons, Taschentüchern und einem uralten John-Grisham-Roman mit jeder Menge Eselsohren.

Nachdem er einen letzten Blick in den Flur geworfen hatte, schloss er leise die Tür.

Und hatte Ali in seinem Schlafzimmer für sich allein.

Schon bei dem Gedanken wurde es enger in seiner Hose. Das war nicht gut. Überhaupt nicht gut.

Er fand es ausgesprochen merkwürdig, dass sein Puls ruhig wie ein Metronom schlug, wenn er direkt neben einem Drogenbaron, einem Dschihadisten oder einem feindlichen Soldaten stand, aber förmlich durchdrehte, sobald er mit dieser zarten Frau allein war.

»Was ist los, Ali?« Hoffentlich bekam er dieses Mal eine Antwort. Er wünschte sich, dass sie dieses Problem schnell aus der Welt schaffen konnten, damit er sie rasch wieder loswurde, denn im Moment konnte er seinen Blick nicht von ihren ineinander verschlungenen Fingern losreißen.

Und aus irgendeinem Grund hätte er sie am liebsten geküsst, auch wenn er Finger zuvor noch nie ernsthaft als sexy eingestuft hatte. Aber sie waren einfach so verdammt niedlich. So klein und dünn, genau wie sie, und perfekt in einem hellen Pinkton lackiert. Sie strahlten förmlich Weiblichkeit aus! Und Gott allein wusste, dass er schon zu lange ohne eine Frau in seinem Leben auskommen musste. Viel zu lange!

»Was hat Delilah heute Abend zu dir gesagt?«, erkundigte sie sich und zog dabei auf entzückende Weise die Stirn kraus.

Tja, das war doch mal ein Tritt in die Eier, was? Außerdem war das eine Frage, mit der er definitiv nicht von ihr gerechnet hatte.

»Äh …«

»Wir kennen uns schon über zwölf Jahre, aber ich glaube, das war das erste Mal, dass ich dich so lachen gesehen habe.« Sie machte einen Schritt auf ihn zu.

Hey. Nicht gut. Und es wurde mit jeder Minute unguter.

Unguter? Sein Gehirn schien langsam die Arbeit einzustellen.

»Äh …«

Jetzt stand sie direkt vor ihm, so dicht, dass er die sanfte weibliche Hitze spüren konnte, die ihr Körper in weichen Wellen abgab, und den süßen Duft ihres Geißblattshampoos und der Ivory-Seife auf ihrer Haut roch.

Wo kam nur dieses Summen her? War das das Blut, das ihm gerade in den Kopf stieg?

»Äh …« Was hatte sie doch gleich gefragt? Er schluckte schwer und versuchte, mehr Sauerstoff in seine Lungenflügel zu bekommen, da er zu ersticken glaubte. Bildete er sich das nur ein oder kamen die Wände wirklich näher?

»Das ist doch merkwürdig, findest du nicht auch?«, fragte sie.

Ja, das war alles ausgesprochen merkwürdig. Es war merkwürdig, dass sie hier in Chicago war, dass sie von irgendeinem Agenten verfolgt wurde, dass Grigg sie überhaupt erst in diese Lage gebracht hatte und dass sie halb nackt in seinem Schlafzimmer stand. *In seinem Schlafzimmer!*

Es war auch merkwürdig, dass sie ihn gerade so flehend ansah und nicht wie eine Maus, die vor einem hungrigen Adler steht. Er fühlte sich auch sehr, sehr merkwürdig. Fast so, als würde er gleich ohnmächtig werden. *Peng!* Ausgeknockt! Dann würde sie sehen, was für ein Macho er tatsächlich war, nicht wahr?

»Ali …«

»Was?«

Ja, was? Was wollte er ihr sagen? *Verschwinde*, vielleicht? *Zieh dich aus?* Das war schon wahrscheinlicher.

Er schüttelte nur den Kopf. »Ach, nichts.«

»Gehst du jetzt wieder dazu über, den starken, gut aussehenden Schweiger zu spielen?«, erkundigte sie sich und legte den Kopf ein wenig schief.

»Gut aussehend?« Sie fand, dass er gut aussah? Vermutlich sollte ihn das nicht überraschen. Er war zwar kein Brad Pitt, sah aber auch nicht aus wie Quasimodo.

Sie zuckte mit den Achseln. »Natürlich. Dir ist doch klar, dass du irgendwie … ziemlich heiß bist, oder nicht?«

War er das wirklich? Vielleicht früher mal, vor Jahren, als er jung und sorglos und unschuldig gewesen war. Nichts von der Welt wusste. Aber jetzt nicht mehr. Nicht nach all den Jahren im Kampf gegen die Elemente. Nicht nachdem er die Last dessen, was er vor drei Monaten hatte tun müssen, auf seinen Schultern trug. Er fühlte sich wie ein alter Mann.

»Wow.« Sie schüttelte den Kopf und schien wirklich überrascht zu sein. »Du begreifst es wirklich nicht, was?«

»Was begreife ich nicht?«

»Du siehst umwerfend aus.«

»Umwerfend?« Okay, jetzt war ihm klar, dass sie ihm Zucker in den Arsch blies.

Denn »gut aussehend« konnte er vielleicht noch nachvollziehen. Frauen konnten manchmal seltsamerweise Kleinigkeiten im Gesicht eines Mannes attraktiv finden.

»Heiß« klang für ihn schon ziemlich übertrieben, und »umwerfend«? Oh nein, das war zu viel des Guten.

»Ja.« Sie drückte ihre Zunge von innen gegen die Wange, und ihre Augen funkelten amüsiert, als sie sich näher zu ihm beugte. »Männer können auch umwerfend sein.«

Er lachte, obwohl er sich mächtig zusammenreißen musste. Dann verschränkte er die Hände hinter dem Rücken und biss die Zähne zusammen, um nicht den Arm auszustrecken und sie zu berühren. Schon an einem guten Tag brachte sie ihn völlig durcheinander. Und jetzt, wo sie so dicht vor ihm stand und eine Hand hob, um sein Gesicht zu berühren? Tja, da hörte sein Gehirn auf, auch nur noch einen vernünftigen Gedanken zu produzieren. Jede einzelne Zelle seines Körpers konzentrierte sich allein darauf, wie sich ihre süßen Finger mit den pinkfarbenen Nägeln anfühlen mochten.

»Nate?«

Wenn sie seinen Namen so sagte, dann konnte er es mit der ganzen Welt aufnehmen. »Hmm?«

»Du hast gerade gelacht.«

»Das tue ich gelegentlich.« Als Grigg noch am Leben war, hatte er ständig gelacht. Dieser nervige Hurensohn hatte sich immer große Mühe gegeben, Nate bei Laune zu halten. Das konnte Ali natürlich nicht wissen. Immer, wenn sie in seiner Nähe war, konzentrierte er sich normalerweise so darauf, keinen Steifen zu bekommen, dass jeder Versuch, auch noch Humor zu zeigen, im Keim erstickt wurde. Doch seit Griggs Tod war ihm das Lachen vergangen, es war mit Griggs letztem Atemzug verschwunden. Doch wenn er Ali in seiner Nähe hatte, fühlte er sich … unbefangener. Durfte er das zulassen? Vielleicht sogar ein kleines bisschen glücklich sein?

»Nate?«

Ach, vergiss es. Er wollte es nicht mit der Welt aufnehmen, wenn sie seinen Namen so sagte, sondern gleich mit der ganzen Galaxis. »Ja?«

»Ich berühre dich.«

Daran bestand kein Zweifel. Der Baseballschläger, den er in seiner Hose zu verbergen suchte, bewies das ziemlich eindeutig. »Das ist mir aufgefallen.«

»Du zuckst nicht zurück. Du tust nicht so, als könnte ich dich mit einer doppelten Ladung aus Hepatitis und der Beulenpest anstecken.«

Einer doppelten Ladung aus … Er konnte nur den Kopf schütteln und ein Grinsen unterdrücken. Sie war einfach hinreißend. Daran bestand kein Zweifel. Und, ja, dieses warme Gefühl, das langsam durch seine Adern kroch, konnte tatsächlich Glück sein. Er erinnerte sich vage an die Empfindung. »Was redest du denn da schon wieder für einen Unsinn?«

»Ich rede darüber, dass du es nicht magst, wenn ich dich berühre.«

War sie verrückt?

»Du magst es doch nicht, wenn ich dich anfasse, oder?«, fragte sie.

»Das habe ich nie gesagt«, murmelte er durch zusammengebissene Zähne, weil sie gerade mit den Händen über seine Schultern strich. War es möglich, Glück zu empfinden, wenn man gerade umgebracht wurde?

»Warum hast du dir dann solche Mühe gegeben, jeglichen Körperkontakt zu mir zu unterbinden? Wir kennen uns schon seit … nun, manchmal kommt es mir wie eine Ewigkeit vor. Für meine Eltern bist du wie ein zweiter Sohn. Du schnappst dir meine Mom und drückst sie, bis sie kichert, und du zerzaust ihr das Haar. Selbst diese seltsame männliche Kombination aus Händeschütteln und Umarmen, die du mit meinem Dad praktizierst, beweist, dass du nicht allergisch auf menschliche Berührungen reagierst. Und Grigg und du, ihr habt euch so oft umarmt, dass euch Mom manchmal schon als die einzigen siamesischen Zwillinge des USMC bezeichnet hat, weil es einem so vorkam, als wärt ihr an der Achselhöhle zusammengewachsen. Ich dagegen werde gerade mal mit einer kurzen Kopfbewegung zur Kenntnis genommen. Was soll das? Warum drehst du dich zur Seite, wenn wir einander im Flur begegnen?«

Für den Bruchteil einer Sekunde überlegte er, ob er lügen sollte. Aber es gab schon so viele bittere Wahrheiten, die er ihr nicht sagen konnte, so viele Fragen, die sie gestellt hatte und die er ihr auf gar keinen Fall beantworten konnte. Diese Frage gehörte nicht dazu. Also musste er es wohl zugeben. »Es gefällt mir zu sehr.«

»Was?« Wieder legte sie auf diese wunderbare Art die Nase in Falten.

»Deine Berührung. Sie gefällt mir *zu* sehr.« Verdammt noch mal, ab jetzt würde sie ihm aus dem Weg gehen und den Körperkontakt meiden. Was ihm auch in den Kram passte. Er war schließlich nur ein Mann, und wenn sie in der Nähe war – ganz zu schweigen davon, wenn sie ihn berührte –, dann konnte er seine sonst so entschlossene Selbstbeherrschung kaum noch aufrechthalten.

Vielmehr war sie kaum noch vorhanden.

Ihre schön geschwungenen Augenbrauen wanderten in Richtung Nase. »Sie gefällt dir zu sehr. Was soll das bedeuten?«

Himmel! Diese Frau war doch sonst nicht auf den Kopf gefallen, aber bei diesem Thema schien sie verdammt schwer von Begriff zu sein. Anstatt es ihr zu erklären, zog er sie einfach an sich, bis sie den unwiderlegbaren Beweis berührte, der sich direkt hinter seinem Hosenstall befand.

Großer Gott, es war die Hölle. Oder himmlisch. Er konnte sich nicht entscheiden. Hätte sein Penis eine eigene Stimme besessen, dann hätte er jetzt lautstark »Halleluja« geschrien.

Sie riss ihre wunderschönen Augen auf. »Oh!«

»Oh« war genau der richtige Ausdruck.

Ms Morgan war ein Licht aufgegangen. »Genau. Verstehst du jetzt, was ich meine?«

Jetzt konnte es nicht mehr lange dauern. Jeden Moment würde sie zurückweichen und ihn auf diese ganz besondere Art ansehen, die sie im Laufe der Jahre perfektioniert hatte. Mit verengten Augen, geschürzten Lippen und leicht geneigtem Kopf, als wolle sie ihm damit sagen, dass er gerade erst unter dem nächsten schleimigen Stein hervorgekrochen war.

Gleich würde es passieren …

»Du begehrst mich?«, fragte sie ungläubig.

»Ich würde behaupten, dass sich das nicht leugnen lässt.«

»Aber du *magst* mich doch gar nicht.« Unerklärlicherweise drückte sie sich noch immer gegen seine pulsierende, schmerzhafte Erektion.

Er mochte sie nicht? Wie kam sie denn auf die Idee? »Natürlich mag ich dich, Ali.«

Er zählte stillschweigend bis zehn und zählte die Namen des 1998er Teams der St. Louis Cardinals auf. Im Laufe der Jahre hatte er herausgefunden, dass das genauso gut funktionierte wie eine kalte Dusche.

»Nein, tust du nicht«, beharrte sie und schüttelte den Kopf.

»Ali«, er wusste, dass er gerade ein gequältes Gesicht machte, »alle Beweise deuten auf das Gegenteil hin.«

Okay, der gute alte Cardinals-Trick wollte heute also nicht funktionieren.

Er kannte den Blick, den sie ihm jetzt zuwarf. Über den hatte sich Grigg schon so oft beschwert, wenn sie einen so berechnend und verschlagen ansah. Das konnte einfach kein gutes Ende nehmen.

»*Darum* hast du dich also all die Jahre immer so … so mürrisch und unfreundlich verhalten?«, fragte sie und klang noch immer nicht überzeugt. »Weil du mich begehrst?«

Mürrisch und unfreundlich? Er war nicht mürrisch und unfreundlich gewesen. Er hatte sich vielmehr ehrenhaft und anständig verhalten. *Großer Gott.* Konnte sie den Unterschied denn nicht erkennen?

Da sie offenbar nicht von ihm abrücken wollte, versuchte er, sie wegzuschieben. Blitzschnell legte sie ihm ihre dünnen Arme um den Hals und klammerte sich an ihn wie sich eine Entenmuschel an den Rumpf eines Flugzeugträgers klammert.

»Ali«, warnte er sie und biss die Zähne zusammen, als die Lust/der Schmerz in seiner Hose heftiger wurde. Das wurde ja immer schlimmer. Oder besser? Mann, er war sich nicht mehr sicher. Sein Gehirn funktionierte nur noch ansatzweise, was eigentlich ziemlich beachtlich war, wenn man bedachte, dass es kaum noch mit Blut versorgt wurde. »Lass los.«

»Nicht, bevor du mir eine Antwort gegeben hast«, verkündete sie und hob trotzig ihr spitzes, kleines Kinn.

Seine Geduld war ebenso wie seine Selbstbeherrschung am Ende. »Ja, verdammt! Aus diesem Grund halte ich dich immer auf Abstand. Denn immer, wenn ich dir zu nahe komme, würde ich dir am liebsten alle Kleider ausziehen, dich auf die nächste horizontale Oberfläche legen und mich so tief in dich hineinbohren, bis du unter mir wie ein Wurm am Haken zappelst und mich anflehst, nie wieder aufzuhören. So! Bist du jetzt zufrieden?«

Nate hätte einige Dinge von Ali erwartet, nachdem er seinen eher gefühllosen und vulgären Ausbruch beendet hatte. Das überwältigende Gefühl, ihre Lippen auf seinen zu spüren, gehörte allerdings nicht dazu.

Oh, verdammt.

Ihre Zunge.

Sie war süß, geschmeidig und sauste hinein und wieder hinaus. Sie leckte und liebkoste ihn, bis er beinahe den Verstand verlor.

Seine wildesten Fantasien konnten es mit der Realität nicht aufnehmen. Denn seinen Träumen mangelte es zwar nicht an einer einfachen, rohen Sinnlichkeit, aber er verbrachte im Allgemeinen nicht viel Zeit damit, Ali zu küssen. Normalerweise ging er gleich zu den richtig heißen Szenen über.

Was ein großer Fehler war, wie er jetzt begriff. Ein gewaltiger Fehler.

Denn Alis Mund war das Heißeste, was er je erlebt hatte, und das wollte schon etwas heißen, wenn man die vielen Partnerinnen bedachte, die er im Laufe der Jahre gehabt hatte und die er schon nicht mehr zählen konnte. Einige von ihnen hatten durchaus ein paar Tricks auf Lager gehabt, die selbst für ihn neu gewesen waren.

Das Gefühl ihrer Haut …

Sie war heiß und seidig glatt unter seinen rauen Händen. Ihr Morgenmantel ging auf, als sie sich an ihm hochzog wie ein Holzfäller an einer Pinie und ihre schlanken Beine um seine Taille schlang. Instinktiv packte er ihre Hüften.

Großer Gott!

Diese Hüften bewegten sich auf höchst erregende und faszinierende Weise.

»Ali.« Er entzog ihr seinen Mund, weil seine Lunge kurz vor dem Platzen war. »Hör auf damit.«

»Nein.« Sie zog eine Spur feuchter Küsse über sein Kinn und an seiner Ohrmuschel entlang, um dann das Ohrläppchen in ihren feuchten, heißen Mund zu saugen. Er begann beinahe zu schielen. »Ich will es. Du willst es. Wir sind beide erwachsen, und diese … diese unglaubliche Chemie war von Anfang an zwischen uns. Nichts kann uns jetzt mehr aufhalten.«

Eine Sekunde lang vergaß er jeden Grund, warum sie nicht in seinen Armen liegen sollte. Eine wunderbare Sekunde lang kannte er nichts als dieses wunderbare Gefühl, wie sich ihr Körper an seinem bewegte. Er spürte ihre Arme um seine Schultern, ihre Finger, die ihm im Nacken durchs Haar fuhren, bis er überall Gänsehaut bekam.

Bevor ihm klar wurde, was er tat, küsste er sie mit all der Leidenschaft und der Gier, die sich in ihm aufgestaut hatten, seit er an einem kühlen Maimorgen zum ersten Mal die Küche der Morgans betreten und sie dabei beobachtet hatte, wie sie sich einen Pearl-Jam-Rucksack über die Schulter warf.

Er erinnerte sich daran, als wäre es gestern gewesen …

Denn wider jede Vernunft – sie war nur ein Mädchen gewesen, das das letzte Highschooljahr absolvierte, er dagegen ein einundzwanzigjähriger Mann, der schon einiges von der Welt gesehen hatte – hatte er sie begehrt. Mit einer Gewalt, die ihn beinahe umgehauen hätte. Er war so fasziniert von ihr gewesen, dass er sie nur staunend hatte ansehen können, als sie einander vorgestellt wurden.

Dann hatte sie ihm ihr strahlendes Lächeln geschenkt und aufgelacht, und er hatte etwas anderes gespürt … *Verlangen.* Er glaubte nicht an Liebe auf den ersten Blick, aber irgendetwas war in diesem Moment geschehen.

Grigg hatte sofort die heiße Lust in seinen Augen bemerkt und ihm diesen Satz ins Ohr geflüstert, den er im Laufe der folgenden Jahre viel zu oft hatte hören müssen. *Wenn du meine kleine Schwester anrührst, bring ich dich um, Arschloch.*

Und das war genau der Kübel voll Eiswasser, den Nate gebraucht hatte … die Erinnerung an Grigg.

Scheiße! Was mache ich denn hier?

»Das darf nicht noch einmal passieren«, sagte er, löste ihre Beine und stellte ihre Füße auf den Boden, bevor er einen Schritt nach hinten machte. Klang seine Stimme gerade tatsächlich wie ein Reibeisen?

»Was? Warum?« Sie sah ihn blinzelnd an.

Er musste sich abwenden. Er konnte ihre vom Küssen geschwollenen Lippen nicht ansehen, genauso wenig wie ihre roten Wangen, da er wusste, dass er für beides verantwortlich war. »Es geht einfach nicht.«

»Das ist keine Antwort!«

»Es gibt Dinge, die du nicht über mich weißt, Ali.« Dinge, die sie hoffentlich nie erfahren würde …

»Okay.« Sie ging zu dem ledernen Fernsehsessel, den er in einer Ecke stehen hatte, und ließ sich hineinfallen. Großer Gott, es war hellblau. Ein hellblaues Höschen. Er hatte gerade einen Blick darauf erhaschen können, bevor sie ihren Morgenmantel zuzog und die Beine überschlug. »Du bist also schwul?«

Er hustete. »Äh, denkst du das wirklich?«

Sie beäugte die Beule hinter seinem Hosenstall und schüttelte den Kopf.

Scharf erkannt. Das ist es nicht, Baby.

»Hast du eine unheilbare ansteckende Krankheit?«, wollte sie wissen und neigte den Kopf so, dass sie aussah wie ein Kreditberater, der einen potenziellen Kunden beäugt.

Das wurde ja immer schöner. »*Nein*. Ali, ich …«

»Hast du eine Freundin oder eine Frau, von der ich wissen sollte?«

»Natürlich nicht. Wenn du mich einfach …«

»Dann gibt es überhaupt keinen Grund, warum wir nicht mit dem weitermachen sollten, was wir gerade getan haben.« Sie stand auf und wollte ihre Absicht schon in die Tat umsetzen, und er wäre beinahe auf den Hintern gefallen, als er beim Zurückweichen auf dem Teppich ausglitt.

Er hielt eine Hand hoch, um sie auf Abstand zu halten, als wäre sie eine hungrige Dschungelkatze und keine kleine Frau.

Eine kleine, *entschlossene* Frau. Oh ja, auch diesen Blick kannte er nur zu gut.

Er war dabei, den Kampf zu verlieren. Es war Zeit, endlich mit der Wahrheit herauszurücken. »Ich habe schreckliche Dinge getan, Ali. Unverzeihliche Dinge. Du solltest eigentlich nichts mit mir zu tun haben wollen.«

»Nein.« Sie schüttelte den Kopf, und ihre Züge wurden weicher. Großer Gott, er würde gleich anfangen zu weinen, wenn sie ihn noch länger mit diesen sanften, ernsten Augen ansah. »Ich weiß nicht genau, was du getan hast, und ich werde es vielleicht auch nie erfahren. Aber ich weiß, dass es keine Schande ist, seiner Pflicht nachzukommen und zu tun, was getan werden muss, um die Freiheit und das Leben der Menschen, die man liebt, zu beschützen. Du wirst mich nie vom Gegenteil überzeugen können. Ich werde dich nie als etwas anderes sehen als das, was du bist, Nate: als einen Helden.«

Das war zu viel. Denn, *verdammt noch mal*, sie hatte ja keine Ahnung. Nicht den leisesten Schimmer.

Wie würde ihr Bild von ihm aussehen, wenn sie wüsste, dass er es war, der Griggs Leben beendet hatte?

9

Die ersten Sonnenstrahlen drangen zwischen den Holzlatten der Fensterläden hindurch, und Frank schlug die Bettdecke beiseite. Es war noch nicht mal fünf Uhr, aber ihm war klar, dass er keinen Schlaf mehr finden würde.

Es gab einfach zu vieles, was ihm auf dem Herzen lag. Angefangen damit, dass einer seiner Männer sie in eine Lage gebracht hatte, die ganz offensichtlich nach einem falschen Spiel roch, bis hin zu der Tatsache, dass Becky sich fälschlicherweise einbildete, er würde sie ins Team aufnehmen, wenn sie sich als ebenso gut wie Ozzie erwies.

Denn das würde niemals geschehen. Nur über seine Leiche.

Er drehte seine schmerzende Schulter und schnitt eine Grimasse, als sie wieder an die richtige Stelle rutschte und danach stetig pochte wie ein böser Zahnschmerz.

Alt zu werden war nicht nur scheiße, es war noch weitaus schlimmer. Er nahm die Schmerztabletten vom Nachttisch und warf zwei Pillen ein, die er ohne Wasser herunterschluckte.

Na los, ihr chemischen Wunderwerke, zeigt eure Magie.

Zwanzig Minuten später hatte er geduscht und sich rasiert und stand mit einem glasierten Donut in der einen und dem Telefon in der anderen Hand in seinem Büro.

In DC war es schon fast sechs Uhr dreißig, was bedeutete, dass General Fuller einen Weckruf gebrauchen konnte. Den alten Haudegen würde das bestimmt nicht freuen, aber da musste er jetzt eben durch.

Den Schönheitsschlaf des Generals zu unterbrechen stand

ziemlich weit unten auf der Liste der Dinge, die Frank an diesem Tag nicht tun wollte, weit unter »Becky nicht küssen« und »Keinen Krieg mit dem FBI oder der CIA anfangen«. Wenn er General Fuller erst einmal geweckt und dazu gebracht hatte, seinen Teil des Deals zu erfüllen, dann konnte Frank auch gleich einige Dinge von seiner heutigen To-do-Liste abhaken. Hoffentlich auch die Punkte »Herausfinden, was zum Henker Agent Delaney untersucht hat« und »Herausfinden, warum zum Geier Griggs kleine Schwester von einem Agenten beschattet wird«.

»Frank?«

Er legte auf, bevor am anderen Ende jemand ans Telefon ging, und sah zu seiner offen stehenden Bürotür.

Offenbar war er nicht der Einzige, der letzte Nacht nicht geschlafen hatte. Alisa Morgan hatte dunkle Ringe unter den Augen. Es sah außerdem so aus, als ob sie geweint hatte.

Aus Angst? Wegen ihres Bruders? Mann, beide Gründe bewirkten, dass er sie am liebsten in Watte gepackt und in seinen Safe gesteckt hätte. Frauen, diese bewundernswerten sanften Kreaturen, sollten einen solchen Gesichtsausdruck gar nicht erst kennen. Er fühlte sich zum Teil verantwortlich dafür, weil er der Ansicht war, er hätte wissen müssen, dass einer seiner Männer einen Nebenjob angenommen hatte. Er hätte es bei Grigg spüren und gewarnt sein müssen.

Doch das hatte er nicht, und jetzt musste Alisa Morgan den Preis dafür bezahlen.

Sie hielt Peanut in den Armen und hatte ihre süße Nase in dem fleckigen Fell der Katze vergraben, sodass sie aussah wie ein kleines Mädchen, das Trost suchte.

»Komm rein, Ali«, sagte er, doch dann wurde ihm bewusst, dass sie ihn womöglich gar nicht hören konnte, weil der Kater so laut schnurrte. Also deutete er auf einen der Stühle, die vor seinem Schreibtisch standen.

Sie setzte sich schnell und ließ den zufriedenen Peanut auf ihrem Schoß Platz nehmen. »Mir ist da was eingefallen. Vermutlich hat es nichts zu bedeuten, vielleicht aber doch …«

Er bedeutete ihr weiterzusprechen.

»Die Erinnerungskiste.«

War das eine neue Fernsehserie? Mann, er wurde offenbar wirklich alt. »Wie bitte?«

»Als wir aufwuchsen, waren unsere Eltern immer so vertieft in …« Sie schüttelte den Kopf. »Vergiss es. Das ist unwichtig. Mann. Mein Gehirn fühlt sich an wie ein Schwamm … Völler Löcher, verstehst du?«

»Ich würde dir ja eine Tasse Kaffee anbieten …« Sie machte ein Gesicht, das zu sagen schien: *Da lasse ich mich lieber teeren und federn.*

»Okay«, er kicherte. »Lieber nicht.«

»Das Zeug ist Motoröl«, erklärte sie mit angeekelter Stimme.

»Hmm, aber es wirkt Wunder, um das Gehirn auf Trab zu bringen.« Und es half ihm, den Lollis einer gewissen Verführerin zu widerstehen, die sie ihm ständig in die Hemdtasche steckte. Doch der Geschmack von Root Beer war nicht gerade angenehm, wenn man kurz zuvor einen Kaffee getrunken hatte.

»Nein, danke«, erwiderte Ali nur. »Mir ist mein Magen viel zu wichtig, als dass … autsch!«

Vorsichtig zog sie Peanuts Krallen aus ihrer Jeans. »Man sagt ja, dass Liebe wehtut, aber ich habe das nie ernst genommen, bis mir Peanut über den Weg gelaufen ist.«

Witzig. Die Frau war wirklich witzig. Außerdem sah sie niedlich aus und war unter ihrem zuckersüßen Äußeren ein erstaunlich zäher Knochen. Frank konnte verstehen, warum Ghost in ihrer Nähe zum Höhlenmenschen mutierte.

»Aber zurück zur Erinnerungskiste«, sagte sie und kraulte Peanut unter dem Kinn, bis er seine Augen in katzenhafter Ekstase verdrehte. »Grigg und ich haben als Kinder damit angefangen, indem wir kleine Andenken hineingelegt haben. Du weißt schon, was ich meine: seinen ersten Baseballhandschuh, meine erste Barbie, unsere guten Zeugnisse, solche Dinge.«

Ja, Frank hatte ebenfalls so eine Kiste voller Erinnerungen an seine Kindheit, die auf dem Dachboden seiner Schwester stand. Aber was hatte das mit Griggs Arbeit für das FBI zu tun oder mit der Tatsache, dass Ali ständig von einem Mann beschattet wurde, der offenbar von der CIA ausgebildet worden war?

»Als wir älter wurden«, fuhr sie fort und schnitt erneut eine Grimasse, während sie Peanuts Krallen aus dem Stoff ihrer Hose zog, »haben wir darin auch Kopien wichtiger Dokumente aufbewahrt. Testamente, Arbeitsverträge und solche Sachen.«

Jetzt kamen sie der Sache langsam näher. Frank beugte sich gespannt vor.

»Etwa einmal im Jahr hat mir Grigg einen USB-Stick mit all den Bildern geschickt, die er aufbewahren wollte, und ich habe ihn in die Kiste getan«, erklärte sie. »Meist waren das Fotos von ihm und Nate. Manchmal auch Bilder von euch anderen und den Motorrädern, an denen ihr gerade gearbeitet habt.«

In seiner Magengrube machte sich ein nervöses Kribbeln breit.

»So«, sie machte eine Geste mit der Hand, und Peanut maunzte missbilligend, weil sie ihn nicht mehr streichelte. Pflichtbewusst nahm Ali das Verwöhnprogramm wieder auf. »Etwa eine Woche, bevor wir das mit Grigg erfahren haben, hat er mir einen USB-Stick per Post geschickt. Ich habe die Dateien geöffnet, wie immer ein paar Fotos gefunden, sie zur Erinnerungskiste hinzugefügt und vergessen. Als du mich fragtest, ob mir Grigg irgendwas Ungewöhnliches geschickt hatte, habe ich gar nicht mehr an den Stick gedacht. Insbesondere da ich mir die Bilder angesehen hatte. Aber auf dem Stick war noch etwas anderes: eine Datei, die ich nicht öffnen konnte. Sie war passwortgeschützt. Da ich Grigg kenne, vermutete ich, dass es ein paar heiße Fotos von ihm und einer Frau sind, vielleicht auch von mehreren.« Sie verdrehte die Augen. »Aber vielleicht waren das ja irgendwelche geheimen Akten oder so was?«

Oder so was … Heilige Scheiße! Das konnte der Durchbruch sein, auf den sie gewartet hatten.

»Es könnte was ganz anderes sein, aber das Timing ist schon sehr merkwürdig, findest du nicht?«, fragte sie hoffnungsvoll.

Er sah das ganz genauso. »Ja. Hast du Gho… äh, Nate schon davon erzählt?«

Ihr Gesicht verdunkelte sich, und sie zog Peanut wieder an sich, um ihre Nase im Fell der Katze zu vergraben. Als Reaktion darauf schaltete das dumme Tier seinen Motor noch einen Gang höher.

Ah ja.

Also war letzte Nacht irgendwas zwischen Ali und Ghost vorgefallen. Etwas, das sie ziemlich mitgenommen hatte.

Frank hätte nie geglaubt, dass er das mal sagen würde, aber Nathan Weller war ein hirnverbrannter Idiot. Konnte der Mann nicht erkennen, dass ihn diese Frau vergötterte? Bemerkte er nicht, wie sie jedes Mal kurz die Luft anhielt, wenn er einen Raum betrat, und wie sie instinktiv immer an seine Seite kam, obwohl er in etwa so anschmiegsam war wie ein stacheliger Kaktus?

Vermutlich schon. Ghost war vor allem ein sehr aufmerksamer Mensch, daher war ihm das alles zweifellos aufgefallen. Und aus genau diesem Grund versuchte er vermutlich auch, sie immer auf Abstand zu halten.

Ghost hatte einige ernsthafte Probleme. Zweifellos hingen die meisten mit Grigg und dem, was ihm in dieser dreckigen, stinkenden Hütte in Syrien zugestoßen war, zusammen. Man musste kein Genie von Ozzies Kaliber sein, um zu erkennen, dass Ghosts Gefühle für die kleine Schwester seines toten Freundes nur in die Kategorie »kompliziert« einzuordnen waren.

»Nein.« Sie schüttelte den Kopf. »Ich habe es Nate nicht erzählt. Ich wollte zuerst mit dir darüber reden, damit ich mir nicht wie eine Närrin vorkommen muss, falls du denkst, dass es nichts zu bedeuten hat.«

Ah ja, du willst vor dem Menschen, den du mehr willst als alles andere auf der Welt, nicht als Närrin dastehen? Das konnte Frank nur allzu gut nachempfinden.

Und wo sie gerade bei Narren waren … Dan steckte seinen Kopf in das Büro, dicht gefolgt von seiner besseren, weitaus hübscheren Hälfte.

»Was liegt an, Leute?«, fragte er, während sich Patti an ihm vorbeidrängte und den Donut in Franks Hand finster anstarrte.

Erwischt.

»Ich dachte, du wolltest weniger Zucker zu dir nehmen«, sagte sie, räusperte sich und stemmte die Hände in die Hüften.

Gut, das hatte er vor allen Knights verkündet, aber nur aus Hoffnung, dass es Becky davon abhalten würde, ihm diese lächerlichen Lutscher zuzustecken.

Der Trick hatte nicht funktioniert. Entweder war Becky entschlossen, seinen vermeintlichen neuen Speiseplan zu ignorieren, oder sie genoss einfach die Tatsache, dass er dem Lutscher mit Root-Beer-Geschmack einfach nicht widerstehen konnte und rückfällig wurde.

Er vermutete, dass Letzteres zutreffender war.

Als er Pattis missbilligendes Gesicht sah, überlegte er, ob er nicht wirklich Zucker von seinem Speiseplan streichen sollte.

Aber, verdammt, er aß morgens doch so gerne Donuts.

Manchmal war ein Ablenkungsmanöver die beste Verteidigung, gerade wenn man es mit einer aufgebrachten Frau zu tun hatte. »Ali ist eben etwas eingefallen, das uns helfen könnte, Licht in diese ganze Angelegenheit zu bringen«, verkündete er und hatte Pattis bevorstehende Gardinenpredigt damit elegant umschifft.

»Wirklich?«, fragte Ozzie, der nur mit einer Schlafanzughose bekleidet in der Tür stand. Waren da …? Ja, auf seiner Hose waren tatsächlich lauter kleine Raumschiffe aufgedruckt.

Abwesend kratzte sich der junge Mann an seiner nackten, glatten Brust, während er gleichzeitig versuchte, sein Haar zu bändigen, das selbst an guten Tagen in alle Himmelsrichtungen abstand. An diesem Morgen war es förmlich außer Kontrolle. Frank hätte nie gedacht, dass Haare tatsächlich so zu Berge stehen konnten. Er hatte das immer nur für eine Redewendung gehalten.

»Ja«, erwiderte er und war froh über Ozzies Einmischung. »Und daher müssen wir …«

»Wir müssen was?« Ghost schob Ozzie zur Seite und warf Ali einen misstrauischen Blick zu.

Die arme Frau gab sich die größte Mühe, ganz hinter Peanut zu verschwinden. Dass es halbwegs funktionierte, bedeutete allerdings, dass Becky die verdammte Katze endlich auf Diät setzen musste, und zwar schnellstmöglich.

»Wie ich gerade sagen wollte«, Franks Geduldsfaden wurde immer dünner, »hat Ali etwa eine Woche, bevor sie durch dich von Griggs Tod erfahren hat, von ihm per Post einen USB-Stick erhalten. Und sie …«

»Himmel, Weib! Und das sagst du uns erst jetzt?« Ghosts Gesicht hätte kleinen Kindern eine Heidenangst eingejagt.

»Du verstehst das falsch …«, setzte Frank an, wurde jedoch sofort von Ali unterbrochen.

»Es ist mir erst heute Morgen wieder eingefallen, du Blödmann!«, brüllte sie, und Peanut richtete seine kalten Augen warnend auf Ghost.

»Wie kannst du so etwas vergessen?«, schoss Ghost zurück und machte einen Schritt auf Ali zu. Peanut fauchte bedrohlich. »Ich bring diese Scheißkatze um«, knurrte Nate, ballte die Fäuste an den Seiten und blähte die Nasenflügel.

»Ghost«, versuchte es Frank erneut, »wenn du mal den Mund halten würdest, damit ich die Sache erklä…«

»Vergiss nicht, dass ich weiß, wo du wohnst, Ghost«, drohte ihm Becky, die nun ebenfalls das Büro betrat.

Oh Gott. Jetzt war die ganze Gang hier. Wenn ihn jetzt niemand mehr unterbrach, dann konnte er vielleicht endlich einen Plan entwickeln, wie sie an den USB-Stick kamen.

Er machte den Mund auf, klappte ihn jedoch sofort wieder zu und beschloss, erst einmal abzuwarten, wie sich die Lage entwickelte, während Becky auf Ghost zustürmte und sich vor ihm aufbaute.

Was witzig war, da Beckys Nase gerade mal auf der Höhe von Ghosts Brust war.

Was hatte die Frau vor? Glaubte sie, sie könnte ihm so heftige Kinnstöße verpassen, dass er dadurch draufging?

»Wenn du Peanut auch nur ein Haar krümmst«, sie bohrte einen Finger in Ghosts angespannten linken Brustmuskel, »dann mache ich dich eines Nachts, wenn du es am wenigsten erwartest, vom Hahn zur Henne.«

Okay, Rebel ging subtiler vor. Wenn sie einen Racheplan schmiedete, dann legte sie sich nicht auf einen Zeitrahmen fest und nahm den wichtigsten Körperteil eines Mannes ins Visier.

Das würde er sich merken.

»Ist das wirklich notwendig? Draußen sind's fast dreißig Grad.«

»Äh.« Becky sah Ali zweifelnd an, die auf die Hose aus butterweichem Leder deutete, die Becky ihr ausleihen wollte. »Ja, wenn du deine obersten drei Hautschichten behalten willst, falls ihr einen Unfall haben solltet.«

»Glaubst du, dass wir einen Unfall haben werden?«

Gott, steh mir bei, dass ich diese kleine Zicke nicht doch noch erwürge. »Nein.« Sie seufzte. »Aber im Leben gibt es nun mal keine Garantien.«

»Werd jetzt nicht philosophisch, während ich Leder tragen muss«, beschwerte sich Ali und schob die Arme in die ebenso weiche dünne Sommerlederjacke.

»Ha! Als ob Leder und Philosophie einander ausschließen würden. Ich wette, Plato und Aristoteles haben Leder getragen, während sie über die elementaren Fragen des Lebens nachgedacht haben. Auf jeden Fall Ledersandalen.«

»Hmmm.« Ali bückte sich und hob Peanut auf, der gerade versuchte, seinen nicht gerade schmalen Körper zwischen ihren Beinen hindurchzuzwängen. Nachdem sie sich mit ihm in den Armen wieder aufgerichtet hatte und ihn an ihre Brust drückte, fing das verräterische Tier – schließlich war Becky diejenige, die jeden Tag gewaltige Klumpen aus dem Katzenklo schaufelte und ihn mit leckerem Futter versorgte; war da ein bisschen Loyalität etwa zu viel verlangt? – so laut an zu schnurren, dass sie Pat Benatars »Heartbreaker« nicht mehr hören konnten.

Zum Glück hatte sie gestern Abend daran gedacht, ihren iPod aufzuladen. Noch ein Tag Achtziger-Musik und sie hätte sich für eine Lobotomie anmelden können.

»Ich mag gar nicht an die armen Tiere denken, die ihr Leben gelassen haben, nur damit ich auf dem Rücksitz eines Motorrads schick aussehe.« Ali änderte offenbar ihre Taktik.

»Entschuldige mal, bist du dieselbe Frau, die gestern Abend

nicht nur einen, sondern gleich zwei Hotdogs aus *Rindfleisch* gegessen hat? Du hast also kein Problem damit, Tiere zu essen, du willst dir ihre Haut nur nicht auf den Rücken schnallen?«

»Oh!« Ali ließ Peanut zu Boden fallen, und die dumme Katze wagte es, sich erneut gegen ihre Beine zu pressen. Selbst wenn sie schlecht behandelt wurde, himmelte sie noch den falschen Menschen an. Jetzt reichte es. Ab heute würde es nur noch Trockenfutter geben. Der pelzige kleine Judas war schon genug verwöhnt worden. »Hör auf, dich mit mir zu streiten, wenn ich doch nicht gewinnen kann«, forderte Ali, die in dem ganzen Leder ziemlich heiß aussah, und ballte die Hände zu Fäusten.

Becky schüttelte den Kopf und lachte. Die arme Frau würde alles tun, um nicht daran denken zu müssen, dass sie sich die nächsten fünfzehn Stunden an Ghosts Rücken schmiegen musste. Was immer letzte Nacht zwischen ihnen vorgefallen war und dafür gesorgt hatte, dass sie sich heute Morgen wie kampfbereite Löwen umkreisten, würde auf dem engen Motorradsitz zweifellos auch nicht besser werden.

»Entschuldige«, sagte Ali mit betretenem Gesicht. »Normalerweise bin ich nicht so … so …« Sie beschrieb kleine Kreise mit der Hand, während sie nach dem richtigen Wort suchte.

»Zickig?«, schlug Becky vor.

»Ich wollte eigentlich ›reizbar‹ sagen«, erwiderte Ali verstimmt.

Ja, zickig. Becky kicherte. Sie mochte Ali. Das tat sie wirklich. Auch wenn die Frau ein bisschen naiv und etwas zu zickig war … Aber vielleicht war das auch nicht fair. Die meisten Frauen waren etwas zu zickig, verglichen mit ihr selbst. Vielleicht war Frank deshalb so irritiert von ihr. Möglicherweise fand er, sie sei zu männlich. Sollte sie vielleicht …

Verflixt.

Warum musste jeder Gedanke letzten Endes bei Frank landen? Vielleicht sollte sie tatsächlich über eine Lobotomie nachdenken.

»Es wird schon alles gut gehen«, versicherte sie Ali und legte ihr eine Hand auf die mit Leder bedeckte Schulter.

»Wirklich?«, erwiderte Ali. »Woher willst du das wissen?«

»Weil du die Black Knights auf deiner Seite hast, und sie sind nun mal die Besten. Außerdem würde Ghost eher sterben, als zuzulassen, dass dir etwas zustößt.«

»Ja.« Ali holte tief Luft und erschauderte. »Das ist es ja gerade, was mir Angst macht.«

Wow. Die beiden waren echt nicht mehr zu retten.

Ghost hob im Grunde genommen das Bein und pinkelte Ali an, wann immer sie ins Zimmer kam, und Ali bekam große Augen und wurde rot, wann immer Ghost sie ansah.

Vielleicht würde die Reise ihnen helfen. Eventuell tat es ihnen gut, gezwungenermaßen zusammen zu sein, sodass sie endlich einknickten und zugaben, dass sie bis über beide Ohren in den anderen *verliebt* waren. Es konnte aber auch das genaue Gegenteil eintreten. Fünfzehn Stunden waren eine verdammt lange Zeit, um auf dem Motorrad zu sitzen. Becky war normalerweise schon nach vier oder fünf Stunden völlig erschlagen. Wenn sie sich vorstellte, fünfzehn Stunden auf einer Phantom zu sitzen, war das … Tja, das war ihrer Meinung nach völlig verrückt.

Ali hatte keine Ahnung, worauf sie sich einließ, als sie darauf bestanden hatte, Ghost zu begleiten, doch es würde nicht lange dauern, bis sie es herausfand. Etwa drei Stunden, schätzte Becky. Dann würden Muskeln, von denen Ali bisher nicht einmal wusste, dass sie existierten, anfangen zu protestieren, und zwar lautstark.

Natürlich gab es dank ihr und Steady Soto auch keine andere

Option. Nate vertraute Linienflügen nicht, weil sie seinen Worten zufolge »da jeden reinlassen«. Innerhalb der nächsten vierundzwanzig Stunden verließ kein Militärtransporter die Great Lakes Naval Base in Richtung Ostküste. Der Gedanke, Alis kleinen Prius zu nehmen, war von allen lachend und schnaubend abgelehnt worden, weil das Ding im Grunde nur ein Gokart mit Servolenkung und Klimaanlage darstellte. Dummerweise waren die anderen beiden vierrädrigen Fahrzeuge der Knights der Hummer und Christians aufgemotzter silberner Porsche. Da sie in der Stadt lebten und ohnehin nie einen Parkplatz finden würden, verließen sich die Knights ansonsten auf öffentliche Transportmittel oder Taxis, wenn sie bei schlechtem Wetter nicht das Motorrad nehmen konnten.

Bedauerlicherweise stand der Hummer gerade mit ausgebautem Getriebe hinten in der Werkstatt, was Steadys ungewöhnlichem Fahrstil zu verdanken war – ungewöhnlich in der Hinsicht, dass er eine seltsame Abneigung gegen die Kupplung zu haben schien. Und der Porsche stand mit zerlegtem Motor auf der Hebebühne, was ganz allein Beckys Schuld war. Sie hatte beschlossen, die Gelegenheit auszunutzen, dass der Ex-SAS-Agent weg war, um sein Baby in ihre »schmutzigen kleinen Hände« (Christians Worte, nicht ihre) zu bekommen und den glänzenden Achtzylinder zu überholen. Schließlich konnte jeder Motor ein wenig Feintuning vertragen. Dummerweise war dann jedoch der Hubschrauber angekommen und hatte sie abgelenkt.

Was sie daran erinnerte, dass sie den turbogeladenen Flitzer lieber wieder zusammenbauen sollte, damit Christian sie nicht langsam und sehr schmerzhaft umbrachte, wenn er wieder nach Hause kam.

Also blieb ihnen nur noch eine Option, um den USB-Stick relativ schnell in ihren Besitz zu bringen. Sie mussten fünfzehn

Stunden am Stück auf dem Rücken eines röhrenden, rasend schnellen zweirädrigen Stahlgefährts verbringen.

Oh Mann, Ali würde danach so erledigt sein.

»Dann werde ich dir jetzt die Phantom zeigen«, sagte Becky und hoffte, dass das die nervöse Ali etwas beruhigen würde, denn wer wäre nicht beruhigt, wenn er eine solche Maschine zwischen seinen Beinen hätte? »Zusammen mit Ghost wird dieses Schmuckstück gut auf dich aufpassen.«

Sie führte die zögerliche Ali zu der Reihe Motorräder, die an der hinteren Wand parkten. Sie waren ebenso ihr Kunstwerk wie die Bilder an den Wänden oder die Gemälde in den Wohnungen weiter oben. Sie war stolz auf jedes einzelne von ihnen. Nicht nur, weil es heiße Maschinen waren, sondern auch, weil sie die Männer repräsentierten, die sie im Laufe der Jahre respektieren und lieben gelernt hatte.

Jedes Motorrad war so einzigartig wie der Black Knight, der es fuhr. Jedes war so zäh wie der Mann, der ihr geholfen hatte, es zu entwerfen.

»Okay.« Sie deutete auf das vierte Motorrad in der Reihe. »Diese Schönheit hier ist die Phantom. Das ist eine El Diablo Sturgis Special mit verlängerter Gabel, Baker-Sechsgang-Getriebe und einem S&S 124ci-Motor mit LBC-Auspuffrohren, die klingen wie die Hölle auf zwei Rädern. Ich habe den Einzelsitz heute Morgen gegen einen Doppelsitz ausgetauscht, ihr könnt also jederzeit losfahren.«

Ali strich mit einer Hand andächtig über den schwarzen Ledersitz. »Hast du gerade Englisch gesprochen?«

»Einfach ausgedrückt: Die Phantom ist ein Hammer-Motorrad«, brüstete sich Becky. Dann nahm sie einen Lederlappen aus der Tasche und polierte die ohnehin schon glänzende Gabel.

»Es ist sehr hübsch«, meinte Ali.

Hübsch? *Hübsch*?

Das Bike war ein krasses Teil, das bis zum Äußersten aufgemotzt war. Es hatte einen leistungsstarken Motor mit genug … Okay, Becky musste zugeben, dass es hübsch war.

»Hast du die ganze Arbeit allein gemacht?«, wollte Ali wissen und berührte den verchromten Tankdeckel mit einem Finger.

»Nein, jeder Knight hat mir jeweils beim Design und Bau seines Motorrads geholfen. Es ist ebenso ihr Werk wie meins. Sie haben mir die Inspiration geliefert, ich war für die technische Umsetzung verantwortlich, und gemeinsam haben wir Blut und Schweiß darin investiert.«

Nur bei Frank war es anders gelaufen. Boss Hog war unter Einsatz von Blut, Schweiß und vielen Tränen entstanden. Zumindest Becky hatte währenddessen ein oder zwei Mal Rotz und Wasser geheult. Insbesondere an den Tagen, an denen Frank acht lange Stunden Seite an Seite mit ihr gearbeitet hatte, nur um ihr hinterher wie einer kleinen Schwester den Kopf zu tätscheln und einen Abendausflug in den Lincoln Park zu machen.

Dieses große, dumme Arschloch.

»Stammen die Bilder von dir? Mir ist gestern aufgefallen, dass du Farbe am T-Shirt hattest.« Ali fuhr mit dem Finger einem Strich geistergrauer Farbe auf dem handgefertigten Tank der Phantom nach.

»Ja, das ist mein Werk.« Es ließ sie für einige Zeit vergessen, dass sie nach einem Mann verrückt war, der …

Nein. Sie musste aufhören, an ihn zu denken. Sie musste ihr eigenes Leben in den Griff kriegen und nicht länger kindischen Träumen nachhängen, in denen sie sich erhoffte, die Liebe eines Ritters in schimmernder Rüstung zu gewinnen, der sie auf seinem glänzenden weißen Ross davontrug.

Dabei war ihr durchaus bewusst, dass Frank mit Nachnamen

Knight hieß und dass Boss Hog zufälligerweise mit glänzender weißer Farbe lackiert war.

Was für eine Ironie!

»Du bist sehr talentiert«, stellte Ali fest und strich über das Gesicht des Phantoms, das mitten auf dem Tank prangte und dennoch kaum zu erkennen war. »Es ist erstaunlich, wie du den Effekt geschafft hast, dass dieses geisterhafte Gesicht so aus dem Nebel auftaucht.«

»Danke, ich …«

»Ist alles bereit?« Auf einmal materialisierte sich Ghost neben ihnen.

Ein Phantom, das aus dem Nebel auftaucht? Ghost, der sich aus dem Nichts materialisiert? Wow, perfektes Timing.

Becky starrte die Bikerstiefel mit den dicken Sohlen an, die er trug, und schüttelte den Kopf. Sie würde nie begreifen, wie er sich so anschleichen konnte.

»Brauchst du bestimmt nicht noch mehr Feuerkraft?«, fragte sie mit unschuldiger Stimme, als sie mit ansah, wie Ghost drei Waffenkoffer in den Satteltaschen der Phantom verstaute.

Einer davon enthielt sein M-40 A5-Präzisionsgewehr mit dem Spitznamen Sierra. Dazu gehörte ein abnehmbares PBS 27-Nachtsichtgerät und ein austauschbares zehnschüssiges Magazin, das 7,62 x 51 NATO-Geschosse abfeuerte. Auf neunhundert Meter hatte diese Waffe mehr kinetische Energie als eine 357er, die schnurgerade abgefeuert wurde. Damit hatte man genug Mannstoppwirkung.

Sie hoffte, dass Ghost ihr eines Tages zeigen würde, wie man damit schoss, aber er hatte ihr gesagt, dass sie erst krabbeln lernen müsse, bevor er ihr das Laufen beibringen könne, daher übte er vorerst mit ihr an einer Remington Model Seven.

Aber eines Tages … eines Tages würde er ihr die gute alte Sierra in die Hand legen.

Ghost warf ihr einen amüsierten Blick zu, um sich dann vorzubeugen, ihr einen schweren Arm um den Hals zu legen und ihr über den Kopf zu streichen. Ja, ja, sie war eben für alle nichts als die kleine Schwester.

»Wir sind morgen Abend wieder da«, meinte er zu ihr. »Versuch bitte zu vermeiden, dass Boss in der Zwischenzeit einen Herzinfarkt kriegt.«

»Ich werd's versuchen.« Sie knuffte ihn gegen den Arm. »Und du passt auf, dass du bis dahin niemanden erschießt.«

Sie sahen beide gleichzeitig zu den prallen Satteltaschen hinüber.

»Was wetten wir, dass ich meinen Teil des Deals besser einhalte als du deinen?«

»Klugscheißer«, knurrte er fast schon liebevoll und schwang ein Bein über das Motorrad.

»Jetzt oder nie, Schwester.« Becky drehte sich zu Ali um, während Ghost die Phantom anließ.

»Kann ich mich für ›nie‹ entscheiden?«, brüllte Ali über das laute Motorgeräusch hinweg.

Becky grinste nur und drückte Ali einen Helm in die zitternden Hände. »Ich kann mich irren, aber hast du nicht selbst darum gebeten, mitfahren zu dürfen? Warst es nicht du, die sich geweigert hat zu verraten, wo der USB-Stick zu finden ist, weil du unbedingt dabei sein wolltest?«

Becky musste es ihr zugutehalten, dass sie hartnäckig war. Hätte Nate sie mit diesem schwarzen Laserblick angestarrt, dann wäre sie prompt wie ein Pokerspieler mit schlechtem Blatt ausgestiegen, doch Ali hatte einfach das Kinn in die Luft gereckt, als könne man es ihr unmöglich wieder ausreden.

Doch jetzt sah die arme Frau nicht mehr so selbstsicher aus. Ihre nächsten Worte bestätigten die Vermutung. »Ist es zu spät, um meine Meinung noch mal zu ändern?«

Gut, dass Ghost das aufgrund des lauten Röhrens der Phantom nicht gehört hatte, denn sonst hätte er die Gelegenheit beim Schopf ergriffen und Ali zurückgelassen. Doch Becky war der Ansicht, dass diese kleine Reise gut für die beiden sein würde.

»Halt dich einfach gut fest«, sagte sie und nahm die besorgte Ali kurz in den Arm. »Das ist der einzige Rat, den ich dir geben kann.«

Ali schnitt eine Grimasse, setzte sich dann den Helm auf und stieg hinter Nate auf das Motorrad. Sie rutschte hin und her, bis sie die richtige Position gefunden zu haben schien.

Okay, so langsam schien Ali es zu begreifen. Auf einem Motorrad wie der Phantom mitzufahren war um Längen besser als Mr Blue. Außerdem durfte man dabei auch noch sehr erotisch die Beine um den Mann schlingen, den man liebte.

Becky grinste verstohlen, als sie an den *sehr* langen Ritt dachte, der Ali bevorstand.

Ghost reckte den Daumen in die Luft, und Becky pfiff. Dan Man, Ozzie und Patti rannten die Metalltreppe zur Werkstatt herunter, als sie sie hörten.

Wow. Becky musste zugeben, dass Patti mit der langen blonden Perücke verdammt heiß aussah. Und wenn sie die Blicke richtig deutete, die Dan seiner Frau zuwarf, dann stimmte er ihr aus ganzem Herzen zu.

Sie beobachtete, wie Dan und Patti auf ihr Motorrad stiegen, bevor sie ihren Helm aufsetzte und sich hinter Ozzie setzte.

Als das Motorrad unter ihr angelassen wurde, sah sie durch das Visier, wie Frank die Treppe herunterkam und zu dem großen, roten Knopf neben dem hohen Werkzeugschrank ging. Er drückte mit seiner großen Handfläche darauf, sodass ein rotes Warnlicht blinkte, und als sie sich umdrehte, glitt ein ganzer Abschnitt der Wand nach links, bis nichts als ein großes schwarzes

Loch vor ihnen lag. Es führte in einen Tunnel, der unter dem nördlichen Arm des Chicago River hindurchführte und zwei Blöcke weiter westlich in einer Parkgarage wieder herauskam.

Der Geruch nach feuchtem Beton und abgestandener Luft drang in ihren Helm, und sie sah, wie sich Ali an Ghosts breitem Rücken zur Seite lehnte, um das Ganze besser sehen zu können. Als sie sich die Überraschung der jungen Frau vorstellte, musste sie grinsen.

Geheime Tunnel, wie bei Batman!

Ja, manchmal hatte es auch seine Vorteile, für eine Gruppe zu arbeiten, die geheime Regierungsaufträge ausführte.

Sie hatten beschlossen, das klassische Verwirrspiel einzusetzen. Falls sie jemand beobachtete – dabei dachten sie vor allem an den geheimnisvollen Mann – und es schaffte, sie zu entdecken, nachdem sie den Tunnel verlassen hatten, dann stünden die Chancen eins zu drei, dass er dem richtigen Paar folgte. Ihr Plan war, mit drei Motorrädern, drei Männern und drei blonden Frauen, die komplett identisch in schwarzes Leder gekleidet waren, auf den Highway zu fahren. Sobald sie dort waren, würde jedes Paar schnellstmöglich in eine andere Richtung abbiegen. Dann müsste sich ihr Verfolger entscheiden, falls sie denn einen hatten. Der Plan war nicht idiotensicher, aber er war besser als gar keiner.

»Rebecca!«

Was hatte sie gerade über die Vorteile gesagt, für eine Gruppe zu arbeiten, die geheime Regierungsaufträge ausführte? Tja, es hatte auch einige Nachteile.

»Verdammt!« Franks Stimme vibrierte vor Frustration, war aber noch laut genug, dass man sie trotz der lauten Motoren hören konnte.

Sie zuckte zusammen, als sie über die Schulter sah und erkannte, dass er beide Hände voller Lutscher hatte. Okay, sie konnte erklären, warum sie seine Jackentaschen an diesem Morgen mit Root-Beer-Lollis gefüllt hatte, und das hatte nichts mit Rache für seinen Anfall vom gestrigen Tag zu tun, als sie die Hackerlektionen bei Ozzie hatte gestehen müssen.

Okay, vielleicht hatte es doch ein bisschen was damit zu tun … Na gut, es war der einzige Grund dafür, aber er hatte es auch verdient.

Sie verspürte eine teuflische Freude bei dem Gedanken daran, dass der große Frank Knight, der Mann mit dem unerschütterlichen Willen, den Lollis nicht würde widerstehen können.

Das zeigte nur, dass selbst er eine Schwäche hatte.

Dummerweise war es nur nicht sie.

10

Hey! Was zum Teufel …?

Dagan warf ein paar Geldscheine auf den Tresen, riss der erschreckten Barista seinen doppelten Espresso aus den Händen und rannte gerade noch rechtzeitig aus der Tür des kleinen Cafés an der Ecke Noble und West Division, um zu sehen, wie drei Monsterbikes der Black Knights an ihm vorbeirasten.

Die drei in Leder gekleideten Gestalten, die sich an den Männern festhielten, waren alle klein und blond. Und dummerweise konnte jede von ihnen Alisa Morgan sein.

Verdammt!

Er griff in seine Tasche und holte ein kleines Gerät heraus. Dann sprang er in seinen gerade erst gemieteten SUV, ließ den Motor an und reihte sich, die zornig hupenden Chicagoer Taxifahrer ignorierend, in den Verkehr ein. Als er auf das Gerät in seiner Hand herabblickte, runzelte er die Stirn, da es grün leuchtete.

Hm …

Sie hatten das Gelände der Knights also nicht durch das Eingangstor verlassen.

Er hatte dort letzte Nacht einen Sensor angebracht, damit er alarmiert wurde, wenn das Tor aufging, und da er bei seiner Erkundungstour keinen anderen Weg gefunden hatte, wie man auf das Gelände kommen konnte, blieb nur eine Möglichkeit offen …

Black Knights Inc. hatte einen Fluchtweg.

Er hatte sich so etwas schon fast gedacht, da sich diese Leute nie in eine Lage bringen lassen würden, aus der es nur einen Ausweg gab.

Das war eine Grundlage der Kampfstrategie.

Und diese Lebensweise verstand er nur zu gut. Immer auf der Hut sein, immer einen Plan B für jede noch so kleine Sache zur Hand haben und vor allem immer einen Ausweg wissen, falls irgendetwas schieflief, was häufiger vorkam, als einem lieb sein konnte.

Das bewies nur wieder, dass man zwar einen Agenten aus dem aktiven Dienst nehmen, aber nie die Programmierung eines Mannes rückgängig machen konnte.

Dagan war das beste Beispiel für diese unappetitliche Tatsache.

Die CIA wollte ihn nicht mehr, nachdem die Sache in der Wüste dermaßen schiefgegangen war, aber er hatte für nichts anderes getaugt, er konnte nur das eine … Es war seine *Arbeit*. Das Herumschleichen in den Schatten, das Sammeln von Informationen, die Abstinenz von den Frauen und dem Scotch, den er so liebte, weil es immer ein nationales Sicherheitsgeheimnis zu lüften gab und er der gottverdammt Beste darin war, der dafür sorgen konnte, dass es niemand entdeckte.

Was sich auch jetzt wieder bewiesen hatte: Er hatte sich für dieses ganz bestimmte Café entschieden, weil es gegenüber der einzigen Highwayauffahrt innerhalb von fünfzehn Blocks in jeder Richtung lag und er beschlossen hatte, dass er sie von hier aus am besten erwischen würde, falls sie das Gelände über irgendeine andere Route als das Haupttor verließen. Wie üblich hatte sich sein Instinkt ausgezahlt.

Jetzt war noch die Frage offen, wo zum Teufel die alle hinwollten?

Während er hinter den drei Motorrädern die Auffahrt zur

I-94 in südlicher Richtung hinauffuhr, hatte er so eine Ahnung. Sie wollten die Dateien holen.

Falls diese verdammten Dateien überhaupt existierten. So langsam fragte er sich nämlich …

»Verdammte Scheiße …«

Er blinzelte ungläubig, als zwei der Motorräder abbogen. Eines fuhr die nächste Auffahrt hinunter, eine große Schleife, die wieder in Richtung Norden führte. Das andere Motorrad bog auf die I-290 in Richtung Westen ein, während das dritte weiter gen Süden fuhr.

Er hatte nur den Bruchteil einer Sekunde, um eine Entscheidung zu treffen.

Während er sich umdrehte und fluchte, versuchte er, das Motorrad auf der Abbiegespur besser zu erkennen. Nein. Das war nicht das geisterhaft graue Motorrad, auf das Nate Weller letzte Nacht vor dem *Red Delilah's* gestiegen war, und er hätte Stein und Bein darauf gewettet, dass niemand anderes als Griggs bester Freund diese Mission übernahm. Dann sah er nach rechts und konnte kurz das Motorrad entdecken, das in Richtung Westen fuhr. Ebenfalls negativ.

Dann blieb nur noch das auf der Straße nach Süden übrig.

Fuhren sie zurück nach Jacksonville?

»Was soll das bedeuten, Sie steigen aus, Zoelner?«, brüllte Senator Aldus in sein Handy und lenkte seine schwarze Regierungslimousine auf den Parkplatz einer Raststätte an der I-95.

Er konnte nicht glauben, was er da hörte. Er konnte es einfach nicht fassen. Dafür würde er diesen widerspenstigen Kretin eliminieren lassen. Das stand ja wohl fest.

»Wie ich bereits sagte, zahlen Sie mir nicht genug, damit ich mich mit dem ehemaligen Sergeant Weller anlege. Und ich bin aufgeflogen, Sir. Weller hat mich entdeckt. Darum steige ich aus.«

Dagan Zoelners Stimme klang kein bisschen zerknirscht oder verängstigt, und das ging einfach nicht. Das konnte einfach nicht sein.

Aldus glaubte, sein Kopf würde gleich explodieren. Er fühlte sich, als würde sein Schädel jeden Moment aufplatzen, um die Gehirnmasse gleichmäßig auf der cremefarbenen Lederausstattung seines Wagens zu verteilen, denn wenn Zoelner ausstieg, war er am Arsch. Es gab keinen anderen, der diesen Job erledigen konnte. Niemanden, dem er es zutraute, Alisa Morgan unauffällig zu entführen und ihr zu entlocken, wo diese Dateien versteckt waren.

»Was ist mit dem Geld, Z? Sie brauchen das Geld. Oder haben Sie Ihren Bruder und den Schlamassel, in dem er steckt, vergessen?«

Mann, Familien waren immer ein Schwachpunkt und machten nichts als Ärger.

Zu seinem Glück hatte er schon vor sehr langer Zeit gelernt, diese Schwäche bei anderen auszunutzen, und verdammt hart daran gearbeitet, um sich nicht dieselbe Achillesferse zu erlauben. Seine Frau glaubte, dass sie kinderlos geblieben waren, weil er als kleiner Junge Mumps gehabt hatte. In Wahrheit hatte er von Anfang an gewusst, dass er niemanden haben wollte, den man ihm wegnehmen konnte, um Lösegeld zu fordern oder ihn zu erpressen. Also hatte er sich zwei Wochen vor der Hochzeit einer Vasektomie unterzogen, und er hatte diese Entscheidung in all den Jahren danach kein einziges Mal bedauert.

Er war unantastbar, sein Ruf war makellos, und er war ein Mann, dem Großes bestimmt war. Natürlich nur, wenn er diesen dunklen Schatten, den Grigg Morgan und diese verdammten verschwundenen Dateien darstellten, endlich beseitigt hatte.

Die Dinge wurden immer komplizierter. Und er hasste es, wenn es so lief. Bei diesem Deal gab es jetzt nur noch ein offenes Problem, das gelöst werden musste, und das stellte sich als weitaus schwieriger heraus, als es eigentlich sein sollte.

Um Himmels willen, sie war doch nur eine kleine, schwache Frau. Man hätte sich schon vor Monaten um sie kümmern sollen, ebenso wie um alles andere.

Es war so leicht gewesen, diesen blutrünstigen Hisbollah-Idioten einen Floh ins Ohr zu setzen und ihnen zu verraten, wo sie die verdeckt operierenden Agenten finden konnten, die ihren geachteten Anführer Hassan Kassim ermordet hatten. Als Gegenleistung mussten sie sie nur foltern und herausfinden, wo ein paar gewisse Dateien versteckt waren. Ebenso einfach war es gewesen, die syrische Miliz darüber in Kenntnis zu setzen, dass sich die Hisbollah-Angehörigen in ihrem Territorium aufhielten, nachdem sie für ihn nicht mehr von Nutzen waren. Genauso war es ein Kinderspiel gewesen, dafür zu sorgen, dass dieser neugierige Arsch Delaney und dieser Pisser Morgan draufgingen, nachdem sie so dreist gewesen waren, seine geheimen Computerdateien zu knacken … oder es zumindest versucht hatten.

Irgendwie war es schon eine tragische Ironie, wer in Morgans Fall den eigentlichen Todesstoß ausgeführt hatte. Mann, als er den Bericht über Grigg Morgans Tod gelesen hatte, hatte sich selbst *sein* hartgesottener Magen zusammengezogen.

All das war ihm gelungen, aber irgendwie schaffte er es nicht, eine uninformierte Frau ohne jegliche militärische Ausbildung in die Finger zu bekommen?

Das war völlig inakzeptabel, und seine Geduld war fast am Ende, was auch dadurch nicht besser wurde, dass Zoelner ihm schlicht erwiderte: »Es gibt andere Wege, wie ich an das Geld kommen kann.«

Aldus biss die Zähne so fest zusammen, dass es bis in die Augenhöhlen wehtat. »Ist das so? Wer soll Sie denn noch einstellen, Z? Niemand will einen heruntergekommenen Ex-CIA-Agenten, der es geschafft hat, sein ganzes Team und zwei Zivilisten zu verlieren. Niemand! Nicht das Militär, keine Regierungsbehörde, nicht einmal eines der unabhängigen Teams. Weil Ihnen keiner mehr vertraut. Daher bin ich Ihre größte Chance, das Geld für den armen, fehlgeleiteten Avan zu beschaffen.«

Es gab eine lange Pause, und Aldus hielt den Atem an. Er brauchte Dagan Zoelner, verdammt noch mal, er hatte niemand anders.

»Ich bin der Ansicht, dass Sie nicht ehrlich zu mir gewesen sind, Sir«, sagte Zoelner schließlich. »Ich glaube, Sie haben diesen Überfall angeordnet, und ich weiß mit Sicherheit, dass es hier um mehr geht, als Sie mich glauben machen wollen. Und das sorgt beides dafür, dass ich mich ausgesprochen unwohl bei dieser Sache fühle. Daher danke ich Ihnen für diese Gelegenheit, aber ich steige dennoch aus.«

»Wo sind Sie?«, wollte Aldus wissen, weil er hoffte, noch einmal persönlich mit dem Idioten sprechen zu können …

»Auf der I-90 in Richtung Süden.«

»Kommen Sie zurück nach DC?«

»Könnte sein, aber ich bezweifle es.«

»Was zum Teufel soll das jetzt wieder heißen?«

»Das geht Sie nichts mehr an … Sir.«

Aldus hörte im Hintergrund das leise Dröhnen eines Motorrads, und er hatte das Gefühl, als würde seine Schädeldecke weggeblasen. »Sie folgen ihnen, nicht wahr, Sie Arschloch? Wo fahren Sie hin?«

»Leben Sie wohl, Senator.«

Scheiße!

Er knallte das billige Prepaid-Handy aus Plastik zweimal gegen das Armaturenbrett, aber selbst als sich das Gerät in seine Bestandteile auflöste, war sein Zorn noch nicht verraucht. Das Einzige, das ihn daran hinderte, aus dem Wagen zu steigen und auf den Überresten des Handys herumzuspringen, war die junge Mutter, die ihr Kleinkind auf der Hüfte trug. Sie sah ihn mit einem unverhohlen besorgten Blick an, während sie zur Toilette eilte.

Das war nicht gut. Sie konnte ihn wiedererkennen. Aufgrund seiner Position war sein Gesicht häufiger im Fernsehen zu sehen.

Okay, okay. Reiß dich zusammen, Aldus. Er holte einige Male tief Luft und bekam sich wieder unter Kontrolle.

Das war nicht das Ende der Welt. Er hatte noch eine andere Option.

Eine Option, die er eigentlich nicht nutzen wollte, aber jetzt blieb ihm keine andere Wahl. Er stand mit dem Rücken zur Wand. Also traf er wie immer ungeachtet seiner eigenen Gefühle eine schwere Entscheidung.

Dann sah er die Plastikteile in seiner Hand und auf den grauen Nadelstreifen seiner Anzughose und verfluchte sich für seinen Temperamentsausbruch.

Er brauchte dieses gottverdammte Handy.

Sein eigenes konnte er in dieser ganz besonderen Situation nicht benutzen, denn der Anruf, den er machen musste, durfte nie zu ihm zurückverfolgt werden.

Endlich war sie eingeschlafen.

Alis schlanke, in Leder gekleidete Oberschenkel drückten sich sanft von außen gegen Nates Beine, und sie lehnte an seinem Rücken, sodass er bei jedem Atemzug spüren konnte, wie sich ihre Brust hob und senkte.

Die ersten drei Stunden ihrer Reise hatte sie stets darauf geachtet, einige Zentimeter Platz zwischen ihren Körpern zu lassen und die Knie weit abzuwinkeln.

Wir wollen doch jetzt nicht zu persönlich werden, oder? Vermutlich wollte sie ihn nur dort berühren, wo es *unbedingt* notwendig war.

Mann, er war die Sache letzte Nacht völlig falsch angegangen und hatte sie im wahrsten Sinne des Wortes aus seinem Schlafzimmer geworfen, als er es nicht mehr ertragen konnte, dass sie ihn mit diesem süßen Mitgefühl und dieser verzweifelten Sehnsucht angesehen hatte. Daher konnte er auch nur sich allein die Schuld an ihrem verletzten Gesichtsausdruck an diesem Morgen geben, ebenso wie an den dunklen Ringen unter ihren Augen.

Jemand sollte ihm mal gehörig in den Arsch treten.

Als er in den Seitenspiegel sah und erneut diesen silbernen Escalade ein Stück hinter ihnen entdeckte, hatte er dummerweise das Gefühl, dass das auch ziemlich bald geschehen konnte.

Er vermutete, dass das Alis geheimnisvoller Mann war, der ihnen da auf den Fersen war. Offensichtlich hatte ihr Verwirrspiel nicht funktioniert. Dann blieben ihnen nur noch zwei Optionen.

Nummer eins: Da der geheimnisvolle Mann Ali seit Monaten überwacht hatte, wusste er, wo sie wohnte und arbeitete, und er konnte anhand ihrer momentanen Fahrtrichtung davon ausgehen, dass sie zurück nach Jacksonville fuhren. Was brachte es also noch, ihn abzuschütteln?

Oder … Nate entschied sich für Möglichkeit zwei und wurde den Mistkerl los.

Da er es nicht sehr verlockend fand, die nächsten sechshundert Meilen einen Unbekannten hinter sich zu haben, war eigentlich klar, welchen Weg er einschlagen würde.

»Wach auf, Ali«, sagte er in sein Helmmikrofon. Er hasste es, das tun zu müssen. Es war schon anstrengend genug, auf einem Motorrad mitzufahren, wenn man nicht daran gewöhnt war, und sie konnte den Schlaf wirklich gut gebrauchen. Trotzdem musste er es tun.

»Uh.« Er spürte, wie sie sich hinter ihm bewegte. »W... was ist?«

Selbst durch das blechern klingende Kommunikationssystem konnte er hören, dass ihre müde Stimme heiser klang, woraufhin sich sein Magen zusammenzog.

»Du musst aufwachen, Süße.« Scheiße. Das kleine Kosewort war ihm einfach so rausgerutscht. Bei sich nannte er sie immer so, da sie der süßeste Mensch war, den er je gekannt hatte, doch er hatte es noch nie gewagt, es ihr ins Gesicht zu sagen. Er tröstete sich mit der Tatsache, dass er es eigentlich auch jetzt nicht getan hatte, da sie schließlich hinter ihm saß. »Du musst dich jetzt richtig festhalten.«

Ihr Körper versteifte sich hinter ihm, und sie spreizte die Beine noch etwas weiter.

Ja, jetzt war sie wieder hellwach.

»Was? Warum?«, fragte sie.

»Wir haben Gesellschaft, und ich muss ein paar Flucht- und Ausweichtaktiken einsetzen. Es könnte für ein paar Minuten ziemlich haarig werden.«

»Was für Gesellschaft?« Sie legte die Arme enger um seine Taille und drückte die Oberschenkel dicht an seine Beine.

Hey, warum nicht gleich so?

Hätte er geahnt, dass es so einfach war, sie zu einer vernünftigen Haltung zu bewegen, dann hätte er diesen Trumpf schon viel früher ausgespielt.

»Dreimal darfst du raten«, erwiderte er gelassen.

»Der CIA-Agent?«, fragte sie und legte ihm eine Hand aufs Herz, als würde sie der stetige Rhythmus irgendwie beruhigen.

»Falls der geheimnisvolle Mann wirklich für die arbeitet.« Er legte seine Hand, die in dem dicken Motorradhandschuh steckte, auf ihre schmalen Finger und drückte sie zur Beruhigung.

Verdammt, er hätte darauf bestehen sollen, dass sie im Hauptquartier blieb. Die Frau war Kindergärtnerin, um Gottes willen. Sie war nicht für Flucht- und Ausweichtaktiken auf dem Rücken einer getunten Harley gemacht. Doch jetzt konnte er es nicht mehr rückgängig machen. Nun war sie hier, und es war sein Job, dafür zu sorgen, dass ihr kein Haar auf dem hübschen kleinen Kopf gekrümmt wurde.

»Ich muss das Hauptquartier anrufen«, sagte er. »Vielleicht kann uns Ozzie einen Riesengefallen tun und uns ein nettes kleines Versteck organisieren.«

»Äh, okay …«

Er zog sein sicheres, verschlüsseltes Handy aus der Jackentasche und drückte die Kurzwahltaste zwei. Es klickte einige Male, dann nannte er sein Passwort.

»Was gibt's, Ghost?«, sagte die Stimme klar und deutlich durch sein Headset. Ozzie hatte all ihre Helme mit Bluetooth-Technologie ausgestattet. Der Junge war ein Teufelskerl, so viel stand fest. Nur, dass es nicht Ozzies Stimme war, die er hörte.

»Rebel?«, fragte er.

»Genau die«, antwortete sie prompt. »Ozzie schläft. Was kann ich für euch tun?«

»Wir haben Gesellschaft«, berichtete er und warf rasch einen Blick in den Rückspiegel, doch er konnte den silbernen SUV nirgendwo entdecken.

Was ihn allerdings nicht gerade beruhigte.

»Kannst du unsere Position orten? Wir befinden uns auf der

I-65 kurz hinter Lexington, Kentucky. Such uns einen Fleck, an dem wir für ein paar Stunden untertauchen können.«

»Hat unsere Taktik nicht funktioniert? So ein Mist.«

Ja, das konnte sie laut sagen.

»Okay, ich orte eure Position über das GPS der Phantom«, sagte Becky mit geschäftsmäßiger Stimme, »aber um deinen Verfolger aufzuspüren, brauche ich …« Nate hörte, wie sie schnell auf der Tastatur tippte. »Genau.« Rebel war wieder da. »Warte kurz, während ich auf die Augen am Himmel zugreife.«

Die Augen am Himmel? Ozzie hatte Rebel offenbar beigebracht, wie man vorübergehend einige wichtige Militärsatelliten für seine Zwecke nutzen konnte.

Wie praktisch.

Allerdings auch verdammt schwierig.

»Okay, Ghost, ich hab dich auf dem Monitor«, erklärte Becky kurz darauf. »Ich suche jetzt nach möglichen Fluchtwegen und Verstecken.«

Wow, das war schnell.

Weiter so, Chica, schoss es ihm durch den Kopf. Die Kleine war offenbar schon verdammt gut, und das nicht nur, was den Technikkram betraf. Sie konnte auch besser mit einem Repetiergewehr umgehen als die meisten erfahrenen Soldaten.

Boss würde vor Wut platzen, wenn er herausfand, wie sehr sich die Kleine anstrengte, um ein richtiges Teammitglied zu werden. Nate konnte nur hoffen, dass er gerade im Einsatz war, wenn es dazu kam …

»Unser Verfolger fährt einen silbernen Escalade«, sagte er zu ihr. »Ich kann ihn im Moment nicht sehen, hatte vor etwa einem halben Kilometer aber noch Sichtkontakt.«

»Den hab ich ebenfalls auf dem Bildschirm«, bestätigte Becky kurz darauf. »Er hängt immer noch an euch dran, hat sich aber zurückfallen lassen, etwa einen Kilometer. Okay, Ghost, laut den Immobilienanzeigen gibt es in Winchester ein leer stehendes Haus. Ein ziemlich altes. Es steht schon eine ganze Weile zum Verkauf, daher besteht wohl keine Gefahr, dass ein enthusiastischer Makler reinplatzt, solange ihr da seid. Für das Garagentor gibt es keinen automatischen Öffner, daher solltest du da problemlos reinkommen. Noch zwei Kilometer bis zur Abfahrt.«

Nate wurde kein bisschen langsamer, als er die Abfahrt hinunterfuhr. Ali schrie hinter ihm auf, und er hätte sich gewünscht, das nicht tun zu müssen. Sie hatte in letzter Zeit schon genug durchgemacht, und jetzt musste sie auch noch befürchten, bei einem Motorradunfall ums Leben zu kommen.

»Die erste rechts.« Beckys Stimme kam klar und deutlich aus dem Headset. »Fahr am Ende des Blocks nach links, bis du zur Magnolia Street kommst.«

In den Auffahrten der kleinen, mit Holz verkleideten Häuser, die an ihnen vorbeiflogen, hingen Basketballkörbe. In der Ecke eines Hofs stand ein vergessenes blaues Dreirad und auf der anderen Straßenseite ein roter Bollerwagen voller Stofftiere.

Zum Glück war gerade Mittagszeit, sodass die meisten Kinder, die hier wohnten, gerade im Haus waren und aßen, sonst wäre das kleine Manöver nicht ganz so einfach gewesen.

»Der silberne Escalade ist gerade abgefahren. Er wird langsamer«, informierte ihn Becky.

»Okay. Er lauscht vermutlich, ob er uns hören kann«, entgegnete Nate und knirschte mit den Zähnen. Das war einer der Nachteile der Phantom.

»Bieg von der Magnolia links ab. Das zehnte Haus auf der rechten Seite. Weiß gestrichen, purpurrotes Verandageländer …«

»Ich sehe es.«

»Die Garage ist hinter dem Haus. Wenn sie verschlossen ist …«

»Ich habe meinen Bolzenschneider dabei«, unterbrach er sie.

Aber als er den Motor ausstellte und die Maschine zu der alten, baufälligen kleinen Garage rollen ließ, bemerkte er schnell, dass sich nirgendwo ein Schloss befand.

Kleinstädte. Man musste sie einfach lieben.

»Hüpf runter, Süße, und …« Scheiße. Er zuckte zusammen. Schon wieder hatte er sie »Süße« genannt. »… und mach das Tor auf, ja?«

»Das würde ich ja gern, *Schätzchen*«, neckte ihn Becky über das Headset, »aber ich bin gerade ziemlich beschäftigt und außerdem dreihundert Meilen von dir entfernt.«

Nate ignorierte Rebel und sah zu, wie Ali schwankend auf das Garagentor zuging. Oh, oh, mehr als vier Stunden auf dem Rücksitz eines Motorrads setzten jedem zu, der nicht daran gewöhnt war. Sie beugte sich nach unten, um das Tor hochzuziehen, und …

Mann. Niemand sollte in abgewetzten Jeans und einer ledernen Überhose derart gut aussehen. Er stellte sich vor, wie sie aussah, wenn sie nichts als diese Überhose trug, und sein degenerierter Verstand geriet aus den Fugen.

Na, super. Das war wohl kaum die richtige Zeit für eine Erektion. Hier waren sie, Hunderte von Meilen von jeglicher Hilfe entfernt, hatten einen geheimnisvollen Agenten am Hals und wussten nicht, was sie in Jacksonville erwartete, und was tat er? Er griff unauffällig nach unten und rückte seine Hose zurecht, weil sein Glied beschlossen hatte, dass jetzt die perfekte Zeit wäre, um sich ins Rampenlicht zu rücken.

Offenbar brauchte er dringend eine Psychoanalyse, denn die Möglichkeit, dass er in Bälde das Zeitliche segnen konnte, sollte in Kombination mit Alis Anblick in dieser Jeans und der Überhose eigentlich keine derartige körperliche Reaktion bewirken. Das bestätigte ihm wieder mal, dass mit ihm etwas ganz und gar nicht in Ordnung war. Falls ein Ständer während eines Kampfes allerdings ein Hinweis auf ein mentales Defizit war, dann müsste jeder Mann, den er kannte, dringend zum Seelenklempner. Etwas an dem Adrenalinausstoß schien sich auf dieselbe Weise wie das Poster in der Mitte des Playboys auf die männliche Anatomie auszuwirken, allerdings würde er dieses seltsame evolutionäre Problem vermutlich niemals begreifen.

Sobald das Tor quietschend aufgeglitten war, schob er die Phantom rasch in die kühle, staubige Garage. Alte Farbdosen rosteten auf den Regalen vor sich hin, und es roch nach Schimmel und Mottenkugeln. Staubwolken schwebten durch die abgestandene Luft.

Das war definitiv nicht das Hilton, aber es würde vorerst reichen.

»Mach das Tor zu«, wies er Ali an, und sie hob den Arm, um das Tor wieder runterzuziehen. Ihr Shirt rutschte so weit hoch, dass er diesen gottverdammten roten Stein in ihrem Bauchnabelring sehen konnte, der ihn zu verspotten schien.

Na super, jetzt schlugen auch noch seine Hoden Alarm. Konnte dieser Tag noch schlimmer werden?

»Der silberne Escalade sucht in der Nachbarschaft«, informierte ihn Becky.

Tja, da hatte er es. Er sollte inzwischen wissen, dass es besser war, auf rhetorische Fragen zu verzichten.

»Lass ihn suchen«, entgegnete er, stieg vom Motorrad und machte die typische Bewegung, die jeder Mann auf diesem Planeten perfektioniert hatte, um seine Genitalien in eine unauffällige Position zu bringen. »Er wird uns nicht finden. Ich wechsle zum Headset«, informierte er Rebel, nahm den Helm ab und steckte sich ein Bluetooth-Gerät ans Ohr. »Mikro-Check. Mikro-Check.«

»Ich hör dich laut und deutlich, Ghost Man«, trällerte Rebel. Sie übernahm gerade zum ersten Mal die Kommandozentrale, und es schien ihr offenkundig sehr zu gefallen.

Boss würde einen Wutanfall kriegen.

»Gut.« Nate nahm einen Koffer aus den Satteltaschen und begann damit, sein Präzisionsgewehr zusammenzubauen. »Du musst auch den hiesigen Polizeifunk überwachen. Ich will schließlich nicht, dass die Gesetzeshüter zu neugierig werden. Sie würden unsere Position im Handumdrehen verraten.«

»Wird gemacht«, bestätigte Becky, und er hörte erneut die Tastatur klappern.

»Ali …« Als er sich umdrehte, stand sie dicht neben ihm und ihre Augen wurden immer größer, während er sein Gewehr zusammenbaute. »Ich werde ins Haus gehen, um Wache zu halten und unsere Position zu sichern. Du musst hierbleiben und ganz leise sein, hast du verstanden? Was immer du auch hörst, verlasse auf keinen Fall diese Garage.«

Sie schluckte schwer und nickte. Er konnte an ihrem Hals sehen, wie ihr Puls raste, und sie sah aus, als stünde sie kurz davor, in Ohnmacht zu fallen.

Erneut musste er sich schweren Herzens eingestehen, dass sie für so etwas einfach nicht gemacht war.

»Ich brauche eine Waffe«, sagte sie mit ruhigerer Stimme, als er für möglich gehalten hatte.

Hey. Vielleicht war sie doch für so etwas ja gemacht. Jetzt würde ihn nichts mehr überraschen, was sie sagte.

»Weiter so, Schwester«, brüllte ihm Becky ihr Lob für Ali ins Ohr.

Er zögerte nur eine Sekunde, bevor er sich nach vorn beugte und seine Reservewaffe aus seinem linken Stiefel zog. Er reichte ihr den 45er Colt und sah voller Bewunderung zu, wie sie das Magazin überprüfte, um sich zu vergewissern, dass die erste Kugel bereits im Lauf steckte.

Becky hatte recht gehabt. Grigg hatte seiner kleinen Schwester einiges beigebracht. Nate stand nicht gerade auf Intimitäten unter Männern, aber wenn Grigg noch am Leben gewesen wäre, dann hätte er dem Schweinehund in diesem Moment einen dicken Schmatzer auf den Mund gegeben. Worin Grigg Ali absichtlich oder unabsichtlich verwickelt hatte – wobei Nate sein linkes Ei auf unabsichtlich verwettet hätte –, er hatte zumindest halbwegs versucht, sie darauf vorzubereiten.

»Mach niemandem die Tür auf«, ordnete Nate an und schulterte sein Gewehr. »Ich sage dir Bescheid, wenn ich reinkommen will.«

Er drehte sich zur Seitentür um, blieb dann jedoch stehen und sah sie an. Sein Gewissen machte ihm zu schaffen, und obwohl sie sich offenbar mit Schusswaffen auszukennen schien, verfluchte er sich zum wohl hundertsten Mal dafür, dass er sie mitgenommen hatte. Was hatte er sich nur dabei gedacht? Ach ja, er hatte gedacht, wie wunderbar und quälend es sein würde, wenn sie sich fünfzehn Stunden am Stück gegen seinen Rücken presste.

Er hatte beides unterschätzt.

Es war viel wundervoller, als er es je vermutet hatte, aber auch sehr viel qualvoller. »Es könnte eine Weile dauern«, meinte er und sah in ihr verängstigtes Gesicht. »Kommst du hier drin allein klar?«

Sie nickte tapfer, und er konnte einfach nicht anders. Er seufzte ergeben und resigniert, marschierte zu ihr hinüber, legte ihr einen Arm um die schmale Taille und zog sie an sich, bis sie sich komplett an ihn drückte und die Augen weit aufgerissen hatte.

Dann küsste er sie so innig, wie er nur konnte.

Er küsste sie, bis er nicht länger ignorieren konnte, dass er eigentlich etwas ganz anderes tun sollte. Dann stürmte er durch die kleine Seitentür der Garage und versuchte, nicht daran zu denken, wie verträumt und glasig ihre Augen geworden waren, oder wie sie eine Hand an ihre Brust gelegt hatte, als müsse sie ihr Herz in Schach halten.

Die Frau würde ihn noch ins Grab bringen.

»Wurde auch Zeit, dass du das endlich machst«, raunte ihm Becky ins Ohr.

»Sei still«, erwiderte er.

»Ich mein doch bloß …«

»Halt einfach den Mund!«

Mann, warum rastete er eigentlich so aus?

»Yo.«

Senator Aldus verzog bei diesem Gruß das Gesicht.

Johnny Vitiglioni besaß ungefähr so viel Klasse wie ein Dixi-Klo auf einem Musikfestival, aber Aldus war der Ansicht, dass ein Mann, dessen Spezialität Exekutionen mit der Kolumbianischen Krawatte waren, vermutlich auch nicht viel Zeit darauf verwandte, seine gesellschaftlichen Umgangsformen zu verbessern.

»Ich habe noch einen Job für Sie und Ihre Männer«, sagte er, ohne sich vorzustellen. Das musste er auch nicht. Johnny wusste genau, mit wem er sprach.

»Ich bin ganz Ohr.«

Natürlich war der Idiot ganz Ohr. Aldus zahlte Johnny eine lächerlich hohe Summe dafür, dass er jederzeit bereit war, ihm zuzuhören.

»Tja, dann hoffen wir mal, dass ihr das besser macht als beim letzten Mal.«

»Hey, Alter, ich sagte doch, dass Rocco …«

»Das ist mir egal«, knurrte Aldus. »Außerdem ist das längst Schnee von gestern. Hoffentlich ist der neue Auftrag eher nach Roccos Geschmack.«

»Was sollen wir machen?«

Tja, was sollten sie machen? Jemanden umbringen, so viel stand fest. Und diese elende Situation ein für alle Mal beenden.

»Es gibt da einen Mann, der zusammen mit der Frau unterwegs ist, die ihr überfallen solltet.« Als er an Zoelner dachte, der den Job hingeschmissen hatte, obwohl sein Ziel gerade auf einem Motorrad (einem laut Statistik sehr riskanten Fahrzeug) unterwegs war, sodass es für den Ex-CIA-Agenten kinderleicht gewesen wäre, sie einfach auf einem ruhigen Straßenabschnitt abzudrängen, stieg Aldus' Blutdruck wieder in ungeahnte Höhen. Es wäre natürlich nicht leicht gewesen, hinterher alles aufzuräumen, aber Zoelner war ohnehin viel zu sehr Gutmensch, um sich auf etwas so Schändliches einzulassen.

Zum Glück hatten Johnny und seine Männer keine derartigen Bedenken.

»Und?«, hakte Johnny nach, als Aldus zu lange schwieg.

»Sie sind auf einer großen, lauten Harley unterwegs. Vermutlich irgendwo zwischen Chicago und Jacksonville. Ja, bestimmt.«

»Das ist eine verdammt lange Strecke, Alter«, meinte Johnny genervt.

Großer Gott.

Aldus verabscheute es zutiefst, »Alter« genannt zu werden.

Er war kein »Alter«, und er verkehrte auch nicht in denselben zwielichtigen Kreisen wie Johnny. Ebenso wenig lag er Hasch rauchend am Strand und wartete träge auf die nächste große Welle, während er seine Arbeitslosigkeit genoss.

Er war ein gottverdammter Senator der Vereinigten Staaten von Amerika, und wenn er es je bis ins höchste Amt schaffen sollte, dann hatte er vor, das Leben aller »Alten« in diesem Land etwas schwieriger zu machen.

»Aus diesem Grund schicke ich Ihnen auch noch zwei weitere Adressen an Ihre sichere E-Mail-Adresse«, fuhr er fort und versuchte, weiterhin geduldig zu bleiben. Es war ohnehin keine einfache Aufgabe, und diese ... *Situation* machte ihn nur umso reizbarer.

Tja, deshalb hatte er unterwegs anhalten müssen, um sich ein neues Prepaid-Handy zu kaufen. »Eine der Adressen ist die Wohnung des Mannes in Chicago«, erläuterte er. »Bei der anderen finden Sie das Haus der Eltern der Frau. Die Adressen ihrer Wohnung und Arbeitsstätte haben Sie noch?«

»Ja.«

»Gut. Die beiden werden vermutlich innerhalb der nächsten vierundzwanzig Stunden an einer der Adressen auftauchen. Wenn sie das tun, möchte ich, dass Sie sie ausschalten.«

»Ein Unfall wie beim letzten Job?«, erkundigte sich Johnny.

Wenn das dieses Mal doch nur auch so einfach wäre, dachte Aldus. Aber er durfte keine Risiken mehr eingehen. Die Sache musste endlich ein Ende haben.

»Nein. Ihre Leichen dürfen niemals gefunden werden.« Er musste sichergehen, dass die Dateien niemals veröffentlicht werden konnten, falls Alisa sie tatsächlich bei sich hatte. »Und damit meine ich *niemals*. Gießen Sie sie in Blei und versenken Sie sie im Marianengraben, das würde mich halbwegs zufriedenstellen.«

»Im was?«

Das kann doch nicht wahr sein! Johnny war das Paradebeispiel eines verblödeten italienischen Mobsters. Francis Ford Coppola hätte den kleinen Scheißer bestimmt geliebt. »Sorgen Sie einfach dafür, dass ihre Leichen so entsorgt werden, dass sie nie wieder auftauchen können. Ist das klar?«

»Kristallklar, Alter.«

Aldus spürte, wie die Vene auf seiner Stirn zu pulsieren begann.

»Hey«, meinte Johnny, »ich hab hier zwei Bilder von irgendwelchen Kerlen auf dem Bildschirm. Haben Sie nicht gesagt, dass wir einen Mann und diese Alisa ausschalten sollen? Auf keinem der Bilder ist sie drauf.«

Wow, das wird ja immer besser. Johnny sollte sich am besten gleich bei Mensa anmelden. Manchmal war es richtig deprimierend, wenn man realisierte, dass es auf der Welt nichts als Idioten gab.

Zu Aldus' Glück ließen sich Idioten leicht manipulieren. Das hatte er in seinem Wahlkreis auch schon festgestellt …

»Der zweite Mann«, sagte er so langsam, dass der Schwachkopf Johnny ihm auch folgen konnte, »ist ein Bonus für Sie und Ihre Männer. Ich möchte, dass Sie ihm Ihre Spezialbehandlung zuteilwerden lassen.«

»Ah.« Johnny kicherte, und das klang irgendwie krank, wie das Lachen eines kleinen Jungen, der einem Schmetterling die Flügel ausreißt. Das hatte Johnny als Kind bestimmt auch mehr als einmal getan. »Der hat Ihnen wohl ordentlich an den Karren gepisst, was?«

»Ja«, erwiderte er und knirschte mit den Backenzähnen. »Das kann man wohl sagen.«

Er hörte, wie seine Frau auf dem Flur mit der Haushälterin sprach, und sah auf seine Cellini Prince Rolex aus achtzehn Karat Gelbgold.

Er musste in zwanzig Minuten bei einer Sitzung erscheinen. Es war Zeit aufzubrechen.

»Rufen Sie mich an, wenn es erledigt ist«, sagte er zu Johnny und legte auf, ohne auf dessen Antwort zu warten.

Jetzt musste er sich wieder anhören, wie seine Angestellten endlos über irgendwelche Notfallzusatzmaßnahmen für die Grenzsicherheit diskutierten.

Was für eine unglaubliche Zeitverschwendung.

Seiner nicht ganz so bescheidenen Meinung nach hatten es die Chinesen vor so vielen Jahren völlig richtig gemacht. Baue eine Mauer, stationiere ausreichend Wachleute in den Türmen und bringe jeden um, der dumm genug ist, diese verdammt auffällige Grenze überqueren zu wollen.

11

Als er den Dachboden des leeren Hauses erreicht hatte – Mann, was für ein Akt, sich durch diese enge Luke zu quetschen –, stellte Nate sein M-40 A5 USMC-Präzisionsgewehr mit Tarnlackierung auf das Zweibein und kauerte sich dahinter.

Mit einem Stück spiralförmig aufgewickelter Sprengschnur bohrte er ein Loch in die Wand neben dem Fenster, und wie immer fühlte es sich vertraut an, als er die Waffe in den Händen hielt. Sie wurde einfach zu einer Verlängerung seines Arms.

Diese Waffenbauer in Quantico wussten schon, wie man anständige Gewehre baute …

Die Sierra war seine erste Wahl, wenn es darum ging, ein Ziel aus einer Entfernung von bis zu eintausend Metern auszuschalten.

Diese Waffe konnte sogar noch auf größere Distanz brillieren. Einmal hatte er einen Mann ausgeschaltet, der durch ein Kaufhaus zu flüchten versuchte, das zweihundert Meter weiter entfernt war, als Grigg oder er berechnet hatten. Dennoch lag der schmierige Al-Kaida-Anführer längst auf dem Boden, als seine Horde an Bodyguards noch nicht einmal den Schuss der Sierra gehört hatten.

Während er durch das Zielfernrohr blickte und den Park auf der anderen Straßenseite ins Visier nahm, versuchte er seine aktive Dienstzeit zu vergessen.

Denn die hatte sich vor allem durch Langeweile ausgezeichnet. Stundenlange systematische Aufklärung, gefolgt von etwa einer halben Minute verrückter Aktivität.

Grigg hatte immer gern andere Scharfschützen zitiert. Eines seiner Lieblingszitate war: »Ein Scharfschütze erschafft Poesie in Zeitlupe, bis zu dem Moment, an dem er den Abzug drückt.«

Ab dem Augenblick, in dem Nate den Abzug gedrückt hatte, brauchten sie gerade mal zwanzig Sekunden, bis sie ihre Ausrüstung verstaut und versteckt hatten, und dann waren sie auch schon wieder verschwunden. Zwanzig Sekunden voller panischer, hektischer Handgriffe. Gegen Ende hatten sie es oft in achtzehn geschafft …

Sie waren verdammt gut. Und schnell.

Er bemerkte, dass ein Mann durch den Park ging, und schaltete instinktiv auf taktische Atmung um. Dreimal tief ein- und ausatmen.

Der Mann trug eine Baseballkappe der Universität von Louisville, ein blaues Oberhemd und unbestimmbare weiße Turnschuhe. Er hatte die Hände tief in die Taschen seiner Jeans gestopft und marschierte mit gesenktem Kopf über den Gehweg.

Vielleicht genoss der Typ einfach nur den angenehmen Sommertag, aber Nate hatte nicht das reife Alter von dreiunddreißig Jahren erreicht, indem er Risiken einging. Der samstägliche Parkspaziergänger schien etwa dieselbe Größe und den gleichen Körperbau wie der geheimnisvolle Mann zu haben. *Can you dig it? Yes I can. And I've been waiting such a long time …* Er hatte eindeutig zu viel Zeit in Ozzies Nähe verbracht, der ständig irgendwelche Songtexte zitierte. Aber wenigstens konnte Nate von sich behaupten, dass er einen besseren Musikgeschmack besaß. Seiner Meinung nach war Chicago um Längen besser als der gesamte Glam-Rock aus den Achtzigern.

»Komm schon, sieh nach oben. Lass mich mal dein Gesicht sehen«, flüsterte er in den lautlosen, heißen Dachboden hinein.

Der Schweiß stand ihm auf der Stirn und lief ihm an den

Schläfen hinunter. Der Staub und winzige Bestandteile der Isolation schwebten durch die Luft und bewirkten, dass er einen Hustenreiz bekam. In einer Ecke lag eine verwesende Maus, sodass der süßliche Geruch des Todes unverkennbar in der Luft hing.

Der Mann im Park kam seiner geflüsterten Bitte nicht nach.

War ja klar. So ein Glück konnte Nate einfach nicht haben.

Dann kam eine ältere Frau mit ihrem übergewichtigen Dackel vorbei, der aussah, als würde er gleich platzen, und der Spaziergänger beugte sich hinunter, um das Tier hinter den Ohren zu kraulen.

Nate sah seine Chance.

Er zog den leistungsstarken Laserpointer aus der Jackentasche, während er das Auge am Zielfernrohr behielt, und aktivierte das Gerät mit dem Daumen. Dann richtete er den dünnen Lichtstrahl auf sein Ziel.

Eines war klar: Der Spaziergänger würde zu Tode erschrecken, wenn er wirklich nur ein sorgloser Bürger war, der die Zeit totschlug. Denn ein sorgloser Zivilist konnte einen roten Laserpunkt nicht sofort mit einer Waffe in Verbindung bringen. Oh nein. Diese instinktive Reaktion eignete man sich nur durch Training und Erfahrung an, indem man in einem Zustand ständiger Wachsamkeit lebte, in dem das Erste, was einem in jeder Situation in den Sinn kam, nicht war, *ob* es eine unbekannte Bedrohung sein könnte, sondern *dass* es wahrscheinlich eine war …

Automatisch verlangsamte sich sein Herzschlag.

Die Welt um ihn herum verblasste und er vergaß, wie unbehaglich er sich auf dem heißen Dachboden fühlte, als sich jede Zelle seines Körpers nur auf eins konzentriert nämlich: die fünf Bestandteile des Scharfschützen-Mantras: langsam, ruhig, gerade, besonnen, abdrücken.

Tja, das mit dem Abdrücken würde er überspringen.

Denn wenn der Typ wirklich von der CIA war, dann hatte die Regierung seine Mission sanktioniert. Obwohl Nate dem Mann gern ein schönes, sauberes Loch zwischen den Augen verpasst hätte, weil er es gewagt hatte, eine Waffe auf Ali zu richten, brachte er seinen Finger gar nicht erst in die Nähe des Abzugs.

Stattdessen richtete er den Laserpointer auf die Szene im Park. Als er den bösen roten Punkt auf den Handrücken des Mannes zentrierte, wurde der Kiefer des Spaziergängers auf einmal kreidebleich, bevor er aufsprang und zwischen den Bäumen verschwand.

Die Frau, die die Leine des Hundes in der Hand hielt, machte erschrocken einen Schritt nach hinten. Der dicke Dackel fing an zu bellen, und seine langen Ohren flogen über seinen gewölbten Rücken, als er den Kopf hob und lautstark protestierte.

Die Wände des Dachbodens erschienen in Nates Blickfeld, als er den Kopf hob und fluchte.

Er ignorierte den Drang, die Waffe hinzuschmeißen und dem Kerl hinterherzulaufen. Der geheimnisvolle Mann wäre schon halb in Texas, bis er überhaupt den Park erreicht hätte.

Das Beste wäre, wenn er genau da blieb, wo er war. Er würde Wache halten und warten. Mit fünf Magazinen voll Blei, die jedes unfreundliche Individuum schnell dazu bringen konnten, seine Einstellung zu ändern.

Was hatte Grigg doch immer gesagt? *Der schnellste Weg, die Meinung einer Person über etwas zu ändern, ist ein 138 Gramm schweres Argument.*

Verdammt richtig!

Ali saß auf dem großen Farbeimer in der dreckigen Garage und hielt Nates kühle, verwirrende Reservewaffe in der Hand, während sie es immer mehr bereute, darauf bestanden zu haben, ihn auf dieser Reise zu begleiten.

Es war an diesem Morgen nicht gerade angenehm gewesen, als sie darauf bestanden hatte, mit ihm zu fahren. Mit Ausnahme von Becky hatten sich alle Knights auf Nates Seite gestellt und verlangt, dass sie ihm sagen sollte, wo sie den USB-Stick versteckt hatte, damit Nate ihn abholen konnte.

»Keine Chance. Das ist ebenso mein Problem wie eures. Eigentlich sogar eher meins, wenn ich genau darüber nachdenke. Ich bin diejenige, die beschattet, überfallen, verwanzt wurde, und ich bin auch diejenige, auf die man eine Waffe gerichtet hat«, sagte sie und starrte die Gruppe an, die sich in Frank Knights kleinem Büro drängte.

»Und aus genau diesem Grund solltest du hierbleiben«, beharrte Frank, dessen graue Augen sie argwöhnisch musterten.

»Ach ja«, entgegnete sie und hob das Kinn ein Stück höher. »Es ist also völlig in Ordnung, dass Nate loszieht und sein Leben riskiert, aber für mich gibt es andere Regeln? Das sehe ich anders.« Allein der Gedanke, Nate allein loszuschicken, bewirkte schon, dass sie am liebsten laut aufgeschrien hätte, insbesondere da sie vermutete, dass er das Laufwerk holen, das Rätsel lösen und beschließen würde, sie völlig im Dunkeln zu lassen.

»Er wurde dafür ausgebildet, Ali«, meinte Ozzie mit sanfter, aber autoritärer Stimme, was ein wenig irritierend war, da er nichts als eine Pyjamahose mit aufgedruckten Raumschiffen trug und noch immer völlig zerzauste Haare hatte. Er sah aus, als wäre er gerade aus dem Bett gefallen. »Und du, meine Liebe, wurdest das nicht.«

»Ich habe mehr gelernt, als ihr wisst. Grigg hat sich große Mühe gegeben, mir …«

»Ali«, fiel ihr Nate mit ernster Stimme ins Wort und sah sie mit stahlhartem Blick an, als sie sich zu ihm umdrehte. »Komm bitte mal mit.«

Na, super.

Sie musterte die Umstehenden, die sie mit gleichgültigem Gesichtsausdruck ansahen.

Okay, es herrschte also Ruhe auf den billigen Plätzen.

Mit Ausnahme von Becky. Sie schnitt eine Grimasse und zwinkerte ihr dann aufmunternd zu. Ali wusste die Geste zu schätzen, die ihre innere Unruhe jedoch auch nicht besänftigen konnte.

Das würde gleich ganz übel werden. Aber sie konnte sich schlecht weigern. Wenn sie das täte, würden die Knights einfach alle das Büro verlassen, sodass sie in derselben misslichen Lage wäre. Allein mit Nate.

Sie verzog das Gesicht und stieß die Luft aus. Dann nahm sie die Katze auf die Arme, stand auf und folgte Nate die Metalltreppe hinauf in sein spartanisches Schlafzimmer.

Der Tatort von gestern, dachte sie säuerlich und hätte am liebsten laut aufgeschrien, als ihr seine kaltherzige Abfuhr wieder einfiel.

Stattdessen nahm sie all ihre Selbstsicherheit zusammen, marschierte mit hoch erhobenem Kinn an ihm vorbei und setzte sich auf die Bettkante. Zumindest konnte er so nicht merken, dass sie butterweiche Knie hatte, außerdem taten ihr langsam die Arme weh, weil Peanut ein ziemlicher Brocken war.

»Du kannst mich nicht umstimmen«, sagte sie zu Nate und beobachtete ihn, während er sich auf seinen ledernen Fernsehsessel setzte, sich zurücklehnte und die Füße hochlegte. Er sah sie mit diamantharten Augen an.

»*Warum* willst du mitkommen?«

»Weil Grigg mein Bruder war, und weil ich es leid bin, nie eine Antwort auf meine Fragen zu bekommen. Wenn du den

USB-Stick holst, dann werde ich nie erfahren, worum es bei dieser Sache eigentlich gegangen ist.«

Er sah sie einfach nur an.

»Du leugnest es nicht einmal?«, fragte sie ungläubig.

Er regte sich nicht, sagte keinen Ton und wirkte nicht einmal so, als würde er atmen.

Und dann wartete er einfach, bis sie es nicht mehr aushielte.

Tja, das würde dieses Mal nicht funktionieren. Oh nein, keine Chance. Nicht mit ihr.

Die Stille dauerte an. Sie konnte beinahe hören, wie der Sekundenzeiger seiner Armbanduhr tickte. In Peanuts rundem Bauch rumpelte es einmal warnend, bevor er sehr unkätzisch einen fahren ließ.

»Igitt!«, rief sie und wedelte mit der Hand vor ihrem Gesicht herum, um den ekelhaften Geruch zu vertreiben.

Nate blinzelte, ließ sich von Peanuts gastrointestinalem Versuch, die Spannung zu vertreiben, aber nicht aus der Ruhe bringen.

Während sie die Hand senkte, um Peanut zu streicheln, der tatsächlich zu lächeln schien, starrte sie Nates frustrierend gleichgültiges Gesicht an. Es würde *nicht* funktionieren. Da konnte er warten, bis er schwarz wurde. Sie konnte in aller Seelenruhe hier sitzen, sich die Zeit vertreiben und …

»Mann!« Sie riss die Hände in die Luft. Ansonsten hätte sie den Mann erwürgen müssen. »So sag doch um Gottes willen was!«

Peanut stieß ein missbilligendes, lang gezogenes Maunzen aus. Seine vernarbte schwarze Nase zeigte zur Decke, und sein schiefer Schwanz peitschte hin und her.

»Nicht du!«, meinte sie genervt zu der Katze. »Du!« Sie deutete mit einem Finger auf Nates muskulöse Brust.

»Was soll ich denn sagen?«, erwiderte er und seufzte resigniert. »Wenn ich der Ansicht bin, dass die Informationen zu wertvoll sind, um sie Zivilisten zugänglich zu machen, dann würde ich sie nur autorisierten Personen übergeben, und zu denen gehörst du nicht.«

»Aber er war mein Bruder!«, schrie sie ihn wütend und frustriert an und bekam Angst, dass sie diesen Kampf verlieren und nie erfahren würde, was das alles zu bedeuten hatte. »Ich verdiene es zu erfahren, worin er verwickelt gewesen ist.«

»Nein«, entgegnete er mit eiskalter Überzeugung. Der Eismann war wieder da. »Das tust du nicht. Außerdem weißt du ohnehin schon viel zu viel.«

»Himmel noch eins!« Sie zog Peanut an ihre Brust und ließ sich von seiner Wärme trösten. »Was soll das bedeuten? Musst du mich jetzt etwa umbringen?«

Brachten Spione der Regierung und Mitarbeiter des Verteidigungsministeriums tatsächlich Zivilisten um, die zu neugierig geworden waren, oder passierte so etwas nur im Kino?

Aber als sie darüber nachdachte, kam sie zu der Erkenntnis, dass die Fiktion meist auf wenigstens einem Fünkchen Wahrheit beruhte.

Ach, Scheiße.

»Niemals«, schwor Nate, dessen ohnehin schon tiefe Stimme jetzt einem fast schon kehligen, wilden Knurren glich. »Ich würde niemals zulassen, dass dir was passiert, Ali.«

Wow. Sie schluckte den dicken Knoten herunter, der ihr die Kehle zugeschnürt hatte. Was sollte man dazu noch sagen?

»Danke?«

Er verspannte den Kiefer noch mehr, falls das überhaupt noch möglich war, da er ohnehin schon aussah, als wäre er aus Granit gemeißelt. »Das habe ich Grigg versprochen.«

»Oh«, murmelte sie und runzelte die Stirn.

Was war das für ein seltsames Gefühl, das sie empfand? Enttäuschung?

»Aus diesem Grund«, er sah sie durchdringend an, »wirst du hierbleiben.«

»Lies es mir von den Lippen ab«, erwiderte sie mit süßer Stimme und war entschlossener als je zuvor. Sie war es so leid, dass ihr niemand zu trauen schien. Das musste ein Ende haben, und zwar sofort. »Auf gar keinen Fall. Wenn du den USB-Stick haben willst, dann nimmst du mich mit. Ich habe keine Lust mehr, ständig ausgeschlossen zu werden. Ich kann ein Geheimnis für mich behalten, weißt du.«

Wenn ihr Grigg doch nur vertraut und ihr Jahre zuvor die Wahrheit gesagt hätte, dann wäre sie jetzt nicht in dieser Lage.

»Ali.« Das war eine Warnung.

»Ja, Nate?« Sie lächelte und klimperte mit den Wimpern.

»Du wirst mir verraten, wo ich diesen USB-Stick finde, und wenn ich dir dafür den Hintern versohlen muss, bis er Blasen schlägt.«

Dieses erotische Bild brachte ihr erschöpftes Gehirn kurzfristig durcheinander, und in ihrem Magen flatterte etwas.

Was? Was sollte das denn? Wollte sie etwa, dass er ihr den Hintern versohlte? Sie hätte nie geglaubt, dass sie auf so etwas stehen würde, aber wenn Nate es tat?

Ja, vielleicht …

Dann begriff sie die Bedeutung seiner Worte oder vielmehr die männliche Arroganz und den Mangel an Respekt, die dahintersteckten, und wurde richtig wütend.

»Wie bitte?«, erwiderte sie, stand auf und ignorierte Peanuts verstimmtes Knurren, als er von ihrem Schoß rutschte und mit einem lauten Plumpsen auf dem Boden aufkam.

»Du hast mich schon verstanden«, antwortete er und zog spöttisch eine Augenbraue hoch.

Jetzt reichte es. Sie konnte ihm beinahe vergeben, dass er ihr nicht die Wahrheit über Griggs Tod sagen wollte. Vermutlich hatte er auf die Bibel, die Verfassung der Vereinigten Staaten, das Grab seiner Mutter oder was auch immer einen Eid geschworen, worauf diese Spione, freien Mitarbeiter der Regierung oder was zum Henker er auch immer war eben so schwören mochten.

Aber eines konnte, wollte und würde sie nicht tolerieren, und das war diese machohafte männliche Einstellung und seine arrogante Überheblichkeit.

Oh nein, nicht mit ihr!

In ihrem Inneren baute sich eine felsenfeste Entschlossenheit auf und sie wappnete sich.

Mit so viel Selbstbewusstsein, wie sie nur aufbringen konnte, marschierte sie zu der Stelle hinüber, an der er noch immer lässig auf seinem Sessel hockte, auch wenn sie eigentlich kurz davor stand, vor lauter Wut zu explodieren.

Ihr Lächeln war gespielt und so wütend wie das einer Dschungelkatze, als sie vor ihm stehen blieb. »Ich habe dich zwar um Hilfe gebeten, aber soweit ich mich erinnere, bin ich kein sechsjähriges Mädchen mehr, und du bist ganz sicher nicht mein Vater.«

»Zum Glück«, murmelte er leise und sah sie mit einem Ausdruck an, als ob er sie am liebsten umbringen würde, aber dabei auch so gleichgültig, dass sie ihm am liebsten mitten in sein viel zu attraktives Gesicht geschlagen hätte.

Was hatte dieser Mann nur an sich, dass sie gleich so gewalttätig wurde? Sonst war sie eigentlich immer sehr friedlich gesinnt, aber irgendetwas an Nate Weller brachte die Tigerin in ihr ans Licht. Sie wollte beißen, kratzen und fauchen …

»Daher sollte es einleuchten, mein Freund«, sie ballte die Hände an den Hüften und beugte sich vor, sodass ihr Gesicht nur wenige Zentimeter vor seinem schwebte, »dass du dir deine frauenfeindlichen Drohungen ganz tief in den Arsch schieben kannst!«

In deinen wirklich tollen, knackigen Arsch! Den, in den sie sonst am liebsten reinbeißen würde, aber momentan wollte sie nichts lieber, als ihm einen ordentlichen Tritt in den Allerwertesten zu verpassen.

Als seine Lippen zuckten, machte sich ihr rechter Arm bereit, zuzuschlagen.

Er schien die Absicht in ihren Augen zu erkennen, denn er räusperte sich demokratisch und schaffte es, dieses freche Grinsen aus seinem Gesicht zu verbannen. »Das klingt schmerzhaft. Darauf verzichte ich lieber, wenn du nichts dagegen hast.«

»Ach, jetzt kommst du mir also auf die witzige Tour!« Sie war so verärgert, dass sie tatsächlich mit dem Fuß aufstampfte, obwohl sie so was sonst eigentlich nicht machte.

»Wie bitte?« Jetzt schien er wirklich verwirrt zu sein.

»Du hast gehört, was ich gesagt habe«, meinte sie und ahmte seinen Akzent nach. »Ich bin viel zu wütend, um jetzt auch noch deinen aufkeimenden Humor zu ertragen. Also lass es lieber gleich sein.«

Als er langsam eine dunkle Braue hochzog, warf sie ihm einen mörderischen Blick zu.

»Ach ja?«, neckte er sie. »Was willst du denn dagegen unternehmen?«

War es möglich, dass Blut tatsächlich überkochen konnte? In ihren Venen brodelte es jetzt geradezu.

»Ich mag klein sein, aber das heißt noch lange nicht, dass ich mich nicht wehren kann«, warnte sie ihn. Schließlich hatte ihr Grigg einige sehr effiziente Tricks gezeigt, wie sie mit einem Mann fertigwurde, der deutlich größer war als sie. Nur zu gern hätte sie Nate demonstriert, zu was sie alles fähig war.

Er musste ihr nur einen guten Grund geben.

Als seine Lippen erneut zuckten, konnte sie sich nicht mehr beherrschen.

Bevor sie überhaupt darüber nachdenken konnte, was sie da tat, hob sie den Fuß und verpasste der Fußablage des Sessels einen Tritt, sodass Nate plötzlich aufrecht saß. Seine großen Füße donnerten auf den Boden, und das Haar fiel ihm über die Augen. Langsam hob er eine Hand und strich es wieder nach hinten.

Sie stand über ihm, und ihre Augen schossen Blicke wie stählerne Dolche ab, während sich ihre Nasenflügel wie bei einem wütenden Bullen aufblähten.

Ja, er musste ihr nur noch ein rotes Tuch zeigen, dann würde sie angreifen.

»Du spielst mit dem Feuer, Ali«, warnte er sie, aber sie war zu wütend, um die Warnung zu beherzigen.

»Oh, jetzt hab ich aber Angst.«

Langsam erhob er sich von dem Sessel und baute sich vor ihr auf, ein Berg von sich türmenden Muskeln und angespannten Sehnen. Sie musste den Kopf in den Nacken legen, um ihm in das betont gleichgültige Gesicht sehen zu können, aber sie wich nicht zurück.

Das würde sie auch nicht tun.

Sie wollte um sich schlagen, beißen, kratzen und schreien. Jemand anders sollte sich genauso hoffnungslos, machtlos und unglücklich fühlen, wie sie es tat.

Traf es da mit Nate nicht ohnehin den Richtigen? Er war es doch, der sie angelogen und zurückgestoßen hatte, und jetzt versuchte er auch noch, sie zu bedrohen und einzuschüchtern, damit sie die einzige Hoffnung darauf aufgab, jemals zu erfahren, worin Grigg vor seinem Tod verwickelt gewesen war.

»Du *wirst* mir jetzt sagen, wo du diesen USB-Stick versteckt hast«, knurrte er, packte ihre Schultern und schüttelte sie leicht.

Es hätte ihm eine Warnung sein sollen, dass sie auf einmal die Augen verengte, weil er einen Schritt zu weit gegangen war, aber er wich ihren geballten Fäusten nicht aus, als sie sie im Halbkreis schwang und seine Hände zur Seite schob. Er duckte sich auch nicht, als sie einen ziemlich beeindruckenden rechten Haken direkt auf seinem angespannten Kiefer landete.

Sie grinste hämisch, als seine Zähne laut aufeinanderschlugen und sein Kopf nach hinten prallte.

Nimm das, du widerlicher, verabscheuungswürdiger, verstockter, kaltherziger, verlogener Mistkerl!

Erschrocken nahm sie zur Kenntnis, wie schnell er sich von dem Schlag erholte, und verpasste die Gelegenheit, aus seiner Reichweite zu verschwinden. Schon hielt er ihre Arme seitlich fest und drückte sie an seine breite Brust, sodass er sie wie eine Zwangsjacke aus Fleisch und Blut bewegungsunfähig machte.

Okay, das war kein schlechter Schachzug, aber ihre Beine waren noch frei, und sie wusste verdammt gut, was sie damit anstellen konnte.

Er verdrehte rasch die Hüften, stöhnte und schluckte eine Verwünschung herunter, als ihr spitzes Knie dicht neben seinen Familienjuwelen landete. Irgendwie gelang es ihm, ihre zappelnden Beine zwischen seinen kräftigen Oberschenkeln einzuklemmen, bis sie nichts weiter tun konnte, als ihn anzuzischen und sich sinnlos zu winden.

Sie belegte ihn mit jedem Schimpfnamen, der ihr einfiel, und dachte sich noch einige weitere sehr blumige aus. Doch zu ihrem eigenen Verdruss verwandelte sich ihr erfolgloser Kampf schon bald in ein herzergreifendes Schluchzen.

Warum hatte Grigg geglaubt, sie anlügen zu müssen? Wo hatte er sich da reinziehen lassen? Warum musste er sterben und sie allein zurücklassen? Und warum war sie so dumm gewesen, sich in Nate Weller zu verlieben? Wie hatte sie es zulassen können, derartige Gefühle für ihn zu entwickeln?

War sie in ihn verliebt? Verflixt, sie wusste es nicht, hatte aber Angst, dass es tatsächlich so sein konnte.

Es war alles so sinnlos. Sie fühlte sich so hilflos. Am liebsten hätte sie laut geschrien, aber inzwischen war sie völlig ausgelaugt und fühlte nichts als Verzweiflung, Trauer und Erschöpfung.

Als sie schlaff in seinen starken Armen zusammensackte, setzte er sich vorsichtig, ganz vorsichtig, wieder hin und zog sie auf seinen Schoß.

»Fühlst du dich jetzt besser?«, fragte er leise, als sie ganze sechzig Sekunden lang nicht mehr geschnieft hatte.

»J… ja«, gab sie zögerlich zu und presste den Kopf unter sein hartes Kinn, sodass ihre goldblonden Locken in seinen Bartstoppeln hängen blieben. Dann zog sie den Saum ihres T-Shirts hoch und wischte sich die laufende Nase damit ab. Ihr war völlig egal, wie ekelig das eigentlich war. »Aber das sollte ich nicht. Es ist falsch, jemanden zu schlagen.«

Auch wenn sie gewusst hatte, dass ihr Schlag ihm nicht wirklich wehtun würde, schließlich war er eine unnachgiebige Mauer aus Fleisch und Knochen, war das noch lang keine Entschuldigung für ihren Hang zur Gewalt, wenn er in ihrer Nähe war.

»Du bist der Grund dafür, dass ich manchmal so … *wütend* werde. Du bist der unerträglichste Mann, den ich kenne, und das will schon was heißen, schließlich bin ich mit Grigg aufgewachsen.«

»Du musstest einfach ein bisschen Dampf ablassen, um nicht zu explodieren.«

Sie rückte ein Stück von ihm ab und sah ihn mit wässrigen

Augen an. »Willst du damit sagen, dass du mich absichtlich provoziert hast?«

Er zuckte mit einer Schulter, was sie als Ja auffasste.

»Aber warum?«

»Wie gesagt, du musstest mal Dampf ablassen.«

Ach, verdammt. Sie fühlte sich schrecklich wegen dieser ganzen Geschichte.

»Du bist mir echt ein Rätsel, weißt du das? Ich hatte dich gerade zum größten Arschloch aller Zeiten ernannt, und dann machst du einfach etwas so … Süßes. Süß, aber irgendwie auch komisch. Ich meine, wer lässt sich denn schon freiwillig schlagen?«

»Das gehört zu meinem Charme«, erwiderte er, und einer seiner Mundwinkel zuckte verdächtig.

Sie verdrehte die Augen. »Red dir das ruhig weiter ein.«

Dann hob sie einen Finger und berührte den erschreckend harten Knochen unter den rauen Bartstoppeln. »Entschuldige, dass ich dich geschlagen habe. Tut es noch weh?«

»Ja.«

Sie zuckte leicht zusammen. »Tut mir leid.«

»Das muss es nicht. Das hast du super gemacht.«

»Ach ja?«

»Ja.« Er rieb sich die Stelle am Kinn und grinste wie ein Idiot. »Du hast die Schulter mitbewegt, genau so, wie Grigg es dir beigebracht hat.«

»Kling nicht so selbstzufrieden«, schimpfte sie und war noch immer erstaunt darüber, dass sie ihn wirklich geschlagen hatte … zum zweiten Mal. Sie hatte in ihrem ganzen Leben noch nie Hand an jemanden gelegt – die Kabbeleien mit Grigg in ihrer Kindheit einmal nicht mitgezählt –, aber irgendwie hatte sie es geschafft, Nate Weller zweimal zu schlagen. »Ich bin nicht unbedingt stolz darauf, dass ich weiß, wie man zuschlägt.«

Er verzog ein wenig das Gesicht. »Ziel beim nächsten Mal auf die Nase. Es ist viel schwieriger, sich mit gebrochener Nase zu verteidigen, weil die Augen dann so stark tränen, dass man kaum etwas sehen kann. Außerdem erstickt man fast an dem Blut, das einem die Kehle runterläuft.«

»Ich wollte dir nicht wehtun. Nicht wirklich«, gab sie zu.

»Ich weiß.«

»Nate?«

»Hmm?«

»Ich werde dich begleiten.«

Sie beobachtete, wie er sie gründlich musterte, und hätte beinahe vor Freude laut gejubelt, als er seufzte und langsam nickte.

»Okay, aber du wirst genau das tun, was ich sage und wann ich es sage. Ohne Fragen zu stellen. Ohne zu zögern. Und du trägst eine schusssichere Weste. Auch wenn dir darunter höllisch heiß sein wird. Das ist meine Bedingung.«

»Ja, Sir.« Sie salutierte.

Er runzelte die Stirn. »Steh auf«, knurrte er dann. Sie wäre beinahe hingefallen, als er plötzlich aufstand.

»Hey!« Sie taumelte, konnte sich aber noch rechtzeitig fangen, bevor sie auf dem Boden gelandet wäre. »Was zum Teufel sollte da… *Oh*!« Sie bekam rote Wangen, als sie die Beule in seinem Schritt bemerkte.

»Genau«, murmelte er. »*Oh* trifft es ziemlich gut.«

»Warum können wir nicht einfach …«

Er schnitt ihr das Wort ab, indem er mit einer Hand durch die Luft fuhr wie bei einem Karateschlag. »Lass gut sein, Ali. Ich will nicht so auf dich reagieren, und wenn du mich wirklich auf diese kleine Mission begleiten willst, dann solltest du dieses Thema lieber nicht anschneiden. Hast du verstanden?«

Ja, sie hatte verstanden. Laut und deutlich, so schmerzhaft

es auch war. Und jetzt hockte sie hier, irgendwo in Kentucky, und versteckte sich vor einem geheimnisvollen Regierungsagenten, der sie mit der Waffe bedroht hatte, hockte auf einem alten Farbeimer in einer Garage, in der es immer wärmer wurde, und versuchte, nicht zu hyperventilieren.

Sie hatte nicht damit gerechnet, dass es auf dieser Reise Probleme geben könnte.

Anscheinend war sie wirklich unglaublich naiv. Kein Wunder, dass Grigg sie so lange im Dunkeln gelassen hatte.

Als sie draußen Schritte hörte, packte sie den kleinen Colt etwas fester.

Sie stand leise auf und nahm die Schießstellung ein, die ihr Grigg beigebracht hatte. Den rechten Arm ausgestreckt, die linke Hand stützend unter dem Rand der rechten Handfläche, den Kopf leicht geneigt, sodass ihr rechtes Auge exakt hinter dem Visier ausgerichtet war.

All die Sachen, die man in den Filmen sah, waren offensichtlich real, und irgendwie war sie mitten in einem solchen Film gelandet, weil sie eine unfassbare Idiotin war und darauf bestanden hatte, mitzukommen.

Hoffentlich war nicht auch im richtigen Leben die dumme Blondine die Erste, die draufging.

Sie begann zu zittern, als ihr klar wurde, dass diese Beschreibung durchaus auf sie zutraf.

»Ali?«

Beim Klang von Nates Stimme ließ sie sich wieder auf den Farbeimer fallen und stieß die Luft, die sie angehalten hatte, aus.

Nein, für so etwas war sie wirklich nicht geschaffen.

»Ich komm jetzt rein«, sagte er leise. »Erschieß mich nicht, okay?«

»Ich kann nichts versprechen«, erwiderte sie mit zitternder

Stimme und löste die Finger, die sie um den Colt verkrampft hatte.

Als sie ihn leise lachen hörte, schüttelte sie den Kopf. Dieser Mann war wirklich seltsam. Jetzt war wirklich nicht die Zeit, um einen seiner seltenen Heiterkeitsanfälle zu bekommen.

Er steckte den Kopf durch die Seitentür und lächelte sie mitfühlend an, als er sah, wie aufgelöst sie wirkte.

»Es wird alles gut, Süße«, sagte er und betrat die Garage. Dann ging er zu dem Motorrad und begann damit, seine Waffe mit sicheren, präzisen Bewegungen zu zerlegen.

Süße. Neuerdings nannte er sie ständig so. Sie war sich nicht sicher, ob sie sich geschmeichelt fühlen oder irritiert sein sollte. Auf jeden Fall fühlte sie sich nicht süß, heute schon gar nicht. Heute stand sie viel zu sehr neben sich, um süß zu sein.

Sie war durcheinander, klebrig vom Schwitzen und konnte sich nur langsam bewegen. Wie Sirup vielleicht.

Aber Sirup war schließlich auch süß.

»Woran denkst du?«, fragte er, während er die Teile seines gefährlich aussehenden Präzisionsgewehrs in die Schaumstoffaussparungen des Waffenkoffers legte.

Woran dachte sie?

Sie dachte an den Tod ihres Bruders, daran, dass er nicht nur sie, sondern auch die anderen bei Black Knights Inc. angelogen hatte. Sie dachte daran, dass jemand hinter ihr her war, und das schon seit Monaten. Sie dachte daran, dass Griggs Tod ihre Welt auf den Kopf gestellt hatte. Sie dachte daran, wie dumm sie sich in Nates Gegenwart angestellt hatte, wie er sie zurückgewiesen hatte, obwohl sein Körper offensichtlich etwas anderes wollte, er diese physikalische Reaktion jedoch lieber ignorierte …

Dass er, bevor er weggegangen war, um das zu tun, was immer er gerade getan hatte, so dreist gewesen war, eine Hundertachtziggradwendung hinzulegen und ihr einen innigen Kuss zu geben.

Was sollte das Ganze überhaupt?

Entweder er wollte sie oder er wollte sie nicht. Dieses Hin und Her machte sie ganz wahnsinnig.

Sie sah zu ihm hinüber und stellte fest, dass er sie beobachtete und auf einmal alarmiert wirkte.

Äh, wie war doch gleich die Frage gewesen?

Ach ja, woran sie dachte.

In der kurzen Zeit war so viel passiert, und sie hatte so wenig geschlafen, dass ihr sonst so flinkes Gehirn auf einmal zu einem in Zeitlupe arbeitenden Brei geworden war, der in etwa die Konsistenz von Pfannkuchenteig hatte. Aber Pfannkuchen passte ja gut zu Sirup.

Genial.

»Pfannkuchen«, sagte sie schließlich und fand, dass das nicht weiter von der Wahrheit entfernt war als alles andere.

Sein Gesicht entspannte sich, und er zog eine Augenbraue hoch. »Hast du Hunger?«

»Nein, eigentlich nicht. Aber jetzt, wo ich darüber nachdenke, bekomme ich Appetit. Komisch, was?«

Er zuckte mit den Achseln. »Grigg hat immer gesagt, du würdest die besten Pfannkuchen machen.«

Sofort bildete sich ein fester Knoten in ihrem Magen, und ihr wurde übel.

Sie hatte immer Pfannkuchen für Grigg gemacht, wenn er im Urlaub nach Hause gekommen war, und später, bei seinen kurzen Besuchen in North Carolina, nachdem er sich den Knights angeschlossen hatte. Meist wurde seine Leibspeise mit irgendeinem Mädchen geteilt, das Grigg in der Nacht zuvor mit nach Hause gebracht hatte.

Das war sein Modus Operandi gewesen. Irgendeine Frau in

einer Bar abschleppen, sie mit in Alis Gästezimmer nehmen und sie dort durchvögeln. Schließlich konnte er seine Eroberung nicht mit ins Haus seiner Eltern nehmen. Er besaß ja noch einen Rest von Taktgefühl.

»Komm schon, Ali«, hatte er einmal gesagt, als sie ihn bezichtigt hatte, ein ziemlicher Weiberheld zu sein, »ein Mann wie ich arbeitet hart und hat sich ein bisschen Spaß verdient. Wenn du das verdammte Bett von der Wand wegrücken würdest, dann würdest du nicht mal merken, dass ich da bin.«

Ähm, genau. Denn es war ja auch so leicht, das ständige »Oh Grigg, ja! Oh Grigg. Oh Grigg. Ja, ja, ja!« zu ignorieren.

Sie lächelte traurig und vermisste ihren großen, dummen, lustigen Bruder wie verrückt. Was hätte sie darum gegeben, morgen früh aufzuwachen und für ihn und das Mädchen, das er sich wieder dank seines maskulinen Charmes angelacht hatte, Pfannkuchen zu machen.

»Ja«, meinte sie zu Nate, »meine Pfannkuchen sind super. Zumindest haben sie seinen Freundinnen immer geschmeckt.«

Er legte den Kopf ein wenig schief.

»Du kennst doch Grigg. Er war immer mit irgendeiner zusammen. Und …« Sie runzelte die Stirn und sah die bedrohlich wirkende Waffe in ihrer Hand an. Sie wusste, wie man damit umging, dafür hatte Grigg gesorgt, aber das Ding sah irgendwie fremdartig aus, wie ihre Finger mit den pinkfarben lackierten Nägeln es festhielten. Wessen Leben führte sie hier eigentlich? Bestimmt nicht ihr eigenes. Sie war Kindergärtnerin, verdammt noch mal.

»Und«, sie schüttelte den Kopf und legte die Waffe neben sich auf den Farbeimer, um sich die verschwitzte Handfläche an der von Becky geliehenen ledernen Überhose abzuwischen, »nach ihren … ähm, Turnübungen hatten sie immer Hunger. Meiner Ansicht nach war das ein besserer Abschied als das, was

Grigg ihnen bot. Normalerweise gab er ihnen an der Tür noch einen Kuss und machte ein paar dämliche Bemerkungen darüber, dass er sich wieder melden würde, wenn er in der Gegend wäre.« Sie verdrehte die Augen. »Aus irgendeinem Grund fühlten sie sich danach besser, und Grigg wusste das, daher hat er es gesagt. Ich habe ihm die Hölle heißgemacht, weil er sie anlog, aber er meinte, es wäre keine Lüge, sondern nur eine altruistische Fehlinterpretation der Wahrheit. Was meiner Meinung nach völliger Blödsinn ist. Trotzdem haben sich diese Frauen nie beschwert, daher fand ich, dass es ebenso ihre Schuld war wie die meines Bruders, der offenbar immer in sexueller Bereitschaft war. Gut, das ist bei anderen gut aussehenden Singlemännern seines Alters nicht anders, aber eine kleine Schwester erwartet immer mehr von ihrem großen Bruder. Ich gebe gern zu, dass ich Grigg wie einen Helden verehrt habe, und ich …«

»Ali«, unterbrach Nate sie mit sanfter Stimme, »alles wird wieder gut.«

Verflixt.

Sie musste gegen die Tränen ankämpfen.

Wieder einmal hatte sie viel zu viel geredet. Es brauchte nur eine stressige Lage, dazu einen dicken Batzen Ablehnung und Erniedrigung sowie einen gehäuften Löffel Nate Weller – alles einmal kräftig umgerührt, und auf einmal konnte sie nicht mehr aufhören zu jammern.

Das war ein Problem, aber sie hatte keine Ahnung, was sie dagegen tun konnte, außer sich die Zunge abzubeißen.

Sie schluckte schwer, stieß den Atem aus, den sie angehalten hatte, und sah ihm in die Augen.

»Woher weißt du, dass alles wieder gut wird?«, fragte sie ihn, und es war ihr egal, dass ihre Stimme wie ein Flehen klang.

»Weil ich nichts anderes zulassen werde.«

Wenn er solche Dinge sagte, bekam sie weiche Knie.

12

»Die geschätzte Ankunftszeit von Christian, Mac und Jamin ist in achtundvierzig Stunden«, meldete Becky, die sich mit der schmalen Schulter an den Türrahmen zu Franks Büro lehnte.

Wie sie dastand, so lässig, unbewusst sexy und so, so ... *jung*, bewirkte, dass Frank die Zähne zusammenbiss und nach etwas suchte, das verhindern konnte, dass er ihr an die Kehle ging, weil sie so war, wie sie nun mal war. Sie war das Eine auf der Welt, das er mehr begehrte als diese verdammten Root-Beer-Lollis, die Lieferung neuer Wärmebildkameras, auf die sie alle schon seit über zwei Wochen warteten, oder ... oder seinen nächsten Atemzug.

»Jamin?«

»Ja.« Sie stellte einen nackten Fuß vor den anderen. Ihre kleinen Zehnägel waren leuchtend rot und verführerisch lackiert.

Das hatte er schon immer sehr attraktiv bei einem Mädchen gefunden ... einer Frau ... einem Mädchen ... *Verdammt!* Sie war eine *Frau*, sagte er sich. Eine junge Frau. Eine junge Frau, die meist mit sehr viel Schmiere bedeckt war. Eine junge Frau, die besser als jeder Mann, den er kannte, wusste, wie man einen Motor baute, und zwar jeden beliebigen Motor. Eine junge Frau, die aus reinem Metall genau das machen konnte, was ihr ihr kreativer Verstand eingab, und das nur mithilfe eines Schweißgeräts oder eines Hammers. Und es war seltsam, faszinierend und gottverdammt verlockend, dass eine solche Frau gleichzeitig so mädchenhaft sein konnte, dass sie jede Woche zur Maniküre und Pediküre ging.

»Du weiß schon, unser neuer … äh, Gast aus Israel«, sagte sie, und er musste sich zwingen, den Blick von ihren faszinierenden Zehen abzuwenden. »Das ist der Deckname, den sich Christian für ihn ausgedacht hat.«

Ah ja. Dieser verdammte Mossad-Agent.

Super. Das war einfach super. Noch eine Sache, an die er lieber nicht denken wollte.

»Er ist kein Gast. Hoffentlich wird er eine Verstärkung für uns sein.«

Becky zog skeptisch eine Augenbraue hoch, und er konnte nur in stillschweigender Übereinstimmung mit den Achseln zucken. Er war in der Hinsicht selbst ziemlich misstrauisch.

»Außerdem«, fuhr sie fort, »möchte Steady gern noch einen Tag länger bei der Konferenz bleiben. Er sagte etwas über einen historischen Vortrag über Wundexzision und die frühe Rekonstruktion bei der Behandlung von komplizierten Brüchen während des Ersten Weltkriegs.« Sie verdrehte die Augen. »Klingt stinklangweilig, wenn du mich fragst, aber das tust du ja nie.«

Sie warf ihm einen bedeutungsvollen Blick zu, was er mit einem ähnlich bedeutungsvollen Stirnrunzeln quittierte.

»Jedenfalls haben sich Rock und Bill gemeldet, um Bescheid zu sagen, dass sie Ende der Woche zu Hause sein werden, und an der Ostfront ist so weit alles ruhig. Ghost und Ali sind etwa eine Stunde vor Jacksonville, und Ghost sagt, er wird sich melden, sobald er den USB-Stick gefunden hat.«

Auf einmal ging Frank auf, dass er all diese Informationen eigentlich von Ozzie erhalten sollte. Er verengte die Augen. »Wo steckt der Kleine?«

»Er hat sich in das Flugsteuerungssystem des Hawk vertieft«, berichtete sie. »Er konnte es gar nicht erwarten, endlich auch am Hubschrauber rumzuschrauben. Und da ich heute Morgen erfolgreich und ohne entdeckt zu werden«, sie deutete eine Verbeugung an, »die Augen am Himmel gehackt habe, hielt es Ozzie für sicher, mir das Kontrollzentrum zu überlassen, damit er …«

»Rebecca! Verdammt!«, fluchte er und suchte in seiner Tasche nach den Schmerztabletten.

Allein der Gedanke an die Gefahr, der sie sich ausgesetzt hatte bei dem Versuch, sich in ihre Arbeit einzumischen, bewirkte, dass jeder Knochen in seinem Körper zu schmerzen begann. »Das ist nicht dein Job. Dein Job ist es, das zu tun, was du am besten kannst. Dinge zu reparieren. Kümmere dich um unsere Tarnung, und halt dich aus unseren Angelegenheiten raus.«

Sie ging in Kampfstellung, stellte ihre dünnen Beine schulterweit auseinander und ballte ihre zur Abwechslung mal nicht verdreckten Hände an den Seiten. »Ich kann sehr viel mehr als das, *Frank*.«

Sein linkes Augenlid zuckte.

»Darum geht es doch gar nicht«, erwiderte er und bemühte sich, seine Stimme ruhig zu halten. Einer von ihnen musste die Kontrolle behalten, sonst würden sie noch aufeinander losgehen – und dann konnte ihnen nur noch Gott allein helfen. »Wir bezahlen dich, damit du einen ganz bestimmten Job machst, und …«

»Und den mache ich auch!«, brüllte sie. »Aber ich kann noch sehr viel mehr tun. Wenn du doch nur …«

»Das wird nie passieren, Rebecca!«, schrie er zurück. So viel zum Thema Kontrolle. Er konnte nie ruhig bleiben, wenn sie in der Nähe war. »Du wirst *nie* ein vollwertiges Teammitglied sein.«

»Ach ja?« Ihre Wangen waren jetzt leuchtend rot, und es war gut, dass Augen keine Blitze verschießen konnten, sonst wäre er jetzt längst tot. »Sagt wer? Du bist nicht der Einzige, der so einen Laden führt, Frank. Dank der Ausbildung, die ich von den Knights bekommen habe, dürfte es einige Firmen geben, die mich mit Kusshand bei sich aufnehmen.«

Was? Ausbildung? Knights?

Ihm wurde schlecht.

Da er wusste, was seine Männer ihr beibringen konnten, rumorte es in seinen Eingeweiden, als hätte er einen heftigen Anfall von Montezumas Rache.

»Was für eine Ausbildung?«, fragte er und sprach die Worte mit Bedacht aus, um zu verhindern, dass er gleich wieder lauthals losschrie.

»Ghost zeigt mir, was man als Scharfschütze wissen muss«, sagte sie mit selbstgefälligem Gesichtsausdruck, und auf einmal wusste er auch, warum Ghost und sie so oft gemeinsam verschwunden waren.

»Habt ihr *das* gemacht, wenn ihr euch von hier weggeschlichen habt? Ich hatte gehofft, dass Ghost sich dir vielleicht anvertrauen würde …«

»Ach, vergiss es.« Becky verdrehte erneut die Augen. »Du kennst doch Ghost. Der erzählt niemandem, was ihn beschäftigt.«

Okay, da hatte sie recht. Er hätte es besser wissen müssen.

Verdammt, das war *nicht* gut.

Seltsamerweise schien sie die Tatsache, dass sich sein Gesicht langsam purpurrot färbte, zu ignorieren. »Billy bringt mir alles über Sprengstoffe bei, und erst neulich …«

»Was?«, unterbrach er sie. »Wie zum Teufel kann Wild Bill so etwas tun?«

Becky war Bills kleine Schwester, verdammt noch mal, und Frank wollte gar nicht erst darüber nachdenken, was sie erst neulich möglicherweise noch getan hatte. *Verdammte Scheiße.*

»Weil ich ihn darum gebeten habe.« Ihre Stimme klang jetzt verächtlich. »Du weißt, dass Billy all meine Wünsche und Bestrebungen unterstützt, wie es ein guter Bruder tun sollte.«

War sie verrückt? Ein guter *Bruder* sorgte dafür, dass seine kleine Schwester nicht mal auf zwei Kilometer an etwas herankam, das in die Luft fliegen konnte.

»Außerdem lerne ich bei Steady das Grundlagenwissen eines Sanitäters, und Mac hat mir all seine Fachbücher von der Akademie geliehen«, verkündete sie mit unverhohlenem Stolz. »Ich schätze, in ein paar Monaten bin ich besser ausgebildet als …«

Er hörte ihr nicht mehr länger zu, weil er intensiv damit beschäftigt war, sich auszumalen, wie er jeden einzelnen Knight umbringen würde.

Schießen? Sprengstoff? Sanitäter? FBI-Ermittlungstechniken? Als Nächstes würde sie ihm noch sagen, dass sie ihre eigene Atomwaffe perfektioniert hatte.

Er durfte nicht zulassen, dass sie damit weitermachte. Das würde zu nichts als Trauer und Tod führen, und er würde sich eher die eigenen Augen mit einem stumpfen Stock auskratzen, als mit anzusehen, wie sie sich unnötigen Risiken aussetzte.

»Niemals, Rebecca«, sagte er zu ihr und unterbrach sie in dem, was auch immer sie gerade sagte. »Das werde ich niemals erlauben.«

»Erlauben?« Sie riss erstaunt und ungläubig die braunen Augen auf, kniff sie jedoch gleich wieder zusammen, als sich Zorn auf ihrem hübschen Gesicht abzeichnete. »Erlauben! Scheiß auf dich, Frank! Du bist weder mein Ehemann noch mein Vater. Es steht dir nicht zu, mir irgendwas zu erlauben oder zu verbieten. Ich bin eine erwachsene Frau, und ich werde tun, was auch immer ich tun will!«

Er war nicht ihr Ehemann, weil er dafür zu alt war, und er

war nicht ihr Vater, denn dafür war er ein bisschen zu jung. Aber er war ihr Boss, gewissermaßen zumindest, und er konnte dafür sorgen, dass sie diesen törichten Plan, als vollwertiges Mitglied ins Team aufgenommen zu werden, nicht in die Tat umsetzte.

Verdammt, sie als vollwertiges Teammitglied? Sein Herz konnte diesen Gedanken einfach nicht ertragen.

»Glaubst du, irgendjemand würde dich noch einstellen, wenn ich davon abrate?«, fragte er kalt, warf sich einige Schmerztabletten in den Mund und schluckte sie herunter. Das fiel ihm deutlich schwerer als sonst, weil diese Unterhaltung dafür gesorgt hatte, dass sein Mund staubtrocken geworden war.

Sie sah ihn mit offenem Mund an. »Das … das würdest du tun? Du würdest verhindern, dass ich …«

»Ohne mit der Wimper zu zucken«, versprach er ihr. Wenn es um ihre Sicherheit ging, dann würde er alles tun, was in seiner Macht lag.

Ihr Gesicht erstarrte. Dann blinzelte sie mehrmals, als müsse sie die Tränen zurückhalten, und er wappnete sich vorab dagegen. Frauentränen waren eigentlich das Kryptonit für seinen Superman, aber er wollte verdammt sein, wenn er sich dieses Mal durch ein paar Tränen erweichen ließ. Er tat das nur zu ihrem eigenen Besten, auch wenn sie das nicht einmal ahnte.

Aber sie weinte nicht. Keine einzige Träne rann ihre Wange herunter. Nein, Rebecca »The Rebel« Reichert passierte das nicht. Stattdessen holte sie tief Luft. Dann starrte sie ihn mit einer Miene an, die er niemals wieder vergessen würde, selbst wenn er hundert Jahre alt wurde.

Darin zeichnete sich die absolute Ernüchterung ab.

Ja, so langsam verstehst du, worum es hier geht, meine Liebe.

Als er sie so sah, zog sich in seiner Brust alles zusammen, aber er würde nicht ein Wort wieder zurücknehmen.

Schließlich war es zu ihrem Besten.

»Du bist ein kompromissloser Schweinehund, weißt du das, Boss?«, flüsterte sie mit bebenden Nasenflügeln. Die Pulsader an ihrem Hals pochte so schnell und heftig, dass er es deutlich erkennen konnte.

Boss.

Nicht einmal in seinen wildesten Träumen hätte er geahnt, dass es ihm so wehtun würde, diesen Namen aus ihrem Mund zu hören. Er zuckte beinahe zusammen, als er plötzlich und völlig unerwartet heftige Stiche in der Herzgegend spürte.

Aber das war egal. Wenn er sie davon abbringen konnte, ihren Plan in die Tat umzusetzen, dann konnte er alles ertragen. Sogar ihren Hass.

»So langsam scheinst du es zu verstehen, Reichert«, flüsterte er leise.

Und da war das Spiel vorbei.

Becky senkte den Kopf, als würde sie sich geschlagen geben, bevor sie sich umdrehte und mit steifen Schritten aus seinem Büro marschierte.

Sie würde nicht weinen. Sie würde *nicht* weinen.

Sie hatte in den letzten mehr als drei Jahren, die sie zusammenarbeiteten, bereits viel zu viele Tränen wegen dieses Blödmanns vergossen. Aber das hatte jetzt ein Ende. Die Sehnsucht und die Selbstkasteiung hörten jetzt auf. Sie würde nicht länger auf den Tag warten, an dem er sie nicht mehr als die nervige kleine Schwester ansah, sondern endlich erkannte, dass sie eine *Frau* war, und zwar eine, die einem Mann wie ihm viel zu bieten hatte. Eine Frau, von der auch eine Organisation wie die Black Knights profitieren konnten.

Aber nein. Er hatte ihr glasklar zu verstehen gegeben, dass dieser Tag niemals kommen würde. Er würde sie nie als etwas anderes als nützlich ansehen. Als eine Schrauberin, die dafür sorgen konnte, dass ihre zivile Tarnung gewahrt blieb.

Oh, sie hatte sich eingeredet, dass ihr ständiges Gezanke und die Wortgefechte nett gemeint waren. Dass er vielleicht auch ein bisschen was von dem für sie empfinden könnte, was sie für ihn empfand. Dass er vielleicht genau wie sie nur auf den richtigen Tag wartete, an dem sie diesen ganzen Mist endlich vergessen und einander sagen konnten, was sie wirklich fühlten.

Aber da hatte sie sich anscheinend gründlich getäuscht.

»Ich bin eine dumme Kuh«, flüsterte sie traurig, als sie den leeren Konferenzraum betrat. Die leise summenden Computer schienen ihre Einschätzung spöttisch zu bestätigen.

Frank empfand nichts für sie.

Ganz und gar nichts.

Nach dem, was gerade geschehen war, wusste sie mit Sicherheit, dass er sie nicht einmal besonders mochte. Schlimmer noch – ja, es gab etwas noch Schlimmeres – war jedoch die Tatsache, dass er offenbar überhaupt keinen Respekt vor ihr hatte. Und das war so unglaublich … *schrecklich*.

Verdammt.

Heiße Tränen stiegen in ihr auf, bis sie glaubte, an Batteriesäure zu ersticken. Sie rannte die Treppe zu ihrem Zimmer hinauf, ihre nackten Füße klatschten auf den Metallboden. Das Geräusch war so schrecklich und hohl wie das klaffende Loch, das gerade in ihrem Herzen entstanden war.

»Huch! Hey, was ist lo…«

Sie bedeutete Patti, die gerade mit einem Stapel frischer Handtücher durch den Flur kam, dass sie jetzt nicht reden konnte, und suchte Zuflucht in ihrem Zimmer. Nachdem sie die Tür zugeknallt hatte, glitt sie an dem kalten Metall nach unten und bedeckte ihr Gesicht mit zitternden Händen, während sie heftig schluchzte.

»Scheiß auf ihn«, schrie sie in die Stille. Die dicken Ziegelsteinmauern absorbierten das Geräusch und nahmen ihr sogar diesen kleinen Sieg. »Scheiß auf ihn!« Ihre Stimme brach, als sie vom Gefühl der Niederlage übermannt wurde.

Sie weinte nicht um ihn, versicherte sie sich, während die heißen Tränen auf ihre Handflächen flossen und auf ihre Handgelenke tropften.

Ganz bestimmt nicht.

Sie weinte, weil sie ihren Idealismus verloren hatte … und ihre Träume.

»Wir werden deine Eltern nicht besuchen«, sagte Nate, nachdem er den röhrenden Motor der Phantom etwa einen Block vom Haus der Morgans entfernt ausgestellt hatte.

Sie wollten ja nicht gleich die ganze Nachbarschaft wecken.

»Das ist schon okay.« Alis Stimme klang durch den Bluetooth-Empfänger in seinem Helm auf merkwürdige Weise intim.

Die letzten sechshundert Meilen waren ein Test seiner Ausdauer und seiner Willenskraft gewesen, weil sie sich endlich total entspannt an ihn gelehnt hatte, während sich ihre weichen weiblichen Rundungen, die von warmem Leder umhüllt waren, an seinen Rücken und seine Oberschenkel drückten. Die ganze Zeit hatte er ihren sanften Atem im Ohr gehabt und … verdammt!

Leuchtend blau.

Er war sich sicher, dass seine Hoden genau so aussehen würden, wenn er jetzt einen Blick riskierte.

»Sie würden jetzt ohnehin längst schlafen. Außerdem«, sie seufzte, was bewirkte, dass ihm trotz der warmen Nacht ein angenehm kühler Schauer den Rücken hinunterlief, »möchte ich ihnen auch gar nicht erklären, was los ist. Dann würden sie sich nur Sorgen machen.«

»Mmm«, murmelte er und versuchte, den Ständer zu ignorieren, der ihn schon seit … seit einer Ewigkeit plagte. War es ungesund, eine Erektion zu haben, die länger als fünf Stunden andauerte, wenn sie durch die Nähe einer Frau und nicht durch Viagra hervorgerufen wurde? Das musste er seinen Arzt beim nächsten jährlichen Routinecheck unbedingt fragen.

»So.« Er räusperte sich, da seine Stimme ganz belegt klang. Offensichtlich wurden seine Stimmbänder nicht genug durchblutet. »Wirst du mir jetzt, wo wir hier sind, endlich verraten, wo der USB-Stick versteckt ist?«

»Nein«, antwortete sie und versuchte nicht mal, ihre Selbstgefälligkeit zu verbergen. Der USB-Stick war irgendwo in dem Baumhaus versteckt, in dem Grigg und sie als Kinder gespielt hatten, so viel hatte sie ihm verraten. Die genaue Stelle behielt sie jedoch für sich. Diese verfluchte Frau blieb verrückterweise bei der Überzeugung, dass er sie schneller an einem sicheren Ort abliefern würde, als sie »verlogener Bastard« sagen konnte, wenn sie ihm diese letzte Information gab.

Natürlich hatte sie damit recht.

Die Beinahe-Begegnung mit dem geheimnisvollen Mann in Kentucky setzte ihm ziemlich zu, und auch wenn ihm Becky versichert hatte, sie habe dank der Augen am Himmel gesehen, dass der Mann weitergefahren war, wurde er das Gefühl nicht los, dass sie beobachtet wurden. Und zwar genau in diesem Moment.

Er löste den Kinnriemen und hängte seinen Helm an die Gabel der Phantom, dann sah er sich um.

In dieser Gegend standen vor allem Einfamilienhäuser. Die winzigen Vorgärten waren sehr gepflegt, die Hecken gestutzt. Bunte Blumen wuchsen an allen nur möglichen Stellen, in Blumenkästen, riesigen Tontöpfen oder ordentlichen Beeten.

Kurz gesagt: Er hatte den wahr gewordenen amerikanischen Traum vor sich.

Trotzdem war er mit genug Feuerkraft bewaffnet, um das ganze Viertel in Aufruhr zu versetzen.

In seinem Kopf summte er leise das alte Lied aus der Sesamstraße, in dem es darum ging, dass sich eine Sache von den anderen unterschied.

Junge, er verbrachte definitiv zu viel Zeit mit Ozzie.

Ein Windspiel klingelte in der abendlichen Brise. Der Duft von gemähtem Gras lag in der Luft und vermischte sich mit dem kräftigeren Geruch von frisch verteiltem Mulch.

In der Nähe bellte ein Hund. Es klang fragend. Da niemand antwortete, legte sich erneut Stille über die makellose Szenerie.

Auch bei genauerem Hinsehen konnte er keine verräterischen Sicherheitsschilder in den Blumenbeeten entdecken, und auch in den Fenstern waren keine Aufkleber der einschlägig bekannten Sicherheitsfirmen zu sehen. Er hätte sein linkes Ei – sein sehr *blaues* linkes Ei – darauf verwettet, dass bei den meisten dieser Häuser die Türen oder Fenster, wenn nicht gar beides, offen waren. Das ganze Viertel strahlte Ruhe und Geborgenheit aus. An Orten wie diesen ließen Eltern ihre Kinder noch unbeaufsichtigt draußen herumrennen.

Warum stellten sich dann seine Nackenhaare auf und verursachten dieses beunruhigende Gefühl?

»Hey.« Ali stieß ihn an, um seine Aufmerksamkeit zu erregen. »Worauf warten wir noch?«

Er schüttelte als Antwort nur den Kopf und griff in eine der schweren Satteltaschen, um das Nachtsichtgerät herauszuholen. Er hielt es sich vor das rechte Auge, sodass die Welt in verschiedenen Grüntönen dargestellt wurde, und suchte die Umgebung nach einer Bewegung ab, einem dunklen Schatten, der nicht hierhergehörte.

Aber da war nichts. Nicht einmal einer der perfekt gemähten Grashalme tanzte aus der Reihe.

Großer Gott, an diesem Ort hätten sie glatt *Die Frauen von Stepford* drehen können.

War *das* nicht ein beunruhigender Gedanke?

Erneut blickte er sich um, doch dann sah er sich gezwungen, seine Anspannung aufzugeben und den Atem, den er angehalten hatte, auszustoßen.

Vielleicht bewirkte Alis Nähe, dass seine gewöhnliche Paranoia ungeahnte Ausmaße annahm. Das war jedoch nicht gut, schon gar nicht bei einer Operation, bei der er rasiermesserscharfe Reflexe brauchte.

Er holte noch einmal tief Luft und dehnte seine Schultern.

»Okay«, meinte er dann zu ihr und stieg vom Motorrad, »wir gehen schnell und leise rein. Hast du verstanden?«

Er beobachtete sie, wie sie den Helm abnahm und ihr glänzendes Haar schüttelte wie in einer gottverdammten Shampoo-Werbung, bevor sie ihm einen Blick zuwarf, der ihn zu fragen schien, ob sich sein IQ langsam seiner Schuhgröße anpasste.

»Verstanden.« Sie salutierte.

Gott steh mir bei.

Er hatte nicht nur blaue Hoden und fühlte sich aus unerfindlichen Gründen beobachtet, sondern vergaß in dem Moment, in dem sie frech und sarkastisch wurde, auch noch alles andere. Jetzt konnte er nur noch daran denken, sie in den Arm zu nehmen und zu küssen, bis dieser sardonische Blick sich zu sanfter Leidenschaft verwandelte. Genau so würde es kommen. Es passierte doch jedes Mal, wenn ihn seine chronische Dämlichkeit überkam und er sich gestattete, sie zu küssen. Sie verkrampfte sich eine Sekunde lang, nur eine einzige Sekunde, und dann löste sie sich in seinen Armen auf wie ein Löffel voll Zucker in einer Tasse heißem Tee. Das war immer wieder unglaublich und bewirkte, dass sein ohnehin schon pochendes Glied nur noch an Tempo zulegte.

»Das ist jetzt nicht die richtige Zeit für so was«, murmelte er leise.

»Was hast du gesagt?«

»Nichts.«

Sie beäugte ihn misstrauisch.

Als er ihr mit dem Kinn bedeutete, vorauszugehen, warf sie ihm noch einen skeptischen Blick zu, zuckte dann mit den Achseln und drehte sich wie angeordnet um.

Sie hatten die Hälfte des Weges zum Haus der Morgans bereits zurückgelegt, als er wieder dieses Kribbeln spürte, als hätte ihn jemand ins Visier genommen. Er verfluchte sich dafür, dass er sich nicht die Zeit genommen hatte, die Gegend gründlich zu überprüfen. Was hatte Grigg immer gesagt? *Zeit, die du in die Aufklärung investierst, ist niemals vergeudet.*

Dummerweise war es jetzt zu spät dafür. Sie waren bereits im Freien oder, in Soldatensprache ausgedrückt: Sie hingen bereits mit den Ärschen in der Luft. Sie waren leichte Ziele für jeden, der sie beobachtete.

Er zog seine 45er aus dem Hosenbund und ging hinter Ali her, die munter über die leere Straße schlenderte. Währenddessen sah er sich ständig um und lauschte nach dem kleinsten Geräusch, das hier nicht hergehörte, während er ihr um die Ecke zum Haus ihrer Eltern, durch das Holztor und in den kühlen, ruhigen Garten hinter dem Haus folgte.

Ein riesiger Grill aus Edelstahl nahm einen Großteil der mit Steinplatten gefliesten Terrasse ein und erinnerte ihn daran, wie oft sie hier während ihrer Heimaturlaube gegrillt hatten. Der restliche Platz wurde von einem runden Tisch und sechs Stühlen eingenommen, und Nate wusste noch gut, wie er und Grigg hier vor nicht allzu vielen Jahren gesessen hatten, nachdem der Rest der Familie zu Bett gegangen war, und darüber gesprochen hatten, das Militär zu verlassen und sich dem neuen Team anzuschließen, das Frank Knight zusammenstellte.

Auf einmal überkam ihn eine schreckliche Nostalgie, und ihm schossen jede Menge Fragen durch den Kopf.

Was wäre gewesen, wenn sie die Uniform nie ausgezogen hätten? Würden sie dann jetzt in den Ruhestand gehen? Vielleicht zusammen eine kleine Kneipe eröffnen, durch die vielen Steaks und das Bier fett werden und darüber nachdenken, sich niederzulassen und eine Familie zu gründen?

Was wäre passiert, wenn er den letzten Transporter aus Kolumbien verpasst hätte? Hätten sie dann trotzdem diesen verdammten, zum Scheitern verurteilten Job in Syrien bekommen?

Was wäre passiert, wenn er es geschafft hätte, diese uralten Seile etwas früher durchzubeißen? Hätte er Grigg dann das Leben retten können?

Was wäre gewesen …

»Pass bei der untersten Stufe auf«, riss ihn Ali aus seinen sinnlosen Gedanken. »Sie ist ziemlich morsch.«

Er sah zu, wie sie schnell die alte Strickleiter hinaufkletterte, die an dem rauen Stamm der riesigen Eiche hing, die den Garten der Morgans bewachte.

Wow. Als ihr Hintern auf Höhe seiner Augen war, zogen sich seine Hoden sogar noch mehr zusammen.

Na, großartig. Sein bescheuerter Verstand wechselte im Nu vom Tod zum Sex. Nicht zum ersten Mal auf dieser Mission begriff er, dass mit ihm etwas nicht stimmen konnte, und der Besuch beim Seelenklempner schien unausweichlich zu werden.

»Sag das Zauberwort«, neckte sie ihn, als sie sich durch das dunkle Loch im Boden des Baumhauses hochgezogen hatte und so tat, als wolle sie die Strickleiter einziehen.

»Aliii«, warnte er sie und griff nach dem Seilende, bevor sie es noch höher ziehen konnte. Zwar hätte er diesen Baum auch ohne Seil und mit verbundenen Augen hochklettern können, aber die Vorstellung, dass danach unzählige Splitter in seinen Handflächen stecken würden und er Ali den Hals umdrehen musste, war nicht gerade verlockend.

»Naaate«, machte sie ihn nach und legte schon wieder auf diese süße Art die Nase in Falten, als sie grinsend zu ihm heruntersah.

»Das ist nicht die richtige Zeit für Spiele«, sagte er zu ihr, auch wenn er erleichtert war, dass sie wieder so frech zu sein schien wie früher.

Er hatte befürchtet, dass ihre kleine Auseinandersetzung in seinem Schlafzimmer letzte Nacht und erst recht die Art, wie er ihr Gespräch an diesem Morgen beendet hatte, dieses neckende Grinsen für immer aus ihrem Gesicht verbannt hatten, zumindest in seiner Gegenwart. Wäre das nicht unglaublich schade gewesen? Insbesondere da Alis Lächeln zu den zehn schönsten Dingen gehörte, die ihm in diesem Jahr passiert waren.

»Oh, da ist aber jemand ernst. Übrigens gibt es hier oben nichts zu befürchten.« Sie lehnte sich zurück, während er schnell nach oben kletterte und sich durch die Falltür zwängte. »Dieses Haus wurde schon von Drachen, Wikingern, Banditen, Indianern, Räubern und Gaunern belagert, aber noch nie eingenommen.«

»Hmmm.« Er klappte die Falltür zu, sodass kein Licht aus dem Garten der Morgans mehr hereinfiel und sie in völliger Dunkelheit saßen.

Es roch nach trockener, abblätternder Farbe und staubigem Stoff, nach geschmolzenen Wachsstiften und altem Kleber, nach klebrigen Süßigkeiten und gerösteten Hotdogs.

Es roch nach einem wunderschönen Kindheitstraum.

»Ich könnte mir vorstellen, dass all diese Bösewichte braunes Haar und freche braune Augen hatten und auf den Namen Grigg hörten«, überlegte er laut, während er seine Stiftlampe aus der Hosentasche holte.

Ein leises Klacken ertönte, dann breitete sich diffuses gelbes Licht im Inneren aus. Über ihnen hing eine nackte Glühbirne in einer Fassung.

»Hier gibt's sogar Elektrizität?«, fragte er beeindruckt und steckte seine Lampe wieder ein. »Ihr habt beim Bau des Baumhauses wohl an alles gedacht, was?«

»Dad hat das meiste gebaut. Mom hat die Vorhänge und die Sitzkissen gemacht.« Sie deutete auf die niedrigen Bänke unter den vier Fenstern. »Sie hat auch den falschen Teppich auf den Boden gemalt und sogar dafür gesorgt, dass die Fenster richtig verglast werden. Dad wollte sie offen lassen, aber sie hat darauf bestanden. Ich weiß noch, wie sie gesagt hat: ›*Paul*, wie sollen sie den Wind, den Regen und Räuber abhalten, wenn kein Glas in den Fenstern ist?‹«

Er sah sie irritiert an.

»Was ist?«, fragte sie. »Sieh mich nicht so an. Es ist ja nicht so, als ob meine Eltern *nie* Zeit mit uns verbracht hätten, sie waren nur lieber unter sich. Und du irrst dich übrigens«, fügte sie rasch hinzu und lächelte, als sie seine Verwirrung bemerkte. »Die Bösewichte? Sie waren immer blond, hatten hellbraune Augen und hörten auf den Namen Ali. Hast du wirklich geglaubt, Grigg hätte die Bösen gespielt? Schon damals wollte er immer die Welt retten.«

Ja, Nate konnte alles deutlich vor sich sehen. Grigg, der die Baumfestung bewachte, während Ali mit ihrem Pferdeschwanz unten stand, Plastikpfeile mit Saugnäpfen an der Spitze auf ihn schoss oder mit einer selbst gebastelten Schleuder Gummibälle abfeuerte. »Du hast ihn nie besiegt?«

»Als ich alt genug war, um mir was Schlaues einfallen zu lassen, hatte Grigg keine Lust mehr, Ritter und Drachen oder Cowboy und Indianer zu spielen. Etwa zu dieser Zeit begann er damit, das Baumhaus als persönliche Testanlage zu benutzen, um Candice Honeypot zu verführen.«

Er schnaubte und meinte: »Jetzt nimmst du mich aber auf den Arm. Kein vernünftiger Mensch nennt seine Tochter Candice Honeypot.«

Sie zog eine Augenbraue hoch, als wollte sie sagen: *Ach ja?* »Das würdest du nicht sagen, wenn du Mr Honeypot mal begegnet wärst. Sagen wir einfach, wir konnten uns darauf verlassen, dass er für uns Bier kaufen ging, als wir noch zu jung dafür waren, und dass er immer gerochen hat, als hätte er in seiner Bong gebadet.«

»Großer Gott.«

»Mmmm.« Sie schüttelte den Kopf und grinste.

Dann schwiegen sie einige Sekunden lang und dachten darüber nach, was für einen Vater dieser Mr Honeypot abgegeben hatte. Das rhythmische Summen der Nachtinsekten im Hintergrund bildete das biologische Äquivalent zum weißen Rauschen.

»So«, meinte sie schließlich. »Willst du die Erinnerungskiste sehen?«

»Ja«, antwortete er und war froh über den Themenwechsel, weil er gerade ernsthaft darüber nachgedacht hatte, diesen seltsamen Mr Honeypot aufzusuchen und ordentlich dafür in die Mangel zu nehmen, dass er Ali und die Kinder in der Nachbarschaft zu so einem Benehmen angestachelt hatte.

Mann, es sollte gesetzlich vorgeschrieben sein, eine Lizenz zu erwerben, um sich fortzupflanzen …

Mit einer schwungvollen Bewegung hob Ali eine verstaubte Decke von einem großen Haufen in der Ecke, und darunter kam eine alte Truhe zum Vorschein. Er zog eine Augenbraue hoch, während er ihr half, sie heranzuziehen.

»Er hat sie mir als Ersatz für die alte Spielzeugkiste geschenkt, die wir früher benutzt haben«, erklärte sie und fuhr ehrfürchtig über die eingelassenen Buchstaben PFC MORGAN, GRIGG.

»Mmm.«

Mmm? Wirklich? Mehr hatte er dazu nicht zu sagen?

Er machte den Mund auf, um etwas Klügeres von sich zu geben, doch da sprach sie schon weiter. Offenbar war ihr seine knappe Antwort nicht weiter aufgefallen, was nicht verwunderlich war.

Nach zwölf Jahren hatte sie sich zweifellos an seine Zurückhaltung gewöhnt. Zumindest würde sie es Zurückhaltung nennen. Tatsächlich verschlug es ihm jedoch die Sprache, wenn sie diesen weichen, verletzlichen Blick bekam.

Er brachte kein Wort mehr heraus.

»Viele Leute haben sich darüber gewundert, dass Grigg und ich uns so nahegestanden haben. Normalerweise ist das bei Brüdern und Schwestern anders, hat man mir erzählt. Ich glaube, es lag daran, dass unsere Eltern in ihrer Liebe so … *nachlässig* waren, so lässt es sich wohl am besten beschreiben. Jedenfalls mussten Grigg und ich uns daher aufeinander verlassen. Wir gingen immer zu zweit in die Eisdiele, um ein gutes Zeugnis zu feiern. Ich habe nie eins von Griggs Baseballspielen verpasst, und er war bei jedem meiner Klavierkonzerte.«

Aber dann war Grigg gestorben, und jetzt hatte sie nichts, außer einer großen Truhe voller Erinnerungen.

Das war Nate zuvor nicht so bewusst gewesen, und jetzt brach es ihm fast das Herz, dass Ali im Grunde genommen allein dastand. Auch wenn er sich wünschte, dass es nicht so wäre, hoffte er doch, es würde sie ein wenig trösten, dass sie zumindest das gemeinsam hatten.

»Grigg«, flüsterte sie und strich noch immer über die Buchstaben. »Er hat mir beigebracht, wie man seine Schuhe zubindet, wie man Fahrrad fährt, er hat mir sogar gezeigt, wie man ein Kondom benutzt.« Ihr Lächeln war schwach und süß. »Mit einer riesigen Gurke aus dem Garten. Du kannst dir meine Enttäuschung vorstellen, als ich zum ersten Mal versucht habe, meine Kenntnisse an einem echten Testobjekt auszuprobieren.«

Er wollte es eigentlich nicht wissen, aber … »Wie alt warst du damals?«

»Neunzehn.«

»Mann«, knurrte er und hasste den Typen, der die unfassbare Ehre gehabt hatte, Alis Erster zu sein und … Na, großartig. Das war ja wirklich der perfekte Moment für eine Erleuchtung.

Als ob dieser Tag nicht schon schlimm genug gewesen wäre.

Aber es kam noch heftiger. Denn ihm wurde auf einmal klar, dass er sich nichts vormachen konnte. Er konnte nicht mehr länger so tun, als ließe sich das, was er für sie empfand, als bloße unerwiderte Lust abtun.

Er liebte sie.

Bämm!, wie der Fernsehkoch Emeril sagen würde.

Er liebte sie, wie er in seinem ganzen erbärmlichen Leben noch keinen anderen Menschen geliebt hatte, und dafür hasste er das Universum von ganzem Herzen.

Denn das änderte nichts.

Sie konnte nie die Seine sein. Nicht in einer Million Jahre. Denn nichts konnte die Tatsache ändern, dass er ihren Bruder umgebracht hatte, so einfach und gleichzeitig so schrecklich sah die Sache aus.

Verdammt noch mal! Er hätte am liebsten laut aufgeschrien, weil das so ungerecht war, und dem morbiden und unfairen Universum beide Mittelfinger gezeigt. Stattdessen schüttele er nur den Kopf und murmelte: »Ich wünschte … Ich wünschte …«

Er wünschte sich so viele Dinge, dass er gar nicht wusste, wo er anfangen sollte.

»Ja«, rettete sie ihn aus seiner Misere, »ich auch.«

Dann starrte er in ihre sanften, strahlenden Augen und dachte, dass er ihr vielleicht doch glauben konnte. »Lass es uns jetzt tun, ja?«, meinte sie, und einen Augenblick lang stand er auf dem Schlauch.

Was tun? Endlich zugeben, dass sie …?

»Lass uns den USB-Stick rausholen und endlich von hier verschwinden.«

Ja, genau. Richtig. Gute Idee, sonst würde er noch in Tränen ausbrechen und ihr seine Liebe gestehen.

Wäre das nicht ein Schock für sie? Nate »Ghost« Weller – oder Mr Emotionslos, wie Ozzie ihn nannte –, der weinte wie ein Baby und ihr sagte, dass er sie unendlich liebte?

Sie würde vermutlich glauben, dass er jetzt völlig durchgedreht war, und damit läge sie gar nicht so falsch. Das war das wirklich Traurige daran.

Er holte tief Luft und sah sie an, während sie andächtig den Deckel aufklappte.

Nun musste er nur noch ein paar Minuten durchhalten, dann wären sie wieder draußen und würden sich auf den Rückweg machen. Je eher, desto besser. Er war nicht nur kurz davor, wie ein Baby loszuheulen und ihr sein Herz auszuschütten, überdies wuchs seine Unruhe mit jeder verstreichenden Sekunde.

Und dann waren die verstreichenden Sekunden auf einmal egal, weil die Zeit stehen blieb.

Grigg …

Das Erste, was Nate sah, war das Foto, das innen am Deckel klebte.

»Oh Gott, er fehlt mir so sehr«, hauchte sie und strich mit einem Finger über Griggs Foto.

Nate spürte, wie sein Herz zerriss, und war überrascht, dass sie es nicht hören konnte.

Großer Gott. Das war die Hölle. Dagegen waren seine blauen Hoden, seine Unruhe wegen dieser ganzen gottverdammten Situation gar nichts. Ebenso wenig die Tatsache, dass er die einzige Frau auf diesem Planeten liebte, die er nie haben konnte, und zwar … wegen Grigg. Und Grigg sah ihn so an, wie er ihn immer angesehen hatte.

Selbst als sie mitten im Dschungel festsaßen und die Schüsse der Feinde die Blätter um sie herum zerfetzten, hatte Grigg immer diesen unbekümmerten Gesichtsausdruck gehabt und so breit gegrinst, dass es ebenso ansteckend war wie ein Grippevirus. Der dämliche Bastard hatte das Leben geliebt.

»Vermisst du ihn?«, fragte Ali mit erstickter Stimme. »Entschuldige, das ist eine dumme Frage. Du hast ihm nähergestanden als jeder andere. Natürlich vermisst du ihn.«

»Ich habe ihn vermutlich besser gekannt als jeder andere«, erwiderte er rasch. »Aber er hat dir am nächsten gestanden, Ali. Du warst in seinem Herzen. Und ich vermisse ihn jeden verdammten Tag.«

»Ja.« Sie seufzte und strich ein letztes Mal über Griggs Foto. »Ich auch.«

13

Ali konnte nicht atmen.

Das hatte nichts mit der schweren schusssicheren Weste zu tun, die sie unter der Jacke trug, sondern eher etwas mit der Luft im Inneren des Baumhauses. Sie drohte, sie zu ersticken. Da waren zu viele Erinnerungen, zu viel Trauer, zu viel Schmerz.

Sie musste raus, und zwar sofort.

Daher wühlte sie sich schnell bis zum Boden der Truhe durch und zog einen Plastikbeutel voller USB-Sticks hervor. Sie hatte sie mit dem Datum beschriftet, an dem sie sie erhalten hatte. Als sie den fand, den sie eine Woche vor dem Tag, an dem sich ihr Leben für immer veränderte, beschriftet hatte, nahm sie ihn heraus und reichte ihn Nate.

Er starrte ihn einen Moment lang mit leerem Blick an, als könnte er nicht glauben, dass alles, was sie durchgemacht hatten, nur wegen dieses unschuldigen kleinen Objekts passiert war. Dann schob er den Stick vorsichtig tief in seine Jackentasche.

Sie wollte sich gerade umdrehen, um die Truhe zurückzuschieben und endlich ins Freie zu kommen, aber er hielt sie auf, nahm ihre Hand und legte seine warmen Finger um ihre.

Welche Differenzen sie auch gehabt hatten, welche Verletzungen und Erniedrigungen sie einander auch zugefügt hatten, so hatte doch nichts die Tatsache geändert, dass sie Grigg beide sehr geliebt hatten. Sie litten beide noch immer unter der tiefen, schartigen Wunde, die Griggs Tod verursacht hatte.

Sie sah in sein attraktives Gesicht und erkannte Verständnis und Mitgefühl darin … und noch etwas anderes. Etwas, das sie nicht verstand.

Was immer es war, es machte ihr Hoffnung und Angst und … und …

Oh Mann. Sie musste hier raus. Sie konnte nicht mehr klar denken. Vielleicht lag es an der Erschöpfung oder der Angst, aber sie hatte geglaubt … nur für eine Sekunde …

Sie schüttelte den Kopf und wusste nicht mehr, was sie geglaubt hatte.

Also grinste sie ihn angespannt an, entzog ihm ihre Hand und schob die Truhe wieder an ihren Platz. Sie wollte schon zur Falltür gehen, drehte sich aber noch einmal um, bevor sie sie erreicht hatte.

Hier, an diesem sicheren Ort ihrer Kindheitsträume, musste sie ihn noch eines fragen. »Warst du bei ihm? Am Ende?«

Nates gequälter Blick gab so viel Kummer preis, dass es ihr den Atem raubte.

Ja, sie war in Griggs Herz gewesen, aber auch Grigg hatte einen festen Platz in Nates Herz gehabt.

Sie standen sich näher als Brüder, wie ihre Mutter einmal erkannt hatte. Jetzt, als sie sein gepeinigtes Gesicht sah, glaubte sie es auch.

»Ja.« Seine Stimme war rau wie Sandpapier, und der Muskel in seinem Kiefer zuckte heftig.

»Hatte er große Schmerzen? Hat er gelitten?« Himmel, sie wusste nicht einmal, *warum* sie das überhaupt fragte.

Natürlich hatte er Schmerzen gehabt. *Natürlich* hatte er gelitten. Man hatte ihn *gefoltert*.

»Ja«, flüsterte Nate, und nur das Zucken eines Augenlids verriet ihr, wie viel Überwindung es ihn kostete, das zuzugeben.

Es war nur ein Wort, barsch ausgesprochen, aber als sie darüber nachdachte, wurde ihr bewusst, dass ein Wort hundert Dinge sagen konnte. Hundert schreckliche, furchtbare Dinge.

Großer Gott, Grigg, es tut mir so leid. So unendlich leid.

Sie hatte immer gewusst, dass ihr Bruder keinen leichten Tod haben würde, aber es bestätigt zu hören, war fast mehr, als sie ertragen konnte. Sie schnappte nach Luft, atmete den staubigen, vertrauten Geruch des Baumhauses ein und nickte. »Okay.«

Als Nate zögerte und ihr einen harten, suchenden Blick zuwarf, legte sie erneut den Kopf leicht zur Seite. »Lass uns gehen. Es geht mir gut.«

Er mahlte mit dem Kiefer und wusste offenbar nicht, was er tun sollte, doch dann seufzte er schwer und drehte sich um, um die Falltür zu öffnen.

Sie beobachtete, wie er schnell und geschmeidig nach unten kletterte, und wischte sich wütend eine rebellische Träne weg. Nein, sie wollte ihn nicht damit belasten, dass sie weinte, wo er doch nur das getan hatte, worum sie ihn gebeten hatte … ihr die unerklärliche, furchtbare, unverblümte Wahrheit zu sagen.

Dann kamen seine großen, schwarzen Bikerstiefel geräuschlos auf dem weichen Boden unter der Eiche auf, und sie musste sich keine Tränen mehr wegwischen. Sie trockneten schneller als im Wüstenwind, als er eine zur Faust geballte Hand hochhielt.

Selbst wenn Grigg ihr nicht vieles gezeigt hätte, so hatte sie doch genug Filme gesehen, um zu wissen, was diese ganz besondere Geste bedeutete. Er sagte ihr damit, dass sie leise sein und sich nicht bewegen sollte. Es bedeutete, dass etwas Nate »Ghost« Weller erschreckt hatte, und sofort bekam sie große Angst.

Schreckliche Sekunden verstrichen wie Stunden, und ihre ohnehin schon angespannten Nerven drohten zu zerreißen.

Sie hätte nie gedacht, dass sie das jemals denken würde, aber in diesem Moment vermisste sie tatsächlich die Beruhigung, Nates Reservewaffe in den Händen zu spüren. Sobald sie wieder bei der Phantom waren, wollte sie ihn bitten, ihr den kleinen Colt zu geben.

Wow, was war nur aus ihrem Leben geworden?

Sechsunddreißig Stunden, nachdem sie zu Nate geflüchtet war, fühlte sie sich schon kribbelig, wenn sie nicht das Gewicht einer Waffe in ihrem Hosenbund spürte. Vielleicht würde sie ab morgen mit Patronengurten und einem roten Bandana herumlaufen. Sie konnte Ozzie den Rang als bester Rambo-Nachahmer streitig machen.

»Gott kennt Gnade, Rambo nicht …« Sie sagte die Worte in ihrem Kopf und fand, dass Ozzie das vermutlich überzeugender rüberbrachte.

Schließlich, nach einer gefühlten Ewigkeit, sah Nate zu ihr hinauf, und seine schwarzen Augen durchbohrten die Dunkelheit wie Laser. Er nickte einmal, hielt seine mattschwarze Waffe aber weiterhin im Anschlag. Trotz seiner Aufforderung sah sie sich noch einmal um, bevor sie die Strickleiter herunterkletterte.

Sie war kaum unten angekommen, als er sie schon drängte, über den Rasen zu laufen.

»Was ist los?«, flüsterte sie und sah nervös in die dunklen Ecken und durch die dichten Blätter der Hecke ihrer Eltern.

Anstatt ihr zu antworten, schüttelte er nur den Kopf und behielt dieselben Ecken und Büsche ebenfalls im Auge.

Ihr lief es eiskalt den Rücken herunter, als hätten sie die kalten Finger eines Geists berührt. Das war die einzige Warnung, die sie erhielt, bevor das leise Quietschen des Gartentors von einem seltsamen krachenden Geräusch übertönt wurde.

Nate knurrte und schrie: »Lauf!«, während er sie auf die Straße schob.

Das musste er ihr nicht zweimal sagen.

Sie rannte blitzartig durch den Vorgarten, während das erschreckend laute *Bumm Bumm Bumm* von Nates 45er die Nachtruhe und die Gemütlichkeit der schläfrigen Mittelklassegegend unterbrach. Als sie sich umdrehte, sah sie gerade noch, wie ein großer, schwarzer Schatten rückwärts in den Garten ihrer Eltern taumelte – *Hey! Der sah aus wie der Kerl, der mich überfallen hat!* –, und dann wurde sie schon wieder vorwärtsgezerrt, da Nate sie am Ellenbogen gepackt hatte.

»Bleib nicht stehen«, zischte er.

Machte er Witze?

Stehen bleiben war das Letzte, was sie jetzt tun würde.

Überall gingen Verandalichter an, und die Hunde in der Nachbarschaft bellten sich die Seele aus dem Leib. Schnaufend kamen Nate und Ali bei der Phantom an. Mit einer geschmeidigen Bewegung setzte sich Nate auf das gefährlich aussehende Motorrad und ließ den Motor an, der röhrend aufheulte.

Ali stieg hinter ihm auf, und in der nächsten Sekunde rasten sie auch schon die nicht länger verschlafene Vorortstraße entlang. Sie setzten ihre Helme auf, während sie sich auf den Weg zum Highway und in die relative Sicherheit der offenen Straße machten.

Dagan taumelte um die Ecke des kleinen Schindelhauses und stand dann über dem Mann, den Nathan Weller Sekunden zuvor erschossen hatte.

An einer Tatsache bestand kein Zweifel: Der Mann war tot.

Die beiden sauberen Löcher über dem Herzen und das eine zwischen seinen Augen – Mosambik-Stil – waren schon Beweis genug, zudem hing über allem der widerliche, durchdringende

Geruch nach Kot. Als wäre es nicht erniedrigend genug, tot zu sein, war es nicht ungewöhnlich, dass einige eine letzte Schmach erlitten und sich im Sterben auch noch in die Hose machten.

Hm, super. Wirklich super.

Dagan atmete durch den Mund, als er sich über den Toten beugte und rasch seine Taschen durchsuchte.

Nichts.

Das war nicht überraschend. Nur ein völliger Idiot würde bei einem Job seinen Ausweis mitnehmen. Und wegen eines Auftrags war er offenbar hier gewesen.

Dagan hatte sich gerade rechtzeitig um die Ecke des Morgan-Hauses geschlichen, um mitzubekommen, wie ein großer schwarzer Schatten eine Walther P22 mit fünfzehn Zentimeter Schalldämpfer zog. Der schallgedämpfte Schuss hatte in der Stille des beschaulichen, kleinen Hinterhofs fast schon obszön geklungen.

Dagan war in Deckung gegangen und hatte Wellers augenblickliche Reaktion verpasst, doch das Geräusch einer 45er war eindeutig gewesen. Ebenso eindeutig war die Tatsache, dass Weller ein weitaus besserer Schütze war als dieser Namenlose hier.

Igitt. Was für ein Gestank.

Durch den Mund zu atmen machte die Sache nur noch schlimmer. Er fing schon an, die stinkende Luft, die von dem leblosen Körper ausging, zu schmecken, und jetzt sehnte er sich erst recht nach einem schönen Scotch.

Er hob die Skimaske mit seiner Stiftlampe hoch und sah sich die italienischen Gesichtszüge darunter an. Dunkle Haut, schwarze Haare, braune Augen, die im Tod ihren Glanz verloren hatten. Eine Nase, die ein- oder zweimal gebrochen worden war, und ein Schneidezahn aus reinem vierzehnkarätigem Gold.

Der Stinker sah aus wie ein Gangster, so viel stand fest. Aber er musste ein gut bezahlter Gangster sein, wenn man bedachte, dass er einen funkelnden Diamanten mit zwei Karat im Ohrläppchen trug.

Dagan zog sein Handy aus der Brusttasche, fotografierte den Toten und verschwand dann schnell wieder im Schatten.

Was zum Teufel ist hier los?

Verdammt noch mal, er hatte noch immer nicht die leiseste Ahnung.

Allerdings gab es eine Sache, von der er zu hundert Prozent überzeugt war: Wäre dies ein alter Western, dann wäre Aldus der Mann, der den schwarzen Hut trug. Es bestand kein Zweifel daran, dass dieser Kerl derselbe Mann war, der versucht hatte, Ms Morgan auszurauben – diesen halslosen Bastard hätte er überall wiedererkannt –, und er hätte gewettet, dass dieser stinkende Typ, wer immer er auch sein mochte, auf Alan Aldus' Gehaltsliste stand.

Was bedeutete, dass der gute Senator inzwischen ziemlich verzweifelt war.

Und es gab nichts Schaurigeres als einen verzweifelten Mann, dem die Macht und die Ressourcen der US-Regierung zur Verfügung standen.

Der Klang einer Harley, die ein Stück weiter angelassen wurde, bewirkte, dass Dagan schnell zu seinem gemieteten SUV rannte.

»Was ist mit meinen Eltern? Dieser Kerl … er könnte ins Haus gehen und …« Sie konnte weder den Gedanken noch den Satz zu Ende bringen. Sie waren schon seit fünf Minuten auf dem Highway, als Ali endlich wieder einen Ton herausbrachte und endlich die Frage stellen konnte, die ihr auf der Seele brannte.

»Nein, das wird er nicht tun«, versicherte ihr Nate.

»Aber wenn er hinter dem USB-Stick her ist, dann wird er denken, dass Mom und Dad …«

»Er denkt überhaupt nichts mehr, Ali, das kann ich dir versichern.«

»Oh«, sagte sie, dann noch einmal: *»Oh!«*, als es ihr dämmerte.

Okay, der Mann war also tot.

Nate hatte direkt vor ihr … äh, direkt hinter ihr einen Mann getötet.

Sie wusste nicht einmal, was sie davon halten sollte. Was in aller Welt war nur los? Wie war ihr Leben derart aus den Fugen geraten?

»Wer … Wer war das? Er sah irgendwie aus wie der Kerl, der mich überfallen hat«, sagte sie und weigerte sich, darüber nachzudenken, ob der Mann eine Frau oder Kinder hatte, die zu Hause auf ihn warteten. Wenn sie damit erst einmal anfing, würde sie durchdrehen.

»Ich weiß nicht, wer er war. Ich habe ihn noch nie zuvor gesehen, aber es würde mich nicht wundern, wenn es derselbe Mann war, der dir deine Handtasche klauen wollte.« Seine Stimme klang noch rauer als üblich. »Nur, dass er dieses Mal nicht hinter deiner Handtasche her war.«

Ihr drehte sich der Magen um, und sie schluckte schwer und versuchte es erneut. »Hat er … hat er für die Regierung gearbeitet? Was glaubst du? Haben wir eben jemanden getötet, der …« Sie konnte nicht weiterreden.

»Nein«, versicherte er ihr mit fester Stimme. »Ich erkenne einen ausgebildeten Agenten, wenn ich einen sehe. Dieser Mann war nicht mehr als ein zweitklassiger Killer.«

»Ein Killer?«, kreischte sie. »Woher weißt du das?«

»Die große Waffe mit dem langen Schalldämpfer, die er auf uns gerichtet hat, war mein erster Hinweis.«

Großer Gott.

Ein Schalldämpfer. Es gab Menschen, die tatsächlich Schalldämpfer benutzten.

Natürlich gibt es die, schalt sie sich. Vor allem dann, wenn es *Killer* waren. »Wer könnte uns denn einen Killer auf den Leib hetzen?«

Doch sie bekam keine Antwort. Alles, was sie hören konnte, war das Geräusch ihres zu schnellen Atems und das rhythmische Pochen des Blutes in ihren Ohren.

»Nate?«, hakte sie schließlich nach und schloss die Augen, als sie sich in eine Haarnadelkurve legten.

»Keine Ahnung«, antwortete er endlich und schaltete in einen anderen Gang, bis die Phantom tatsächlich röhrte und wie ein Dämon auf zwei Rädern über den Asphalt schoss. Offensichtlich bereitete seine Unwissenheit ihm einiges Unbehagen, wenn sie seinen Tonfall richtig deutete. »Aber eines ist sicher«, fügte er hinzu. »Jemand will uns tot sehen.«

»Tot?«, kreischte sie.

Natürlich hätte sie auch früher darauf kommen können. Killer kamen nicht zu einem, um einem ein Eis und einen Luftballon zu bringen, nicht wahr? Aber ihr Verstand arbeitete etwas langsam, und der Gedanke, dass jemand tatsächlich versucht hatte, sie umzubringen, war so weit hergeholt, dass sie es einfach nicht begreifen konnte.

»Aber … aber …« Sie schüttelte den Kopf und versuchte, nicht in Panik zu geraten.

Das war nicht ihr Leben. Das konnte nicht sein.

»Woher weißt du, dass er uns umbringen wollte?«, hakte sie nach und hoffte darauf, dass er ihr eröffnete, er habe nur einen schlechten Witz gemacht. »Vielleicht … vielleicht wurde er nur dorthin geschickt, um uns Angst einzujagen oder so. Schließlich hatte der CIA-Agent im Delilah's die Möglichkeit, uns zu töten, und er hat es nicht getan. Woher weißt du, dass dieser Kerl nicht dasselbe tun wollte? Woher weißt du, dass er …?«

Ihr Magen spielte jetzt völlig verrückt. Oh Gott, er schien völlig in Aufruhr zu sein, und … ja … sie musste sich übergeben. Dieses Mal führte kein Weg daran vorbei.

Ein gurgelndes Geräusch entrang sich ihrer Kehle.

»Verdammt!«, fluchte Nate. »Kannst du dich übergeben, während wir fahren, oder soll ich lieber anhalten?«

Sie konnte ihm nicht antworten, da sie damit beschäftigt war, sich seitlich vom dahinrasenden Motorrad wegzubeugen, das Visier hochzuheben und ihren Mageninhalt von sich zu geben.

Tja, wer hätte das gedacht? Offenbar konnte sie sich auch auf einem fahrenden Motorrad übergeben.

Glücklicherweise – falls man in dieser ganzen katastrophalen Lage noch von Glück sprechen konnte – gelang es ihr, sowohl ihr eigenes als auch Nates Bein zu vermeiden. Sie konnte allerdings nicht garantieren, dass das Hinterrad nichts abbekommen hatte.

Die Spucke sammelte sich dick und heiß in ihrem Mund, während sie mit ansah, wie die Leitplanke an ihr vorbeiraste.

»Alles okay?«, erkundigte sich Nate mit seltsam klingender Stimme.

Jetzt bedauerte er es vermutlich so richtig, nachgegeben und sie mit auf diese Mission genommen zu haben.

Ach, wem wollte sie denn etwas vormachen? Sie selbst bereute es doch auch ungemein, dass sie darauf bestanden hatte.

»J…« Sie spuckte aus und versuchte es erneut. »Ja. Ich … ich denke schon.«

Dann holte sie tief Luft, leckte sich über die trockenen Lippen und streckte sich.

Okay. Okay, sie kam damit klar. Sie konnte die Tatsache akzeptieren, dass nicht nur die CIA, sondern auch noch ein Killer hinter ihnen her war. Sie konnte damit leben, dass …

»Örks.« Sie presste die Lippen zusammen, als sich ihr Magen erneut umdrehte.

Na gut, damit klarkommen war vielleicht zu viel versprochen.

Sie kam mit überhaupt nichts klar, außer mit dem Drang, ihren Mageninhalt zu entleeren. Das Problem war nur, dass da nichts mehr drin war, was bedeutete, dass sie nur noch würgte. Und das hasste sie wirklich.

»Soll ich lieber anhalten, Ali?«

»Nein. Mir … mir geht es gut«, versicherte sie ihm. Sie holte noch einmal tief Luft und wünschte sich, es wäre wirklich so.

Er schnaubte, und das Geräusch drang laut und ungläubig durch das Bluetooth-Headset.

»Okay, mir geht es nicht gut«, gab sie mit zitternder Stimme zu. »Aber ich werde es überleben.«

Als Reaktion darauf grunzte er nur.

Ja, sie würde es überleben, weil Nate wieder so wortkarg war wie immer, was nur bedeuten konnte, dass sie außer Gefahr waren, zumindest vorerst.

Erleichtert atmete sie auf. Ihr Magen beruhigte sich … ein wenig. Dann spürte sie etwas Heißes und Feuchtes, als sie die Arme um Nates Taille legte. Da sie es nicht wagte, ihn ganz loszulassen, hielt sie sich weiterhin mit einem Arm fest und bewegte die andere Hand vor ihr Gesicht.

Daran klebte etwas Öliges und Schwarzes.

Was in aller Welt …?

Sie konnte beim besten Willen nicht ausmachen, was das sein sollte. Doch als sie unter einer hellen Straßenlampe hindurchfuhren, sah der schwarze Fleck auf einmal purpurrot aus.

»Du blutest!«, schrie sie, und erneut brach sie in Panik aus.

»Ja«, knurrte er, »das passiert, wenn man angeschossen wird.«

»Angeschossen!«, schrie sie auf. »Er hat dich angeschossen?« So viel zu ihrer Theorie, dass man ihnen nur Angst einjagen wollte.

»Hör auf zu schreien, Ali. Mir platzt gleich das Trommelfell.«

War er verrückt? Er machte sich Sorgen um sein Trommelfell, obwohl er angeschossen worden war?

»Wo fahren wir hin?« Auf einmal wurde ihr klar, dass sie über den Highway rasten und sich in einer Geschwindigkeit von Jacksonville entfernten, die sie zu Tode erschreckt hätte, wenn sie genauer darüber nachgedacht hätte. »Du musst ins Krankenhaus!«

»Nein«, knurrte er. »Das ist nichts. Nur ein Kratzer.«

»Ein Kratzer?«, kreischte sie ungläubig und sah erneut auf das klebrige Blut auf ihrer zitternden Hand hinab. »Eine Kugel hinterlässt keine Kratzer, du Idiot. Sie hinterlässt ein *Loch*. Wo wurdest du getroffen?«

Er antwortete nicht, sondern raste nur weiter auf der Phantom durch die Nacht.

Der kühle Wind war wie ein Orkan in ihrem Gesicht, und die gestrichelte Linie auf der Straße raste so schnell an ihr vorbei, dass sie aussah, als wäre sie eine einzige ununterbrochene lange Linie. Die Autos, die sie überholten, wirkten, als würden sie stillstehen.

»Nate«, beharrte sie, »wo … wurdest … du … getroffen?«

»Oben an der linken Schulter. Direkt über dem Schlüsselbein. Keine Sorge, es ist ein glatter Durchschuss.«

Keine Sorge. Jemand versuchte, sie umzubringen, hatte ihn tatsächlich *angeschossen*, und er sagte ihr, sie solle sich keine Sorgen machen.

War er *verrückt*?

Es musste wohl stimmen, wenn sie sich diese Frage in zwei Minuten zweimal gestellt hatte.

Sie musterte seine linke Schulter. Seine dicke Lederjacke war zerrissen, und ein erschreckendes Rinnsal dunkelroten Bluts rann an seinem breiten Rücken herunter.

Sie holte tief Luft und sprach ganz leise und ruhig, denn ansonsten hätte sie lauthals geschrien. »Nate, du verlierst Blut. Entweder du drehst um und wir fahren zum nächsten Krankenhaus oder du hältst irgendwo an, wo ich mir deine Wunde ansehen kann. Wenn du …«

»Das müssen wir nicht …«, wollte er sie unterbrechen, aber sie sprach einfach weiter.

»… keins von beidem tust, dann schwöre ich, dass ich von diesem Motorrad springen werde, denn ich weigere mich, hier sitzen zu bleiben, während du langsam verblutest!«

Die letzten drei Worte schrie sie trotzdem, obwohl sie sich große Mühe gab, ruhig zu bleiben, denn wie sollte sie in einer solchen Situation auch ruhig bleiben, verdammt noch mal?

Als er nicht reagierte, biss sie die Zähne zusammen, bis es wehtat. »Du weißt, dass ich es tun werde«, drohte sie ihm.

Nein, es war keine Drohung. Es war ein Versprechen.

»Gottverdammt!«, fluchte er, aber sie wusste, dass sie gewonnen hatte, als er an der nächsten Ausfahrt abfuhr.

Sie fuhren noch etwas über fünf Meilen, auch wenn es sich für Ali wie hundert anfühlte, bis sie zur Happy Acres Hunting Lodge kamen.

Vor dem Gebäude leuchtete das Schild »Zimmer frei«, und es sah zumindest so aus, als ob es darin fließendes Wasser gäbe.

Nate fuhr mit der Phantom hinter das Haus und versteckte sie hinter einigen hohen wilden Hortensien. Dann holte er seine Brieftasche heraus und reichte Ali einige glatte, druckfrische Fünfzigdollarnoten.

»Besorg uns ein Zimmer«, sagte er und nahm seinen Helm ab.

Selbst in dem schwachen Licht konnte sie erkennen, dass seine normalerweise dunkle Haut wächsern und blass aussah. Er schwitzte, und sein schwarzes Haar war feucht und kräuselte sich an den Schläfen.

»Bezahle bar, und benutz einen Decknamen, wenn du dich einträgst«, riet er ihr. »Ich will nicht, dass uns jemand hierher zurückverfolgen kann.«

Ja, da dieser Jemand, oder gleich eine ganze Gruppe von Jemanden, sie vermutlich umbringen wollte, wäre es ziemlich übel, wenn man sie hier aufspüren würde.

Sie schüttelte den Kopf und weigerte sich, daran zu denken, weil sie sich sonst wieder übergeben hätte. Als sie zur Rezeption ging, wischte sie sich die blutige Hand an ihrer Jeans ab. Sie bekäme bestimmt ein Zimmer, wenn sie demjenigen, der die Nachtschicht am Empfang hatte, eine Handvoll blutiger Banknoten reichte.

Das verlieh dem Begriff »Blutgeld« doch eine völlig neue Bedeutung, was?

Sie lachte auf und biss dann die Zähne zusammen, als ihr bewusst wurde, dass sie kurz davor war, hysterisch zu werden. Jetzt war keine Zeit für den völligen psychischen Zusammenbruch, den sie sich redlich verdient hatte.

Sie holte tief Luft – igitt, die Klärgrube musste ganz in der Nähe sein, und das fand ihr Magen gerade gar nicht gut – und öffnete die Tür zum Büro des Happy Acres.

Fünf Minuten später kam sie mit dem Schlüssel zu Zimmer acht, dem Big Mouth Bass Room, wieder heraus, den ihr der Typ von der Nachtschicht mit der lächerlichen Resthaarfrisur gegeben hatte, während er ihre Brüste unter der Bikerjacke anstarrte. Als sie sich nach vorn gebeugt hatte, um sich einzutragen, hatte er den Kopf geneigt, um sie besser in Augenschein nehmen zu können, und die festgesteckten dünnen Haare hatten sich über seinem rechten Ohr gelöst und über seiner hageren Schulter gebaumelt.

Rasch hatte er sie wieder zurechtgestrichen, aber … wow … wem wollte er mit seiner Frisur etwas vormachen?

Diese Nacht wurde zunehmend bizarrer, und sie würde vermutlich nicht besser werden, denn, mal ehrlich … der Big Mouth Bass Room?

Sie hasste es, sich ständig zu wiederholen, aber wessen Leben führte sie momentan doch gleich?

Nate schaltete sein Handy aus, als Ali aus dem Büro kam. Er hatte die Black Knights über ihre Lage informiert, dass er den USB-Stick hatte und von einem Kerl, der laut Ali dem Mann, der sie überfallen hatte, verdächtig ähnlich sah, leicht verwundet worden war. Er hatte sie informiert, dass sie an einem abgelegenen Motel mitten im Nirgendwo angehalten hatten. Und sie wussten, was sie vorhatten: seine Wunde versorgen, etwas essen und sich einige Stunden ausruhen, bis sich die Lage etwas beruhigt hatte.

Er konnte nur hoffen, dass Ozzie seine Magie wirken und die hiesige Polizei davon abhalten konnte, Jagd auf sie zu machen, weil neben dem Haus von Paul und Carla Morgan eine Leiche lag und Zeugen gehört, wenn auch nicht gesehen hatten, dass die Phantom wenige Augenblicke, nachdem drei Schüsse abgefeuert worden waren, den Tatort verlassen hatte.

Ali schwenkte einen großen Plastikschlüssel in der Luft herum. War das …? Ja, er war geformt wie eine Forelle. Oh, das Happy Acres schien etwas ganz Besonderes zu sein.

»Folge mir zu unserem gemütlichen kleinen Zimmer«, wies sie ihn an und nahm die Tasche, die er ihr reichte. Er schulterte die anderen Satteltaschen und …

Verdammt! Das tat weh!

Ja, er war verletzt. Das sollte er lieber nicht vergessen.

Er biss die Zähne zusammen und ging hinter Ali her zu einer Tür, von der die grüne Farbe bereits abblätterte. Die Tür sah alt und heruntergekommen aus, und daran baumelte eine Acht aus Plastik. Ali ging hinein und …

Er blinzelte.

»Ist das ein Witz?«, fragte er, als er über die Türschwelle trat.

Das musste ein Witz sein, denn sie wurden von einem Big Mouth Billy Bass begrüßt, einem dieser sich bewegenden singenden Plastikfische. Er schwenkte seinen Fischkopf, zappelte auf dem Brett herum und fing an, »Don't worry, be happy« zu singen.

»Schön wär's«, erwiderte Ali angeekelt und rümpfte die Nase, weil es in dem Zimmer stark nach Sagrotan und Teppichdeo roch. Zumindest hatte jemand vor nicht allzu langer Zeit versucht, hier sauber zu machen. »Dummerweise hatten wir aufgrund eines Klärgrubenproblems nur die Wahl zwischen diesem Zimmer und dem Trophy Buck Room. Da wir eine Schusswunde behandeln müssen, wollte ich dabei nicht von all diesen ausgestopften Hirschköpfen mit ihren traurigen braunen Augen beobachtet werden. Schließlich haben sie ein ähnliches Schicksal erlitten.«

Sie ließ die Tasche auf das breite Bett fallen. Es sah absolut lächerlich aus. Die Tagesdecke war ein Mosaik aus Fliegenfischködern, und am Kopfende lehnten vier riesige fischförmige Kissen. Über dem Bett hatte man zwei Ruder neben zwei Reusen angebracht. Er neigte den Kopf und sah sich die Füße der Lampen auf dem Nachttisch genauer an, die die Form von Angelruten hatten. Selbst die Knöpfe an den Schubladen des Sperrholzschranks stellten kleine Lachse dar.

Großer Gott. Dieses Zimmer war ja förmlich aus einem Anglerkatalog entsprungen.

Ali zog ihre Stiefel und ihre Überhose aus und warf die Jacke beiseite. Dann landete die schusssichere Weste mit einem Knall auf dem Boden. Durch die Bewegung fühlte sich der singende Fisch dazu animiert, mit der zweiten Strophe weiterzumachen.

»Kann man das Ding irgendwie ausschalten?«, rief sie über den Lärm hinweg und musterte das kitschige Dekorationsobjekt, das über der Zimmertür herumwackelte.

Nate wusste einen guten Weg, wie man es zum Schweigen bringen konnte. Er konnte es mit dem Stahlabsatz seines Stiefels zertreten. Seine Geduld mit geschmacklosen, fischigen Objekten war schon an guten Tagen äußerst begrenzt. Kombiniert mit dem Blutverlust, der erschreckenden Erkenntnis, dass er in Ali verliebt war, und der Tatsache, dass ihn der Gedanke verrückt machte, ein Typ mit einer schallgedämpften Waffe könnte ihr ein Loch in den hübschen Schädel schießen, war sein Bedürfnis, noch einmal »Don't worry, be happy« zu hören, gleich null.

Aber anstatt seinem Bedürfnis nachzugeben und den mechanischen Fisch für alle Ewigkeit zum Schweigen zu bringen, streckte er den linken Arm aus …

Scheiße! Du wurdest angeschossen, rief er sich ins Gedächtnis.

Obwohl er nicht schwer verwundet war – er hatte schon Schlimmeres erlebt –, bedeutete das nicht, dass es nicht höllisch wehtat.

Er griff also mit der rechten Hand nach dem Fisch, nahm ihn von der Wand und drehte ihn um, sodass er die Batterien rausnehmen konnte. Dann schüttelte er den Kopf und legte das jetzt schweigende Ding auf den kleinen runden Tisch, der vor dem Fenster stand. In die Tischmitte war ein Mosaik aus verschiedenen Fischen eingelassen. Die Sitzflächen der beiden Stühle, die unter dem Tisch standen, waren mit demselben Fliegenfischstoff gepolstert, aus dem auch die Tagesdecke bestand.

Wer immer dieses Zimmer dekoriert hatte, sollte entweder erschossen oder ins *Guinnessbuch der Rekorde* unter dem Eintrag »Schlechtester Geschmack« aufgenommen werden.

»Okay«, sagte Ali und unterbrach die angenehme Stille. »Komm mit.«

Er hatte keine andere Wahl, als ihr zu folgen, während sie vor ihm ins Badezimmer ging. Er ließ seinen hungrigen Blick über ihren knackigen Hintern gleiten, und sein Verstand malte sich bereits aus, welchen String sie unter dieser eng anliegenden Jeans tragen mochte. Als er ihre Unterwäsche durchsucht hatte, war ihm aufgefallen, dass diese Frau keinen normalen Slip zu besitzen schien.

Großer Gott, hab Mitleid mit mir!

Er war angeschossen worden und verlor recht viel Blut, aber das Einzige, woran er denken konnte, war die Farbe von Alis Unterwäsche.

Lila. Oder vielleicht auch lavendelfarben.

Als er ihr an diesem Morgen in die schusssichere Weste geholfen hatte, war ihr T-Shirt aufgrund des Gewichts verrutscht, und er hatte einen lavendelfarbenen BH-Träger gesehen.

Er hob den Blick, als sie sich räusperte.

»Du wirst doch nicht ohnmächtig, oder?«, erkundigte sie sich und sah ihn besorgt an.

Nur wenn du beschließt, die Jeans und das T-Shirt auszuziehen. »Nein«, erwiderte er. »Ich muss nur mal durchschnaufen.«

»Das kannst du auch tun, während du auf dem Klodeckel sitzt. Ich will mir deine Wunde ansehen, bevor ich den Mut verliere, das zu tun.«

»Du hast Nerven aus Stahl. Ich war vorhin verdammt stolz auf dich.« Das stimmte auch. Sie hatte genau das getan, was er verlangt hatte, ohne zu zögern und ohne Fragen zu stellen.

»Ich weiß nicht, womit ich das verdient habe. Ich bin doch nur um mein Leben gerannt.«

»Du hast gemacht, was dir gesagt wurde. Und du bist nicht durchgedreht.«

Sie warf ihm einen skeptischen Blick zu und hob eine Hand mit der Handfläche nach unten. Er konnte auch aus zwei Metern Entfernung sehen, wie ihre Finger zitterten. »Nennst du das etwa ›nicht durchdrehen‹?«

Mann, er war so ein Arschloch. Sie hatte eine Heidenangst, und er stand hier nur rum und klopfte Sprüche. Schnell zog er sich die Stiefel, die Überhose und die ruinierte, blutbefleckte Jacke aus und ließ alles auf den Boden fallen. Dann ging er auf sie zu, legte ihr eine Hand auf die kühle Wange und lächelte sie an.

»Ja, das nenne ich ›nicht durchdrehen‹, wenn man Angst hat, aber weiterhin vernünftig und rational handeln kann. Du bist eine bemerkenswerte Frau, Ali.«

14

Vernünftig und rational?

Er musste den Teil vergessen haben, bei dem sie ihm gedroht hatte, von einem fahrenden Motorrad zu springen.

Ali sah ihn an, als wollte sie ihm sagen, dass er verrückt geworden war, und schüttelte den Kopf. »Mal sehen, ob du mich noch immer für eine ›bemerkenswerte Frau‹ hältst, wenn ich anfange, in deiner Wunde rumzustochern.«

Himmel, sein T-Shirt war völlig durchtränkt. Wären hier und da nicht noch weiße Stellen gewesen, dann hätte sie fast geglaubt, es wäre aus burgunderfarbenem Stoff, und trotzdem stand er da, als ob nichts passiert wäre. Als ob man ihn nicht *angeschossen* hätte.

Ihr Magen machte erneut einen Satz.

Nein, nicht übergeben. Nicht übergeben.

Als sie nur daran dachte, wurde es noch schlimmer.

»Musst du dich noch mal übergeben?«, fragte er.

»Nein«, versicherte sie ihm, hob das Kinn und deutete auf den Toilettendeckel. »Ich werde dein T-Shirt wegschneiden, die Wunde reinigen und dich hoffentlich davon überzeugen, doch noch ins Krankenhaus zu gehen.« *Und dabei werde ich versuchen, meinen Mageninhalt bei mir zu behalten.*

»Negativ, was den letzten Teil betrifft.«

»Okay«, knurrte sie. »Aber die ersten beiden Punkte werden definitiv passieren. Also setz dich hin, Kumpel, und lass uns anfangen.«

Er grinste, und wie immer verschlug es ihr bei dem Anblick

den Atem. Aber das war gut, denn dann vergaß sie vorübergehend, was ihr Magen veranstaltete.

Mit einer Anmut, die man bei einem Mann seiner Größe nur selten sah, ließ er sich auf dem Toilettendeckel nieder. Er drehte sich zur Wanne hinüber, sodass sie seinen Rücken sah, wofür sie ausgesprochen dankbar war. Sie mochte zwar große Reden geschwungen haben, aber sie war sich nicht so sicher, ob sie dem auch große Taten folgen lassen konnte.

Mit Blut war sie noch nie gut klargekommen, und hier gab es *eine ganze Menge* Blut.

Ihre Hände zitterten, als sie in ihrer Handtasche herumkramte und die kleine Schere herausholte, mit der sie gelegentlich einen lockeren Faden oder ein abstehendes Nasenhaar abschnitt.

Nate sah sie über die Schulter hinweg an. »Hast du vor, mein T-Shirt damit durchzuschneiden?«

Sie sah die winzige silberne Schere an und runzelte die Stirn. »Ja. Wieso?«

Mit einer schnellen Bewegung holte er das riesige Messer hervor, das er in einer Lederscheide an der Hüfte trug, und warf es in die Luft, um es geschickt an der teuflisch scharfen Klinge wieder aufzufangen und ihr den Griff hinzuhalten.

»Ähm.« Vorsichtig nahm sie das Messer in die Hand.

»Pass nur auf, dass du nichts anderes durchschneidest«, sagte er und drehte sich wieder um. Er schien sich erstaunlicherweise keine Sorgen zu machen, dass eine Frau mit zitternden Händen, die dazu neigte, sich bei der kleinsten Provokation zu übergeben, mit einem Messer mit achtzehn Zentimeter langer Klinge auf ihn losging.

Sie beäugte das riesige Messer noch einige Sekunden lang und flehte stillschweigend darum, dass sie trotz ihrer zitternden Hände einen sauberen Schnitt hinbekam.

»Fängst du jetzt an oder was?«, fragte er und sah weiter in die heruntergekommene Badewanne.

»*Ja*«, keuchte sie und versuchte, dabei auch noch ein *Hetz mich nicht!* rüberzubringen. Dann holte sie tief Luft, machte zwei Schritte nach vorn und griff nach dem Saum seines T-Shirts. »Ich gehe alles gerade im Geiste durch.« *Und versuche, nicht schreiend aus der Tür zu rennen.*

»Es ist ganz einfach«, meinte er. »Zieh das T-Shirt einfach hoch und zerschneid es.«

Aha. Ganz leicht. Sie schloss kurz die Augen, zog den Stoff dann von seinem Körper weg und schnitt ihn durch, bevor sie ihre Meinung wieder ändern konnte.

Die Klinge glitt durch den Baumwollstoff wie ein heißes Messer durch Butter. Die beiden Hälften des ruinierten T-Shirts fielen zu Boden.

Jetzt konnte sie die rissige Wunde an seiner Schulter deutlich erkennen.

Oh Scheiße.

Sie ließ das Messer fallen und erbrach sich ins Waschbecken. Zweimal.

Mann, sie war so ein Loser. Er wurde angeschossen, und sie übergab sich.

»Du musst mich für ein ziemliches Weichei halten«, meinte sie zu ihm, nachdem sie den Wasserhahn zugedreht und sich den Mund ausgewaschen sowie die Überreste ihrer peinlichen Reaktion weggespült hatte.

Sie schwitzte und versuchte, durch den Mund zu atmen, damit ihr der metallische Geruch seines Bluts nicht in die Nase stieg. Als sie sich streckte, merkte sie, dass er sie zärtlich anlächelte.

»Einige Menschen können so was eben besser ab als andere.«

»Tja, ich gehöre dann wohl eher zu den anderen, was?«

Er griff nach ihrer Hand. »Das ist nichts Schlimmes.«

Sie schnitt eine Grimasse. Es war schlimm, wenn der Mensch, der angeschossen wurde, die Person trösten musste, die vollkommen gesund war.

Dann wappnete sie sich und meinte: »Okay, was jetzt?«

»Du musst das nicht tun. Ich kann das auch selbst machen. So schlimm ist es nicht.«

Nicht so schlimm? Nicht so *schlimm*?

Er hatte ein knapp zwei Zentimeter großes Loch in dem dicken Muskel über dem Schlüsselbein und ein zweieinhalb Zentimeter großes auf der Schulter, und das war nicht schlimm?

Sie hatte es zuvor schon vermutet, und jetzt war sie sich sicher, dass er verrückt war. Ganz bestimmt. Es konnte nicht anders sein. Geistig gesunde Menschen gingen nicht so lässig mit Löchern in ihrem Körper um, insbesondere mit derart großen und blutigen.

»Es ist leichter, wenn ich dir helfe«, sagte sie zu dem verrückten Mann auf der Toilette. »Also sag mir, was ich als Nächstes tun soll.«

Er grinste sie erneut an, und sie konnte nur den Kopf schütteln. Er lächelte nur selten, aber ausgerechnet jetzt tat er es.

»In der kleineren Satteltasche ist ein Verbandskasten. Nimm das Desinfektionsmittel heraus, die Quetschflasche, das blutstillende Mittel und die Bandagen.«

Sie nickte und hastete nach nebenan, um alles zu holen.

»Darin ist auch eine Ersatzzahnbürste, die du benutzen kannst«, rief er ihr hinterher.

Oh, perfekt. Er saß da und blutete vor sich hin, und was war seine größte Sorge? Dass sie sich vielleicht die Zähne putzen wollte, nachdem sie sich übergeben hatte. Diese Nacht war anfangs furchterregend und bizarr gewesen, jetzt war sie jedoch völlig unglaublich. So langsam war sie davon überzeugt, dass sie zu einer Figur in einer Folge von *Twilight Zone* geworden war.

Als sie alles gefunden und auch noch einige Schmerzmittel in der Hand hatte, kehrte sie ins Badezimmer zurück.

Doch dann überlegte sie es sich anders, drehte noch einmal um und nahm auch die Zahnbürste und die kleine Tube Zahnpasta mit.

Wenn sie ihm dabei geholfen hatte, die Wunde zu säubern und zu verbinden, dann, und erst dann, würde sie sich die Zähne putzen.

Unfassbar! Sie war überfallen, verwanzt, überwacht und von einem Attentäter beschossen worden, und jetzt marschierte sie in dieses ekelerregende Badezimmer und würde eine Schusswunde verarzten. Sie warf einen Blick zu dem verstummten singenden Fisch und schüttelte den Kopf.

Don't worry, be happy. Genau.

Sie ging zurück ins Bad und fürchtete sich mit jedem Schritt mehr vor den kommenden Minuten, aber sie würde das durchstehen.

Du schaffst das. Du schaffst das. Du schaffst …

Oh Mann, da war die Wunde wieder. Sie sah aus wie … tja, wie eine Schusswunde.

Rasch wandte sie den Blick ab und legte alles auf die Ablage. Nate drehte sich um und wandte ihr wieder den Rücken zu.

Bäh, das sah wirklich übel aus. Die Wunde am Rücken war noch schlimmer als die vordere.

Natürlich war das bei Austrittswunden immer so … zumindest hatte sie das mal irgendwo gehört oder gelesen.

»Gib das Desinfektionsmittel in die Quetschflasche.«

»Okay.« Sie öffnete die braune Flasche mit Peroxid und entleerte sie in die weiße Plastikquetschflasche, die einen langen, schmerzhaft aussehenden Hals hatte.

»Jetzt schieb die Tülle in die Wunde und drück fest auf die Flasche.«

Ali schloss die Augen, stieß lautlos die Luft aus, schob die Tülle in seine aufgerissene Haut und drückte. Das Peroxid quoll aus der Wunde in seinem Rücken und zischte und blubberte, als wäre es wütend über das zerfetzte Fleisch. Als sie ihm über die Schulter sah, konnte sie erkennen, dass ihm dieselbe schaumige, rötliche Masse auch an der Brust herunterlief.

Oh Mann.

»Argh.«

»Es ist schon okay, Süße. Du kannst eine Pause machen, wenn du möchtest.«

»Nein. Alles gut.« Sie war sich zwar nicht sicher, ob sie sich nicht wieder übergeben musste, aber egal.

»Okay, jetzt nimm das blutstillende Mittel, mach es auf und streu es vorn und hinten in die Wunde.«

Mr Stoisch konnte ihr nichts vormachen. Es musste höllisch wehgetan haben, als sie das zackige Loch ausgespült hatte, aber außer einem einzigen Schweißtropfen, der an seiner linken Schläfe herunterlief, ließ er sich nichts anmerken.

Sie schluckte die Magensäure wieder herunter, die ihr bereits die Speiseröhre hinaufstieg, nahm das Päckchen mit dem blutstillenden Mittel und riss es auf. Seine Wunde, aus der das Blut vor dem Reinigen nur getröpfelt war, blutete jetzt stark.

»Das Mittel wirkt nur, wenn es direkt auf die offenen Blutgefäße gegeben wird, also sei nicht zu schüchtern. Du musst das Zeug irgendwie da reinkriegen«, wies er sie an und beugte sich ein bisschen vor, damit sie etwas mehr Spielraum hatte.

So schnell sie konnte, streute sie etwas Pulver aus dem Päckchen und drückte es in die Wunde. Erstaunlicherweise trocknete das Blut, das an seinem Rücken herunterrann, sofort.

Hey, das ist ja ein Zauberpulver.

»Gut. Jetzt vorne.«

Er drehte sich auf dem Toilettendeckel um und lehnte sich mit dem Rücken an den Spülkasten. Die vordere Wunde war sauberer, aber auch hier lief das Blut noch heraus. Sie stellte sich rittlings über seine Beine, beugte sich über ihn und wiederholte den Vorgang.

Auch jetzt hörte die Blutung sofort auf und trocknete schneller ein als eine Schnecke, die man mit Salz bestreute. Wie eklig. Als wäre die Situation nicht schon verstörend genug, hatte sie jetzt auch noch dieses Bild vor Augen.

»Das ist gut, Süße.« Seine Stimme klang rau.

Sie sah nach unten und rechnete damit, dass er vor Schmerz das Gesicht verzog, aber der dämliche Kerl war damit beschäftigt, ihr in den Ausschnitt zu gucken.

Im Ernst? Er glotzte ihr auf die Brüste? Was ging ihm bloß durch den Kopf?

Sie dachte an Schusswunden, Blut und Schnecken, und er hatte nichts als *Brüste* im Kopf?

»Männer«, knurrte sie angeekelt, rückte von ihm ab und ging zu dem Waschbecken und den dort liegenden Waschlappen hinüber. »Ihr habt wirklich nicht viele Gehirnzellen, was?«

»Nö.« Er kicherte, und dieses Geräusch klang in ihren Ohren tief und intim und gleichzeitig so fremdartig. »Aber sie sind sehr eifrig bei der Sache.«

»Pfft.«

Sie befeuchtete zwei Waschlappen mit heißem Wasser und drehte dann den Finger in der Luft, um ihm zu bedeuten, sich wieder umzudrehen. Sie legte ihm einen Waschlappen auf die Schulter und warf ihm den anderen in den Schoß. »Du kannst dich vorn sauber machen. Ich kümmere mich um deinen Rücken.«

»Verstanden.«

Sie wischte das Blut so sanft, wie sie nur konnte, von seinem breiten Rücken. Dummerweise war es an einigen Stellen bereits angetrocknet und sie musste etwas heftiger reiben. »Entschuldige«, sagte sie, als er aufstöhnte.

»Schon okay«, zischte er und ließ sie zum ersten Mal erkennen, wie sehr es wirklich wehtun musste. »Es muss ja sein.«

Ja, das stimmte, und sie war erstaunt, dass sie das tun konnte, ohne dass ihr wieder übel wurde. Dieser Tag war voller Überraschungen, so viel stand fest. Andererseits war ihr Magen aber auch schon längst völlig leer.

Nachdem sie seinen Rücken gereinigt hatte, warf sie die blutigen Waschlappen in den Müll. Keine Wäscherei hätte sie wieder sauber bekommen können, und sie vertraute nicht darauf, dass die im Happy Acres besser war als anderswo.

Dann riss sie zwei Packungen mit selbstklebenden Gazestreifen auf und klebte sie vorn und hinten auf die Wunde.

»So«, sagte sie und rieb sich die Hände. »Geschafft.«

»Das hast du gut gemacht.«

Sie verdrehte die Augen und ging zum Waschbecken, wo sie etwas Zahnpasta auf die Reisezahnbürste gab, die sie aus dem Verbandszeug genommen hatte. »Ja, das habe ich ganz toll gemacht. Ich habe mich auch nur ein Mal … äh, zwei Mal übergeben müssen.«

Er zwinkerte ihr zu, und sie starrte ihn mit offenem Mund, in dem bereits die Zahnbürste steckte, an. »Wer sind Sie, und was haben Sie mit dem grüblerischen, mürrischen Nathan Weller gemacht?«

Daraufhin seufzte er, sah auf seine mit Schwielen bedeckten Hände hinab und schüttelte den Kopf.

Es war wirklich traurig, dass der Mann erst angeschossen werden musste, bevor er ihr ansatzweise zeigte, wer er wirklich war.

»Ich, äh, habe die Knights angerufen, als du uns diese … charmante Unterkunft besorgt hast.«

Sie verdrehte die Augen und begann, den bitteren Geschmack der Magensäure aus ihrem Mund zu verbannen.

»General Fuller konnte endlich mit dem Direktor des FBI sprechen. Offenbar hat er keine Ahnung, was Agent Delaney bearbeitet hat. Er sagte, der Mann hätte sich die letzten Monate vor seinem Tod seltsam benommen. *Geheimnistuerisch* war das Wort, das der Direktor benutzt hat.«

Sie spuckte aus. »Na, das ist ja großartig.«

Er schnitt eine Grimasse und nickte. »Ja. Aber es gibt auch gute Nachrichten.«

»Wirklich?« Sie wischte sich den Mund mit einem Handtuch ab, rümpfte die Nase und warf es ins Waschbecken. Es roch nach Achselhöhle. »Worauf wartest du noch? Ich könnte ein paar gute Neuigkeiten gebrauchen. Erzähl sie mir.«

»Ich bin Griggs Mails durchgegangen. Offenbar war das eine einmalige Sache. Ich habe keine anderen Auftragsanfragen gefunden, daher bezweifle ich, dass er schon häufiger Nebenjobs angenommen hatte.«

»Tja.« Sie seufzte. »Dann wäre das ja geklärt. Er hat zwar auch auf eigene Faust gearbeitet, war dabei aber wenigstens anspruchsvoll.«

»Das glaubst du doch selber nicht.«

»Nein.« Sie schüttelte den Kopf und sah ihren liebenswerten, aber vor allem äußerst loyalen Bruder vor ihrem inneren Auge. »Ich denke, dass es eine gute Erklärung für sein Verhalten gibt. Ich kann mir nicht vorstellen, dass er etwas getan hätte, das mich, dich oder einen von euch einem unnötigen Risiko ausgesetzt hätte. Du etwa?«

»Nein.«

Gut. Wenigstens darin waren sie sich einig. Grigg mochte

vieles gewesen sein, aber er war kein Verräter, er hätte weder sein Land noch die Männer, mit denen er zusammengearbeitet hatte, verraten. Das sollte sie doch zumindest ein wenig trösten.

Nate nahm die Schmerzmittelpackung in die Hand, holte vier Tabletten heraus, warf sie sich in den Mund, legte den Kopf in den Nacken und schluckte sie herunter.

»Hast du starke Schmerzen?«, fragte sie und überprüfte, ob die Bandagen sich bereits vom Blut verfärbten. Zum Glück taten sie das nicht.

»Es geht.« Er zuckte mit der unverletzten Schulter. »Aber es ist wirklich nur ein Kratzer.«

»›Ein Kratzer? Dein Arm ist ab!‹« Okay, ihr englischer Akzent musste wirklich mal wieder aufpoliert werden.

Er zog eine Augenbraue hoch.

»Ach, komm schon.« Sie hob eine Hand. »Kennst du *Die Ritter der Kokosnuss* von Monty Python nicht?«

Er sah sie an, als ob sie den Verstand verloren hätte.

»Mann, immer wenn ich gerade glaube, du könntest normal sein …« Sie schüttelte den Kopf und begann, im Badezimmer aufzuräumen.

»›Wir sind die Ritter, die immer sagen *Nie*‹«, verkündete er mit ziemlich überzeugendem Akzent, und sie wirbelte herum und starrte ihn mit offenem Mund an. Er grinste. »Du kennst mich wohl gar nicht, was?«

»Und wessen Schuld ist das?«

»Meine, schätze ich.«

»Ja, gut geraten.«

»Ich kann's nicht ändern«, gestand er. »Wenn du in meiner Nähe bist, habe ich immer Schwierigkeiten, das hier zu verbergen«, er deutete auf die Beule in seinem Schritt, »daher gehe ich dir meist aus dem Weg.«

Jetzt stand ihr Mund aus einem völlig anderen Grund offen. »Wirklich? Nachdem du fünfzehn Stunden lang auf einem Motorrad quer durchs Land gerast bist, das so stark vibriert, dass dir alle Zähne im Mund wackeln, nachdem du angeschossen wurdest und ich dir meine Finger in die *Schusswunde* gesteckt habe, denkst du immer noch an Sex? Du musst wirklich verrückt sein.«

»Schieb es auf den Adrenalinstoß.«

»Okay. Dann ...« Sie machte einen Schritt auf ihn zu. »Dann lass uns etwas dagegen unternehmen.«

»Was?« Er sah aus, als ob sie vorgeschlagen hätte, sie sollten sich die Haare abrasieren und sich den Hare Krishnas anschließen.

»Du hast mich schon verstanden.« Es gab nichts, was sie aufhalten konnte, hier war niemand, und trotz seiner wiederholten Ablehnung und seiner Versicherung, dass er nicht absichtlich körperlich auf sie reagierte, war es offensichtlich – sogar sehr offensichtlich, wenn man sich das Ausmaß der Beule in seiner Hose ansah –, dass sein Verstand und sein Körper nicht einer Meinung waren.

Sie war geneigt, seinem Körper zuzustimmen, weil sie ihn schlichtweg auch begehrte. So wie sie noch nie zuvor einen Mann begehrt hatte.

Vielleicht hatte das etwas mit der nicht unbedeutenden Tatsache zu tun, dass sie in ihn verliebt war. Oder vielleicht hatte es sich auch nur schon seit langer Zeit angebahnt. Was es auch war, es war eigentlich egal, da ihr beide Gründe nur vermittelten, dass sie ihren Wünschen nachkommen sollte. Und wenn sie ihn liebte – gut, das tat sie –, hatte sie dann nicht wenigstens eine Nacht in seinen Armen verdient?

»Nein.« Er schüttelte den Kopf, als sie näher kam, und musterte sie, wie eine Kobra einen Mungo angesehen hätte.

»Warum?«

»Warum was?« Oh, Nate wusste, was sie wissen wollte, aber er suchte verzweifelt nach einem Weg, ihr auszuweichen, weil ihm beim besten Willen keine plausible Erklärung dafür einfallen wollte …

»Warum willst du nicht mit mir schlafen?«

Äh, ja. *Das* war die Frage, die er nicht beantworten konnte. Ali war schließlich nicht die Art von Frau, die eine Nacht mit ihm verbrachte und dann verschwand. Oh nein. Ihr mehr zu geben, kam jedoch überhaupt nicht infrage, da er dann zugeben musste, dass er ihren Bruder umgebracht und deswegen *gelogen* hatte, und das würde nun mal nie geschehen.

»Äh …«

»Es ist doch offensichtlich, dass dein Körper begeistert von dieser Idee ist. Und du hast selbst zugegeben, dass du mich magst.« Sie stand jetzt vor ihm, so nah, dass er selbst nach einem langen Tag auf dem Motorrad noch den Geruch ihres Weichspülers riechen konnte. »Ich mag dich …«

Er sah sie erschrocken an.

Sie schüttelte den Kopf und kicherte, und er konnte nur noch denken: *Mann, ihr Haar sieht so zerzaust und wild einfach umwerfend aus.*

»Na ja, meistens mag ich dich. In der anderen Zeit weiß ich nicht, ob ich dich erwürgen oder küssen soll. Und genau das ist es, was ich meine, verstehst du? Die Tatsache, dass ich dich selbst dann noch küssen will, wenn du mich in den Wahnsinn treibst. Also …« Sie machte eine hilflose Handbewegung. »Warum? Warum können wir nicht nachgeben und es tun?«

Auf einmal schien ein Summen in der Luft zu liegen. Es raste wie eine elektrische Zunge über seine Haut und sorgte dafür, dass er eine Gänsehaut bekam.

»Äh …«

»Und wenn du es nur aus Loyalität zu Grigg nicht tust, weil du denkst, du wärst mir, seiner kleinen Schwester, mehr als einen One-Night-Stand schuldig, dann irrst du dich.«

Wie bitte? Was? Hatte sie gerade One-Night-Stand gesagt?

»Ich kenne Typen wie dich«, fuhr sie mit verführerischem Lächeln fort. »Mann, ich bin mit jemandem aufgewachsen, der genauso war wie du. Genieß sie und vergiss sie, nicht wahr?«

»Ali …«

Oh Gott. Sie stellte sich zwischen seine Beine, und ihre festen kleinen Brüste waren direkt vor ihm. Vor seinem Gesicht.

Was wollte er gerade noch sagen? Irgendwas. Irgendwas Wichtiges, aber er konnte sich einfach nicht mehr daran erinnern.

»Nate«, flüsterte sie und strich mit den Fingern durch sein Haar. Ihm lief ein Schauder den Rücken hinunter.

»Hmmm?«, fragte er, fasziniert von dem unübertrefflichen Anblick direkt vor seinen Augen und davon, sie zu spüren, wie sie ihn berührte … *absichtlich*.

Sie kicherte wieder, und es klang wie bei einer Sirene. Tief, sexy und unwiderstehlich. Er war sich nicht bewusst, dass er sich bewegt hatte, aber irgendwann musste er seine rechte Hand an der Rückseite ihres Oberschenkels hochgeschoben haben, und er drückte sie nach vorn, bis er seine Nase in dem süß duftenden Tal zwischen ihren schönen Brüsten vergraben konnte.

»Du hast meinen Namen gesagt«, erwiderte sie und schob seine Hand an ihrem Oberschenkel immer höher, bis sie ihre volle, pralle Pobacke umfing.

Großer Gott.

»Daher musste ich auch deinen sagen«, erklärte sie mit verführerischer Stimme.

Was? Was redete sie denn da? Es war unmöglich, irgendetwas

zu begreifen, wenn ihre weichen Brüste seine Wangen berührten und ihr wunderbarer Geißblattduft seine Sinne vernebelte.

Das musste aufhören.

Sie mochte von einem One-Night-Stand sprechen, aber das meinte sie nicht so. Oder …?

So unwillig wie ein Verhungernder, der sich vom Gratisbuffet abwendet, nahm er seine Hand weg und stand auf, sodass sie einen Schritt nach hinten machen musste. Sie sah fragend zu ihm auf und schenkte ihm dann ein vielsagendes Lächeln. Eines, wie es Frauen schon seit Jahrhunderten auf den Lippen hatten, wie es Da Vinci bei der *Mona Lisa* verewigt hatte.

Er saß in der Klemme.

Und schon kam sie näher, stellte sich auf die Zehenspitzen und legte die Arme um seinen Hals.

Oh Mann. Er hätte sitzen bleiben sollen, denn jetzt drückte sie ihren ganzen Körper an seinen. Das war wunderbar, verwirrend und gottverdammt *gefährlich*. All die Gründe, aus denen er ihr widerstehen wollte, verschwanden nach und nach aus seinem Kopf. Das waren doch wichtige Gründe, oder?

Er war sich sicher, dass es so war, aber er konnte sich nicht mehr daran erinnern, als sie seine Ohren packte und seinen Kopf nach unten zog, um ihn zu küssen.

Gründe … Wichtige Gründe …

Er spürte ihren Atem auf seinen Lippen und stöhnte.

Die Gründe!

»Wir müssen damit aufhören, Ali! Wir müssen …«

»Nein.« Sie gab es auf, seine Lippen zu suchen, und bedeckte stattdessen seinen Kiefer mit feuchten Küssen. »Dieses Mal werde ich nicht aufhören, und dir gehen langsam die Ausreden aus. Du sagst, es gäbe Dinge, die ich nicht über dich weiß? Tja, die sind mir egal. Du willst dich nicht binden? Das verlange ich auch gar nicht von dir.«

»Grigg«, stieß er endlich hervor und gratulierte sich innerlich, dass es ihm doch gelungen war, eine plausible Erklärung vorzubringen.

»Was ist mit ihm?« Sie machte einen Schritt nach hinten und sah ihm ins Gesicht, wobei ihm auffiel, dass ihre Lippen von seinen Bartstoppeln schon gerötet waren. Daraufhin knirschte er heftig mit den Zähnen, da ihn das an einen anderen Teil ihrer Anatomie erinnerte, der bestimmt ebenfalls weich und gerötet war.

»Er würde es nicht gutheißen.« Ja! *Das* war das richtige Argument.

»Natürlich würde er das.« Sie sah ihn ebenso amüsiert wie nachsichtig an. »Er hat mir immer gesagt, du wärst der beste Mann, den er je kennengelernt hätte, und dass ich es deutlich schlechter treffen könnte.«

Er riss den Kopf zurück, als sie erneut an ihm knabbern wollte. »Was? Er hat *mir* immer gesagt, er würde mich umbringen, falls ich dich je anrühren sollte.«

Ihr Lächeln schien ihm zu bedeuten, dass er ein Riesentrottel wäre. »Natürlich hat er das, du Dummkopf. Das sagen große Brüder nun mal zu Männern, die ihrer kleinen Schwester an die Wäsche wollen. Was hast du denn erwartet?«

Was *hatte* er erwartet?

»Das hat er dir wirklich gesagt? Dass du es schlechter treffen könntest?«

»Ja.« Sie knabberte wieder an seinem Hals herum. »Aber jetzt habe ich vor, ganz schlimme Dinge mit dir zu tun. Wie klingt das?«

Wie das klang? Als wäre er gestorben und im siebten Himmel gelandet.

Großer Gott, konnte er es wirklich wagen?

Worum bat sie ihn eigentlich? Um nichts weiter als eine

Nacht voller Lust, und, oh Wunder, zufälligerweise war es eines seiner Fachgebiete, die Lust einer Frau zu genießen, so wie es ihm eine nette, verwitwete Brasilianerin beigebracht hatte.

Komisch, er hatte seit Jahren nicht mehr an Raquel Silva gedacht, aber vielleicht sollte es ihn nicht überraschen, dass er sich gerade jetzt wieder an sie erinnerte.

Bei ihrem ersten nervenaufreibenden Auftrag hatten Grigg und er einen langen, heißen Monat ihr Ziel ausgespäht und dabei in Raquels kleinem Bootshaus gewohnt. Die Tage verbrachten sie damit zu warten, zu beobachten und sich präzise Notizen zu machen. Aber die Nächte … oh, die Nächte waren von ganz anderen Aktivitäten bestimmt gewesen.

Trotz der Tatsache, dass geile junge Männer gern über ihre Eroberungen sprachen, hatten weder Grigg noch er in all den Jahren nach ihrer ersten Mission je über ihre Erfahrungen mit Raquel geredet, als hätte die Spiritualität irgendwie Schaden nehmen können, wenn sie die Intimität in Worte gefasst hätten.

Und es war spirituell gewesen. Sein Geist, sein Körper und seine Seele waren daran gewachsen.

Obwohl sie beide gut ausgebildete Soldaten gewesen waren, kam es ihnen hinterher vor, als wären sie als Jungen in Raquels Bootshaus im heißen südamerikanischen Sommer angekommen. Als sie abreisten, hatte diese süße Brasilianerin Männer aus ihnen gemacht.

Oh Mann, wie oft hatte er schon davon geträumt, Ali zu zeigen, was er alles gelernt hatte? Wie oft hatte er sich jede einzelne Liebkosung seiner von Schwielen bedeckten Fingerspitzen ausgemalt, jede Berührung mit seiner Zunge, jede Bewegung seines Körpers auf ihrem?

Zahllose Male. So oft. Jetzt hatte er auf einmal die Chance, diese Fantasien Realität werden zu lassen.

Sie bat ihn um eine Nacht. Eine Nacht voller Lust, eine Nacht voller Leidenschaft und Erinnerungen. Nach all den Jahren des Leugnens und der Opfer, hatte er sich da diese eine Nacht nicht verdient, in der er die einzige Frau lieben konnte, die je sein Herz berührt hatte?

Vermutlich nicht. Jemand wie er, jemand, der so viele dunkle, üble Dinge gesehen und getan hatte, jemand, der in den dreckigsten Abwasserkanälen herumgekrochen war, konnte nicht würdig sein, eine Frau wie sie zu berühren. Eine Frau, die so sauber, rein und strahlend wie der Sonnenschein war.

Also nein. Er hatte diese eine Nacht nicht verdient. Aber, Gott steh ihm bei, er würde sie sich dennoch nehmen.

15

Auf einmal wurde Alis Rücken gegen die Badezimmerwand gedrückt und Nates Zunge schob sich tief in ihren Mund. Und … ja … er zog ihr das T-Shirt aus. Er riss es ihr förmlich vom Leib.

Großer Gott!

Jetzt wusste sie, wie Menschen empfanden, die davon sprachen, dass die Welt aus den Fugen geraten wäre. In diesem Moment wusste sie nicht einmal mehr, wo oben und wo unten war.

Er umfing eine Brust, hob sie an, fühlte ihr Gewicht in seiner Hand. Plötzlich war ihr BH auf wundersame Weise verschwunden. Sie wusste nicht genau, was passiert war oder wann – was nur bewies, dass Nate wusste, was er tat –, aber auf einmal war ihr Oberkörper nackt und sie spürte Nates Lippen.

Oh, wow!

Es war so heiß, wie er an ihrer Brustwarze zog, vorsichtig mit den Zähnen darüberstrich. Das war der entscheidende Moment, genau jetzt und hier. Der Wendepunkt. Noch war alles offen. Sie konnte sich ihm entziehen, und er würde aufhören. Er würde seinen Hunger ignorieren und sich nur um ihre Bedürfnisse kümmern, wie er es an jenem Tag am Strand getan hatte.

Aber das wollte sie nicht. Sie wollte es nicht lieb oder zärtlich.

Alles, was sie wollte, alles, woran sie denken konnte, war, dass sie ihn in sich spüren musste. Er sollte sie ausfüllen und sich in sie hineinstoßen, bis die Reibung unerträglich wurde und sie in tausend ekstatische Splitter zerstob.

Sie kämpften beide mit ihrer Jeans, fummelten mit zittrigen Händen daran herum, während ihre Münder gierig nach erhitzter Haut schnappten. Als die Hose endlich am Boden lag, schob sie sie ungeduldig zur Seite.

»Dring in mich ein, Nate«, forderte sie mit rauer Stimme, schob ihre Finger in sein Haar und drückte ihn erneut gegen ihre Brust.

Sie wusste nicht, wie es ihm gelungen war, aber irgendwie hatte er es geschafft, eine Hand zwischen ihre Körper zu bekommen, seine Hose zu öffnen, und … er war da.

Er schob ihr Höschen zur Seite und … oh Gott, da war er. Heiß und pulsierend drückte er sich gegen sie. Neckend, folternd.

Er stöhnte an ihrer Brust, und dann schob er sich auch schon langsam und unerbittlich immer tiefer in sie hinein. Als er in sie eindrang, erstarrte sie kurz, denn, *Himmel noch eins*, er war nicht gerade durchschnittlich gebaut.

Ein frustriertes Knurren stieg aus seiner Kehle auf, und sie wusste genau, was er empfand. Sie wollte die letzte Verbindung, die volle Penetration. Die Stelle, an der sich beide Körper darin vereinten, das ultimative Ziel der Erlösung zu erreichen. Sie holte tief Luft, presste die Augenlider zusammen und konzentrierte sich darauf, die Muskeln ihrer Vagina zu entspannen.

Das nutzte er sofort aus und schob sich mit einem letzten, kraftvollen Stoß, der ihr beinahe den Atem raubte, ganz in sie hinein.

Hinter ihren Augenlidern schielte sie beinahe vor Lust und Schmerz. Er dehnte sie, füllte sie bis zum Bersten aus, stimulierte jedes vibrierende, überempfindliche Nervenende.

Und dann war sie da. Es war unfassbar, unmöglich, aber sie hatte schon fast diesen erschreckenden Abgrund erreicht, an dem der Körper die Kontrolle übernimmt und rationale Gedanken unvorstellbar sind. Sie war hilflos und konnte nichts tun, als sich zu winden, zu versuchen, das letzte bisschen Stimulation zu erhalten, das sie zum Höhepunkt bringen würde.

Er drückte ihre Hüften mit seinen großen Händen gegen die Wand und zog sich komplett aus ihr zurück, woraufhin sie entsetzt aufstöhnte.

»Kondom«, knurrte er, und sie schüttelte frustriert den Kopf.

»Pille«, flüsterte sie ihm atemlos zu und sehnte sich so sehr nach ihm, dass sie glaubte, sterben zu müssen, wenn er nicht bald wieder in sie eindrang. »Oh, Nate. Bitte nimm mich«, wimmerte sie.

Dann war er wieder in ihr. Seine Hüften bewegten sich wild, und sie trat den Höhenflug an, schwebte von der höchsten Klippe der Lust, bis ihr Körper nichts als reine Empfindung war. Pulsierende Wonne breitete sich von ihrer Gebärmutter in ihrem ganzen Körper aus.

»Himmel«, hörte sie ihn stöhnen, bevor sie seinen heißen Samen spürte, während ihr Körper weiterhin zuckte und alles aufnahm, was er ihr geben konnte.

Lavendel.

Er hatte recht gehabt. Ihre Unterwäsche war lavendelfarben mit kleinen pinkfarbenen Schleifchen. Nate konnte den BH gut sehen, der noch mit einem Träger an Alis perfekter Schulter hing. Sein Kopf lehnte hinter ihrem an der Wand. Er rang nach dem überwältigendsten Orgasmus seines ganzen Lebens nach Luft, und sein Körper krümmte sich noch, als er sich voller Selbstekel zurückzog und sie ansah.

Raquel wäre sehr enttäuscht von seiner Leistung gewesen.

Aber Ali schien seinen Mangel an Finesse nicht bemerkt zu haben.

Sie lehnte den Hinterkopf an die Wand, bog den schlanken Hals durch, die wunderschönen goldenen Augen geschlossen, und eine dunkle Röte überzog ihre Wangen, die verräterische Gesichtsfarbe einer Frau nach einem Orgasmus.

Doch auch das besänftigte seine Reue nicht.

»Verdammt, Ali.« Er hob eine Hand und strich ihr das feuchte Haar aus dem vom Küssen geschwollenen Mundwinkel. »Es tut mir leid.«

Sie schlug die Augen nicht auf, als sie murmelte: »Was denn?«

»Dass ich es für dich nicht schöner gemacht habe. Dass ich … dass ich dich wie ein wilder Stier bestiegen habe.«

Sie verzog die Lippen zu einem Grinsen. »Soweit ich mich erinnere, habe ich dich um genau das gebeten.«

»Aber du verdienst …«

»Was?« Nun öffnete sie die Augen, und er bemerkte, dass sich der Goldton durch die Leidenschaft in Bernstein verwandelt hatte. »Was verdiene ich?«

Kerzenlicht, dachte er. *Sanfte Musik. Eine langsame, bedächtige Verführung, die mit eintausend Küssen beginnt und mit ebenso vielen endet.* Aber was er sagte, war: »Zärtlichkeit.«

»Hmmm.« Sie beugte sich vor und knabberte an seinen Lippen. »Beim nächsten Mal können wir es gern zärtlich machen. Aber wir haben beide dieses erste Mal gebraucht, um Linderung zu finden.«

Unerklärlicherweise begann sein Penis schon wieder zu zucken und anzuschwellen. War das ein Wunder, wo er doch immer noch in ihr steckte?

Ihr Lächeln spiegelte ihren weiblichen Triumph wider, als sie es ebenfalls bemerkte.

Ja, beim nächsten Mal. Tja, das nächste Mal würde schon sehr bald passieren.

Er trat aus seiner Jeans, hob Ali hoch, sodass sie ihre Beine um seine Taille schlingen konnte, und umfing ihre prallen Pobacken.

»Nate!«, kreischte sie. »Deine Wunde!«

»Ich spüre nichts als dich, Süße.« Während er das sagte, trug er sie aus dem Badezimmer in Richtung Bett.

Und das war sein voller Ernst.

Ali war das Weichste, Süßeste, Wunderbarste, was ihm je begegnet war, und er liebte es, wie sie sich an ihn schmiegte. Und sie war sein. Zumindest für diese Nacht ...

Verdammt. Er hatte sie gerade erst gehabt, aber bei der Vorstellung, es gleich noch einmal zu tun, wurde er schon wieder so hart, dass er mit seiner Erektion Nägel hätte einschlagen können.

Zärtlich legte er sie auf die Matratze, und da er es nicht übers Herz brachte, die Verbindung ihrer Körper zu unterbrechen, griff er nach unten und riss ihr den schmalen String herunter. Das ruinierte Höschen warf er nach hinten über seine Schulter.

»Hey!«, protestierte sie, aber dann gab sie ihren gespielten Zornausbruch auf und packte seine Ohren, um ihn an sich zu ziehen und zu küssen. Offenbar zog die Barbarenmasche bei ihr. Das war gut, denn genau das war er: ein Barbar.

»Du hast noch so viele andere. Ich habe sie gesehen«, sagte er zu ihr, als er wieder Luft bekam, um dann mit den ersten tausend Küssen zu beginnen. Er beschloss, den allerersten auf ihr zartes Schlüsselbein zu setzen.

»Hmm«, murmelte sie und legte den Kopf zur Seite, damit er besser an die Stelle herankam. »Da hast du vermutlich recht.«

Er schaffte es nicht ganz, ihr wirklich tausend Küsse zu geben. Das lag vor allem daran, dass sie sich schon nach zweihundert unter ihm wand und ihn in sich spüren wollte. Doch er ging langsam und zärtlich vor, und war dabei sehr gründlich. Nach dem dritten Orgasmus war sie völlig geschafft. Er schlief mit zufriedenem Lächeln und der einzigen Frau, die er je geliebt hatte, in seinen Armen ein.

»Scheiße!«, fluchte Dagan in sein Handy und schlug mit der Hand auf das Lenkrad.

»Yup«, erwiderte Chelsea Duvall, deren heisere Stimme durch das Handy sogar noch rauer klang. Chelsea war der einzige Mensch innerhalb der CIA, der nach dem *Zwischenfall* noch mit Dagan sprach. Er war froh, dass sie seine Freundin war, auch wenn sie einmal, vor Jahren, weitaus mehr für ihn gewesen war. »Und es wird noch schlimmer.«

Na super. Noch schlimmer, als herauszufinden, dass auf dem Foto des Toten ein gewisser Rocco De Lucca abgebildet war, ein Mafia-Schläger aus New York, der Kid Rocks Befehl nachgekommen und in den Westen gegangen war. Allerdings war Dagan davon überzeugt, dass Rocco das nicht getan hatte, um Cowboy zu werden. Nein. Er war nach Vegas gekommen, weil es dort weitaus mehr Beine gab, die gebrochen werden mussten. Dagan vermutete, dass die meisten davon Spielern gehörten, die ihre Schulden nicht zurückzahlen konnten oder wollten.

»Der Mann hat zwei bekannte Komplizen«, berichtete Chelsea. »Einen gewissen Frankie ›The Shark‹ Costa und Johnny Vitiglioni, der zufälligerweise auch sein Cousin ist. Jeder von ihnen hat schon mal gesessen, und sie haben alle ein Vorstrafenregister, das sich liest wie dein schlimmster Albtraum, und das war, bevor du mir von den Dingen erzählt hast, die du ihnen noch zuschreibst. Z, wo bist du diesmal wieder reingeraten?«

Diesmal. Als ob er dafür berüchtigt wäre, sich auf der falschen Seite wiederzufinden. So war es gar nicht … Nur dieses eine Mal war das passiert, aber das hatte ausgereicht, um seinen bis dato hervorragenden Ruf bis in alle Ewigkeit zu ruinieren. Selbst Chelsea, die eigentlich immer noch an ihn glaubte, konnte das, was passiert war, offensichtlich nicht völlig ignorieren.

»Danke für deine Hilfe, Chels«, sagte er und überging ihre letzte Frage. »Ich muss los.«

»Z, ich wollte nicht …«

Er legte auf, bevor er hören konnte, was sie sagen wollte, denn er wusste, dass es sowieso eine Lüge sein würde. Sie hatte es sehr wohl so gemeint.

Er hätte am liebsten geschrien: »Es war nicht meine Schuld! Ich wurde reingelegt!« Aber was hätte das gebracht? Nichts. Es hätte die Vergangenheit nicht geändert. Das ging gar nicht.

Seine Probleme waren jetzt auch nicht wichtig, da Senator Alan Aldus eine Gruppe von Gaunern angeheuert hatte, die Alisa Morgan und Nate Weller ausschalten sollten, und Dagan war entschlossen, sein Möglichstes zu tun, um dies zu verhindern.

Riskierte er sein Leben, um zu versuchen, das wieder gutzumachen, was vor drei Jahren passiert war?

Ja, vielleicht.

Aber hatte nicht jeder eine zweite Chance verdient?

»Woher hast du diese Narbe?«

Nate stöhnte und zog Ali ein Stück höher, damit er ihr Kinn anheben und ihr einen Kuss auf ihr Plappermaul drücken konnte.

Zwei Stunden.

Sie hatte ihm zwei glückliche Stunden Schlaf gegönnt, und so gut und friedlich hatte er seit Jahren nicht geschlafen, doch dann hatte sie ihn geweckt, indem sie seine Brust mit süßen, heißen Küssen bedeckte.

Gegen die heißen Küsse hatte er nichts einzuwenden, aber

sich zu unterhalten, während sie nackt war und in seinen Armen lag, das gehörte nicht zu den Dingen, die er in diesem Moment tun wollte.

Sie erwiderte seinen Kuss und schob ihm ihre Zunge in den Mund, sodass er sofort jeden anderen Gedanken vergaß. Auf einmal entzog sie sich ihm und umkreiste die große, gewölbte Narbe auf seiner rechten Schulter mit der Fingerspitze. »Diese hier, woher hast du die?«

Er seufzte. Offenbar würde sie nicht lockerlassen.

»Schlechte Reflexe«, gab er widerstrebend zu und versuchte, sie wieder zu küssen, aber diese dreiste Frau wich ihm aus.

»Schlechte Reflexe? Was soll das heißen?«

»Das heißt, dass ich nicht schnell genug gewesen bin.«

Sie sah ihn dermaßen verwirrt und niedlich an, dass er grinsen musste.

»Wir wurden in ein Feuergefecht zweier rivalisierender Drogenkartelle verwickelt, und ich habe mir einen Querschläger eingefangen.«

Sie stützte sich auf die Ellenbogen und musterte seinen nackten Oberkörper. »Wie oft bist du angeschossen worden?«

»Oft genug, um zu wissen, dass ein Mal schon zu oft ist.«

»Bist du immer so ausweichend?«

»Ja.«

Sie runzelte die Stirn, und sein dummes großes Herz machte einen Sprung, weil sie schon wieder die Nase so süß kräuselte.

»Wenn wir über all meine Narben reden wollen«, stellte er fest, »dann sind wir nächste Woche noch hier, Süße. Dummerweise war ein hübscher, narbenfreier Körper nicht Teil meiner Jobbeschreibung.«

»Hmmm«, lenkte sie ein und lehnte ihren Kopf gegen seine unverletzte Schulter. »Ich finde, dass du einen schönen Körper hast, auch mit all den Narben.«

Ja, die Frauen, man musste sie einfach lieben. Irgendwie konnten sie in allem etwas Schönes erkennen. In Narben, alten, baufälligen Gebäuden, Neugeborenen …

Nate hatte auch schon einige neugeborene Kinder gesehen. Sie waren immer runzlig, hatten meist die falsche Farbe, und ihre kleinen Köpfe schienen immer eine seltsame Form zu haben. Während er darüber nachdachte, merkte er gar nicht, wie lange sie geschwiegen hatte, bis sie auf einmal sagte: »Nate?«

»Ja?«

»Wie machst du das?«

»Was, Süße?«

»Deinen Job. Gewöhnst du dich irgendwann daran?«

Mann, diese Frau. Sie war entschlossen, ihm das Herz auf jede nur erdenkliche Weise herauszureißen.

Er redete nie über so etwas … niemals. Das hatte er nicht einmal mit Grigg getan.

Aber hier war diese Frau, die er liebte, und sie stellte ihm diese schwierigen Fragen, und zum ersten Mal begriff er, dass er darüber reden wollte. Mit ihr.

»Nein.« Er schluckte schwer, als unzählige Erinnerungen auf ihn einprasselten. So viel Schrecken. So viel Tod. Er sah seine Hände an, was er häufig tat. Sie waren groß und stark, und er war immer wieder überrascht, dass sie trotz all des Blutes, das er vergossen hatte, unbefleckt waren. »Man gewöhnt sich nie daran.«

Sie erschauderte, und er zog sie enger an sich heran und drückte ihren Kopf noch dichter unter sein Kinn. Er rieb mit seinen Bartstoppeln über ihren Scheitel und nahm den Geruch von Sex und getrocknetem Blut in sich auf, der von Alis süßem, sauberem Duft überlagert wurde.

»Grigg wollte nie mit mir darüber reden«, sagte sie leise.

»Das lag daran, dass du das eigentlich gar nicht hören willst, Süße. Grigg hat dich nur beschützt.«

»Aber ich *will* mehr darüber wissen. Grigg war der einzige Mensch, den ich hatte, Nate. Der Mensch, der mich am meisten geliebt hat, mehr als jeder andere auf der Welt. Und ich *kannte* ihn nicht einmal richtig.« Bei den letzten Worten brach ihre Stimme.

Auch sein Herz schien in diesem Moment zu zerbrechen. Wieder einmal.

Er schob ihr das seidige Haar hinter das Ohr und streichelte ihre Ohrmuschel. Alles an ihr war klein und weich, und er liebte jeden femininen Zentimeter an ihr. »Du hast den besten Teil von ihm gekannt. Den hat er für dich aufgehoben.«

»Aber das war eine Lüge, erkennst du das denn nicht?«, protestierte sie. »Einen Menschen zu kennen, bedeutet nicht, nur die guten Seiten zu sehen, man muss auch die dunklen, erschreckenden Dinge wissen.«

Das mochte sein, aber manchmal waren die dunklen, erschreckenden Dinge *zu* dunkel und *zu* erschreckend.

»Was soll ich dir jetzt sagen, Ali?«

»Ich weiß es nicht.« Sie stieß frustriert die Luft aus. »Ich möchte, dass du mir erzählst, wie mein süßer, fröhlicher Bruder zu seinem Job gekommen ist. Ich möchte, dass du mir sagst, dass er es getan hat, weil es irgendjemand tun musste und er es dann lieber selbst tun wollte. Ich möchte, dass du mir sagst, dass er es nicht getan hat, weil er ein Adrenalinjunkie oder ein Sadist gewesen ist. Ich möchte … Ich weiß es doch auch nicht. Erzähl mir irgendetwas. *Irgendwas*.«

Genau das musste er auch tun, denn Grigg hatte immer eisern geschwiegen, anstatt sich jemandem anzuvertrauen, und Nate hatte es genauso gehandhabt.

Er holte tief Luft. »Grigg war kein Adrenalinjunkie, und er

war definitiv kein Sadist«, sagte er. »Er war ein Soldat und ein Patriot. Ein Mann mit Ehre und Integrität. Du hast es genau richtig erkannt. Wenn wir den Job nicht gemacht hätten, dann hätten ihn andere übernommen. Vielleicht sogar jemand, der wirklich ein Sadist gewesen wäre. Es ist ein sehr schmaler Grat zwischen der Dunkelheit und dem wahren Bösen. Wir haben unser Bestes gegeben, um ihn nie zu überschreiten, auch wenn wir es einmal unabsichtlich getan haben. Aus diesem Grund sind wir ausgestiegen und haben angefangen, für Boss zu arbeiten.«

Sie stützte sich auf einen Ellenbogen und sah ihm aufmerksam ins Gesicht. Was immer er ihr auch erzählte, sie würde nie etwas Schlechtes von ihm denken.

Wenn sie nur wüsste …

»Was ist passiert?«, flüsterte sie und sah ihm in die Augen.

Was war passiert? Sie hatten einen Unschuldigen getötet.

»Wenn man ein Ziel ausspäht …«, erklärte er ihr und schloss die Augen, damit er ihr Gesicht nicht sehen musste, während er ihr diese traurige Geschichte erzählte. Nach all dem, was sie in den letzten Stunden erlebt hatten, konnte er es nicht ertragen, die Ernüchterung oder Kritik in ihrem hübschen Gesicht zu sehen. »… dann beobachtet man denjenigen über mehrere Tage, Wochen oder manchmal sogar Monate. Man sieht ihm dabei zu, wie er morgens Kaffee trinkt, auf die Toilette geht, seine Frau liebt, seine Kinder küsst. Er wird immer weniger zum Ziel und mehr zum Menschen. Es ist leicht, bei einem Ziel den Abzug zu drücken, bei einem Menschen dagegen ist es viel schwerer.«

Selbst nach all dem harten, grausamen Training bei den Marines hatte er wie ein verdammtes Baby geweint, als er den ersten Menschen getötet hatte. Er erinnerte sich noch gut daran, wie ihm Grigg einen Arm um die Schulter gelegt und ihm dann ruhig und methodisch die Schandtaten dieses Mannes aufgeführt hatte. Irgendwann waren Nates Tränen getrocknet, und er hatte nie wieder um ein anderes Ziel geweint … bis zu der Sache in Moskau.

»Grigg und ich haben versucht, eigene Nachforschungen über unsere Ziele anzustellen«, fuhr er fort und verbannte die schmerzhafte Erinnerung an jenes erste Mal aus seinem Geist. »Wir wollten sichergehen, dass es gerechtfertigt war, dass die Männer, deren Leben wir beendeten, es auch verdient hatten. Wir wollten davon überzeugt sein, dass wir der Welt einen Gefallen tun, indem wir diese Person auslöschten.«

»Das konntet ihr tun? Ihr habt nicht einfach Befehle bekommen und sie befolgt?«

»Wären wir normale Soldaten im Corps gewesen, dann wäre das so gelaufen. Aber wir wurden direkt nach der Marine Scout Sniper School aus unserer Einheit geholt und für die Spezialeinheit rekrutiert. Das hat alles verändert. Bei der Spezialeinheit hatten wir mehr Freiheiten, weitaus mehr Handlungsspielraum. Wir konnten meist unsere eigene Aufklärungsarbeit machen.«

Sie schüttelte den Kopf, und in ihren Augen glitzerten Tränen. »Das wusste ich nicht. Grigg hat mir das nie erzählt.«

Er hielt ihr Kinn zwischen Daumen und Zeigefinger fest und zwang sie, ihm in die Augen zu sehen. »Das konnte er nicht, Ali.« So einfach war die Sache.

Sie erwiderte seinen Blick und erkannte, dass er die Wahrheit sagte. »Dann wart ihr, Grigg und du, also das persönliche Zweimann-Exekutionsteam der US-Regierung.«

»Nicht nur wir beide«, erwiderte er und dachte an all die Männer, die mit ihm und Grigg auf die Marine Scout Sniper School gegangen waren und die für die weitaus geheimere und dreckigere Arbeit in den Spezialeinheiten aus ihren Einheiten herausgeholt worden waren. »Da gab es viele, die die harten

Jobs gemacht haben. Sie haben die Gesichter der Männer, die sie getötet hatten, in ihren Träumen gesehen und wussten, dass sie niemals völlig frei sein, sondern sich immer an den Blick ihrer Ziele in ihren letzten Sekunden erinnern würden.«

Er spürte ihren Atem an seinen Lippen, und als er die Augen aufschlug, beobachtete sie ihn genau. Sie hielt seinem Blick stand und küsste ihn, leidenschaftlich, verständnisvoll.

Am liebsten hätte er geweint.

»Erzähl mir, was passiert ist, dass ihr das Corps vor drei Jahren verlassen habt.«

Wenn er an diesen kalten Tag in Moskau dachte, hatte er noch immer ein mulmiges Gefühl in der Magengegend. Der Wind hatte wie Eispickel gestochen, und die Feuchtigkeit seines Atems hatte sich als Eiskristalle in seinem Bart niedergeschlagen. Es war beinahe unmöglich gewesen, den Abzug zu drücken, da seine Finger fast ganz gefroren waren. Doch er hatte es geschafft. Das Resultat war, dass ein unschuldiger Mann im eisigen russischen Schnee verblutet war.

»Unsere Quellen hatten herausgefunden, dass sich ein bedeutender russischer Waffenhändler mit potenziellen Klienten treffen wollte. Nach allem, was wir wussten, war dieser Mann praktisch allein dafür verantwortlich, dass eine bestimmte afrikanische Gruppe mit Waffen beliefert wurde, was zu einem brutalen Krieg und zu Schlimmerem geführt hatte … einem Genozid.«

Er musste nicht ins Detail gehen. Sie war ein kluges Mädchen und konnte vermutlich eins und eins zusammenzählen und sich denken, welchen Konflikt er meinte.

Konflikt.

Das war noch einer dieser lächerlichen Euphemismen. Dieser sollte die Vergewaltigung und Erniedrigung von Frauen beschreiben, das Abhacken der Hände und Arme der Männer, die

Manipulation von Kindern, die zu Killermaschinen gemacht wurden.

»Jedenfalls hatten die US-Truppen seit Monaten versucht, diesen Kerl zu erwischen, um Beweise gegen ihn in der Hand zu haben, aber er war brillant und schaffte es immer wieder, den Fallen zu entrinnen, die unter anderem unsere Regierung ihm stellte. Daher beschloss man, ihn auszuschalten. Diese Mission wurde Grigg und mir übertragen.«

Er hatte seit einer Ewigkeit nicht mehr darüber gesprochen, und es fühlte sich irgendwie … gut an. Läuternd.

»Wir hatten keine Zeit, um uns vorzubereiten. Unser Ziel war in Bewegung, und es gab nur eine bestimmte Zeit und einen festgelegten Ort, an dem es laut unseren Informationen verletzlich sein würde. Der Mann tauchte auch genau da auf, wo wir auf ihn gewartet haben. Nur, dass es nicht der Waffenhändler war. Es war sein Zwillingsbruder. Ein Ethikprofessor an der Moskauer Universität. Vater von drei Kindern. Das haben wir allerdings erst später rausgefunden …«

Er schüttelte den Kopf und spürte auch nach all diesen Jahren noch die Machtlosigkeit und den Zorn. »Die Informationen, die wir erhalten hatten, waren falsch, und wir hatten keine Zeit gehabt, sie zu überprüfen. Aus diesem Grund haben wir einen Unschuldigen getötet. Da wussten wir, dass es Zeit war, auszusteigen. Es war Zeit, dass wir uns einen anderen Job suchten, bei dem wir selbst und zweifelsfrei über die Schuld unserer Ziele entscheiden konnten.«

Es fühlte sich wie ein Segen an, als sie mit der Hand durch sein Haar strich, als würde ihn ein Engel berühren, der ihm seine Vergehen verzieh. Er wäre am liebsten vor ihr auf die Knie gefallen und hätte ihr seine Seele zu Füßen gelegt, aber er konnte sie nur anstarren und sich an das Verständnis klammern, das er in ihrem Blick sah.

»Du bist ein guter Mann, Nate«, versicherte sie ihm mit leiser, fester Stimme. »Du und Grigg, ihr seid beide ehrenhafte Patrioten. Das ist keine Schande.«

Er schluckte den Kloß aus Reue herunter, der wie ein Eisberg in seiner Kehle steckte. »Was immer du auch denken magst, Ali, was immer du in Filmen gesehen hast … Es ist nie ehrenhaft, einen anderen Menschen zu töten. Wenn man Glück hat, sehr großes Glück, ist es nur Gerechtigkeit.«

Sie lächelte traurig. »Und das ist es, was dich so anständig macht, Nate. Zu einem so seltenen und besonderen Menschen. Du verstehst den Wert, den das Leben hat. Du hattest keinen Spaß an deinem Job, aber du hast ihn dennoch gemacht. Aus Pflichtbewusstsein, zum Wohle aller. Du bist wirklich außergewöhnlich.«

Genau.

»Danke, dass du es mir erzählt hast«, flüsterte sie und küsste ihn sanft. Aus irgendeinem Grund musste er lächeln. Er fühlte sich leichter, fast schon unbeschwert. Dann zog sie sich zurück und grinste.

Oh, oh, er kannte diesen Blick.

»Und da du gerade so schön in Geständnislaune bist, kannst du mir auch gleich verraten, was dir Delilah gestern Abend gesagt hat.«

Er stöhnte. Es war schwer zu glauben, dass er ihr von der Sache in Moskau erzählt hatte, aber er konnte ihr unmöglich gestehen, was Delilah zu ihm gesagt hatte.

»Komm schon. Spuck es aus«, forderte sie und spielte mit ihren kleinen Fingern in seinem Brusthaar, bis er nicht mehr wusste, was ihn verrückter machte, ihre süße, gedankenlose Liebkosung oder die Tatsache, dass es ihm unmöglich erschien, sie von diesem Thema abzubringen. »Es kann nicht gut sein, so viele Geheimnisse zu haben.«

»Das ist kein Geheimnis, es geht dich nur nichts an.« Er versuchte, sie zu küssen, um sie abzulenken, aber sie wich seinen suchenden Lippen aus.

»Eines Tages kriege ich es schon noch aus dir raus«, schwor sie und schenkte ihm ihr freches Grinsen, das er so sehr liebte.

Er knurrte und beschloss, sich damit zufriedenzugeben, an ihrer Schulter herumzuknabbern. »Das wird nie passieren.«

»Warum werde ich eigentlich ständig unterschätzt?«, fragte sie und stöhnte auf, um dann den Kopf auf die Seite zu legen, sodass er besser an ihren Hals kam. Er hatte schon mitbekommen, dass sie da besonders gern liebkost wurde, was er jetzt auch tat. »Alle glauben immer, ich wäre schwach, nur weil ich klein bin, aber ich habe etwas … *mmm*.«

»Etwas *mmm*?«

»Nein.« Sie kicherte. Dabei rieben sich ihre Brustwarzen an seiner Brust, was ihn ablenkte. Seine Lippen wanderten langsam tiefer. »Nur *mmm*. Wie in ›*Mmm*, hör nicht auf, *mmm*, mach weiter.‹«

»Ah.« Er drehte sie auf den Rücken, damit er einen ihrer süßen Nippel in den Mund nehmen konnte. Er umspielte ihn mit der Zunge und lauschte, wie sie dieses einzigartige Ali-Geräusch tief in ihrer Kehle machte. Dieses Wimmern voll süßer Sehnsucht. Dabei wurde er immer so hart, dass es ein Wunder war, dass sein Glied nicht explodierte.

Das tat sie jedes Mal, wenn er sie bis an diesen gewissen Punkt brachte, von dem es kein Zurück mehr gab, und dann wanderte jeder Tropfen Blut aus seinem Körper auf direktem Weg in seinen Schritt.

»Nate?«, fragte sie, als sie mit den Fingern durch sein Haar fuhr und ihn an ihre Brust drückte.

»Hmm?«

»Darf ich dieses Mal oben sein?«

Er ließ ihren Nippel aus seinem Mund schnellen. »Süße«, meinte er dann, während seine Lippen küssend zu ihrer anderen Brust wanderten, »du kannst tun, was immer du willst.«

»Dann möchte ich dich ganz langsam eine Stunde lang reiten.«

Er hatte es schon einmal gesagt … Diese Frau würde ihn noch umbringen.

»Ich werde mein Bestes geben«, versprach er ihr mit rauer Stimme.

»Mmm, du bist so ein netter Kerl.« Sie kicherte und küsste ihn auf seinen Kiefer und den Hals, während ihre weichen Hände über seine Brust glitten.

Sein Schnauben wurde zu einem Stöhnen, als ihr feuchter Mund seine Brustwarze erreichte. Sie ließ die Zunge herausschnellen, die wie eine heiße, erotische Schlange über seine Haut glitt.

Seine wildesten Fantasien waren der Realität mit Ali nicht einmal nahegekommen. Die Frau mochte Sex, sie genoss ihn und suchte die Erlösung mit einer unbeirrbaren Entschlossenheit, wie er sie sonst nur von Männern kannte. Aber sie verwöhnte auch seinen Körper, streichelte ihn sanft mit den Händen, küsste, leckte und biss ihn und schenkte ihm ebenso viel Vergnügen, wie sie bekam.

»Oh ja, du bist nett.« Ihre Zähne strichen über seine raue Haut und bewirkten, dass jede Zelle seines Körpers langsam zu vibrieren begann.

»Du bist nett und muskulös.« Sie unterstrich ihr Argument, indem sie sanft in seinen rechten Brustmuskel biss. Er stöhnte und drückte den Kopf ins Kissen.

»Du bist nett und sinnlich.« Sie pustete auf seine Brustwarze, die sich sofort aufrichtete. Mit einem frechen Grinsen nahm sie sie in den Mund.

Dann schob sie eine Hand zwischen ihre Körper und nahm sein erigiertes Glied in die Hand. »Du bist nett und groß.« Sie kicherte erneut, als er nach Luft schnappte.

»Aber was mir am besten gefällt«, sie richtete sich auf und brachte sich auf ihm in Position, »ist, dass du so herrlich hart bist.«

Mit einer langsamen, wunderbaren Bewegung glitt sie nach unten und nahm ihn ganz in sich auf, sodass ihm fast schwindlig wurde.

»Hart« konnte seinen Ständer nicht mal ansatzweise beschreiben. Holz war hart, Stein war hart, er jedoch war so steif, dass ihm nicht einmal Katzenkrallen etwas hätten anhaben können.

Es fiel ihm nicht ganz leicht, die Augen wieder zu öffnen, aber es war die Mühe wert, denn als er sie ansah, wirkte sie wie ein verführerischer gefallener Engel. Ihr goldenes Haar war zerzaust, ihre Wangen leuchteten, ihre Lippen waren rosig und geschwollen. Und in dem roten Edelstein ihres Bauchnabelpiercings spiegelte sich das Licht der Nachttischlampen, was ihn völlig verrückt machte.

Besser konnte es nicht mehr werden. Doch dann begann sie, sich zu bewegen. Langsam rollte sie wellenförmig die Hüften, sodass sich seine Hoden sofort zusammenzogen, und ihm wurde klar, dass es noch sehr viel besser werden würde.

Oh Mann, das würde er nicht lange durchhalten. Sein Höhepunkt baute sich jetzt bereits auf. Er hatte ihr sechzig Minuten versprochen, aber er konnte von Glück reden, wenn er bei ihren Bewegungen überhaupt sechzig Sekunden überstand.

Als Ablenkung und um sie besser und schneller in Fahrt zu bringen, damit sie nicht enttäuscht wurde, legte er seine Hand auf ihren Venushügel. Er ließ den Daumen weiter nach unten gleiten, bis er den heißen Knoten gefunden hatte, der sie auf jeden Fall zum Orgasmus bringen würde.

Langsam umkreiste er ihn, drückte zu und umkreiste ihn wieder. Dann sah er fasziniert mit an, wie sich ihre Brüste und ihre Kehle röteten. Sie warf den Kopf in den Nacken und bog den Körper auf anmutige, äußerst weibliche Weise durch, während sie sich an seinen Oberschenkeln festhielt und sich ganz diesem heißen Ritt überließ.

Er konnte sie nur staunend ansehen.

Ihr erster Höhepunkt toste durch sie hindurch, langsam und warm wie ein Sommerregen. Sie stöhnte und murmelte seinen Namen, und das war die süßeste Musik, die er je gehört hatte.

Auf einmal wollte er nichts anderes, als sie zu schmecken, und zwar sofort.

Er umfing ihre schlanke Taille, hob sie von sich herunter und auf sein Gesicht, sodass ihre zitternden Oberschenkel neben seinen Ohren zum Liegen kamen.

»Nate!«, rief sie.

»Psst. Du hast gesagt, dass du mich eine Stunde lang reiten willst, aber du hast nicht gesagt, wie dieser Ritt genau aussehen soll.«

»Aber …«

»Kein Aber«, schnitt er ihr das Wort ab, umfing ihren Hintern und neigte ihr Becken etwas nach vorn. »Entspann dich einfach und genieß es.«

Schon bald stöhnte sie und bewegte hilflos die Hüften. Als er den heißen Knoten ihrer Klitoris zwischen die Lippen nahm und wiederholt seine Zungenspitze darüberschnellen ließ, verkrampften sich ihre Pobacken in seinen Händen, bevor sie sich auf ihn drückte und »Nate!« keuchte.

Ja, Baby, sag meinen Namen, dachte er mit tiefer, männlicher Genugtuung. *Nate ist es, der dir diesen wilden Ritt schenkt. Nate ist es, der dich zum Schmelzen bringt.*

Und sie schmolz dahin und löste sich förmlich auf.

Als sie die letzten Nachwehen ihres Orgasmus ausgekostet hatte, hockte sie sich auf ihn und grinste zu ihm hinunter, die Unterlippe zwischen den Zähnen.

Oh, oh. Da war wieder dieser Blick.

Bevor er noch protestieren konnte, rutschte sie nach unten, setzte sich rittlings auf ihn und nahm ihn mit einer schnellen, heftigen Bewegung in sich auf, bei der er seine Finger in das weiche Fleisch an ihren Hüften bohrte. Sie beugte sich vor, um sich über seinen Schultern mit den Händen abzustützen, und schob ihm ihre Zunge in den Mund.

»Hmm, ich schmecke gut an dir«, gurrte sie, und er musste ihr aus ganzem Herzen zustimmen. »Und du wirst auch an mir gut schmecken.« Er stöhnte, als er sich vorstellte, wie sie sein Glied in ihren heißen, feuchten Mund nahm. »Aber zuerst habe ich noch etwas anderes mit dir vor.«

Sie biss noch einmal sanft in seine Lippen, um sich dann von seiner Brust abzudrücken, und er konnte den Schelm in ihren schläfrigen Augen sehen. Dann griff sie nach hinten, umfing seine schmerzenden Hoden und bewegte ihre Hüften so energisch vor und zurück, dass das Wort *Lust* eine völlig neue Bedeutung bekam.

Er stöhnte und keuchte, während er diesen heißen Ritt in vollen Zügen genoss.

16

»General Fuller hat gerade mit der Polizei in Jacksonville telefoniert. Das FBI hat den Fall mit dem Toten im Garten der Morgans übernommen. Das Büro verbreitet gerade die Geschichte, dass es ein Mob-Anschlag war«, informierte Ozzie Frank, wobei er in demselben Türrahmen lehnte, in dem Becky keine sechs Stunden zuvor gestanden hatte.

»Hmpf.« Frank schüttelte den Kopf und drehte nachdenklich sein KA-BAR auf dem Schreibtisch im Kreis herum. Das war eine dumme Angewohnheit, durch die der Lack an einer Stelle neben dem Untersetzer, auf dem er immer seine Kaffeetasse abstellte, bereits abgeschabt war – was den Untersetzer eigentlich überflüssig machte, da der Schreibtisch ohnehin schon mitgenommen aussah. »Zumindest ist das FBI noch zu irgendwas gut. Haben wir schon eine Ahnung, wer der Kerl war?«

»Noch nicht. Sie überprüfen gerade seine Fingerabdrücke. Sobald sie etwas wissen, kontaktieren sie den General, und der leitet die Informationen an uns weiter.« Der junge Mann legte den Kopf ein wenig schräg und machte vorsichtig einen Schritt in Franks Büro. Er schaukelte auf seinen Fußballen vor und zurück und sah aus, als ob er gleich platzen müsste.

»Spuck's aus«, knurrte Frank, gab dem Messer noch einen Stoß und beobachtete, wie sich das Deckenlicht in der langen Klinge spiegelte.

»Was hast du mit Rebel gemacht?«

Jetzt sah er Ozzie doch in sein jugendlich verstocktes Gesicht.

Großartig. Einfach großartig. Das war genau das, was ihm heute noch gefehlt hatte. Noch jemand, der ihn fragte, was er mit Becky gemacht hatte. Patti hatte ihn bereits mit ihrer überraschend scharfen Zunge in der Luft zerrissen. Es war ein Wunder, dass er das überhaupt überlebt hatte.

»Wer sagt, dass ich irgendetwas mit ihr gemacht habe?«

Der Junge streckte seine schmalen Schultern und machte einen weiteren Schritt in den Raum hinein. Wenn Frank sich nicht irrte, dann hatte Ozzie vor, ihm eine ordentliche Abreibung zu verpassen.

Er zog warnend eine Augenbraue hoch. »Du solltest dir genau überlegen, was du vorhast, Junge.«

»Du hast sie zum Weinen gebracht«, beschuldigte ihn Ozzie und plusterte sich auf wie ein Pfau. Auf einmal spürte Frank jedes einzelne seiner harten Lebensjahre. »Sie hat versucht, es zu verbergen, als sie runterkam, um die Elektrik am Hawk wieder einzubauen, aber ich konnte es ihr ansehen. Sie hat sich die Augen aus dem Kopf geheult. Und das ist nicht das erste Mal, dass das passiert ist.«

Er wollte das nicht hören. Es führte nur dazu, dass er sich schuldig fühlte, was wiederum bewirkte, dass er sauer wurde. Er tat das, weil es das Beste für Becky war. Konnte das außer ihm denn niemand erkennen?

»Tja, manchmal ist das Leben nun mal hart«, schnaubte er und war wütend auf sich selbst, weil er sich schuldig fühlte, auf Rebel, weil sie ihn überhaupt erst in diese blöde Situation gebracht hatte, und auf Ozzie, weil er seine Entscheidungen infrage stellte. Denn das führte nur dazu, dass er es selbst ebenfalls tat …

Nein. Nein. In diesem Fall hatte er recht, verdammt noch mal!

Er schlug mit der Handfläche auf sein sich drehendes Messer, um es zum Stillstand zu bringen, und hob dann sein Hemd, um die höllisch scharfe Klinge in die handgefertigte Scheide an seinem Hosenbund zu stecken. »Sie muss zäher werden, wenn sie weiterhin mit uns arbeiten will. Ich kann nicht den ganzen Tag um sie herumscharwenzeln, nur weil ich Angst haben muss, ihre Gefühle zu verletzen.«

»Herumscharwenzeln?« Ozzie hob fragend eine Augenbraue, und wie so manchmal vermisste Frank auch jetzt die Disziplin innerhalb des Militärs. Würde er eine Uniform tragen, dann müsste er sich wenigstens nicht mit den Gesichtsausdrücken seiner Untergebenen befassen, zumindest nicht mit denen, die ihm richtig gegen den Strich gingen. »Boss, du scharwenzelst um niemanden herum und ganz bestimmt nicht um Rebel. Wenn überhaupt, dann bist du eher besonders hart zu ihr. Und du traust ihr nicht mal ansatzweise so viel zu, wie sie es verdient hätte. Sie ist in dem Technikkram gut. Richtig gut. Du solltest ihr die Chance geben …«

»Ich habe meine Entscheidung diesbezüglich getroffen«, fiel er dem Jungen ins Wort. »Wir haben hier alle unsere Jobs. Sie darf nicht vergessen, was ihre Aufgabe ist, und muss sich darum kümmern.«

»Aber wenn du nur …«

»Es reicht!«, brüllte er. »Diese Unterhaltung ist beendet, Ozzie. Ich will kein weiteres Wort mehr hören, es sei denn, du hast einen aktualisierten Statusbericht vorliegen.«

In Ozzie brodelte es, aber er war clever genug, einen Befehl zu erkennen, wenn er einen hörte. Er drehte sich um und marschierte mit steifen Schritten hinaus. Frank seufzte schwer.

Der Junge besaß die Frechheit, im Gehen »Du irrst dich, Boss« zu zischen. Dann drehte er sich noch einmal um und warf ihm einen finsteren Blick zu. »Du irrst dich gewaltig.«

Okay, vielleicht war er ein wenig voreilig gewesen und hätte den Jungen die Situation analysieren lassen sollen.

»Na gut, wo liegt denn mein Fehler?«, fragte er und fühlte sich auf einmal unerklärlich müde.

Ozzie warf ihm einen langen Blick zu und schüttelte den Kopf, um daraufhin das Büro zu verlassen und die Tür nicht gerade leise hinter sich zu schließen.

Frank stützte seinen pochenden Kopf auf seine Hände. Diesen Scheiß konnte er wirklich nicht gebrauchen.

Einige seiner Männer waren im Einsatz und in Gefahr, Rock und Wild Bill hielten sich noch immer in der Wüste auf, und Christian und Mac begleiteten einen Mann, über den Frank nichts außer der nicht gerade vertrauenerweckenden Tatsache wusste, dass er von einer ganzen Reihe von Leuten gesucht wurde. Und niemand wusste, was aus Ghost geworden war.

Er hatte schon mehr als genug um die Ohren, was bedeutete, dass er definitiv keine Zeit hatte, um Gewissensbisse wegen Rebecca Reichert zu verspüren, aber genau das tat er.

»Verdammt noch mal!« Er riss die oberste Schreibtischschublade auf, holte einen Root-Beer-Lolli heraus, riss das Papier ab und schob ihn sich in den Mund.

Der metallische Geschmack von Blut füllte Nates Mund, während er sich wie besessen durch die dicken Seile nagte, die mit Sand und Gott weiß was noch verkrustet waren. Er musste aus dieser Zelle raus und Grigg finden.

Er war fast verrückt geworden, weil er Griggs Schreie hatte mit anhören müssen.

Jetzt war alles ruhig. Zu ruhig.

Zuvor hatten er und Grigg sich noch flüsternd durch die dicken Schlammwände der Hütte unterhalten und ermutigen können, als ihre Wächter sich ihr tägliches Besäufnis gönnten.

Sie hatten versucht, herauszufinden, wo sie waren, und sich das Gehirn und ihre angeschlagenen Körper zermartert, um einen Fluchtweg zu finden. Doch jetzt hatte er Griggs Namen zehn Minuten lang immer wieder laut herausgebrüllt, ohne eine Antwort zu erhalten, und daher beschlossen, seine Fesseln durchzubeißen, wobei er sich nicht gerade besonders vorsah, ob er gerade Seil oder Haut traf.

»Grigg!«, schrie er erneut. »Antworte mir, verdammt …« Er beugte sich vor und bekam einen heftigen Hustenanfall.

Ihre Wächter machten sich einen Spaß daraus, ihn mit Waterboarding zu quälen. »Auf die amerikanische Art«, hatten sie lachend gespottet. Inzwischen war Nate davon überzeugt, dass er eine dazu passende »amerikanische« Lungenentzündung bekam.

Als er endlich aufhörte zu husten und gequält nach Luft schnappte, was sich anfühlte, als würde er Feuer einatmen, spuckte er Blut auf den pulvrigen Sand zu seinen Füßen.

Scheiße. Er hoffte, dass das Blut von seinem zerfetzten Zahnfleisch und nicht aus den Tiefen seiner Lunge kam.

Letzteres würde böse enden.

Nicht so böse, wie wenn man beispielsweise von einer Gruppe Terroristen entführt und ohne erkennbaren Grund drei Tage lang gefoltert wurde. Er wusste nur, dass die Typen ausgemachte Sadisten waren und ihren Hass auf Amerika an den beiden Amerikanern ausließen. Aber das hier würde dennoch böse enden. Es war sozusagen das Sahnehäubchen auf seiner ohnehin schon beschissenen Lage.

»Grigg!«, rief er erneut und musste wieder husten. Erneut landete Blut auf dem Sand zu seinen Füßen.

Okay, das kam definitiv aus seinen Lungenflügeln.

Er hatte also eine Lungenentzündung. Daran bestand kein Zweifel.

Na, wie großartig! So eine Scheiße!

Er machte sich wieder daran, mit den Zähnen das Seil durchzubeißen, mit dem man ihm die Hände vor dem Körper gefesselt hatte … und Hurra! Die linke Fessel löste sich auf. Schnell befreite er seine rechte Hand und begann dann, die Fußfesseln zu lösen. Die Knoten waren aufgequollen, weil sein Blut in die Fasern eingedrungen war – die es aufgesaugt hatten, als wären sie Vampire –, und sie waren so eng, das er sich beinahe einen Fingernagel abgerissen hätte bei dem Versuch, sie zu lockern. Nach vielen Flüchen und Stoßgebeten war er endlich frei. Halleluja.

Er stand auf …

Oha.

Die Welt drehte sich um ihn herum.

Er schloss ganz fest die Augen, schluckte schwer und konzentrierte sich darauf, tief einzuatmen. Das half, wenn auch nur ein wenig, denn der Raum, seine Gefängniszelle in den letzten drei Tagen, roch stark nach frisch vergossenem Blut und dem noch übleren Gestank seiner eigenen Exkremente.

Endlich, nach weiteren ruhigen Atemzügen, konnte er sich vorwärtsbewegen, ohne dass die Wände Tango tanzten. Er nahm sein KA-BAR, das auf dem klapprigen Holztisch lag, wo seine Wächter es liegen lassen hatten, und verzog das Gesicht. Oh Mann, wie sehr hatte es ihnen gefallen, ihm mit seinem eigenen Messer den Oberschenkel aufzuschlitzen, während er an den Stuhl gefesselt war. Zweimal.

Er sah auf sein geschwollenes, blutendes Bein hinab und spürte, wie sich ihm der Magen umdrehte. Wenn er nicht bald zu einem Arzt kam und eine ordentliche Antibiotikainfusion bekam, dann standen die Chancen gut, dass er sein Bein verlor. Schon jetzt drang stinkender, grüner Eiter aus der Wunde aus und glitt zähflüssig an seinem Knie herunter.

Scheiße, Scheiße, Scheiße!

Er wollte erneut Griggs Namen schreien, aber ihm war klar, dass er nur wieder einen neuen Hustenanfall bekommen würde, also hielt er den Mund und nahm stattdessen all seine Kraft zusammen, um zur Tür zu schlurfen.

Verschlossen.

Natürlich. So viel Glück konnte er einfach nicht haben.

Er versuchte, das Schloss mit seinem Messer zu knacken, aber es war aus dickem Eisen und noch vor dem Zweiten Weltkrieg hergestellt worden, sodass er es nicht aufbekam.

»Scheiße!«, schrie er, rammte sein Messer in die Holztür und krümmte sich sofort wieder, um noch mehr Blut auszuhusten.

Er war in einem gottverdammt schlechten Zustand.

Als er endlich wieder stehen konnte, wischte er sich mit dem Handrücken den Mund ab und … Hallo! *Was für ein schöner Anblick erwartete seine tränenden, blutunterlaufenen Augen? Sein Messer steckte in dem morschen Holz der Tür, und die scharfe Klinge hatte sich bis auf die andere Seite durchgebohrt.*

Tja, manchmal passieren eben doch Wunder, *dachte er.*

Trockenfäule.

»Okay, Grigg«, flüsterte er und machte auf wackligen Beinen einen Schritt nach hinten. »Ich komme, Kumpel.«

Er bohrte seine Zehen in den losen Sand, fand etwas Halt und stürzte sich mit aller Kraft nach vorn, um seine Schulter gegen die Tür zu rammen.

Heilige Scheiße! Er spürte, wie einige Rippen brachen.

Zum Glück brachen nicht nur sie. Das Holz an den Scharnieren splitterte und gab schließlich mit einem befriedigenden Knacken nach.

Er hielt sich seinen schmerzenden Brustkorb, bis er wieder atmen konnte, ohne gleich sterben zu wollen. Dann schnitt er eine Grimasse, machte einen Schritt nach hinten und warf sich noch einmal gegen die Tür.

Das ganze Ding flog aus den Angeln, und er landete zusammen mit den Überresten der Tür mit lautem Knall im Gang.

Er wollte nicht nach Luft schnappen, weil er Angst hatte, eine der gebrochenen Rippen könne sich in seine Lunge bohren. Taumelnd kam er auf die Beine, ignorierte den Schmerz und die Benommenheit und rannte zum Nachbarraum, riss dessen Tür auf. Als er hineinstürmte, kam er schockiert und erschüttert zum Stillstand.

Oh Gott. Grigg.

Er wäre beinahe auf die Knie gefallen.

Er schluckte schwer, schüttelte den Kopf und weigerte sich zu glauben, was ihm sein Herz sagte, wollte sich die Wahrheit einfach nicht eingestehen – dass es zu spät war – und schleppte sich weiter.

Sie hatten Grigg mit ausgebreiteten Gliedmaßen auf einen Tisch gefesselt. Überall war Blut.

Viel zu viel Blut und …

Nate drehte sich um und übergab sich in den Sand, als er nahe genug herangegangen war und den langen Schnitt in Griggs eingesunkenem Bauch sowie das dicke Bündel blutiger Eingeweide sehen konnte, die um einen langen Stock gewickelt neben Griggs wachsbleichem Körper auf dem Tisch lagen.

»Grigg, mein Bruder«, weinte er und wischte sich den blutigen Speichel von den Lippen. Er legte eine dreckige, zitternde Hand auf Griggs blutverkrustetes Haar. »Mein Gott, was haben sie dir nur angetan?«

Er rechnete nicht mit einer Antwort. Grigg war unter all dem Blut viel zu weiß, lag viel zu still, man hatte ihn … ausgeweidet … Daher taumelte Nate überrascht einen Schritt nach hinten, als Grigg schwach hustete.

»Großer Gott!« Er rannte um den Tisch herum und schnitt

mit seinem Messer die Fesseln an Griggs Händen und Füßen durch. »Halte durch, Kumpel. Ich bring dich hier raus.«

»Hehe me«, gurgelte Grigg, und Nate humpelte zum Kopfende des Tisches. Er nahm Griggs hübsches Gesicht in seine schmutzigen Hände und starrte in die haselnussbraunen Augen seines besten Freundes.

»Was ist, Kumpel? Was hast du gesagt?«

»Hehe me«, stammelte Grigg erneut, und ihm rann eine dicke Blutlache aus dem trockenen, aufgerissenen Mundwinkel.

Nate unterdrückte ein Schluchzen und musste sich am Tisch festhalten, weil er sich sonst zusammengerollt hätte und auf der Stelle gestorben wäre.

Sie hatten Grigg die Zunge rausgeschnitten.

Als Bestrafung für die Beleidigungen, die Nate Grigg während der Folter hatte schreien hören, hatten sie ihm die Zunge rausgeschnitten.

Nate schüttelte den Kopf, seine salzigen Tränen tropften auf Griggs verzerrtes Gesicht und verfärbten sich in dem verkrusteten Blut rosa. »Nein, Kumpel. Wir holen dich hier raus. Wir werden das schaffen.«

Grigg schüttelte ruckartig den Kopf, und Nate konnte sich nicht mehr zurückhalten. Er schluchzte unkontrolliert, beugte sich vor und drückte seine fiebrige Stirn gegen Griggs viel zu kalte.

Sie beide wussten, dass Grigg gegen die Terroristen den Kürzeren gezogen hatte.

Grigg würde diese dreckige Hütte nie wieder verlassen. Selbst wenn Nate irgendwie die Kraft aufbringen konnte, Grigg mit seinem verwundeten, kranken Körper zu tragen, und selbst wenn er eine Lösung fand, wie er das dicke Bündel verfaulender Eingeweide transportieren konnte, gab es doch keine Chance, dass Grigg die Sache überleben würde.

»Behe hehe me.«

»Oh Grigg.« Nate schluchzte so heftig, dass er kaum sprechen konnte. »Ich k… kann das nicht. Ich k… kann das nicht tun.«

»Behe.«

Nate legte die Arme um Griggs Hals und wurde geschüttelt von seinem herzzerreißenden Schluchzen und seinen starken Hustenanfällen. Seine gebrochenen Rippen schmerzten höllisch, doch er konnte seiner Trauer einfach nicht Herr werden.

Er konnte das nicht tun. Er konnte Grigg nicht töten. Er konnte nicht damit leben, dass …

Grigg stöhnte, und man hörte ihm seine unvorstellbaren Qualen an, und auf einmal wusste Nate, was er zu tun hatte …

Er richtete sich auf und schnappte schmerzhaft nach Luft, denn Griggs Augen … Großer Gott, sie waren getrübt, weil er derart unermessliche Schmerzen hatte, aber die furchtbare Bitte, die darin lag, ließ sich nicht übersehen. Er flehte Nate an, ihn von seinem Leid zu erlösen.

Nate jaulte einmal laut auf und legte all sein unaussprechliches Leid und seine Wut in diesen Schrei, dann schluckte er schwer und wischte sich die klebrigen, blutverschmierten Tränen aus dem Gesicht. Er sah auf seinen Partner, seinen besten Freund, herab und nickte langsam.

Kurz schloss Grigg seine geschwollenen, blutunterlaufenen Augen. Als er sie wieder aufschlug, waren schmerzliche Resignation und Dankbarkeit an die Stelle der verzweifelten Bitte getreten.

Gott, vergib mir, flehte Nate und ging ans Tischende. Er umfasste Griggs Schädel mit einer zitternden Hand und hielt die harte, tödliche Spitze des KA-BAR mit der anderen an die Schädelbasis.

»Ich liebe dich, du Bastard«, flüsterte er und schluckte das Blut, den Rotz und das unvorstellbare Grauen herunter.

Grigg lächelte.

In diesem Moment, als ein letztes Lächeln auf Griggs Gesicht zu sehen war, drückte Nate die Spitze seiner Stahlklinge zwischen Griggs Schädel und den obersten Wirbel und durchtrennte so das Rückenmark.

Dann war es vorbei.

Nate warf den Kopf in den Nacken und schrie.

Großer Gott!

»Nate!« Ali packte Nates breite Schultern und schüttelte ihn fest. Seine dunklen Haare flogen auf dem dünnen Kissen hin und her. »Nate! Wach auf, um Himmels willen!«

Sie hatte noch nie im Leben ein schrecklicheres Geräusch gehört als das, das gerade aus Nates Kehle gekommen war. Selbst die Schreie ihrer Mutter an jenem furchtbaren Tag, als sie von Griggs Tod erfahren hatten, waren nichts im Vergleich zu dem, was Nate gerade von sich gab. Es klang wie der wütende, hilflose Schrei eines sterbenden Tiers, vermischt mit dem Brüllen eines zornigen Drachen und dem geballten Leid von einhundert Lebensspannen.

Dann hörte das Geräusch auf, als hätte jemand einen Schalter umgelegt.

Gott sei Dank.

»Du träumst«, versicherte sie ihm und schnappte verängstigt nach Luft. Ihr war schwindlig, aber das war nicht der richtige Zeitpunkt, um zu hyperventilieren.

Er riss die dunklen Augen auf und sah ihr ins Gesicht. Einen Augenblick lang schien er sie nicht zu erkennen. »Du träumst nur, Nate«, sagte sie erneut und versuchte damit, gleichzeitig ihn und sich selbst zu beruhigen.

Verdammt.

Er schluckte, und sein Adamsapfel bewegte sich langsam in

seiner Kehle, an der sein Puls so schnell pochte, dass sie fast glaubte, ihn hören zu können. Seine Nasenflügel flatterten, und einen Augenblick lang sah sie in seinen Augen völlige Verzweiflung … und unbändigen Schmerz. Dann wandte er sich ab und verbarg seine Qualen vor ihr, als wären sie etwas, dessen er sich schämen musste. Er zog sich die dämliche Fischköderdecke bis zur Nase hoch und wischte sich so heftig die Tränen von den Wangen, dass er die oberste Hautschicht wahrscheinlich gleich mit abschabte.

Doch das war sinnlos, denn sie hatte die Tränen längst gesehen. Diese herzergreifenden Tränen …

Sie befürchtete schon, sie bis ans Ende ihres Lebens sehen zu müssen, zusammen mit der furchtbaren, finsteren Emotion, die sie direkt nach dem Aufwachen in seinen Augen erspäht hatte.

»Du, äh … Willst du darüber reden?«, fragte sie, als er wieder unter der Decke hervorkam.

»Nein.« Er drehte den Kopf zur Seite und weigerte sich, sie anzusehen.

»Okay.« Sie stieß die Luft aus und legte ihm zögerlich einen Arm um die Schultern. Zwar reichte ihr Arm nicht bis ganz auf die andere Seite, aber sie drückte sich beruhigend an ihn, so fest sie konnte. Dann legte sie ihre Wange auf seine warme Brust, die sich schnell hob und senkte, presste ihren Kopf unter sein Kinn und lauschte seinem schnell schlagenden Herzen, das außer Kontrolle zu sein schien.

Ihrem ging es auch nicht viel besser. Sie hatte im ganzen Leben noch nicht solche Angst gehabt wie in dem Moment, in dem sie durch Nates schrecklichen Schrei aus ihrem deliriumartigen friedlichen Schlaf gerissen worden war.

Heilige Scheiße!

Hatte er sich wieder an die Folter erinnert?

Vielleicht auch nicht. Er hatte so viel durchgemacht, so viele schreckliche Dinge gesehen, die sie sich nicht einmal vorstellen konnte, dass sie sich gar nicht ausmalen konnte, welche schaurigen Dämonen ihn heimsuchten, wenn er verletzlich war und tief und fest schlief.

Sie schwieg lange Zeit und lauschte dem Sekundenzeiger an seiner großen, kompliziert wirkenden Armbanduhr, während sie die Gelegenheit nutzte, um sich wieder zu beruhigen, und ihm diese ebenfalls gewährte.

Schließlich fühlte sich ihr Herz nicht länger so an, als wollte es die Szene aus *Alien* nachspielen und ihren Brustkorb durchbohren. »Passiert das häufiger?«, fragte sie besorgt.

Sie konnte es sich nicht vorstellen.

»Ziemlich häufig«, erwiderte er mit einer Stimme, die so hart, kalt und so anders war als in der Nacht zuvor, als er ihren Namen verführerisch in ihr Ohr geflüstert hatte, während er seinen Samen in sie spritzte.

»Geht es … Geht es dabei um die Folter?«

Er setzte sich auf, und die schnelle Bewegung bewirkte, dass sie beinahe aus dem Bett geschleudert wurde – was schon etwas heißen wollte, da die verflixte Matratze etwa so weich und bequem wie ein Zementblock war. Ohne sie noch einmal anzusehen, schwang er seine langen Beine aus dem Bett und hob seine blutbefleckte Jeans vom Boden auf. »Ich sagte doch, dass ich nicht darüber reden will«, knurrte er und zog sich die Hose über den nackten Hintern.

Obwohl sie so kalt zurückgewiesen wurde, kam sie doch nicht umhin, seinen männlichen Körper zu bewundern, was vermutlich bewies, dass sie in Bezug auf ihn mehr als nur ein bisschen verrückt war.

Aber das war ja nichts Neues, oder?

»Okay«, versuchte sie ihn zu besänftigen. »Ich wollte doch

nur …« Sie schüttelte den Kopf und richtete sich auf. Sie hatte keine Ahnung, wie sie mit dieser Situation umgehen sollte, wenn ein Mann klang, als würde er im Schlaf sterben, und es ihm offenbar peinlich war, dass seine Verletzlichkeit bemerkt worden war, aber sie wollte ihr Bestes geben. Oder in diesem Fall vielmehr in ein altes Klischee zurückfallen. »Falls du je darüber reden möchtest, dann solltest du wissen, dass ich für dich da bin.«

Er wirbelte herum, und sein attraktives Gesicht sah im wenig schmeichelhaften Licht der Nachttischlampen kantiger aus als sonst. »Hast du nicht von einem One-Night-Stand gesprochen?«

Moment mal. Was?

»Ich …« Sie schüttelte den Kopf. »So habe ich das nicht gemeint. Ich dachte …«

»Lass es einfach«, zischte er. »Hör auf zu denken.«

»Nate.« Sie streckte eine Hand nach ihm aus und zog sich die lächerliche Bettdecke über die nackten Brüste. Auf einmal war sie es, die sich unglaublich verletzlich fühlte. »Bitte hör damit auf. Du musst mir nicht erzählen, was du geträumt hast, aber … benutz das nicht als Ausrede, um dich vor mir zu verschließen. Nutz es nicht, um mich wegzustoßen. Ich will doch nur …«

»Ich benutze gar nichts als Ausrede«, unterbrach er sie und schnaubte verächtlich. »Das muss ich auch gar nicht. Wir hatten uns auf eine Nacht geeinigt.« Er deutete durch das Fenster auf das schwache Licht am östlichen Horizont. Der neue Tag sah aus, als würde er Lippenstift auflegen. »Nun ist es Morgen. Also …« Er machte eine wellenartige Bewegung mit seiner großen Hand. »Der Anbruch eines neuen Tages beendet dieses kleine, verrückte Experiment.«

Seine Worte trafen sie bis ins Mark.

Dieses verrückte Experiment?

»Aber ich dachte …«

»Was?« Er legte seinen Kopf ein wenig schief und hielt sich die Handfläche ans Ohr. In diesem Augenblick hätte sie ihn am liebsten geschlagen. Wieder einmal. Nur, dass sie ihm dieses Mal wirklich wehtun wollte. So wie er ihr gerade wehtat.

»Pass auf«, meinte er und bückte sich, um seine Stiefel aufzuheben, während sie nur dasaß und ihn erschrocken anstarrte. »Der Sex war wirklich klasse, Süße. Vielleicht der beste meines Lebens. Aber wir wussten, dass es nur für eine Nacht war. Ruinier es nicht, indem du versuchst, etwas anderes daraus zu machen.«

Vielleicht der beste seines Lebens? *Vielleicht*?

Jetzt wollte sie ihn nicht nur schlagen, sondern ihm gleich den Kopf abreißen.

»Du bist das größte …« Das laute Klingeln seines Handys unterbrach die Schimpftirade, zu der sie gerade ansetzen wollte.

Er zog hämisch eine Augenbraue hoch.

Gerettet in letzter Sekunde. War ja mal wieder typisch.

Sie machte den Mund zu und sah wütend mit an, wie er sein iPhone aus der Hosentasche zog. Er warf ihr noch einen finsteren Blick zu und hielt es sich dann ans Ohr. »Ghost«, bellte er und wandte ihr seinen breiten Rücken zu, auf dem noch deutlich ihre Kratzspuren und andere Beweise ihrer heißen Nacht zu sehen waren.

Eine Nacht, die vielleicht die beste seines Lebens gewesen war, die er aber offensichtlich nicht wiederholen wollte.

Sie wandte sich ab. Den Rest wollte sie gar nicht mehr hören. Das musste sie auch nicht. Alles, was sie wissen musste, hatte sie in seinem feigen, attraktiven Gesicht gesehen.

Es war vorbei.

Er hatte einer Nacht zugestimmt, und diese war nun ein für alle Mal vorbei.

Und was blieb ihr jetzt?

Nichts.

Nichts, außer der Erinnerung an die Leidenschaft, die sie miteinander geteilt hatten. Nichts, außer der schrecklichen Erkenntnis, dass sie keinen Mann so sehr lieben würde, wie sie ihn liebte. Nichts, außer einem Herzen, das Hoffnung verspürt hatte und jetzt in eintausend blutige Stücke zersprungen war.

Sie schlug die Decke zur Seite und stieg aus dem Bett. Dann hastete sie ins Badezimmer, zog sich ihre dort herumliegende Kleidung über und weigerte sich, den heißen Tränen freien Lauf zu lassen, die schon in ihr aufstiegen.

Was hatte sie denn erwartet?

Er war Nathan Weller, Ghost, der Eismann, Mr Emotionslos, wie Ozzie ihn immer nannte. Hatte sie wirklich geglaubt, eine Nacht mit ihr würde ihn plötzlich in jemand anderen verwandeln?

Nun ja, er war tatsächlich verwandelt worden, aber wie bei Cinderella hatte es sich nur um eine vorübergehende Metamorphose gehandelt. Nicht um Mitternacht, sondern bei Tagesanbruch war das Märchen vorüber gewesen.

Nur, dass er keinen Glaspantoffel zurückgelassen hatte.

Oh nein.

Er hatte es geschafft, die Scherben ihres dummen, von Gefühlen gelenkten Herzens zurückzulassen.

17

»Du musst dich gut festhalten«, wies Nate Ali an, als sie sich in den Chicagoer Verkehr einfädelten und die Phantom sich zwischen jenen Autos hindurchschlängelte, die dem dröhnenden Motorrad nicht ohnehin schon Platz gemacht hatten. »Ozzie hat eben angerufen und mir mitgeteilt, dass der Flusstunnel nicht genutzt werden kann und wir daher wie der Blitz durchs Haupttor reinmüssen.«

»Flusstunnel?« Ihre Stimme klang rau und eingerostet. Das war auch kein Wunder, da dies die ersten Worte waren, die sie miteinander wechselten, seitdem Nate sie in diesem widerlichen Motelzimmer so abgefertigt hatte.

Beinahe fünfzehn Stunden lang hatten sie sich angeschwiegen, und Ali hatte versucht, ihn so wenig wie möglich zu berühren und sich nur dann festzuhalten, wenn sie sich in eine Kurve legten und sie Angst hatte, herunterzufallen. Er hätte es nie für möglich gehalten, dass er sich nach Körperkontakt derart sehnen, ihn sogar vermissen würde.

»Ach, du meinst die Bathöhle«, beantwortete sie sich ihre Frage selbst. »Was ist passiert?«

Mann, allein beim Klang ihrer Stimme schlug sein Herz schon schneller. Vielleicht würde sie sich gezwungen sehen, die Arme um ihn zu legen, wenn er schnell in die nächste Kurve fuhr … Nein. Da sie ganz nach hinten gerutscht war, würde sie vermutlich eher vom Sitz der Phantom fliegen, als ihn auch nur mit einem Finger zu berühren.

Verdammt. Für einen relativ intelligenten Kerl war er gelegentlich ganz schön dämlich, was er an diesem Morgen erst wieder eindrucksvoll bewiesen hatte.

»Er sagte was von einem Problem mit der Hydraulik im Motor, der das Tor bei Black Knights Inc. steuert«, erklärte er ihr. »Wir könnten durch das Tor in der Parkgarage in den Tunnel reinfahren, aber dann würden wir wer weiß wie lange darin festsitzen, bis Rebel das Problem gefunden hat. Ich weiß nicht, wie es dir geht, aber die Aussicht, in einem dunklen Tunnel unter Unmengen von dreckigem Chicagoer Flusswasser zu sitzen, klingt für mich nicht gerade verlockend.«

Hey, auf einmal war er ja wieder sehr gesprächig! So viele Worte hatte er nicht mehr zu ihr gesagt, seit ... seit sie ihn in ihren Armen gehalten und ihm die Geschichte von Moskau entlockt hatte.

Vielleicht versuchte er, das stundenlange Schweigen wieder gutzumachen ... oder er war einfach nur ein Arschloch.

Sie würde vermutlich auf Letzteres wetten.

»Hmm«, erwiderte sie, da sie von seinen Gedankengängen nichts wusste, »da bin ich deiner Meinung, aber warum müssen wir wie der Blitz ... Hey! Du Arschloch!« Sie drohte einem Taxifahrer mit der Faust, der sie beinahe gerammt hätte, weil er noch über die Ampel kommen wollte.

Wow, kaum setzte man die Kleine ein paar Tage lang großem Stress aus, kleidete sie in Leder und gab ihr eine Waffe, wurde sie auf einmal zu *Xena: Die Kriegerprinzessin*.

Der Taxifahrer musste ihren »Ich kann Männer mit nur einem Gedanken kastrieren«-Gesichtsausdruck gesehen haben, denn er hob entschuldigend die Hände, und Ali knurrte. »Ich begreife jedenfalls nicht, wieso wir wie der Blitz durch das Haupttor müssen. Verschweigst du mir irgendwas?«

Er konnte kaum glauben, dass sie gerade diese halbwegs rationale Unterhaltung führten, nachdem er sie im Happy Acres so schlecht behandelt hatte. Er hatte sich benommen wie ein Arschloch, aber er hätte auch nie im Leben erwartet, aus dem immer wiederkehrenden Traum, in dem Grigg starb, aufzuwachen und in Alis wunderschönes, besorgtes Gesicht zu blicken.

Es war ihm so vorgekommen, als hätte man ihm einen Dolch in das sowieso schon gebrochene Herz gerammt.

Und weil er verletzt und beschämt gewesen war, dass sie ihn wie ein Baby weinen und schreien gesehen hatte, weil er sich bei ihrem Anblick, wie sie nackt in seinen Armen lag und ihn mit derart viel Mitleid und liebevollem Mitgefühl ansah, so unvorstellbar schuldig gefühlt hatte, da er den Menschen getötet hatte, den sie mehr als jeden anderen geliebt hatte, war ihm nichts anderes eingefallen, als sie wie ein Arschloch zu behandeln und Dinge zu tun und zu sagen, die er gar nicht so meinte. Dinge, die sie ganz sicher dazu bringen würden, sich von ihm abzuwenden, damit sie sich nicht mit der Tatsache auseinandersetzen musste, dass er innerlich zugrundeging.

Scheiße.

Allein der Gedanke an ihren Gesichtsausdruck, als er ihr den Rücken zugedreht hatte, weil er sonst auf die Knie gefallen wäre und ihr alles gestanden hätte, war unglaublich schmerzhaft gewesen. Sie hatte so überrascht ausgesehen, so enttäuscht, so … *verletzt.*

Warum konnte ihn nicht einfach jemand erschießen und von seinem Leid erlösen?

Moment mal. Jemand hatte kürzlich auf ihn geschossen, und das hatte sein Leben auch nicht gerade verbessert.

»Nate?« Sie riss ihn aus seinen fruchtlosen Gedanken. »Gibt es da etwas, das du mir nicht sagst?«

»Ja.« Er warf einen Blick in den Seitenspiegel, zum bestimmt zehntausendsten Mal, seitdem sie an diesem Morgen losgefahren waren. »Das war Ozzie, der heute Morgen angerufen hat ...« Ja, super, genau das brauchte sie: dass er sie beide daran erinnerte, was durch Ozzies Anruf unterbrochen worden war. »Äh.« Er räusperte sich und suchte nach den richtigen Worten. »Du erinnerst dich an den Typen, den ich vor dem Haus deiner Eltern erschossen habe? Den du für den Räuber gehalten hast? Tja, er arbeitet immer mit zwei Komplizen zusammen. Und wenn ich mich nicht irre, folgt uns der schwarze SUV da hinten schon, seitdem wir die Stadtgrenze überquert haben. Dreh dich nicht um«, wies er sie an, als sie genau das machen wollte.

»Denkst du wirklich, sie würden uns am helllichten Tag angreifen?«

Am helllichten Tag? Diese Frau war unglaublich und so unschuldig wie ein Baby. »Die Sonne geht bald unter, und wir fahren in Richtung Westen, sodass uns die Sonne direkt ins Gesicht scheint und uns blendet. Wir sind taktisch im Nachteil.«

Er spürte, dass sie den Arm bewegte und nach seiner Reservewaffe griff. An diesem Morgen hatte sie ihn um den kleinen Colt gebeten. Er hatte zwar eine Augenbraue hochgezogen, ihr die Waffe jedoch gegeben, woraufhin er fasziniert beobachtet hatte, wie sie die Kammer erneut überprüfte, bevor sie die Pistole in ihren Hosenbund schob.

Während er zusah, wie ihre Finger mit den pink lackierten Nägeln mit seiner Waffe hantierten, hatte er einen beachtlichen Ständer bekommen. Vermutlich war das auch ein Thema, das er mit diesem Psychiater besprechen sollte, dessen Visitenkarte unter seiner Matratze steckte.

»Zieh sie nicht raus«, warnte er sie. »Das Letzte, was wir jetzt brauchen, ist, dass uns die Polizei wegen einer nicht lizenzierten, versteckten Waffe mit aufs Revier nimmt.«

»Ich hole sie erst raus, wenn es absolut notwendig ist«, versicherte sie ihm, wobei ihre Stimme bemerkenswert ruhig blieb.

»Ich werde mich mal beim Hauptquartier melden«, meinte er. »Ich schalte jetzt um, du wirst dann also nicht mehr mit mir über das Mikro kommunizieren können, bis wir sicher auf dem Gelände sind. Okay?«

»Ja, okay.« Er hörte, wie sie schwer schluckte, und dieses trockene, klackende Geräusch war der einzige Hinweis darauf, dass sie Angst hatte. Die verdammte Frau sah aus wie ein Mäuschen, aber sie war ein ziemlich zäher Hund.

Bevor er die Nummer wählte, musste er ihr noch eines sagen. »Ali?«

»Was ist?«

»Es tut mir leid.«

Schweigen. Das hätte ihn vermutlich nicht überraschen sollen.

»Ich, äh, ich wollte nur, dass du das weißt«, meinte er betreten, um dann die Zwei zu drücken, sein Passwort zu nennen und dem Klacken und Piepen zu lauschen, während die sichere Verbindung hergestellt wurde.

Dagan lief über das Dach des Bagelladens und ließ sich hinter der riesigen Industrieklimaanlage fallen. Das Ding dröhnte fast wie ein Jetmotor, aber er würde seine Ohren in den nächsten Minuten sowieso nicht brauchen, denn er hatte alles gehört, was er hören musste, bevor er die alte Feuerleiter hinaufgeklettert war und sich gegenüber von Black Knights Inc. auf das klebrige Teerdach gehievt hatte.

Er hatte das unverkennbare Röhren von Ghosts Motorrad gehört.

»Warum zum Henker nimmst du nicht den Fluchtweg, du dämliches Arschloch?«, fluchte er und legte den Sicherheitshebel seiner Glock zurück.

Fünfzehn lausige Schuss.

Das war alles, was er hatte, denn er hatte seine Ersatzmagazine in der Tasche im SUV gelassen, der ein Stück weit entfernt an der Straße parkte.

Dämlich, wirklich dämlich.

Aber nicht so dämlich wie Nate Weller, der durch das Haupttor bei Black Knight Inc. hineinfahren wollte, wo sie doch einen wunderbar geheimen anderen Weg hatte, den er hätte nehmen können.

Dagan hatte gerade nach seinem Handy greifen und die Jungs bei Black Knights Inc. anonym darüber informieren wollen, dass zwei zwielichtige Gestalten am Rand ihres Grundstücks herumlungerten, als er das Motorrad gehört hatte.

Anstelle eines kinderleichten Anrufs sah er sich nun gezwungen, mit lausigen fünfzehn Schuss in Deckung zu gehen.

Nate fuhr wie ein Verrückter die Straße entlang. Zum Glück war nicht viel Verkehr, sonst hätte er den anderen Fahrern vermutlich eine Heidenangst eingejagt.

Er zeigte Manus im Wachhäuschen den hochgereckten Daumen, und dieser öffnete langsam das Eisentor. Da stellten sich auf einmal die Haare in seinem Nacken auf. Gefahr, Will Robinson! Er konnte gerade noch nach seiner Waffe greifen, die in seinem Hosenbund steckte, als um sie herum das Chaos ausbrach.

Und zwar im wahrsten Sinne des Wortes.

Das Wachhäuschen wurde vor seinen Augen von Kugeln durchlöchert, die das Glas und die Holzfassade zerfetzten.

Heilige Scheiße! Manus!

Er hörte Alis verängstigten Schrei, obwohl sie nicht länger über das Headset im Helm verbunden waren, und – Gott möge ihm vergeben – schon hatte er Manus Connelly völlig vergessen.

Seine einzige Sorge galt jetzt Ali.

Er riss das Vorderrad herum, sodass es nach Gummi stank und Rauch aufstieg, der seine Sicht behinderte, während er seinen Bikerstiefel fest genug auf den Boden rammte, dass er sich beinahe die Fußknöchel gebrochen hätte. Zum Glück verhinderte der dicke Stiefel das Schlimmste, aber …

Scheiße! Das Gummi der Sohle wurde rasch heiß und schmolz, als er sich nach Kräften bemühte, das Motorrad in dieser seltsamen Position unter Kontrolle zu behalten. Er spannte jeden Muskel in seinem Körper bis zum Äußersten an, als er mit einer Vierteltonne handgefertigtem Stahl hantierte.

Doch das Problem trat in den Hintergrund, als ein Kugelhagel das hintere Schutzblech zerfetzte. Der große Reifen darunter explodierte, und er hatte keine andere Wahl, als das Motorrad auf den Boden fallen zu lassen und zu hoffen, dass die Karosserie zusammen mit seinem eigenen Körper Ali ausreichend vor den Schüssen schützte.

Sie schrie noch immer, als er sie hinter sich auf den Boden drückte. Mit der Phantom als armselige Deckung schirmte er mit einer Hand Alis Kopf ab und hob mit der anderen seine Waffe …

Wo zum Teufel steckte dieser Heckenschütze?

Er rechnete damit, den schwarzen SUV irgendwo zu sehen, aber er war nicht da. Vielleicht hatte er sich geirrt. Vielleicht nahm seine Paranoia langsam überhand …

Er duckte sich, als eine Kugel in den qualmenden Motor des Motorrads eindrang und einen Höllenlärm verursachte.

Hier auf der Straße saßen sie wie auf dem Präsentierteller, und es konnte nicht mehr lange dauern, bis sie sich eine schwere Bleivergiftung einfingen. Selbst der dicke Stahl, der im Chassis der Phantom verbaut worden war, bot gegen eine AK-47 nur wenig Schutz.

Er hatte das Geräusch dieser russischen Waffe sofort erkannt, schließlich hatte er es in den vielen Dreckslöchern, in denen er auf der ganzen Welt schon gearbeitet hatte, oft genug gehört.

Eine weitere Salve prallte mit lautem *Ping* von der Gabel ab, und er hatte nun eine Ahnung, wo sich der Schütze ungefähr befinden musste. *Endlich*.

Er hob den Kopf und entdeckte den dunklen Schatten des Mannes mit dem MG, der sich hinter dem Schnellrestaurant ein Stück die Straße hinunter postiert hatte. Wie immer wurde der Rest der Welt einfach ausgeblendet.

Er wünschte sich, die gute alte Sierra und das Zielfernrohr zur Hand zu haben, aber das war keine Option. Er hatte weder die Zeit, um sie zusammenzusetzen, noch konnte er von Alis Seite weichen, die sich hinter ihm wand und versuchte, gleichzeitig den Kopf und seine Reservewaffe zu heben, diese törichte, wunderbare Frau.

Aber das war egal. Er war mit einer Pistole fast ebenso gut wie mit einem Gewehr. Seine Atmung verlangsamte sich, genauso wie sein Herzschlag.

Ruhe ist entscheidend, hatte Grigg immer gesagt, und das traf auch zu, wenn man es mit einer überwältigenden Übermacht und einer törichten Frau zu tun hatte, die noch immer versuchte, sich von ihm loszureißen und in den Kampf einzugreifen.

Sie war tatsächlich *Xena: Die Kriegerprinzessin.*

Eine Kugel sauste so dicht an seinem Helm vorbei, dass er den Luftzug an der Wange spürte, und die Zeit blieb stehen. Der weiche Hogue-Gummigriff seiner Para Ordinance CCW.45 verschmolz mit seiner Handfläche, als sich sein ruhiger Finger auf den Abzug legte. Den Bruchteil einer Sekunde und einen Herzschlag später hatte er automatisch die Entfernung, den Geschossfall und das Haltepunktverfahren berechnet und konnte nichts weiter tun als abzudrücken.

Das Geschoss Kaliber 45 verließ den Lauf mit lautem Knall, und das wilde Knattern des MGs verstummte.

Der Mann würde jetzt vermutlich ziemliche Probleme haben, die Kalashnikov zu bedienen, da er einen Zentimeter über dem rechten Auge ein Einschussloch hatte und der Großteil seiner Hirnmasse seinen Schädel durch die Austrittswunde verlassen hatte.

In der Stille, die auf den Tod des Heckenschützen folgte, konnte Nate Ali fluchen hören. »Lass mich aufstehen, verdammt! Ich kann dir helfen!«

Er hätte beinahe gegrinst.

»Halt still«, fuhr er sie schroff an, da er keine Risiken eingehen wollte, während er die Umgebung in Augenschein nahm. Er drückte sie bestimmt ziemlich platt, aber ein paar blaue Flecken und Abschürfungen waren auf jeden Fall besser als eine Kugel … und man erholte sich auch viel leichter wieder davon.

Als sein Blick auf die Überreste des Wachhäuschens fiel, musste er die Galle herunterschlucken, die in seiner Kehle aufstieg.

Es würde an ein Wunder grenzen, wenn Manus noch am Leben wäre.

Er wollte seine schützende Position bei Ali nicht verlassen, aber er musste zumindest mal nach Manus sehen. Der Mann war schließlich ein Knight, nun ja, fast zumindest, und Nate konnte nicht einfach hier rumsitzen, wenn die Möglichkeit bestand, dass er dem Mann helfen konnte.

»Ich möchte, dass du hinter der Phantom bleibst«, sagte er zu Ali, während er noch immer nach dem Partner des Heckenschützen Ausschau hielt. »Ich muss mich mal im Wachhäuschen umsehen.«

Er wartete nicht auf ihre Antwort, sondern stand einfach auf und …

Eine Kugel bohrte sich neben seinem linken Bein in den Asphalt und wirbelte kleine, spitze Splitter in die Luft.

Das war kein Maschinengewehr. Oh nein. Das war ein Repetiergewehr. Ein ziemlich gutes, wenn er den Klang richtig deutete.

»Heilige Scheiße …«

Er ließ sich wieder auf Ali fallen und schwang seine Waffe in die Richtung, aus der der Schuss gekommen war. Dann entdeckte er etwas.

Ein Mann mit einer Pistole in der Hand rannte über das Dach das Bagelladens. Er reckte sich wie ein Verrückter, und es wäre ein Kinderspiel für Nate gewesen, ihn zu erschießen, aber der Typ zielte gar nicht auf sie.

Der geheimnisvolle Mann?

»Was zum …?«

Er bekam nicht die Gelegenheit, die Frage zu beenden, da der Mann seine Waffe abfeuerte und hinter der auf dem Dach befindlichen Klimaanlage in Deckung ging, als das Feuer erwidert wurde.

Dann flogen auf einmal keine Kugeln mehr. Die Stille nach dem Schusswechsel legte sich schwer auf das Chassis der Phantom. Das leise *Tick-Tick-Tick* des im Leerlauf befindlichen Motors klang im Vergleich dazu schon unverschämt laut.

Nate suchte das gegenüberliegende Dach nach dem geheimnisvollen Mann ab, als er einen gedämpften Schrei hörte. Als er sich umdrehte, sah er die Männer von Black Knights Inc. bis zu den Zähnen bewaffnet auf sie zulaufen.

Und dann …

»Oh mein Gott!«, flüsterte Ali mit vor Schreck aufgerissenen

Augen, als sie durch das halb offen stehende Tor auf das Gelände sah. »Ist das Patti?«

»Nein«, stöhnte er, und seine Brust zog sich so eng zusammen, dass er zu ersticken glaubte. »Großer Gott, nein!«

Aber auch wenn sie es nicht wahrhaben wollten, so ließ sich nicht leugnen, dass Patti keine zwei Meter hinter dem Tor langgestreckt auf dem Boden lag, während sich der dunkle Blutfleck unter ihr langsam zu einem makabren Kreis ausbreitete.

Sie hatte wohl ein Blech mit Schokokeksen in der Hand gehabt, als sie niedergestreckt worden war. Jetzt lagen sie wie eine Art furchtbares Konfetti rings um ihren Körper verstreut.

In einer Minute kniete Dan noch neben seiner Frau, in der nächsten rannte er schon durch das halb geöffnete Tor und schrie wie ein Berserker. Er wand und drehte sich, bis er sich durch die Lücke gezwängt hatte, nur um danach wie ein Verrückter mit pumpenden Armmuskeln und seinen starken Beinen loszurennen, und dann …

Heilige Scheiße!

Er prallte gegen den geheimnisvollen Mann, der gerade die Feuerleiter des Bagelladens herunterkletterte. Dans neunzig Kilo bewirkten, dass die beiden Männer durch die Luft flogen und ihre Waffen verloren, die jedoch im darauffolgenden Handgemenge schnell vergessen waren. Eine Sekunde später saß Dan bereits auf der Brust des Mannes und bearbeitete sein Gesicht mit beiden Fäusten.

»Dan!«, brüllte Nate und rannte auf die beiden Männer zu. »Das ist nicht der Schütze!«

Aber Dan konnte ihn nicht hören. Übermannt von Trauer und Wut, stand Dan völlig neben sich und blendete alles außer seinem übermächtigen Rachedurst aus.

Nate legte die Arme um Dans Brust, schlug ihm mit dem Ellenbogen einmal fest gegen das Ohr, sodass er fast das Bewusstsein verlor, und zerrte den schreienden und weinenden Mann von seinem Gegner herunter. Obwohl Nate bestimmt zehn Kilo mehr auf die Waage brachte, war es nicht gerade einfach, da in Dan die unkontrollierbare Wut wie eine Feuersbrunst tobte, die ihm die Kraft von zehn Männern zu verleihen schien.

»Das ist nicht der Schütze!«, brüllte Nate Dan direkt ins Ohr und versuchte mit aller Macht, diesen um sich tretenden und knurrenden Berserker festzuhalten. »Das ist nicht derjenige, der Patti erschossen hat!«

»Du verdammter Arsch!«, schrie der geheimnisvolle Mann. Das war natürlich genau das, was Nate *nicht* gebrauchen konnte. Doch auf einmal erstarrte Dan. Nate konnte spüren, wie sich sein ganzer Körper krümmte, und er packte fester zu, da er damit rechnete, dass Dan versuchen würde, sich seinem Griff zu entziehen. Doch das geschah nicht. Der verdammte Arsch – zumindest damit lag der geheimnisvolle Mann richtig – warf den Kopf in den Nacken und schlug so heftig gegen Nates Nase, dass dieser leuchtend gelbe Sterne vor seinen Augen sah. Er ließ Dan los, als ihm das Blut über den Mund und das Kinn strömte.

Dan nutzte seinen kurzzeitigen Schockzustand aus und rammte den geheimnisvollen Mann, der sich gerade aufrappeln wollte. Sie fielen gemeinsam auf den Boden, und Dan hatte rasch wieder die Oberhand gewonnen. Nur, dass er den geheimnisvollen Mann dieses Mal nicht schlug. Oh nein. Jetzt legte er seine Hände um die Kehle des Mannes und drückte so fest zu, dass die Sehnen in seinen Unterarmen wie Gartenschläuche hervorstanden.

»Er … ent … kommt«, stieß der geheimnisvolle Mann aus, dessen Gesicht puterrot anlief und dessen Augen langsam aus ihren Höhlen traten.

Über sein lautstarkes Schluchzen konnte Dan den Mann nicht verstehen, und er konnte auch nicht sehen, dass sein Gegner etwas sagen wollte, da ihm Tränen und Rotz als schleimige Masse über das verzerrte Gesicht strömten.

»Dan.« Nate ignorierte das Blut, das ihm in den Mund lief, und kauerte sich neben die beiden Männer. »Du musst mir jetzt zuhören, Kumpel. Dieser Kerl hier hat nicht auf Patti geschossen. Er hat uns geholfen.« Nate blickte den geheimnisvollen Mann an und erkannte, dass dieser schon die Augen verdrehte. »Lass jetzt los.« Er legte eine schwere Hand auf Dans Schulter. Der Mann zitterte so stark, dass Nate schon befürchtete, seine Knochen würden einfach zu Staub zerfallen.

Dann sog Dan gequält die Luft ein und sah Nate in die Augen, während der Nebel des kurzzeitigen Wahnsinns langsam verschwand und die Klarheit zurückkehrte.

»Lass los«, wiederholte Nate. »Du hast den Falschen.«

Dan sah den geheimnisvollen Mann an, dessen Finger über seine Handgelenken kratzten und tiefe, blutige Furchen hinterließen.

»Hörst du nicht, dass ich mit dir rede, Soldat?«, brüllte Nate und schüttelte Dans Schulter, weil er jetzt, auf der Stelle, zu dem Mann durchdringen musste, sonst wäre der geheimnisvolle Mann Geschichte. »Du bringst einen Unschuldigen um!«

Plötzlich nahm Dan die Hände weg, rollte sich von dem Mann herunter und stand zitternd auf. Er taumelte zurück zu seiner toten Frau und wimmerte die ganze Zeit qualvoll.

Nate stieß die Luft aus und wischte sich mit dem Arm über Mund und Kinn. Der geheimnisvolle Mann lag mitten auf der Straße und saugte gierig den lebenswichtigen Sauerstoff in seine Lungenflügel.

Tja, wenigstens einem hatte Nate heute das Leben retten können.

Er spuckte Blut auf die Straße und sah gerade noch, wie Ali das Hemd entgegennahm, das Ozzie ausgezogen hatte. Sie drückte es auf eine blutende Wunde auf Manus' Brust. Manus verzog das Gesicht und stöhnte, aber seine Augen waren nur auf Alis Gesicht gerichtet, als sie sich vorbeugte und etwas sagte, das Nate nicht verstehen konnte, weil in der Ferne Sirenen heulten.

Unglaublich.

Der Mann war noch am Leben.

Und er würde es vermutlich auch bleiben, wenn das ein Krankenwagen war, der da auf sie zugerast kam. Boss' wilden Gesten nach zu urteilen und da er hörte, wie dieser Anweisungen in sein Handy bellte, ging er fest davon aus.

Ein seltsames Jaulen übertönte die näherkommenden Sirenen und ließ ihn auf die andere Seite des Tors blicken … Das war ein Fehler. Denn diesen schrecklichen Anblick würde er sein Lebtag nicht mehr vergessen.

Dan saß in der riesigen Blutlache, umgeben von diesem furchtbaren Arrangement von Schokokeksen, und hielt den leblosen Körper seiner Frau in den Armen. Er schaukelte vor und zurück und weinte, und sein tränenfeuchtes Gesicht war vor Trauer verzerrt.

Patti. *Nein*. Nate konnte es nicht glauben.

Sie war die Mutter der Truppe gewesen. Diejenige, die dafür gesorgt hatte, dass sie alle etwas aßen. Sie hatte sich darum gekümmert, dass sie immer saubere Wäsche hatten, dass immer Bier im Kühlschrank und Knabberzeug im Vorratsschrank war. Sie war die kühle Stimme der Vernunft, wenn zu viel Testosteron dazu führte, dass sie aufeinander losgingen.

Und jetzt war sie tot.

In einem Sekundenbruchteil hatte der gedankenlose Kugelhagel eines Irren ihr Lebenslicht für immer ausgelöscht.

»Scheißkerl«, fluchte er und rieb sich mit einer Hand die feuchten Augen.

Was hatte sie überhaupt am Wachhäuschen zu suchen gehabt? Alle sollten im Gebäude in Sicherheit bleiben, bis Ali und er den verdammten USB-Stick in die Werkstatt gebracht hatten …

»Wo willst du hin?« Er richtete seine 45er auf den geheimnisvollen Mann, als sich dieser einen Schritt von ihnen entfernte.

»Der zweite Schütze entkommt«, keuchte der Mann und hob die Hände mit nach vorn gerichteten Handflächen. An seiner Kehle zeichneten sich bereits die ersten blauen Flecken ab.

»Der ist längst weg, Mann«, meinte Nate zu ihm und weigerte sich, die Waffe zu senken, da er sich noch immer unsicher war, auf welcher Seite der Kerl spielte. Während des Schusswechsels hatte er Partei für die Knights ergriffen, aber das hieß noch lange nicht, dass das auch so bleiben würde. »Das weißt du genauso gut wie ich.«

»Aber ich könnte …«

»Oh nein. Du gehst mir nicht aus den Augen, solange wir nicht wissen, was zum Henker hier eigentlich los ist und wer du überhaupt bist.«

Die Lippen des geheimnisvollen Mannes verzogen sich zu einer finsteren Grimasse. »Tja, ich bin Dagan Zoelner, ehemals CIA. Und was hier los ist? Das kann ich vielleicht erklären.«

18

Ali saß auf einem harten Klappstuhl im Konferenzraum von Black Knights Inc. und sah benommen mit an, wie Ozzie den USB-Stick in einen der Computer steckte.

Sie hatte das Gefühl zu träumen. Es konnte nicht anders sein.

Die beiden letzten Stunden waren doch nicht real gewesen, oder?

Sie hatte sich nicht mitten in einem Feuergefecht befunden, die liebenswerte Patti war nicht wirklich tot, der Wachmann wurde nicht gerade operiert und hatte keine äußerst geringen Überlebenschancen, und die Polizei von Chicago vertuschte die ganze Sache nicht und gab sie als Zwischenfall zwischen rivalisierenden Gangs aus – aufgrund der strikten Anweisung von jemandem, der *sehr* weit oben in der Regierung saß.

Doch als sie die ernsten Gesichter von Nate, Frank, Ozzie und dem geheimnisvollen Mann oder besser: Dagan Zoelner anstarrte, schüttelte sie den Kopf. Sie konnte es nicht leugnen, das war alles wirklich passiert. Sie *war* mitten in einem Feuergefecht gewesen, Patti *war* tot, die Polizei *hatte* alles vertuscht, und Manus (sie hatte erfahren, dass er der Bruder des Rothaarigen war) lag in diesem Moment wirklich auf dem Operationstisch.

In diesem sehr realen Moment.

Zu allem Übel würde sie jetzt gleich möglicherweise auch noch herausfinden, dass ihr Bruder wirklich streng geheime Dateien gestohlen hatte, um sie auf dem Schwarzmarkt zu verkaufen, wie es der ehemalige Agent Zoelner behauptete.

»Wir sind drin«, verkündete Ozzie, dessen breite, bewegliche Finger über die Tastatur flogen. »Sieht aus wie ein Haufen Excel-Dateien und eine … Moment … Da scheint auch eine Videodatei zu sein.«

»Abspielen«, knurrte Frank, drehte sich auf seinem Stuhl herum und verzog das Gesicht. »Vielleicht verrät sie uns, worum zum Henker es hier eigentlich geht.«

Sie sah den großen Mann an. Sein raues Gesicht war von Trauer und Sorge gezeichnet, aber er schien sich zusammenreißen zu können. Trotz der furchtbaren Tragödie der letzten Stunden und der Tatsache, dass es noch schlimmer kommen könnte, wenn Manus bei der Operation sterben würde und sie herausfänden, dass Grigg tatsächlich zum Verräter geworden wäre, hatte er sich erstaunlich gut im Griff.

Sie vermutete, dass harte Männer wie er das in solchen Situationen einfach konnten.

Sie rissen sich zusammen, damit Menschen wie sie den amerikanischen Traum leben konnten. Frei, friedlich und … unglaublich ahnungslos.

Aus irgendeinem Grund erschien ihr das besonders schrecklich und bewirkte zusammen mit der Erinnerung an Patti, die blass und leblos in einer riesigen Blutlache mitten zwischen Schokokeksen gelegen hatte, dass ihr auf einmal übel wurde.

Sie würde nie wieder einen Schokokeks essen können, nie wieder.

»Örks.« Sie legte sich zwei Finger vor den Mund und sah sich im Raum um.

Stand neben der Tür in Franks Büro nicht ein Plastikmülleimer? Wenn sie sich wirklich übergeben musste, konnte sie es gerade noch bis dorthin schaffen …

Oh Mist. Sie dachte nicht länger an Blut, Schokokekse, Plastikmülleimer oder irgendetwas anderes, denn plötzlich erschien das freundliche Gesicht ihres Bruders auf Ozzies riesigem Bildschirm, und ihr gefror der Atem in den Lungenflügeln zu zwei großen Eisklumpen. Das Blut in ihren Venen schien abzukühlen, und sie bekam am ganzen Körper Gänsehaut.

»Hey, Ozzie«, sagte Grigg, und der Klang seiner wunderbar vertrauten Stimme erstickte sie beinahe.

»Atme, Ali.« Nates kräftige Finger drückten ihre zitternde Schulter. »Atme, Süße.«

Gute Idee, dann würde immerhin irgendetwas in ihr funktionieren, wenn schon ihr Herz immer wieder gebrochen wurde und das Blut in ihren ohnehin schon überreizten Magen floss.

»Klasse, dass du meinen Code geknackt hast«, fuhr Grigg fort, dessen hübsches Gesicht genauso aussah, wie sie es in Erinnerung hatte. Attraktiv, verlässlich, etwas störrisch … okay, *sehr* störrisch. »Das war vermutlich kein großes Problem für dich«, meinte er kichernd, und dieses Geräusch jagte ihr einen spitzen Pfeil durch ihr Herz und ihre zusammenbrechende Selbstbeherrschung.

»So«, im Video beugte sich Grigg näher an den Bildschirm heran, und sie hielt den Atem an, »wenn ihr das hier seht, heißt das, dass Ghost bei euch ist. Hi, Kumpel.« Er winkte.

»Großer Gott«, murmelte Nate mit belegter Stimme.

»Und ich bin vermutlich tot.« Griggs Bild schnitt eine Grimasse, wobei seine Nase sich auf die Weise in Falten legte, die Ali so liebte. »Tut mir echt leid.«

»Mann«, murmelte Nate erstickt und wandte sich ab, und das war zu viel für Ali. Die Tränen, die sich schon in ihren Augen gesammelt hatten, strömten ihr heiß und salzig über die Wangen.

Irgendjemand reichte ihr ein Taschentuch. Sie nutzte es, um wenigstens einige Tränen abzutupfen.

»Wie dem auch sei«, meinte Grigg, »ich schätze, das bedeutet, dass die Kacke am Dampfen ist, dass ihr von meinem kleinen Nebenjob erfahren habt und dass Ali sich daran erinnert hat, dass dieser USB-Stick zu einer ungewöhnlichen Zeit bei ihr angekommen ist.

Mal sehen, ob ich ein wenig Klarheit schaffen kann. Ich bekam gestern einen Anruf von Special Agent Delaney vom FBI. Ich, äh, ich habe ihn vor einer Weile kennengelernt, als Wild Bill und ich diese seltsame religiöse Sekte infiltriert haben, die diese Unmengen von Meth gekocht hat. Du erinnerst dich doch noch daran, Nate? Ich habe dir von ihm erzählt. Der Typ, der gern Prada-Sonnenbrillen und Gucci-Schuhe trägt.«

»Scheiße«, stieß Nate aus, und Ozzie drückte die Pausetaste, während sich alle umdrehten und Nate anstarrten. Er fuhr sich erregt durch das Gesicht, und die Bartstoppeln auf seinem Kinn klangen wie Sandpapier, als seine raue Handfläche darüberstrich. »Ich habe mich nicht an den Namen Delaney erinnert, weil Grigg den Typen immer GQ genannt hat.«

»Woran erinnerst du dich jetzt?«, drängte ihn Frank, dessen graue Augen blutunterlaufen, aber auch äußerst wach aussahen.

»An nicht viel.« Nate schüttelte bedauernd den Kopf und fluchte leise. »Nur daran, dass Grigg sowohl von den Fähigkeiten des Typen als auch von seinem Modegeschmack begeistert war.«

»Hmpf«, meinte Frank, der offensichtlich von keinem Mann begeistert war, der sich für Mode interessierte. Dann drehten sich alle wieder zum Bildschirm um und Ozzie ließ das Video weiterlaufen.

»… also, Delaney ruft mich an und sagt, er hätte einen Job, den nur ich machen kann, weil er niemandem in seinem eigenen Büro oder einer der anderen Abteilungen traut. Er sagt, es sei sehr wichtig, dass ich mit niemandem über die Mission rede, selbst mit euch nicht. Angeblich sei es sehr gefährlich und es seien Elemente im Spiel, die er nicht kontrollieren kann, daher möchte er nur so wenig Menschen wie möglich in Gefahr bringen.« Grigg schüttelte den Kopf und hatte sein wunderbares, lebensbejahendes Grinsen auf den Lippen. »Ich weiß, dass ihr mich im Moment alle verflucht, aber Delaney hätte mich nicht darum gebeten, wenn er nicht in echten Schwierigkeiten stecken würde, was sich«, Griggs Grinsen wurde zu einer anderen Grimasse, »bewahrheitet hat. Aber dazu komme ich später.

Jedenfalls habe ich zugestimmt, den Job zu machen, und so traf ich mich gestern Abend mit Delaney in DC. Dort hat er mir erzählt, dass er vermutet, ein bestimmter Senator, ein gewisser Mr Alan Aldus, würde illegale Waffen an irgendwelche extremen Stämme in Pakistan verkaufen, was natürlich nicht sein darf. Bis jetzt konnte Delaney noch keine Beweise in die Finger bekommen, die er braucht, um den Senator zu verhaften. Lange Rede, kurzer Sinn, Delaney hat Senator Aldus' Computerpasswort herausgefunden und die Codenamen der Akten mit den Waffenverkäufen. Er brauchte mich, um letzte Nacht bei der Party des Senators als Sicherheitsmann getarnt aufzutauchen und die Dateien zu kopieren. Und nein, Ozzie, das System des Senators ließ sich nicht von außen hacken. Ich habe Delaney diese Frage explizit gestellt. Außerdem habe ich ihn gefragt, warum er das nicht selbst macht, woraufhin er fast durchgedreht ist und meinte, dass er vermutet, der Senator wäre ihm auf die Schliche gekommen, und dass es einige Leute in seiner eigenen Agency gäbe, die von dem Deal wüssten und Aldus in Schutz nähmen. Delaney sagte, er würde beobachtet und beschattet. Die typische Paranoia von Regierungsangestellten, ihr kennt das ja. Dennoch hatte mich der Mann in New Mexico beeindruckt, daher stimmte ich zu, ihm zu helfen, woraufhin wir uns die Hände geschüttelt haben und getrennte Wege gegangen sind.

Der Job war einfach und ging ohne irgendwelche Probleme über die Bühne. Dann ist Delaney nach der Party nicht aufgetaucht, und was finde ich heraus? Der Kerl ist tot. Angeblich ist er hinter dem Steuer eingeschlafen und in den Fluss gerollt.« Grigg verdrehte seine schönen braunen Augen.

»Jetzt sitze ich in der Klemme. Ich habe keine Ahnung, wem ich diese Dateien aushändigen soll. Offensichtlich stecken eine ganze Menge Leute in der Sache drin, und sie ist gefährlich, wenn ich bedenke, was aus Delaney geworden ist. Ich habe keine Ahnung, wer die Finger mit im Spiel hat, aber es müssen einige Leute sein, die ziemlich weit oben sitzen. Außerdem soll ich mit dir, Ghost, um drei Uhr nach Istanbul fliegen, und das ist«, Grigg sah auf seine Uhr, »in genau zwei Stunden. So«, er schnaufte, »folgender Deal: Ich schicke diesen USB-Stick mit allen Informationen an Ali. Sie wird denken, dass es wie immer ein paar Bilder sind, die sie aufbewahren soll. Hoffentlich komme ich von diesem Job zurück, kann den Stick abholen und herausfinden, was ich damit anstellen soll. Aber wie ich schon am Anfang sagte, wenn ihr das hier seht, bin ich vermutlich tot und die Kacke ist am Dampfen, was mir alles unendlich leidtut. Ach ja«, Grigg runzelte die Stirn, und Sorge überschattete sein sonst so fröhliches Gesicht, »da wäre noch etwas … Ghost, Nate, Bruder, du musst für mich auf Ali aufpassen. Sorg dafür, dass es ihr gut geht, okay?«

Sie sahen alle atemlos zu, wie sich Grigg im Video nach vorn beugte, dann wurde der Bildschirm schwarz.

»Mann«, murmelte Frank, während Ali leise in das durchnässte Taschentuch weinte.

Oh Grigg. *Mein süßer, verrückter, furchtloser Bruder.*

»Damit wäre deine Theorie, dass Grigg versucht hat, Dateien auf dem Schwarzmarkt zu verkaufen, wohl vom Tisch«, meinte Ozzie zu Zoelner.

Ali hob den Kopf, der sich auf einmal wahnsinnig schwer anfühlte, und schniefte, während Zoelner das Gesicht verzog.

»Tja, ich hatte ja schon herausgefunden, dass Aldus mich von vorn bis hinten angelogen hat.«

»Was sollte für dich dabei rausspringen?«, wollte Frank wissen, dessen zerklüftetes Gesicht finster aussah. »Geld?«

»Passt mal auf«, fauchte Zoelner und zuckte zusammen, weil seine aufgeplatzte Lippe schmerzte. Dan Man hatte bei seinem Gesicht ganze Arbeit geleistet. Ein Auge war fast völlig zugeschwollen, während über dem anderen ein ziemlich übler Schnitt prangte. Die Wunde war hastig verschlossen, aber nicht gereinigt worden, sodass noch verkrustetes Blut daran klebte. »Ich muss euch gar nichts erklären. Ja, Aldus hat mich angeheuert, um die Dateien für ihn aufzuspüren und sicherzustellen. Er sagte, die Dateien wären streng geheim und es bestünde die Gefahr, dass sie an den Höchstbietenden verkauft würden. Ja, ich habe Ms Morgan monatelang beschattet und sie zweifellos zu Tode erschreckt. Ja, ich habe hier gewartet, weil ich herausfinden wollte, worum es bei der Sache eigentlich geht. Aber ab dem Moment, als ich davon überzeugt war, dass der Senator mich anlügt, habe ich sein Geld nicht mehr angenommen. Daher kommt bloß wieder von eurem hohen Ross runter.«

Zoelner sprang von dem metallenen Klappstuhl auf, auf dem er gesessen hatte, sodass das Ding mit lautem Klappern umfiel. Ohne ein weiteres Wort ging er auf die Treppe zu, die nach unten führte.

»Augenblick«, brüllte Frank dem Mann hinterher. Zoelner drehte sich um und funkelte alle wütend an.

»Wirst du dich wohl abregen!«, rief Frank, der ebenfalls nicht gerade gelassen wirkte. »Ich beschuldige dich doch überhaupt nicht, du Mimose. Ich will nur herausfinden, wer hier welche Motive hat.«

Zoelner sah Franks vor Wut gerötetes Gesicht mit seinem weniger stark verletzten Auge an. »Meine Motive gehen nur mich etwas an«, knurrte er.

»Okay.« Frank warf die Hände in die Luft. »In Ordnung. Behalt deine verdammten Motive für dich. Aber du wirst nicht von hier verschwinden. Du kommst mit uns.«

Zoelners Kiefer arbeitete, aber es gelang ihm, ruhig zu fragen: »Und wohin?«

»Nach DC«, informierte ihn Frank, dessen Tonfall kein Wenn und kein Aber duldete. »Der Präsident und seine Stabschefs werden sich sehr für die Informationen auf diesem USB-Stick interessieren, und sie werden mit dir über deine Verbindung zu Aldus reden wollen.«

»Woher willst du wissen, dass die Stabschefs nicht auch zu Aldus gehören?«, wollte Zoelner wissen. »Du könntest uns alle in die Höhle des Löwen führen.«

»Erfahrung«, entgegnete Frank mit entschlossener Stimme. »Und weil ich die Stabschefs persönlich kenne. Sie sind manchmal schon ein Haufen Arschlöcher, aber unter ihnen ist keiner, der sich an einer solchen Sache beteiligen würde.«

»Scheiße!«, fauchte Zoelner, dann zuckte er wieder zusammen und wischte mit dem Finger einen Blutstropfen weg, der sich auf seiner Unterlippe gebildet hatte.

Ach Mist, sie wollten gehen. Sie würden sie hierlassen, während sie alle nach Washington flogen, und sie …

Tja, jetzt konnte sie nur noch eins tun.

»Ich komme mit euch«, verkündete sie, schluckte die Tränen herunter und reckte ihr Kinn, während sie den anderen in die entschlossenen, aber auch erschöpften Gesichter blickte. Oh ja, sie sollten es nur wagen, ihr das ausreden zu wollen, denn wenn sie das versuchten … Nun ja, sie würde dafür sorgen, dass sie gar nicht erst auf den Gedanken kamen. »Ich habe es verdient, bis zum Ende mit dabei zu sein.«

»Ali …«, setzte Nate an, aber er wurde von Franks rauer Stimme unterbrochen.

»Okay, Ali«, knurrte der große Mann, der ihren entschlossenen Gesichtsausdruck entweder richtig deutete oder einfach weder Lust noch Zeit hatte, sich mit ihr zu streiten. »Pack ein, was du brauchst. Der Militärtransporter, den wir in der Great Lakes Naval Station erreichen wollen, startet in neunzig Minuten.«

Sie nickte und stand langsam von ihrem Stuhl auf, wobei sie Nates besorgtem und streitlustigem Blick auswich. Sie wusste, dass er sich mit ihr anlegen und sie dazu bringen wollte, hierzubleiben, wo sie in Sicherheit war. Aber im Moment war ihr ihre Sicherheit völlig egal.

»Ihre Lobbyisten sagen, sie bräuchten nur noch zwei Stimmen und dann wären wir bereit …«

Was immer Ron Dunn, der Senator aus New Jersey, sagen wollte, blieb unausgesprochen, da zwei Männer in schwarzen Anzügen in Senator Alan Aldus' Büro stürmten, dicht gefolgt von seiner besorgten Sekretärin, die seit zwanzig Jahren für ihn arbeitete.

»Es tut mir so leid, Senator Aldus«, stammelte sie und rang ihre venenüberzogenen Hände, bevor sie ihre Trifokalbrille ein Stück hochschob. »Ich habe ihnen gesagt, dass Sie in einer Besprechung sind, aber sie sind einfach an mir vorbeigestürmt.«

»Schon okay, Janice«, versicherte Aldus, auch wenn er beim Anblick der Männer, die auf ihn zukamen, selbst nicht davon überzeugt war.

Secret Service?

So sahen die beiden auf jeden Fall aus in ihren identischen schwarzen Anzügen und mit den durchsichtigen Plastikdrähten, die aus ihrem weißen Hemdkragen herauskamen und in ihrer Ohrmuschel verschwanden. Die *Men in Black* höchstpersönlich.

»Senator Aldus«, sagte einer der beiden mit einem Akzent, der eigentlich gar keiner war, »Sie müssen uns begleiten.«

»Ron«, Aldus drehte sich zu dem offenkundig neugierigen Mann um, der ihm gegenübersaß, während er sich um einen unbeteiligten Gesichtsausdruck bemühte. »Wir müssen das später besprechen.«

»Äh … natürlich«, erwiderte der Senator aus New Jersey, stand auf und versuchte gar nicht erst, seine Neugier zu verhehlen, als er die beiden Roboter anstarrte, die näher kamen und Aldus in ihre Mitte nahmen.

Er wartete geduldig, bis Ron gegangen war, Janice dicht auf den Fersen, bevor er aufstand und bedächtig die Goldknöpfe an seinem stark taillierten Hugo-Boss-Anzug zuknöpfte. Nachdem er auch seine goldenen Manschettenknöpfe gerichtet hatte, betrachtete er seine stoischen Begleiter mit einer Kühnheit, wie sie nur ein US-Senator aufbringen konnte.

»Gentlemen«, sagte er mit leicht herablassendem Tonfall, »was denken Sie sich eigentlich dabei, einfach hier reinzustürmen und mir zu befehlen …«

Er glaubte schon, die Vene in seiner Schläfe würde explodieren, als ihn Man in Black I unterbrach. »Wir haben unsere Anweisungen, Senator.« Bildete er sich das nur ein oder hatte der Mann spöttisch geguckt, als er seinen Titel ausgesprochen hatte? »Wir sollen Sie augenblicklich ins Weiße Haus eskortieren.«

Er machte den Mund auf, aber dann schaltete sich auch noch Man in Black II ein. »Sie sollten wissen, Sir, dass wir instruiert wurden, Sie auch mit Gewalt, notfalls sogar in Handschellen abzuführen, falls Sie sich weigern sollten, uns friedlich zu begleiten.«

Sofort stand ihm der kalte Schweiß auf der Stirn, ließ seine Achselhöhlen unter seinem Hemd und seiner Anzugjacke feucht werden und strömte auf ekelerregende Weise seinen Rücken hinunter. Dennoch breitete sich gleichzeitig eine Eiseskälte in seinen Adern aus.

»Worum geht es?«, wollte er wissen, aber ihm wollte nur eine Sache einfallen, wegen der der Secret Service vor seiner Tür stehen und ihn, notfalls mit Gewalt, ins Weiße Haus bringen würde.

Diese verdammten Dateien.

Er hatte seit Roccos Tod nichts mehr von Johnny gehört, aber er hatte damit auch erst heute Abend gerechnet. Johnny hatte versprochen, dass Ms Morgan und der ehemalige Sergeant Weller so gut wie tot wären. Aufgrund des bedrohlichen Tonfalls in Johnnys rauer Stimme hatte Aldus ihm geglaubt.

Das Prepaid-Handy in seiner Jackentasche fühlte sich auf einmal an wie ein Ziegelstein.

Hatte Johnny womöglich versagt? Waren die Dateien gefunden worden?

Nur das ergab einen Sinn. Und zum ersten Mal in Alan Aldus' bisher sorgenfreiem Leben schwebte die Gefahr des persönlichen Scheiterns wie ein Monster mit Giftzähnen über seinem Kopf.

Frank sah sich im Oval Office um und schüttelte den Kopf.

Er hätte nicht nur nie im Leben geglaubt, dass er mal in diesem Zimmer mit den antiken Möbeln, den Reliefs und dem echten Ölgemälde von – na, von wem schon? – George Washington sitzen würde, genauso wenig hätte er vermutet, in welcher seltsamen wie illustren Gesellschaft er sich dabei befinden würde.

Präsident Thompson saß an seinem Schreibtisch und sah sehr ernst und mächtig aus. Seine Stabschefs, darunter auch General Fuller, waren vollständig vertreten. Einige saßen auf den Sofas in der Raummitte, andere standen an den Wänden. General Fuller lief tatsächlich auf und ab und sah wütend genug aus, um das ganze Land auf DEFCON 1 zu setzen.

Ex-CIA-Agent Dagan Zoelner stand neben der Tür. Er hatte ohne mit der Wimper zu zucken alle Fragen beantwortet, die der Präsident und die Stabschefs ihm gestellt hatten, und seine persönliche Integrität war bei jedem wohldurchdachten Wort durchgeschimmert. Jetzt sah Zoelner aus, als wäre er an jedem anderen Ort der Welt lieber als hier, und seine Körperhaltung ließ vermuten, dass er sich bei der erstbesten Gelegenheit verdünnisieren würde. Frank hatte bemerkt, dass das unverletzte Auge des Mannes nie stillzustehen schien und ständig umherhuschte. Ihm entging weder die kleinste Bewegung noch der unbedeutendste Gesichtsausdruck von einem der Anwesenden. Der Mann war definitiv angespannt, wie die meisten Agenten, aber Frank musste zugeben, dass er fasziniert von ihm war. Zoelners Akte, die er auf dem Flug nach DC gelesen hatte, war definitiv sehr spannend gewesen.

Dann war da Ghost, der an der hinteren Wand lehnte, noch immer seine lederne Bikerkluft und das blutbefleckte Hemd trug und völlig deplatziert wirkte. Nicht, dass Frank geschniegelt und gebügelt gewesen wäre, Gott bewahre, aber Ghost hätte sich wenigstens ein anderes Hemd anziehen können, bevor er dem *Präsidenten* vorgestellt wurde. Er ging allerdings davon aus, dass dem Mann sein Erscheinungsbild im Moment völlig egal war.

Ghosts müdes Gehirn war mit etwas ganz anderem beschäftigt, und Frank hatte eine Ahnung, was das sein konnte, da er immer wieder unauffällige Blicke zu Ali warf, die sich die größte Mühe gab, nicht von dem steifen Sessel mit der hohen Lehne zu rutschen, auf dem sie sich niedergelassen hatte. Die Frau war in den letzten Tage förmlich durch die Hölle gegangen. Sie war überfallen worden, war bei zwei verschiedenen Gelegenheiten unter Beschuss geraten, sie hatte blaue Flecken und Abschürfungen davongetragen und überdies noch ihren Bruder verloren.

Nachdem er von ihrer Lage erfahren hatte, wollte der Verteidigungsminister die Details aus ihrem eigenen Mund hören, weshalb sie bei dieser Besprechung anwesend war.

Frank war dem Präsidenten dankbar dafür, dass er sie daran teilnehmen ließ, denn die arme Frau verdiente es mehr als jeder andere, mit anzusehen, wie Senator Aldus zur Strecke gebracht wurde.

Und wo er gerade vom Teufel sprach …

Ein lautes Klopfen kündigte die ungeduldig erwartete Ankunft des Senators an.

»Herein«, rief Präsident Thompson mit ruhiger, autoritärer Stimme. Zweifellos hatte ihm dieser Tonfall dabei geholfen, das Vertrauen der Bürger seiner Nation zu gewinnen. Frank musste zugeben, dass er sogar bei ihm seine Wirkung zeigte.

Als die beiden Agenten des Secret Service einen groß gewachsenen Mann mittleren Alters hereinführten, vergaß er Zoelner, Ghost und Ali, weil er den Senator sofort wiedererkannte. Er hatte Alan Aldus schon ein paarmal in den Abendnachrichten gesehen, wenn er irgendeinen Erfolg verherrlichte oder, was häufiger vorkam, die Fehler der Oppositionspartei schlecht machte.

Er erinnere sich noch, dass er gedacht hatte, der Mann sei ihm etwas zu aalglatt. Wie sich herausgestellt hatte, waren seine Instinkte richtig gewesen. Senator Aldus war nichts weiter als ein arrogantes Arschloch mit gestelzter Ausdrucksweise und einem schicken Anzug.

Frank hasste solche Typen.

»Senator Aldus«, sagte Präsident Thompson, »wir möchten Ihnen einige Fragen stellen.«

»Ich sage gar nichts«, fauchte Aldus und entzog den Agenten seine Arme. »Ich will meinen Anwalt sprechen!«

»Gut, Sie kriegen Ihren Anwalt«, zischte General Fuller, dessen Stimme so rau und belegt klang, dass sie das genaue Gegenstück zu Thompsons darstellte. In diesem Moment sah Fuller aus wie der harte Soldat, der er früher gewesen war. »Ich gehe davon aus, dass Sie in den nächsten Monaten so viel Zeit mit Ihrem Anwalt verbringen werden, dass Sie sein Gesicht bald nicht mehr ertragen können und sich nach den unsrigen sehnen werden.«

Aldus hässliches Gesicht wurde auf einmal puterrot, und Frank fragte sich, ob der Mann einen Herzinfarkt bekommen würde.

Bitte nicht. Das wäre viel zu einfach. Aldus sollte für das bezahlen, was er getan hatte.

»Wenn Sie nicht reden wollen, ist das auch in Ordnung«, besänftigte ihn Präsident Thompson, der seine langen Finger unter seinem sehr präsidentenhaft aussehenden Kinn verschränkte. »Das ist eigentlich auch gar nicht nötig, da wir alle Beweise bereits vorliegen haben, um Sie wegen Hochverrat anklagen zu können.«

»Verrat!«, wiederholte Aldus, in dessen Mundwinkeln sich Spuckefäden sammelten, die in seinem kirschroten Gesicht wie zwei weiße Fahnen wirkten. »Wie können Sie es wagen? Ich *liebe* mein Land!«

»Sie lieben Ihr Land so sehr, dass Sie seinen Feinden illegale Waffen verkaufen?« Präsident Thompson sah ernsthaft verwirrt aus. »Dann bin ich ja froh, dass ich nicht erfahren muss, was Sie getan hätten, wenn Sie Ihr Land hassen würden.«

»Als ich diese Waffen verkauft habe, waren sie noch nicht unsere Feinde«, erklärte Aldus, der nicht zu bemerken schien, dass er gerade ein Geständnis ablegte.

Frank bewunderte Präsident Thompsons Fähigkeiten. Der Mann musste ein verdammt guter Anwalt gewesen sein, bevor er beschlossen hatte, in die Politik zu gehen.

»Sie sind erst zu unseren Feinden geworden, als es Ihren dummen, lahmarschigen Politikern nicht gelungen ist, sie ausreichend zu bewaffnen, damit sie gegen die afghanische Taliban eine Chance hatten. Ich habe nur getan, was notwendig war, gottverdammt! Wovor Sie alle«, Aldus schwenkte den Arm, um alle Stabschefs in seine Aussage einzubeziehen, »viel zu große Angst hatten.«

»Ach, wirklich?«, entgegnete General Fuller, der Präsident Thompson damit zuvorkam, obwohl dieser bereits den Mund geöffnet hatte. Frank war überrascht, als Präsident Thompson einfach nur die Hände faltete, sich in seinem Stuhl zurücklehnte und offenbar bereit war, General Fuller das Verhör fortsetzen zu lassen. »Und wie ist das abgelaufen, Senator? Haben diese Waffen, die Sie den pakistanischen Stämmen verkauft haben, geholfen, die Taliban auszulöschen?«

»Nun ja …« Senator Aldus zögerte, und General Fuller sprang sofort darauf an. »Nein!«, bellte er und schlug mit der Faust auf den Schreibtisch des Präsidenten. Ali wäre beinahe von ihrem Sessel aufgesprungen, und die meisten Stabschefs machten ein betretenes Gesicht. Selbst Frank zog angesichts der Kühnheit des Generals eine Augenbraue hoch. Er warf dem Präsidenten einen schnellen Blick zu, weil er auf *dessen* Reaktion gespannt war, aber Thompson schien diese Unverfrorenheit gar nicht zu bemerken. Seine Miene blieb völlig ruhig und gleichgültig.

Interessant.

»Sie haben nicht dabei geholfen, die Taliban auszulöschen«, fuhr Fuller fort, auf dessen Gesicht sich seine Wut widerspiegelte, »weil die pakistanischen Stämme vor allem an Geld und Landbesitz interessiert sind und nicht an Frieden, Religion oder irgendeiner Ideologie, was Sie gewusst hätten, wenn Sie nicht so verdammt arrogant wären. Die Taliban sind ihnen scheißegal, aber es kommt noch besser! Denn, oh Wunder, die Taliban haben sie sogar dafür *bezahlt*, diese Waffen, die Sie aus derart patriotischen Gründen geliefert haben, einzusetzen. Nur, dass sie sie einsetzen sollten, um unsere Soldaten umzubringen!«

»Aber, aber …«, stammelte Senator Aldus.

»Nichts aber!«, brüllte Fuller, und Frank konnte nur die Arme verschränken und die rechtschaffene Wut des Generals bewundern.

Der Mann musste im Feld ein richtiges Monster sein.

»Wenn Sie nicht damit beschäftigt gewesen wären, herumzusitzen und sich als Gott des Krieges zu sehen, dann hätten Sie sich mal die Zeit nehmen sollen und all die polierten Dossiers lesen sollen, die auf Ihrem Schreibtisch gelandet sind. Dann hätten Sie nämlich gewusst, was wir«, General Fuller streckte seinen kräftigen Arm aus und bezog alle Anwesenden mit ein, wobei die vielen Medaillen an seiner Brust klapperten, »schon seit Jahren wissen: dass Pakistan das Epizentrum des islamischen Terrorismus ist. Die britische Regierung schätzt, dass etwa achtzig Prozent der Terrordrohungen, die dieses Land erhält, über Pakistani-Connections laufen. Und was ist mit Bin Laden? Ich kann zweifelsfrei behaupten, dass es niemanden aus dem militärischen Stab überrascht hat, dass er dort gefunden wurde. Da haben Sie gute Arbeit geleistet, Senator. Wie der Präsident bereits zu Beginn sagte: Sie haben unsere Feinde bewaffnet.«

Frank sah fasziniert mit an, wie Aldus' Blick durch den Raum sauste und nach einem Ausweg aus dieser Misere suchte.

Tut mir leid, Kumpel, aber dir kann keiner mehr helfen.

»Ich habe Kontakte«, stieß Aldus hervor, der plötzlich in sich zusammenzusacken schien und verzweifelt nach Halt suchte. »Ich werde Ihnen die Namen derjenigen geben, die mir geholfen haben, wenn Sie mir garantieren, dass mir nicht die Todesstrafe droht. Ich habe Dokumente, die meine Behauptungen untermauern. Ich werde Ihnen sagen, wer das Computersystem der Black Knights gehackt hat, um diesen falschen Auftrag in Syrien einzuschleusen.«

Diesen falschen Auftrag in Syrien …

Auf einmal verspürte Frank das dringende Bedürfnis, ein schönes Stück Blei in dem verräterischen Herzen des Senators zu versenken. Ärgerlicherweise hatte ihm der Secret Service die Waffen abgenommen, bevor er das Weiße Haus betreten durfte. Diese empfindlichen Schweinehunde.

Präsident Thompson drückte die Fingerspitzen gegeneinander und schien gründlich über das großzügige Angebot des Senators nachzudenken. Sie hatten schon darüber gesprochen, wie sie dem Senator die Namen seiner Helfershelfer entlocken konnten, und jetzt bot ihnen der Mann diese Namen sogar kampflos an.

Rückgratloses Schwein.

Frank unterdrückte den Drang, angeekelt auf den Boden zu spucken, denn der antike Teppich war vermutlich mehr wert, als er in seinem ganzen Leben ansparen konnte.

»Ich weiß nicht, Senator Aldus«, meinte Präsident Thompson. Der Mann war ein begnadeter Schauspieler, was ihm in seiner Position gut zupasskam. »Was denken Sie, Ms Morgan? Ihr Leben wurde durch die Taten dieses Mannes auf den Kopf gestellt. Denken Sie, wir sollten ihm einen Deal anbieten?«

Ali, die auf einmal kerzengrade auf ihrem Sessel saß, als sie vom Präsidenten angesprochen wurde, wusste, was sie zu tun hatte. Der Präsident und die Stabschefs hatten sie ausgiebig darüber informiert, wie der Prozess des Senators aller Wahrscheinlichkeit nach ausgehen würde, bevor der Mann hier eingetroffen war.

Eine Gefängnisstrafe war das Schlimmste, was der Senator zu erwarten hatte. Zum Glück war Aldus der einzige Mensch in diesem Raum, dem das nicht bewusst war.

»Vielleicht, Mr President«, antwortete sie, und Frank beobachtete, wie Aldus vor Dankbarkeit fast dahinschmolz. Der Mann schien in seinem Designeranzug immer kleiner zu werden. »Wenn er mir meine Fragen ehrlich beantwortet, dann habe ich nichts dagegen, dass Sie ihm einen Deal anbieten.«

Präsident Thompson neigte gebieterisch sein Haupt.

Frank beobachtete, wie es in Alis schmaler Kehle arbeitete, und er war schon besorgt, dass sie sich wieder übergeben müsste – der Magen dieser Frau behielt in etwa so viel bei sich wie ein defekter Feuerhydrant –, aber dann sah sie Senator Aldus mutig an.

»Haben Sie meinen Bruder foltern lassen, um herauszubekommen, wo die verschwundenen Dateien versteckt waren?«, fragte sie mit fester, kristallklarer Stimme.

Am liebsten hätte ihr Frank zu ihrem Mut gratuliert, aber er musste auch unbedingt die Antwort des Senators hören.

»Ja.« Aldus sah aus, als ob er gleich in Ohnmacht fallen würde, und seine blutunterlaufenen Augen klebten an Alis hübschem Gesicht, als wäre sie sein Anker im Sturm, seine einzige Rettung.

»Blödsinn!«, rief Ghost, und jeder Anwesende, Frank eingeschlossen, zuckte bei seinem unerwarteten Ausbruch zusammen. »Sie haben uns nie nach irgendwelchen Dateien gefragt. Sie haben uns überhaupt nichts gefragt!«

»Ich schwöre, dass das die Wahrheit ist!« Senator Aldus drückte tatsächlich flehentlich die Hände gegeneinander. »Ich lüge nicht. Ich habe sie angeheuert, von Morgan zu erfahren, wo sich die Dateien befinden, aber sie haben es nie herausgefunden, und dann sind Sie geflohen und Morgan ist ...«

»Offenbar sind Sie auch in diesem Fall übers Ohr gehauen worden, Senator«, knurrte Fuller. »Vermutlich sollte man mit so etwas rechnen, wenn man versucht, mit Terroristen zu verhandeln!«

»Pete!« Präsident Thompsons Stimme blieb bemerkenswert ruhig. Frank hatte noch nie erlebt, dass irgendjemand General Fuller mit dem Vornamen ansprach. Eigentlich war ihm bis eben nicht mal bewusst gewesen, dass der General überhaupt einen Vornamen *hatte*. Vermutlich war er davon ausgegangen, dass Fuller schon mit Bürstenschnitt und Waffe geboren worden war. »Bitte, lassen Sie Ms Morgan fortfahren.«

»Ich habe keine weiteren Fragen mehr, Mr President«, flüsterte Ali, in deren Augen Tränen schimmerten. »Ich wollte nur endlich wissen, wer für den Tod meines Bruders verantwortlich war.«

Oh nein!

Frank stieß sich von der Wand ab, aber es war bereits zu spät, um den schrecklichen Müll aufzuhalten, der aus dem verräterischen Mund des Senators kam.

»Ich habe Ihren Bruder nicht umgebracht, Ms Morgan.« Der widerliche Kerl sah fast schon erfreut aus, als er Ghost mit seinen Knopfaugen fixierte. Er tippte sich an sein spitzes kleines Kinn. »Das war das Werk von Nathan Weller und seinem großen, scharfen Messer.«

Ghost brüllte auf und wollte sich auf den Senator stürzen.

»Schafft ihn mir aus den Augen!«, rief Präsident Thompson über den Tumult hinweg, woraufhin die Secret-Service-Agenten den fluchenden und schreienden Aldus aus dem Raum führten. Zuvor jedoch reichte einer von ihnen General Fuller noch ein Handy.

»Das haben wir in seiner Tasche gefunden«, sagte der Mann, und Fuller nickte.

Frank hätte am liebsten gar nicht hingesehen, aber er konnte nicht anders. Er blickte zu Ali hinüber, und sofort verkrampfte sich sein Magen. Sie blinzelte wütend die Tränen weg, während sie in Ghosts wutverzerrtes Gesicht starrte. Der arme Mann stand in der Mitte des Raums und hatte die Augen geschlossen, als könnte er dadurch alles ungeschehen machen.

»Nate?«, wisperte sie. »Ist das wahr?«

Als Ghost die Augen öffnete, stand so viel unaussprechlicher Schmerz darin, dass Franks eigenes verhärtetes Herz drohte, aus Mitleid zu zerspringen.

»Ja«, flüsterte Ghost, dessen Stimme nur noch ein schwacher Hauch seines sonst so tiefen Timbres war.

Ali würgte, beugte sich vor und erbrach sich auf den antiken Teppich im Oval Office.

19

Heilige Scheiße.

In den vergangenen Tagen war Ali schon oft genug peinlich aufgefallen, aber jetzt hatte sie das Undenkbare getan.

Verstieß es gegen das Gesetz, sich im Oval Office zu übergeben?

Der Präsidenten durfte das bestimmt. Selbst er musste gelegentlich mal unter Magenverstimmung leiden, aber wie sah es bei einem Zivilisten aus?

Sie sah zu der großen Doppeltür hinüber, durch die die Agenten des Secret Service gerade den schreienden Senator hinausgebracht hatten, und wartete darauf, dass sie wieder hereingestürzt kamen, ihr Handschellen anlegten und sie ins Gefängnis warfen, weil sie Privatbesitz verunstaltet hatte oder … biologisch gefährliche Materialien in einem Regierungsgebäude verteilt hatte oder was auch immer.

Aber nein.

Es kamen keine schwarz gekleideten Männer mit ernsten Gesichtern angerannt, um sie wegzubringen.

Ein Glück. Sie war auch nicht für das Gefängnis geschaffen. Außerdem würde sie in einer engen Zelle eingehen.

Sie stieß die Luft aus und sah erneut in Nates Richtung, aber er war nicht mehr da. Dann rieb sie sich mit einer zitternden Hand über die bebenden Lippen und schluckte die bitter schmeckende Galle hinunter, die noch ihren Mund verätzte.

»Nate?« Sie drehte sich zu Frank um. »Wo ist er …«

»Lass Ghost jetzt am besten einige Minuten allein«, riet er ihr mit ernster Stimme.

Sie schien an ihren Tränen fast zu ersticken und konnte nur nicken.

Ein paar Minuten.

Die konnte sie ihm geben.

Und wenn er zurückkam, würde sie ihm sagen, dass sie sich nicht einmal vorstellen konnte, welche übermenschliche Kraft er hatte aufbringen müssen, um die Qualen ihres Bruders zu beenden. Denn anders konnte es nicht gewesen sein. Es gab keine andere Erklärung dafür.

Sie würde ihm sagen, dass sie sich eine Welt ohne ihn nicht mehr vorstellen konnte. Dass ihr nichts ferner lag, als in ihr biederes, langweiliges altes Leben zurückzukehren, nach allem, was passiert war, was sich zwischen ihnen beiden abgespielt hatte.

Und sie wollte ihm das Allerwichtigste sagen. Sie wollte ihm sagen, dass sie ihn liebte …

Aber die Sekunden wurden zu Minuten und die Minuten zu einer Stunde, während die Männer um sie herum weiter über Senator Aldus' Schicksal diskutierten.

Als sich Frank endlich zu ihr umdrehte, verriet ihr sein Gesichtsausdruck alles, was sie wissen musste.

Nate kam nicht zurück.

Hauptquartier von Black Knights Inc.
Sechs Wochen später …

»Machst du Urlaub?«, grummelte Frank, der im Türrahmen stand.

Becky sah auf und dann schnell wieder auf ihren Koffer hinab, den sie gerade schloss.

»Ja«, antwortete sie und drehte die Rädchen am Zahlenschloss, bevor sie den Koffer auf den Boden stellte und den Teleskopgriff herauszog.

»Hattest du vor, mir, *deinem Boss*, das auch irgendwann mal mitzuteilen?«

»Sobald ich die Treppe runtergegangen wäre, Boss«, sagte sie, drängte sich an Frank vorbei und ging auf die besagte Treppe zu. Sie konnte hören, wie seine schweren Stiefel ihr die Metallstufen hinunter folgten. Jeder widerhallende Schritt passte zu ihrem schweren Herzschlag.

So hatte sie das nicht tun wollen. Sie hatte auf ein paar ruhige Minuten gehofft, in denen sie eine kleine Abschiedsrede halten konnte, etwas Unbekümmertes und Gebildetes sagen, aber er hatte sie überrascht, bevor sie etwas vorbereiten konnte.

War das nicht mal wieder typisch?

Er schien ihr immer einen Schritt voraus zu sein. Als hätte er einen sechsten Sinn, wenn es um Störungen innerhalb seiner fein justierten kleinen Welt ging.

Und aus genau dieser Welt musste sie schnellstmöglich verschwinden, um nicht völlig verrückt zu werden.

»Wie lange?«, fragte er und war ihr noch immer auf den Fersen, während sie den langen Korridor entlang zur Vordertür ging.

»Einen Monat«, erwiderte sie und kämpfte gegen den plötzlichen Drang an, in Tränen auszubrechen. Seit Pattis Tod hatte sie sehr oft weinen müssen. Jedes Mal, wenn sie an dem kleinen Ziegelsteinhaus am nördlichen Ende des Geländes der Black Knights vorbeiging, in dem Dan und Patti gewohnt hatten. Jedes Mal, wenn sie diesen bemitleidenswerten Schatten von einem Mann sah, zu dem Dan geworden war. Jedes Mal, wenn sie bemerkte, wie Ghost auf seine Hände hinabstarrte, als wären sie die obszönsten Instrumente, die er je gesehen hatte. Jedes Mal, wenn ihr großer Bruder ihr einen besorgten Blick zuwarf und sie fragte, ob alles in Ordnung wäre. Sie antwortete darauf immer mit Ja, aber alle wussten, dass es eigentlich Nein heißen sollte. Und definitiv jedes Mal, wenn Frank wieder einen seiner geheimnisvollen Ausflüge in den Lincoln Park machte.

Ja, da hatte sich in den letzten sechs Wochen einiges angehäuft.

Und man musste kein Genie sein, um zu wissen, dass er dorthin fuhr, weil er Trost suchte.

Verdammt, sie alle brauchten Trost nach dem, was passiert war. Daher konnte sie es ihm nicht einmal wirklich verdenken, dass er Zuflucht in den Armen einer Frau suchte, aber andererseits tat sie es doch. Denn sie zerriss innerlich, wenn sie nur daran dachte.

Sie wurde tatsächlich langsam verrückt.

»Einen *Monat*«, wiederholte er ungläubig. »Du kannst uns doch nicht einen ganzen *Monat* allein lassen. Wir müssen zwei Motorräder ausliefern. Das erste muss in drei Wochen fertig sein.«

»Ozzie kann sich die Designs ausdenken. Er hat ein gutes Auge, und ich habe ihm das CAD-Programm gezeigt. Um die Herstellung kann sich Dan kümmern. Er macht doch im Moment sowieso nichts anderes, als zu arbeiten und sich um seinen Verstand zu saufen. Nur so kann er sich davon ablenken …« Sie schluckte schwer. »Du weißt schon.«

Als sie die Vordertür öffnen wollte, legte er ihr eine Hand auf die Schulter und sie blieb stehen. Sie holte tief Luft, bevor sie sich umdrehte und ihm ins Gesicht sah.

»Er lenkt sich nicht davon ab«, meinte er, und auf seinem Gesicht zeichneten sich Hilflosigkeit und Empörung ab, was die Narbe in seinem Mundwinkel noch stärker zur Geltung kommen ließ. »Er geht der ganzen Situation völlig aus dem Weg.«

»Wir trauern alle auf unsere eigene Weise, Boss«, entgegnete sie mit sanfter Stimme und runzelte die Stirn, als er zusammenzuckte. »Was ist?«

»Wirst du mich nie wieder mit meinem Namen anreden?«

Seit dem Tag, an dem er ihr zu verstehen gegeben hatte, dass er ihr nie gestatten würde, ein vollwertiges Teammitglied zu werden, was ihr größter Traum war, und dass er sogar absichtlich ihre Bemühungen sabotieren würde, hatte sie aufgehört, ihn als Privatperson anzusehen, und ihn stattdessen einfach als ihren Vorgesetzten betrachtet.

Zumindest hatte sie es versucht.

An manchen Tagen funktionierte es. An anderen nicht. Die Tage, an denen er in den Lincoln Park fuhr, fielen eindeutig in die zweite Kategorie.

»Ich weiß es nicht«, flüsterte sie, schüttelte den Kopf und hatte das Gefühl, als wäre gerade eine Bowlingkugel in ihren Magen gefallen.

Sie wollte einfach nur noch weg von Black Knights Inc. Weg von dem tief sitzenden Schmerz und der alles umfassenden Trauer. Weg von all den schrecklichen Erinnerungen an das, was passiert war, und all den zerbrochenen Träumen, die sich niemals realisieren ließen.

Frustration machte sich auf seinem zerklüfteten Gesicht breit. »Gut«, knurrte er. »Du kannst mich nennen, wie du willst.«

Würde es ihn stören, wenn sie ihn ab sofort Arschloch nannte? Denn genau das war er, ein Arschloch. Vor zwei Monaten hätte sie ihm diesen Spruch hingeknallt. Jetzt hatte sie weder die Kraft noch den Wunsch, sich mit ihm zu streiten.

»Die Tatsache bleibt bestehen«, beharrte er, »dass wir es uns nicht leisten können, dich einen ganzen Monat lang zu verlieren.«

»Ich hatte seit über zwei Jahren keinen Urlaub mehr. Jetzt nehme ich mir vier Wochen. Wie gesagt, Dan und die anderen können sich um die Bestellungen kümmern. Außerdem ist das eine gute Gelegenheit für unsere neuen Rekruten, sich die Hände schmutzig zu machen. Es wäre gut, wenn die Knights den Neuen dabei helfen würden, sich ein Konzept und ein Design für ihr eigenes Motorrad auszudenken. Vielleicht entsteht ja so ein wenig Kameradschaft, wer weiß?«

Er machte den Mund auf, aber sie hob eine Hand und hielt ihn davon ab, etwas zu sagen. »Ich bitte nicht um Erlaubnis. Ich teile es dir mit. Ich nehme mir diesen Monat frei. Ich brauche mal eine Pause. Über diesem ganzen Laden hängt eine schwarze Wolke, die mich langsam erdrückt. Ich drehe durch, wenn ich nur noch eine einzige Stunde hier verbringen muss.«

Er klappte den Mund zu, und sie sah unbeteiligt mit an, wie er die Muskeln in seinem Kiefer anspannte.

Er würde sie nicht feuern. Oder vielleicht doch.

Interessierte es sie überhaupt?

Wow, selbst das konnte sie nicht einmal mehr mit Gewissheit sagen.

»Wo fährst du hin?«, wollte er schließlich wissen, während in seinen Augen resignierter Zorn loderte.

»Auf die Seychellen und danach nach Madagaskar«, antwortete sie. »Ich begleite eine Freundin, die dort Forschungen für ihre Doktorarbeit macht.«

»Das ist ganz schön weit weg.«

»Darum geht es doch gerade.«

Dann schwiegen sie beide, und er musterte ihr Gesicht. Die Moleküle in der Luft zwischen ihnen begannen zu vibrieren.

Wo war das verdammte Messer, mit dem man die Luft durchschneiden konnte, wenn man es brauchte?

»Du läufst doch nicht weg vor …« Er strich sich mit einer Hand durch das Haar und zuckte zusammen, als er seine verletzte Schulter bewegte. Sie hätte ihm am liebsten gesagt, dass er sich endlich operieren lassen sollte, aber sie wusste, dass das nichts brachte. Er wollte nicht für unbestimmte Zeit arbeitsunfähig sein, bis die Genesung abgeschlossen war.

Er war eben dickköpfig. Dickköpfig wie ein Esel.

Doch glücklicherweise war das den ganzen nächsten Monat lang nicht ihr Problem. »Was ich sagen wollte, ist«, fuhr er zögerlich fort, »dass *ich* hoffentlich nicht der Grund dafür bin, dass du wegläufst und einmal um die halbe Welt fährst. Oder bin ich es?«

»Ich laufe weder vor dir noch vor sonst jemandem weg«, versicherte sie ihm und log ihm direkt in sein schrecklich besorgtes Gesicht. »Aber ich komme mal von allem weg.«

»Aber du kommst doch wieder?«

Auf einmal fühlte sie sich unglaublich müde.

»Ich komme wieder. Wer sollte denn sonst für meine wöchentliche Maniküre und Pediküre bezahlen? Außerdem muss ich mir ja auch irgendwie mein Essen verdienen.« Sie versuchte ein Lächeln, aber seiner Miene nach zu urteilen missglückte es.

»Okay.« Er neigte ruckartig den Kopf, bevor er ihr galant die Vordertür aufhielt. Die warme Septembersonne drang in den Flur und blendete sie kurzzeitig. Sie nutzte sie als Ausrede, um ihre Sonnenbrille aufzusetzen, und hoffte, dadurch auch zu verbergen, dass in ihren Augen unerklärlicherweise Tränen glitzerten. »Genieß deinen Urlaub, Rebecca. Entspann dich. Lass deine Sorgen von der Sonne vertreiben.«

Als ob das so einfach wäre. Aber vielleicht, ganz vielleicht, fand sich ja ein netter Junge, der ihr dabei helfen konnte, ihr gebrochenes Herz wieder zu reparieren.

Ja, klar, und vielleicht schneite es ja auch in der Sahara.

»Soll ich dich zum Flughafen bringen?«, fragte er, nahm ihr den Koffer ab und ging neben ihr auf das Tor zu. »Ozzie behauptet, das neue Getriebe, das du in den Hummer eingebaut hast, wäre weich wie Butter, aber ich würde damit gern eine Testfahrt machen, bevor Steady das Ding in die Finger bekommt und wieder alles kaputt macht.«

Becky konnte nicht anders. Ihr Blick wanderte automatisch zu der Stelle auf dem Asphalt, an der Patti ihr Leben ausgehaucht hatte. Ihr Blut war längst weggeschrubbt worden, aber sie würde immer genau wissen, wo sie gelegen hatte.

Sie konnte gar nicht schnell genug von hier wegkommen.

»Nein, ich nehme die Blue Line«, entgegnete sie und bezog sich damit auf die berühmte Chicagoer Zugstrecke. Sie holte tief Luft und nahm die vertraute Mischung aus Autoabgasen und dem feuchten, fischigen Duft des Chicago River in sich auf. Der Wind kam aus Richtung der Blommer-Schokoladenfabrik, sodass alles von Kakaoduft überlagert war.

Sie war hier in der Nähe aufgewachsen. Das war der Geruch von Zuhause.

Aber im Moment spendete er ihr keinen Trost. Sie sehnte sich nach dem süßen Duft von Sonnenmilch und dem würzigen Aroma von Kokosnusscurry. Alles, was sie von Frank Knight, ihren zerbrochen Träumen und der Verzweiflung, die wie eine Krankheit über diesem Ort hing, ablenkte, war ihr recht.

»Wir sehen uns in einem Monat«, versicherte sie ihm und nahm ihm den Koffer ab. Sie zuckte fast unmerklich zusammen, als sich ihre Finger berührten.

»Ein Monat«, murmelte er und sah sie ernst und prüfend an.

Sie wandte sich schnell ab, da sie das besorgte Glitzern in seinen Augen nicht ertragen konnte.

Ohne sich noch einmal umzusehen, hastete sie die Cherry Street hinunter. Erst als sie in die North Avenue einbog, atmete sie erleichtert auf.

Sie hatte einen Monat, um sich zusammenzureißen, um zu versuchen, die alten Träume durch neue zu ersetzen.

Aber … Bevor sie den großen, blauen Ozean überquerte, musste sie noch an der Ostküste haltmachen.

Es klopfte an ihrer Tür.

»Verdammt!«, kreischte Ali und ließ den frisch gebackenen Keks, den sie sich gerade in den Mund stecken wollte, fallen. Da gab sich jemand die größte Mühe, ihre Tür aus den Angeln zu heben.

»Alisa Morgan!«, rief eine vertraute Stimme durch das dicke Holz. »Mach sofort auf! Ich weiß, dass du da bist!«

Sie stolperte über ihren neuen Teppich und stieß sich den kleinen Zeh am Sofa – *au, au, au!* –, weil sie so schnell zur Tür hastete.

»Was in drei Teufels Namen machst du denn hier, Becky?«, wollte sie wissen und hüpfte auf einem Bein, während sie ihren schmerzenden kleinen Zeh mit einer Hand festhielt.

»Ich bin hier, um dir Verstand in deinen starrsinnigen, irrationalen, gottverdammt irrigen Schädel einzutrichtern«, zischte Becky und drängte sich in Alis Wohnung, während sie einen kleinen Rollkoffer hinter sich herzog.

Großer Gott, wollte die Frau etwa bei ihr einziehen?

»Das waren aber ziemlich viele Adjektive«, erklärte sie und beäugte den Koffer verwirrt und verständnislos. Ihren schmerzenden Zeh hatte sie längst vergessen.

»Jetzt komm mir nicht auf die Lehrerinnentour, und hör auf, meinen Koffer anzustarren, als würden ihm gleich Zähne wachsen, damit er dich beißen kann. Ich bleibe nicht hier. Du bist nur ein kleiner Zwischenstopp auf einer Reise, die mein Leben verändern wird.«

»Wo willst du …«

Becky wedelte ungeduldig mit der Hand durch die Luft. »Das ist unwichtig. Wichtig ist, dass du richtig Mist gebaut hast, und wenn du nicht schnellstmöglich deinen Hintern nach Chicago bewegst und die Sache wieder in Ordnung bringst, werde ich dich windelweich prügeln. Das ist mein voller Ernst.«

»Ich verstehe …«

»Das ist mir klar«, unterbrach Becky sie. Dann stellte sie ihren Koffer ab und dehnte tatsächlich die Finger und ließ die Knöchel knacken, als wäre sie ein Boxer, der gleich in den Ring steigen wollte. Dann rollte sie ihren hübschen blonden Kopf nach links und rechts, um die Halsmuskeln zu lockern. »Du hast Ghosts unerschütterliche Hingabe gar nicht *verdient*. Du weißt ja nicht, was für unvorstellbare Schuldgefühle er hat, weil er seinem besten Freund das Leben nehmen musste, ja, *musste*. Du hast nicht das Recht, ihm für Griggs Tod die Schuld zu geben, denn das, was er getan hat, war ein verdammt mutiger Akt der Gnade! Du …«

»Du hast recht«, gestand Ali leise und verzog das Gesicht, als sich der Schmerz, den sie seit sechs Wochen in ihrer Brust spürte, dermaßen ausbreitete, dass sie kaum atmen konnte.

Nate. Der wundervolle, loyale, tapfere Nate. *Warum gehst du nicht ans Telefon, wenn ich anrufe?*

»Habe ich das?« Becky hörte auf, von einem Fuß auf den

anderen zu hüpfen, und sah kurz verwirrt aus. Dann schüttelte sie den Kopf wie ein nasser Hund. »Natürlich habe ich recht.«

Verdammt. Ali würde gleich anfangen zu weinen, wenn sie nicht schnell etwas tat, um sich abzulenken. Als sie in Beckys vertraute braune Augen sah, sehnte sie sich auf einmal danach, Nate wiederzusehen. Sie wollte in seinem entschlossenen Gesicht nach diesen so selten aufflackernden süßen Emotionen Ausschau halten, seine tiefe Stimme hören, die wie immer nur ein paar Worte sagte, ihn berühren, die Vitalität seines Körpers spüren, wenn auch nur im Vorbeigehen.

»Ich wollte mir gerade einen Tee machen und ein paar Kekse essen«, murmelte sie an dem harten Knoten in ihrer Kehle vorbei. »Bist du dabei?«

»Äh, klar. Warum nicht?« Offensichtlich war Becky etwas verlegen. Sie drückte die Hände gegeneinander und sah sich unsicher um. Sie hatte wohl nicht damit gerechnet, dass Ali ihr sofort zustimmte.

Ali bedeutete Becky, ihr in die Küche zu folgen, und dort holte sie erst einmal tief Luft und schluckte ihre dummen, dummen Tränen hinunter. Wenn sie jetzt anfing, dann würde sie nie wieder aufhören, und das würde sie Becky kaum erklären können.

Vermutlich nicht.

»Setz dich«, forderte sie Becky auf und deutete auf den kleinen schmiedeeisernen Bistrotisch in der Ecke, während sie Tee kochte.

»Wow. Schick«, murmelte Becky, als Ali das antike Silberservice auf den Tisch stellte.

Sie lächelte traurig. Für eine so kleine, feminin wirkende Frau war Rebecca Reichert erstaunlich zäh. In den letzten sechs Wochen hatte sie sich mehr als einmal gewünscht, Beckys Schneid zu haben.

Sie goss ihnen Tee ein und überlegte, wie sie ihre nächste Frage am besten stellen konnte, ohne jämmerlich zu klingen.

Ach, scheiß drauf.

»Wie geht es ihm?«, stieß sie hervor.

»Wem?«, fragte Becky, die gerade einen Keks im Mund hatte. »Ghost? Furchtbar. Es ist schlimm genug, dass er …« Sie wedelte mit dem Rest ihres Kekses in der Luft herum. »Du weißt schon, was er halt tun musste. Aber dann gibst du ihm auch noch die *Schuld* …«

»Aber das habe ich doch gar nicht«, verteidigte sie sich. »Ich habe ihm nicht die Schuld an Griggs Tod gegeben, und ich verurteile ihn auch nicht dafür. So gut solltest du mich doch eigentlich kennen. Ich weiß, dass er …« Himmel, es war fast zu schrecklich, um es überhaupt in Worte zu fassen. Frank hatte ihr die Akte über den ganzen furchtbaren Zwischenfall gegeben, weil er fand, dass sie es verdient hatte, endlich alles zu erfahren.

Sie hatte die Schrecklichkeiten neben der Toilette auf den kalten Badezimmerfliesen sitzend gelesen. Sofort danach hatte sie die Akte verbrannt und die Asche in ihren Mülleimer geworfen. Als könnte sie dadurch erreichen, dass diese abscheulichen Worte nie existiert hätten. Aber sie sah sie noch immer gelegentlich vor sich, wenn sie die Augen schloss …

Sie würgte, als ihr eine ganz bestimmte Szene wieder durch den schmerzenden Kopf schoss, doch dann schaffte sie es, sie auszublenden.

Sie würde nicht schon wieder zusammenbrechen. Sie hatte ohnehin das Gefühl, dass ihr das in letzter Zeit viel zu oft passierte.

»Ich weiß, dass er es getan hat, weil es keine andere Möglichkeit gab. Der Mut, den er an diesem Tag bewiesen hat, war ein Geschenk an meinen Bruder«, wisperte sie und schluckte mehrmals, während sie in ihren Tee starrte und dann die Augen schloss.

Oh Nate.

»Ich habe *versucht*, ihn anzurufen, bevor ich Washington verlassen habe«, flüsterte sie. »Auch in der Woche darauf habe ich es jeden Tag versucht. Er ist nie drangegangen.«

»Ja.« Becky nickte. »Wir haben es alle versucht. Ich glaube, dieser Blödmann ist in eine Art selbst auferlegtes Exil gegangen. Aber jetzt ist er wieder da. Du solltest zu ihm gehen.«

Wenn es doch nur so einfach wäre.

»Er will mich nicht.«

»Ach was?« Becky Miene machte ihr deutlich, dass sie eine Närrin war.

»Ich kann seine Zurückweisung nicht noch einmal ertragen«, brachte sie heraus. »Nicht, wenn ich ihn so sehr brauche.«

»Moment mal.« Becky hielt eine Hand in die Luft. »Du kannst seine Zurückweisung nicht *noch einmal* ertragen? Was redest du denn da? Wann hat dich Ghost zurückgewiesen?«

Ali spürte, wie sie rot wurde. Sie wollte das Becky eigentlich nicht erzählen, aber sie wusste, dass diese erst lockerlassen würde, wenn sie eine zufriedenstellende Erklärung bekommen hatte. »Als wir in diesem Motel waren, haben wir … äh … gewissermaßen …«

»Ihr habt euch geliebt?«, fiel Becky ungeduldig ein.

»Ja.« Es war definitiv Liebe gewesen, zumindest von ihrer Seite. »Danach hat er mir zu verstehen gegeben, dass er an nichts außer dieser einen Nacht interessiert war.«

Verflixt. Eine einzelne Träne rann ihre Wange hinunter. Sie wischte sie mit ihrer zitternden Hand weg und hoffte, dass es die einzige bleiben würde, dass der Damm, hinter dem sie die überwältigende Last ihres Liebeskummers verbarg, halten mochte.

»Darf ich dir eine persönliche Frage stellen?«

»Ach, *jetzt* werden wir also persönlich?« Beinahe hätte sie gelacht, und sie war froh über die Ablenkung.

Becky verdrehte die Augen. »Wie dem auch sei. Ich will eigentlich nur eines wissen.«

Ali schluckte schwer und nickte. »Und das wäre?«

»Liebst du ihn?«

Mit ihrem ganzen gebrochenen Herzen. »Ja«, hauchte sie und gab es zum ersten Mal laut zu.

»Tja, worauf wartest du dann noch, Schwester?« Becky schlug mit der Handfläche auf den Tisch, und das Teeservice wackelte. »Zieh los und hol ihn dir.«

»Aber ... hast du mir überhaupt zugehört? Er will mich nicht!«, erklärte sie und war verblüfft, dass Becky das überhaupt vorschlug. »Er hat es mir in dem Motel klar und deutlich gesagt, und es war mehr als offensichtlich, als er nicht ans Telefon gegangen ist.«

»Quatsch!« Becky wedelte abwehrend mit der Hand durch die Luft. »Er ist dir nur aus dem Weg gegangen, weil er dachte, dass er dich nicht haben kann. Weißt du«, sie verdrehte die Augen, als sie Alis Verwirrung bemerkte, »er glaubte, du würdest ihm die Sache mit Grigg niemals vergeben.«

»Aber im Oval Office hat er ...«

»Ich weiß, was da alles passiert ist«, unterbrach sie Becky. »Er ist abgehauen. Aber was hast du denn erwartet? Er wollte sich deinem Hass und deinen Anschuldigungen nicht aussetzen, da er sich bereits selbst die Schuld dafür gibt und sich hasst.«

War das möglich?

»Hat er dir das gesagt?«, fragte sie hoffnungsvoll, während es ihr gleichzeitig die Kehle zuschnürte.

»Machst du Witze?« Becky sah sie ungläubig an. »Ghost

redet mit niemandem, aber das steht hier nicht zur Debatte. Ich weiß, was ich mit eigenen Augen gesehen habe. Er will dich, so einfach ist das, selbst wenn er es selbst noch nicht weiß. Männer wissen selten, was sie wollen … oder was gut für sie ist. Das liegt daran, dass sie den Kopf metertief im Sand stecken haben«, sagte sie voller Ernst. »Die viel wichtigere Frage ist: Willst du ihn? Bist du bereit, die Opfer zu bringen, die nötig sind, um ihn zu retten?«

20

Als Nate mitgeteilt wurde, dass am Tor Besuch auf ihn wartete, war Ali die letzte Person, mit der er gerechnet hätte.

Er traute seinen Augen kaum, als er sah, wie sie am Fenster des neuen, verbesserten Wachhäuschens lehnte, kicherte und mit Manus scherzte, der sich von seinen Verletzungen fast vollständig erholt hatte und rot wurde wie ein kleiner, verliebter Schuljunge.

Nate taumelte und kämpfte gegen den Drang an, auf die Knie zu fallen und sie um Vergebung zu bitten … für alles. Dafür, dass er diese verdammten Seile nicht früher durchgebissen hatte, um Griggs Leben zu retten. Für all die Jahre, die sie sich unwohl gefühlt hatte, weil er den unnahbaren Schneemann spielen musste. Dafür, dass er sie in der Nacht, in der sie in sein Schlafzimmer gekommen war, so mies behandelt hatte. Für die gemeinen, unverschämten Dinge, die er ihr an dem Morgen im Happy Acres an den Kopf geworfen hatte. Dafür, dass er ein Feigling war und ihre Anrufe nicht annahm, damit er den Hass und die Trauer in ihrer süßen, fröhlichen Stimme nicht hören musste.

»Was machst du hier, Ali?«, fragte er stattdessen, während sein dummes Herz ihm fast aus der Brust zu springen drohte.

Sie drehte sich lachend zu ihm um, und alles, was er noch denken konnte, war, dass die schönste Frau der Welt vor ihm stand.

»Wow.« Sie grinste, und dieser ebenso süße wie freche Gesichtsausdruck warf ihn beinahe um. Er hatte Hunger, Dehydrierung, gebrochene Knochen, Schusswunden und Folter überlebt, aber Alis Lächeln war genug, um ihn fertigzumachen. »Warum habe ich nur das Gefühl, diese Situation zu kennen?«

Er konnte ihr keine Antwort geben, da er gerade einen langsamen, qualvollen Tod starb.

Dann lief sie los … auf ihn zu.

Er wappnete sich für die Schläge, die er verdient hatte, aber …

Sie küsste ihn.

Da waren diese heißen, kleinen Küsse, die sie auf sein ganzes Gesicht drückte … Sie schlang ihre glatten, schlanken Arme um seinen Hals und … *großer Gott*, dann vergrub sie ihre Finger in den Haaren in seinem Nacken.

Er träumte. Anders konnte es nicht sein.

Ali hasste ihn, weil er ihren Bruder getötet hatte. Sie hasste ihn für all die Jahre, in denen er nur finstere Blicke und noch dunklere Gedanken für sie übrig gehabt hatte. Sie hasste ihn für seine ständige Zurückweisung und die unverzeihliche Art, wie er sie behandelt hatte, nachdem er den Forderungen seines Körpers endlich nachgegeben hatte. Sie hasste ihn aus all den Gründen, aus denen sie ihn hassen *sollte*.

Dann war das also ein Traum. Ein süßer, wunderbarer Traum, denn sie konnte unmöglich wirklich hier sein und sich an ihn klammern, als ob sie nie wieder weggehen würde, ihn mit zärtlichen Küssen bedecken und ihm zuraunen, wie sehr sie ihn vermisst hatte.

Seltsam war nur, dass sie sich so real in seinen Armen anfühlte, so weich und lebendig …

Geißblatt.

Er atmete den köstlichen Duft von Geißblatt tief ein.

»Ali?« Er rückte ein Stück von ihr ab und sah ihr in die goldenen Augen, und was er dort entdeckte, verschlug ihm den Atem …

»Ich liebe dich«, hauchte sie, und die Welt schien stillzustehen.

Er schüttelte den Kopf und fasste es nicht, konnte es nicht glauben. »Aber … aber …«

»Und es ist mir egal, ob du mich nicht liebst, weil du es tun *wirst*. Außerdem *brauchst* du mich, ob dir das klar ist oder nicht.«

»Aber … aber …« Äh, wieso klang er wie eine leiernde Schallplatte?

»Und es tut mir leid, dass ich dir das nicht schon früher gesagt habe. Ich hätte es gesagt, wenn du an dein blödes Telefon gegangen wärst, aber … danke. Danke, dass du das an diesem schrecklichen Tag für Grigg getan hast.«

Das war's.

Er fiel auf dem Asphalt auf die Knie, ignorierte die Schmerzen in seinen Kniescheiben, und Ali, die er in seinen Armen hielt, wurde mit nach unten gezogen.

»Scht«, besänftigte sie ihn, während die warme Septembersonne auf sie beide herunterstrahlte und das winzige Funkeln triumphierend zu begrüßen schien, das in seiner dunklen, gepeinigten Seele aufflackerte.

Und … ja, das waren seine Tränen, die heiß und feucht in ihr weiches Haar fielen, während er so heftig zitterte, dass er glaubte, ihre Zähne klappern zu hören.

»Scht, Nate«, sagte sie erneut und drehte den Kopf ein wenig, um seinen zuckenden Hals zu küssen.

Ihr Atem war warm, so warm.

»Sag das noch mal«, keuchte er und konnte es noch immer nicht glauben …

»Scht, Nate«, flüsterte sie und drückte die Lippen an seinen Kiefer.

»Nicht das, das andere.«

»Danke, dass du …«

»Nein«, unterbrach er sie, und sein Herz konnte die Spannung kaum noch ertragen. Hatte er halluziniert? Hatte sie es wirklich gesagt? »Das *andere*.«

Ihre weichen Lippen drückten sich gegen sein Kinn. »Ich liebe dich, Nathan Douglas Weller.«

»Ali!« Er drückte sie an seine Brust und fand ihren wunderbaren Mund, während sein Herz aufblühte und zu wachsen begann.

Er küsste sie mit allem, was er hatte, zeigte ihr mit den Lippen, den Zähnen und der Zunge, wie grenzenlos seine Liebe war. Sie erwiderte seinen Kuss ebenso leidenschaftlich, und vermutlich hätten sie langsam angefangen, sich auszuziehen, wenn sich Manus nicht diesen Moment ausgesucht hätte, um sich zu räuspern.

Ali zog sich zurück und lachte atemlos. »Lass uns …«

»… reingehen«, beendete er den Satz, zog sie auf die Beine und lief mit ihr auf die Werkstatt zu.

»Nate!«, kreischte sie, als er hastig die große Metalltür aufriss, die mit einem lauten Knall gegen die Wand prallte, um dann durch den Flur und die Treppe hinauf zum Konferenzraum zu laufen, sie die ganze Zeit hinter sich herziehend. »Nicht so schnell. Wir haben alle Zeit der Welt, um …«

»Schön, dich wiederzusehen, Ali«, sagte Ozzie, als sie an seinen Computern vorbeiliefen.

»Freut mich auch, Ozzie«, erwiderte sie und zerrte an Nates Hand, als wollte sie stehen bleiben und sich mit Ozzie unterhalten. In so einem Augenblick!

Sie war völlig verrückt, wenn sie glaubte, er würde auch nur eine Nanosekunde langsamer werden, bevor er sie allein für sich und endlich ausgezogen hatte.

Als sie versuchte, ihn anzuhalten, warf er Ozzie einen mörderischen Blick zu und hob diese wunderbare, verrückte, *langsame* Frau auf seine Arme.

»Nate!«, kreischte sie, als er in den dritten Stock lief und dann losrannte, wirklich *rannte*, bis sie sein Zimmer erreicht hatten, wo er die Tür mit dem Stiefel hinter ihnen zustieß.

»Das war sehr unhöflich.«

»Hmpf.« Er warf sie aufs Bett und stürzte sich auf sie. Sie kicherte verführerisch und schlang die Beine um ihn, packte seine Schultern und eroberte seinen Mund.

Sie mochte seine Wildheit.

Er war sich nicht sicher, wer wem was auszog, aber innerhalb von Sekunden waren sie beide nackt und er drang in das heißeste, süßeste Zuhause vor, das er je gekannt hatte.

»Sag es noch mal«, hauchte er.

»Ich liebe dich«, wisperte sie und bog sich unter ihm durch, nahm alles, was er ihr geben konnte, und schenkte ihm dafür alles, was sie hatte.

Einige Zeit später waren sie beide befriedigt, keuchten und spürten noch die letzten Beben ihres Höhepunkts, während sie an dieser süßen, heißen Stelle miteinander verbunden blieben. Als er wieder ruhiger atmen konnte, stützte er sich auf einen Ellenbogen und strich ihr eine feuchte Haarsträhne zur Seite, die sich in ihrem Mundwinkel verfangen hatte.

»So …«, sagte er und konnte nicht anders, als diese weichen Lippen sanft zu küssen.

»So …«, äffte sie ihn nach, schlug ein funkelndes Auge auf und grinste ihn auf die Art an, die er so sehr liebte.

»Ich, äh … also, ich denke, wir sollten … Was ich meine, ist … ähm, würdest du … willst du …« Großer Gott, er war so ein Idiot. Wenn es wirklich drauf ankam, konnte er die Frage einfach nicht aussprechen.

»Würde ich was, Nate? Es noch einmal tun? Musst du da

überhaupt fragen?« Sie kicherte, klemmte ihren Fuß hinter seinen Po und wackelte mit den Hüften.

»Nein. Ich meine, *ja*.« Er drückte das Becken nach vorn, weil es so unglaublich war, sie um sich herum zu spüren … *Puh!* Es war unvergleichlich. Aber das war es nicht, was er eigentlich sagen wollte.

»Ali, würdest du …«

»Das hier tun?«

Sie zog ihre Vaginalmuskeln zusammen, und er begann zu schielen. »Das funktioniert«, keuchte er. Oh Mann, und wie es funktionierte. »Aber, Ali, würdest du …«

»Ja.«

Er lächelte, auch wenn es ihm verdammt schwerfiel, sich auf etwas zu konzentrieren, das nichts mit der reinen körperlichen Freude zu tun hatte, sie in seinen Armen zu halten. »Du weißt doch noch nicht mal, was ich dich fragen will.«

Ihr süßes, heißes Grinsen erhellte seine ganze Welt. »Das ist egal, Nate. Die Antwort ist immer dieselbe … *Ja*.«

»Heirate mich«, stieß er hervor, denn wenn es darum ging, diese Frage auf sanfte, romantische Weise zu stellen, dann versagte er und brachte nichts als Blödsinn heraus.

»Dich heiraten?« Ihre wunderschönen goldenen Augen weiteten sich und spiegelten ihre unendliche Liebe wider.

Er schluckte schwer und nickte, und sein dummes Herz klopfte wie verrückt.

»Tja.« Sie schürzte die Lippen.

Jetzt schien sein dummes Herz noch verrückter zu spielen, in seiner Kehle brannte es wie Feuer, und seine Augen tränten.

»Das hängt davon ab«, fuhr sie fort.

Er würde alles für sie tun. Die Knights verlassen, Autoverkäufer werden, die Phantom verkaufen, ihre Kindergartenkinder unterrichten …

Sie lächelte dieses Mona-Lisa-Lächeln und setzte seinen Lieblingstrick ein: Sie ließ ihn zappeln.

»Wovon?«, fragte er schließlich, als er es keine Sekunde länger ertragen konnte. »*Wovon* hängt es ab?«

»Davon, ob du glaubst, dass du mich mit der Zeit auch lieben kannst.«

»Ob ich …« Er schüttelte ungläubig den Kopf. »Süße, ich liebe dich seit dem Moment, in dem ich dich das erste Mal gesehen habe.«

»Mmm.« Sie schloss die Augen. »Das klingt schön. Daran könnte ich mich gewöhnen.«

»Ich liebe dich«, hauchte er und hielt ihr schönes Gesicht zwischen seinen Handflächen, um sanft ihre Augenbrauen zu küssen, ihre Wangen, ihre Nase …

»Ich liebe dich«, flüsterte er erneut an ihren Lippen, beugte sich hinunter, und dann …

»Wie?«, fragte er sie, während sein wildes Herz auf einmal erstarrte.

»Wie was?« Sie schlug die Augen auf und sah ihn an, wie eine Katze eine große Schüssel voll Sahne ansehen würde. Wenn sie ihn so anblickte, dann wollte er …

Nein. Er schüttelte den Kopf. Bevor sie weitermachten, musste er es wissen.

»Wie kannst du mich nach dem, was ich getan habe, lieben?«

Ihre süße kleine Nase kräuselte sich, und sie zog die Augenbrauen hoch. »Was du getan hast? Du hast das Loyalste, Mutigste, Selbstloseste getan, von dem ich je gehört habe, Nate. Wie könnte ich dich da nicht lieben?«

»Aber du … du hast dich übergeben, als du es erfahren hast …«

»Ich habe mich übergeben, weil ich den schwächsten Magen der Welt habe und mir so etwas ständig passiert. Das hatte nichts mit Schuldzuweisungen zu tun, Nate. Nur mit Mitgefühl. Als mir klar wurde, was das für dich bedeutet haben muss, da … da bin ich zusammengebrochen. Ich habe mein Mittagessen auf den schönen Teppich im Oval Office gespuckt. Und dann bist du rausgerannt und wolltest meine Anrufe nicht entgegennehmen, daher dachte ich, du willst mich oder mein Mitgefühl nicht.«

Es war, als ginge die Sonne auf. Die Last seiner Schuld, die er so lange mit sich herumgetragen hatte, wurde von ihrer Liebe beseitigt, und er sah für seine Zukunft nichts als Magie und … *Licht*, bis in alle Ewigkeit.

»Oh Ali.« Er berührte sanft ihre Lippen mit seinen. »Ich habe dich immer begehrt. Ich habe dich immer gewollt. Ich habe mich nur so benommen, weil ich es nicht hätte ertragen können, wenn du …« Er schüttelte den Kopf und schluckte mehrmals. »Ich dachte, du würdest mir nie verzeihen können, wenn du es jemals herausfinden würdest …« Sie legte ihm zwei Finger auf die Lippen.

»Ich weiß, was du gedacht hast.« Sie schürzte die Lippen und schüttelte den Kopf. »Du hast mich wieder einmal unterschätzt. Daran müssen wir noch arbeiten.«

»Ali.« Er vergrub seine Nase in ihrem süß duftenden Haar und staunte über die Tatsache, dass sie tatsächlich die Seine war. *Die Seine*. War es möglich, vor Freude zu platzen? »Ich liebe dich so sehr«, murmelte er.

»Das ist alles, was ich wissen muss«, erwiderte sie und küsste ihn sanft aufs Ohr. »Bis auf …«

Er setzte sich ein wenig auf, und, oh, oh, er kannte diesen Blick.

Vorsichtig drehte er den Kopf zur Seite und sah sie aus dem Augenwinkel an. »Bis auf was?«

»Ich möchte wissen, was Delilah an dem Abend in der Bar zu dir gesagt hat.«

»Argh!« Er drückte sein Gesicht gegen ihren schlanken Hals, leckte ihr über den Puls und hoffte, dass sie …

»Nein, das tust du nicht.« Sie schob ihn weg und sah ihn mit gespieltem Ernst an. »Du wirst mich jetzt nicht damit ablenken. Na los, spuck's aus. Das treibt mich noch in den Wahnsinn.«

Er stieß die Luft aus und flüsterte ihr dann Delilahs Prophezeiung ins Ohr: »Sie hat gesagt, dass wir in den nächsten sechs Monaten heiraten würden.«

»Und darüber hast du so gelacht?«

»Es war so absurd, dass ich es einfach nicht glauben konnte«, gestand er und versuchte noch immer, zu begreifen, was für ein unendlich großes Glück er gehabt hatte.

Als er sie ansah, war ihr Lächeln so strahlend, dass es das ganze Zimmer erhellte. »Tja«, meinte sie, »offenbar ist Delilah schlauer als wir beide.«

»Sieht ganz danach aus.«

»Nate?«

»Hmm?« Er fing wieder an, ihren Hals zu küssen. Sie hatten genug geredet. Jetzt musste er ihr seine Liebe erneut *zeigen*. Wieder und wieder und wieder.

»Ich will Babys. Viele Babys.«

Augenblicklich erfüllte ihn gleichzeitig große Angst und unfassbare Freude. Babys.

Ali wollte seine Babys. Er stützte sich auf einen Ellenbogen, sah auf sie herab und stellte sich kleine Mädchen mit goldenen Locken und kleine Jungs mit bernsteinfarbenen Augen vor. »Definiere viele.«

»Ich liebe Kinder … also wenigstens vier.« Sie schlang ihre Arme um seinen Hals und knabberte an seinem Kiefer. »Wie klingt das für dich?«

Wie das klang? Es klang verrückt und wunderbar und … irgendwie erschreckend. Es klang, als würde sein größter Traum in Erfüllung gehen.

Er konnte kaum sprechen, weil er einen so dicken Kloß im Hals hatte. »Das klingt … perfekt«, flüsterte er.

Und das sagte alles.

Seine Welt, die einst so schrecklich dunkel und zertrümmert gewesen war, füllte sich nun mit süßer Perfektion, weil er das Einzige hatte, was er je gewollt hatte.

Er hatte Ali.

Anmerkung der Autorin

Die Leser, die sich in der lebhaften Stadt Chicago in Illinois auskennen, werden bemerkt haben, dass ich einige Orte und Namen verändert und die Details anderer aufpoliert habe. Das habe ich getan, weil es besser zu dieser Geschichte passt und die Vielseitigkeit und die Herausforderungen dieser dynamischen Stadt, die meine Heimat ist, besser zur Geltung bringt.

Danksagung

Zuerst einmal danke ich allen Männern und Frauen, die für unser Land kämpfen, sei es mit oder ohne Uniform. Sie beschützen unsere Freiheit und unsere Lebensart, damit wir alle die Chance haben, den amerikanischen Traum zu leben.

Ich danke meiner umwerfenden Agentin Nicole Resciniti. Du bist einfach die Beste! Danke, dass du das Risiko, eine völlig unbekannte Autorin zu unterstützen, eingegangen bist und mein Werk wie eine wahre Löwin verteidigt hast. Ich habe es schon einmal gesagt, aber ich wiederhole mich gern: Du kannst einfach alles!

Und zu guter Letzt danke ich allen Mitarbeitern bei Sourcebooks, die während der Entstehung dieses Buches geduldig meine Hand gehalten und mir meine völlige und absolute Unwissenheit über diese Branche verziehen haben. Ich lerne schnell, Leute. Das verspreche ich euch!

Leseprobe

LORI FOSTER
Wettlauf mit dem Tod
Love Undercover

Beim Betreten des Apartmenthauses spürte Pepper Yates deutlich die intensiven, prüfenden Blicke. Seit vor zwei Wochen ihr neuer Nachbar eingezogen war, ging das nun schon so, und bis dato hatte sie sich nicht daran gewöhnen können.

Ihr wurde ganz mulmig.

Sie ignorierte den Mann, der sich über die Brüstung seines Balkons gebeugt hatte, seine muskulösen Arme auf dem Geländer, seinen nackten Oberkörper und sein Lächeln. Er dagegen ließ sie nicht aus den Augen.

Sie hatte ihn nie zu diesem Verhalten ermutigt. Er war sowieso eine ganze Nummer zu groß für sie. Es machte sie nervös, dass er ihr so viel Aufmerksamkeit schenkte, und bei jeder neuen Begegnung verkrampfte sie sich mehr.

Vor Unsicherheit wurden ihre Schritte schleppend, und ihre billigen Leinenschuhe verursachten ein widerwärtiges, schlurfendes Geräusch. Der lange Rock schlackerte um ihre Schienbeine. Ihre Brust war wie eingeschnürt.

Sie hielt den Kopf gesenkt, umklammerte die Papiertüten mit den Einkäufen und gab vor, ihn nicht zu bemerken.

Für diese Darbietung hätte sie einen Oscar verdient, denn, mal ehrlich, es war nahezu unmöglich, ihn nicht zu bemerken.

Wahrscheinlich hatte er kein Problem damit, Frauen kennenzulernen. Er hatte so eine raue, unverschämt männliche Ausstrahlung.

Genau diese Ausstrahlung brachte sie völlig aus dem Konzept.

Vermutlich wurmte ihn ihre Gleichgültigkeit. Nur so ließen sich seine unermüdlichen Bemühungen erklären. Aber was blieb ihr auch anderes übrig?

Die heiße Augustsonne brannte ihr auf den Kopf. Wie gern wäre sie im kühlen Wasser schwimmen gegangen. Aber solange er da oben stand, kam das nicht infrage.

Eigentlich stand es überhaupt nicht zur Debatte.

Die Zeiten, in denen sie unbeschwert schwimmen gehen konnte, waren lange vorbei. Sie musste wieder an all das denken, was sie verloren oder aufgegeben hatte, um zu überleben, und wurde traurig.

Aber dank ihres Bruders hatte sie überlebt, rief sie sich ins Gedächtnis, und nur das allein zählte.

Und genau deshalb durfte sie sich auch nicht auf die Verlockungen dieses Nachbarn einlassen.

Eigentlich hätte er auf seiner, meist entblößten, Brust ein dickes, fettes *G* für *Gefahr* tragen müssen.

Pepper ging schneller und zog so sehr den Kopf ein, dass ihr Kinn beinahe die Brust berührte.

Natürlich rief er nach ihr. Er rief jedes Mal nach ihr. Zwar immer erfolglos, doch ihre Zurückweisung entmutigte ihn kein bisschen.

Das Ego dieses Kerls war einfach unerschütterlich.

»Guten Abend, Ms Meeks.«

Das war ihr Deckname. Nichts Besonderes, aber er passte zu ihr, denn auch sie war nichts Besonderes. Es sprach sie ja sowieso kaum jemand an.

Er schon.

Sie sammelte sich, holte noch einmal tief Luft, spähte dann zu ihm hinauf und nickte ihm zaghaft zu. »Guten Abend.«

Er verschwand vom Balkon, und sie wusste, dass er hineingegangen war, um sie gleich auf dem schmalen Flur abzupassen.

Warum konnte er sie nicht in Ruhe lassen?

Das Innere des Gebäudes war … unschön. Von den Wänden blätterte die Farbe ab, in den Ecken blühte der Schimmel, und die Teppiche waren mit Flecken übersät, von denen sie lieber nicht wissen wollte, woher sie stammten.

Sie wusste ganz genau, warum sie hier wohnte.

Aber was hatte er hier zu suchen?

Mit jedem Schritt, der sie näher zu ihm trug, wuchs ihre Furcht. Sie erklomm die quietschende Treppe zum zweiten Stock, in dem ihre Wohnung lag, und da war er auch schon.

Obwohl sie gewusst hatte, dass er auf sie warten würde, zauderte sie weiterzugehen.

Er stand mit verschränkten Armen an die Tür seiner Wohnung gelehnt, die gleich neben ihrer lag. Sein braunes Haar sah zerzaust aus, und ein Bartschatten bedeckte seine Wangen. Er trug lediglich zerknautschte Khakishorts, die tief auf seinen schlanken Hüften saßen. Er sah einfach atemberaubend aus.

Wieder übte er dieselbe Wirkung auf sie aus wie beim ersten Mal. Er war so was von sündhaft sexy. Kaum zu fassen.

Was wollte er nur von ihr?

Das »Eine« jedenfalls mit Sicherheit nicht, nicht bei seinem Aussehen … und bei ihrem. Warum verfolgte er sie trotzdem so hartnäckig?

Nach dem langen Fußmarsch hin zum Lebensmittelgeschäft und wieder zurück, den sie für gewöhnlich genoss, war sie erhitzt, durchgeschwitzt und nicht in der Stimmung für Spielchen.

Zumindest nicht für solche Spielchen.

Sie musste den Blick abwenden, damit er nicht – huch wie

peinlich – womöglich in ihren Augen lesen konnte, was sie empfand und was ihr durch den Kopf ging.

In Bezug auf ihn. Auf diesen unglaublichen Körper, den er ständig zur Schau stellte.

Und wie gern *sie* sich an diesem Körper gerieben hätte …

»Hey.«

Ehe sie ihm ausweichen konnte, trat er ihr schon in den Weg. Er lächelte freundlich, und seine dunklen Augen strahlten herzlich. Sie schaffte es mit Ach und Krach, nicht laut zu seufzen. »Hallo.«

»Warte, ich nehme dir das ab.«

Als ob sie die paar Einkaufstüten nicht selbst tragen könnte. Warum belästigte er sie andauernd? »Ist schon in Ordnung«, erwiderte Pepper nervös und viel zu hastig. »Ich kann …«

Er nahm ihr die Tüten aus der Hand und machte tatsächlich Anstalten, ihr in die Wohnung zu folgen.

»… das selbst.« Da stand sie nun mit leeren Händen. Völlig verunsichert zog sie die Schultern ein und bemühte sich, sich nicht anmerken zu lassen, was seine Gegenwart in ihr auslöste. »Ganz ehrlich, Mr Stark, ich brauche keine …«

»Wir sind doch Nachbarn. Nenn mich Logan.«

Auf keinen Fall. Sie machte aus ihrer Verärgerung keinen Hehl. »Ganz ehrlich, *Mr Stark*, ich brauche keine Hilfe.«

Sein Grinsen wurde noch breiter, als ob er vorhatte, sie aufziehen. Oder mit ihr zu flirten. »Du bist ganz schön kratzbürstig.«

Wieso klang das bei ihm wie ein Kompliment? »Ich bin nicht …«

Jetzt nahm er ihr auch noch die Schlüssel weg. Da es zugegebenermaßen äußerst albern gewirkt hätte zu versuchen, sie ihm aus den Händen zu reißen, fügte sie sich in ihr Schicksal und folgte ihm.

»… kratzbürstig«, knurrte sie, wahrscheinlich tatsächlich ungemein widerborstig. Er schloss die Tür zu ihrer Wohnung auf. Sie starrte seinen breiten Rücken an. Die geschmeidige Haut war gebräunt und beinahe so schweißnass wie ihre eigene.

Es juckte sie in den Fingern, ihn zu berühren, über seine erhitzte Haut und seine straffen Muskeln zu streichen.

Da drehte er sich zu ihr um, und seine nackte Brust war plötzlich direkt vor ihrer Nase. Obwohl er sie beinahe zu Tode erschreckt hatte, registrierte ihr Hirn seine kleinen braunen Brustwarzen, die fast im weichen Brusthaar verschwanden …

»Wie würdest du dein Verhalten denn sonst beschreiben?«

Sie blickte auf und konnte ihm ansehen, dass er ihre lüsternen Blicke bemerkt hatte. Am liebsten wäre sie im Erdboden versunken. Ihr Gesicht wurde ganz heiß und ihr Körper noch viel heißer – aber nicht aus dem Grund, den er sicherlich vermutete.

»Ich bin zurückhaltend.« Allerdings war es durchaus verständlich, dass er ihr das nach den gierigen Blicken, mit denen sie ihn quasi ausgezogen hatte – oh Gott –, nicht mehr ganz abnahm.

Jedes Mal, wirklich jedes Mal, wenn er in Sichtweite kam, konnte sie die Augen nicht von ihm lassen. Zum Teil war das allerdings auch seine Schuld, weil er immer so viel Haut zeigen musste. Sie war es einfach nicht gewohnt, jemand so gut Aussehenden um sich zu haben.

Eine sanfte Berührung am Kinn ließ sie den Kopf heben und brachte ihr Herz beinahe zum Aussetzen. »Und einem Nachbarn Hallo zu sagen stört deine Privatsphäre?«

Nein, nein, nein. Er durfte sie nicht berühren. Sie durfte diese Berührungen nicht zulassen. Es war Zeit, zu fliehen.

Pepper schob sich an ihm vorbei, riss die Tür auf, drängte sich rasch vor ihm in die Wohnung, drehte sich dann zu ihm um und versperrte ihm den Weg. »Ich kenne Sie ja kaum.«

»Aber das versuche ich ja zu ändern.« Er spähte neugierig in ihre Wohnung. Was er sah, schien ihn zu überraschen, denn er zog eine Augenbraue hoch. Also entging ihm die Unordnung in ihrem Apartment nicht.

Sie war gerade keine gute Hausfrau, sondern eher eine Chaotin. Vielleicht hatte das ja abschreckende Wirkung auf ihn.

»Ich bleibe lieber für mich.« Sie nahm ihm unbeholfen die Einkaufstüten ab. »Gewisse andere Menschen sollten das ebenfalls so halten.«

»Tja, theoretisch wäre das möglich.« Er hatte die Inspektion der Wohnung beendet und lehnte sich nun mit seinen eins achtzig plus X gegen den Türrahmen. Seine breiten Schultern hinderten sie daran, die Tür zu schließen.

Schweigend wartete er darauf, dass sie seinen Blick erwiderte.

Pepper wappnete sich und sah auf – und ein vielsagender, vertraulicher Blick strich zärtlich wie eine Liebkosung über ihre Haut. Sie räusperte sich. »Was wäre theoretisch möglich?«

»Vielleicht könnte ich damit aufhören, dir nachzusteigen.« Etwas leiser fügte er hinzu: »Wenn du nicht so verdammt hübsch wärst.«

Sie wich fassungslos zurück.

Hübsch? Er hatte wohl den Verstand verloren. Sich ausgerechnet bei ihr einzuschleimen, hatte er mit Sicherheit nicht nötig. Warum behauptete er bloß so etwas Absurdes?

»Findest du dich etwa nicht hübsch?«, erkundigte er sich mit sanfter Miene.

Ihr blieb das Lachen beinahe im Halse stecken, und ihr automatisches »Nein« war lediglich ein Krächzen.

Hübsch? Wohl kaum. Sie band ihr stumpfes, blondes Haar stets direkt im Nacken zu einem unvorteilhaften Pferdeschwanz, und auf ihrem Gesicht fand sich nicht die geringste Spur von Make-up. Sie trug Kleider, die nicht einmal ihre eigene Großmutter angezogen hätte, und Schuhe, die so hässlich waren, dass Pepper jedes Mal, wenn sie in sie hineinschlüpfte, traurig wurde.

Wenn sie lief, sackte sie in sich zusammen, und wenn sie sprach, nuschelte sie. Zumindest, wenn sie es nicht vergaß, weil ein gewisser Nachbar sie wahnsinnig machte.

»Also, ich schon«, behauptete er und beobachtete sie dabei unablässig. Es klang beinahe … mitleidig.

Wie konnte er es wagen, sie zu bedauern?

Ihr Stolz erwachte und verlieh ihr zumindest ein wenig Rückgrat. »Soll das ein Witz sein, Mr Stark?«

Er beugte sich vor. Pepper hielt den Atem an. »Nenn mich Logan«, forderte er noch einmal, diesmal mit Nachdruck.

Du liebe Güte. Er stand so dicht vor ihr, dass sie seinen warmen, feuchten Atem spüren und seine dichten, dunklen Augenbrauen in allen Einzelheiten erkennen konnte.

Und dieser Schlafzimmerblick …

Ihre Körpertemperatur stieg sprunghaft. »Oh, ähem …«

Seine sinnlichen Lippen verzogen sich zu einem zufriedenen Schmunzeln. »Und du heißt …?«

Pepper stierte ihn benommen an. Seine Mundwinkel zuckten. Mannomann, wie sehr sie diesen Mund küssen wollte.

Küssen und noch so viel mehr.

Pepper fand die Fassung wieder, schüttelte den Kopf und versuchte gleichzeitig, die Tür zuzudrücken. »Auf Wiedersehen.«

Seine große Hand landete auf der Tür, gleich neben ihrer Schulter. »Ach, komm schon, lass mich nicht zappeln.« Er hielt die Tür ohne sichtliche Anstrengung fest. »Es tut dir doch nicht weh, wenn du mir deinen Namen verrätst.«

Was sollte sie jetzt nur tun?

Bei der Penetranz, die er an den Tag legte, wirkten ihre ständigen Zurückweisungen langsam lächerlich.

»Sue«, verriet sie ihm schließlich widerwillig.

Jetzt schien er erst recht amüsiert zu sein. »Ich weiß.«

»Wie bitte?«

»Du bist doch die Hausverwalterin. Dein Name stand in meinem Mietvertrag.« Wieder tippte er ihr ans Kinn. »Aber ich wollte ihn trotzdem aus deinem Mund hören.«

Ihr beleidigtes Schnauben animierte ihn leider auch nicht dazu, von der Türschwelle zu verschwinden.

»Also.« Er blickte über den Flur. »Du bist eine alleinstehende Frau, und das hier ist nicht gerade ein feines Haus, geschweige denn eine feine Wohngegend.«

Na, jetzt untertrieb er aber mächtig. »Soll ich das als Kritik an meinen Fähigkeiten als Verwalterin auffassen?« Glaubte er etwa, sie so für sich gewinnen zu können?

»Du bist doch lediglich dafür verantwortlich, den Hausbesitzer zu informieren, wenn ein Mieter zu spät bezahlt oder Reparaturen nötig sind, oder?« Er wartete ihre Antwort gar nicht erst ab. »Lass mich dir meine Nummer geben. Wenn du Probleme hast oder jemand dich belästigen sollte …«

»*Sie* belästigen mich.«

Er fixierte ihren Mund. »Wirst du deshalb so rot?«

Lieber Gott. Sofort fühlte sich ihre Haut noch heißer an. »Also, Mr Stark …«

»Logan«, korrigierte er sanft. »Sag es. Mir zuliebe. Nur einmal. Dann gehe ich auch.«

Wollte er sie etwa … verführen?

Es sah ganz danach aus. Und das Schlimmste war, dass ihm das allein durch seine Ausstrahlung gelang. »Logan«, presste sie hervor. »Ich muss jetzt gehen.« *Bevor ich eine Dummheit begehe, wie zum Beispiel, dich hereinzubitten.*

Oder dich zu küssen.

Oder dich auf den Boden zu werfen und …

Suzanne Brockmann

Mindhunter

Tödliche Gabe

Roman

Ein dunkles Schicksal …

Der ehemalige Navy SEAL Shane Laughlin lässt sich von einem geheimnisvollen Institut, wo Menschen mit besonderen mentalen Fähigkeiten ausgebildet werden, als Testsubjekt engagieren. Am Institut begegnet Shane der hübschen Michelle Mackenzie wieder, die ihm nach einem One-Night-Stand nicht mehr aus dem Kopf will. Doch Michelle besitzt eine ebenso faszinierende wie gefährliche Gabe.

»Rasante Action und emotionale Durchschlagskraft. Eine fantastische neue Serie!«
Romantic Times

Band 1 der Serie
640 Seiten, kartoniert mit Klappe
€ 9,99 [D]
ISBN 978-3-8025-8904-1

www.egmont-lyx.de

LYX
EGMONT